U0885613

铁葫芦

DIANA GABALDON

OUTLANDER

异乡人

4

被困的蜻蜓

DRAGONFLY IN AMBER

［美］戴安娜·加瓦尔东 著
徐嘉妍 译

百花洲文艺出版社

图书在版编目（CIP）数据

异乡人. 4, 被困的蜻蜓 /（美）戴安娜·加瓦尔东著；徐嘉妍译. — 南昌：百花洲文艺出版社，2016.10
ISBN 978-7-5500-1956-0

Ⅰ. ①异… Ⅱ. ①戴… ②徐… Ⅲ. ①长篇小说—美国—现代 Ⅳ. ①I712.45

中国版本图书馆CIP数据核字（2016）第255726号

江西省版权局著作权合同登记号：14-2016-0313

出 版 者 百花洲文艺出版社
社　　址 南昌市红谷滩新区世贸路898号博能中心1期A座20楼　邮编：330038
电　　话 0791-86895108（发行热线）　0791-86894790（编辑热线）
网　　址 http://www.bhzwy.com
E-mail bhzwy0791@163.com

书　　名 异乡人. 4, 被困的蜻蜓
作　　者 〔美〕戴安娜·加瓦尔东
译　　者 徐嘉妍
责任编辑 臧利娟　周振明
经　　销 全国新华书店
印刷装订 北京鹏润伟业印刷有限公司
开　　本 880mm × 1230mm　1/32
印　　张 12.25
字　　数 328千字
版　　次 2016年11月第1版
印　　次 2016年11月第1次印刷
定　　价 38.00元
书　　号 ISBN 978-7-5500-1956-0

赣版权登字：05-2016-341

目录

Part 01

“我回家了。”

Part 02

叛乱之火

Part 03

后见之明

Part 01

“我回家了。”

CHAPTER 01

重返拉里堡

图瓦拉赫堡是一座圆柱形的古代石堡，建于数百年前，耸立在庄园后的山坡上，庄园里的人称其为“拉里堡”，据我所知，它的意思是“懒惰的石堡”。我不明白这个称呼的由来，就像我不能理解为什么这座圆形石堡又叫作“面北之塔”。

“圆形的塔要怎么面北，它又没有塔面？”我问。我们正缓缓走下一道布满石楠和花岗岩的长斜坡，领着一列马匹，脚下的羊肠小径是红鹿在松软的土地上踏出来的。

“堡上有门，门面向北方。”詹米理所当然地说。山坡很陡，詹米走的时候脚步踏得很深，还一边发出嘶声，以带领后方的马群。我前方的马的结实的后腿肌肉突然绷紧，脚步也从原本小心跨步改成试探性的小碎步，每一步都在湿地上滑出几英寸，才小心翼翼地迈出另一步。这批马购于因弗内斯镇，身形高大俊逸，或许结实的高地小马更适合在陡坡上工作，不过这批母马是用来繁殖而非工作的。

“好吧，说得过去。那拉里堡呢？为什么叫懒惰的石堡？”我一边小心踏过横越小径的涓涓细流，一边问道。

“堡有点倾斜。从我们住的地方看不太清楚，不过如果站在西边，就会发现塔堡有点倾向北方。如果从堡的顶层站在门上方透过墙上隙缝往下看，会看不到下方的墙壁，因为堡是斜的。”詹米答道。他这时正低头专心探索安全的落脚之处，我看着他的后脑勺，午后吹上山坡的微风卷起他几缕红铜色的鬈发，在帽顶飞扬。

“我想十三世纪时应该没有人知道铅垂线是什么吧！堡到现在都没倒，真了不起。”我说。

“噢，它倒过几次，那里的人又把堡推回去，或许就是这样才有点斜。”因为风势增强，詹米回答时稍微提高了音量。

“看到了！看到了！”背后传来菲格斯兴奋的尖叫声。菲格斯体重轻，可以骑在马背上，马载着他走不难，稍微难站稳而已。

我回头看见菲格斯跪在马鞍上，兴奋地动个不停。他身下的栗色母马算是温顺而又有耐性的，虽然嘴里不断咕哝着发牢骚，却还是耐着性子没把菲格斯掀到满地的石楠丛里。自从菲格斯在法国的阿尔让唐骑过佩尔什雄马驹，就不放过每个可以爬上马背的机会。詹米半是好笑、半是出于同为爱马人的理解，也就纵容他，骑过巴黎街道时让他坐在自己背后，也任他不时爬上杰拉德的拉车马。拉车马体形魁梧，而且就算菲格斯又踢又叫，它们也只是茫然地掀掀耳朵。

我抬手遮阳，往菲格斯指的方向看去。他说得没错，从马背上较高处望去，会先看到坐落在山丘上的深色古代石堡。样式较新颖的庄园建筑在下方，搭建用的石块涂了白色粗灰泥，在周遭田野一样反射着阳光的背景下，比较不容易看见。庄园建在大麦田斜坡上的一处空地上，田边种了一排防风树，更稍微挡住了我们从这儿望去的视线。

我看到詹米抬起头，定定望着拉里堡家园下方的农田。他站着不发一语，动也不动，但我看到他抖擞肩膀，挺起胸膛。风吹起他的头发，吹开苏格兰披肩的褶皱，他仿佛一只快乐的风筝，在空中飞扬。

此情此景，让我想起当时船只鼓起风帆，驶过岬角，离开勒阿弗尔港开往航道的情景。我站在码头尾端，看着人潮喧闹及航运贸易的往来。高声鸣叫的海鸥在桅杆间俯冲，声音响亮刺耳，一如水手的呐喊。

当时杰拉德站在我身边，心平气和地看着海洋承载的财富来来往往，其中有些财富是属于他的。他拥有的其中一艘名叫“波西娅”的船，便是要载我们去苏格兰的。詹米说过，杰拉德所有的船都是以他的情妇的名字命名的，船头饰像也是照着情妇的样貌雕刻。我眯着眼迎风看着船首，想确定詹米是否在开玩笑。如果詹米所言不假，那我想杰拉德应该偏好丰满的女人。

“我会想念你们的。”杰拉德说。这是他半小时内说的第四次了，他看起来真的很不舍，连原本逗趣的鼻子现在看起来也没平常那么又翘又乐观了。由于他的德国之行十分顺利，他在骑马装的领巾上别了一颗大钻石，外搭着华贵的深绿色天鹅绒大衣，大衣上还缝着银纽扣。

杰拉德摇摇头说：“哎！好了，虽然我想将美丽的女士留在身边，但我实在不能剥夺她重返故乡的喜悦。或许改天我会去拜访你们，我好久没有去苏格兰了。”

“我们也会想念你的。”我真诚地说。我也会想念其他人，像是路易斯、赫德嘉嬷嬷、格斯特曼先生，但最舍不得的还是雷蒙师傅。我等不及要回到苏格兰，回到拉里堡。至于巴黎，我一点也不怀念，也完全不想再碰到某些人，比如法国的路易国王。

我也不想再看到查尔斯 · 斯图亚特。小心探查过巴黎的詹姆斯党人后，詹米一开始的猜想被证实了。因为查尔斯王子吹嘘他的“大冒险”而燃起的一丝希望，最终也消逝了，尽管有些人忠诚地拥戴詹姆斯国王，顽固地坚信宝座属于詹姆斯国王，但他们也找不到什么行动机会。

我想，就让查尔斯王子安于流放的生活吧！我们的任务也结束了，要回家了。

冷冰冰的苏格兰口音这时在我耳边响起：“行李全都搬上船了，船长也请你们准备动身，我们要趁着潮汐出航。”

杰拉德转身看着默塔，然后朝码头后方左右看了看。“那个小伙子在哪里？”他问道。

默塔抬头朝码头后方示意道："在小酒馆，醉翻了。"

我之前很好奇詹米打算如何安然渡过英吉利海峡。黎明时他看了一眼云彩低垂、漫天通红的天空，明白航行途中可能有暴风雨，便起身去找杰拉德，之后就不见人影了。我顺着默塔所指的方向看去，看到菲格斯坐在酒馆门外的木桩上，显然是在站岗。

刚开始杰拉德难以置信，后来知道他侄子晕船，便咧嘴笑了。他说："这样啊，希望我们去叫他上船的时候，他还没醉倒，不然要把他抬过舷梯可就头痛了。"

"他为什么跑去喝酒？"我问默塔，语气有点恼怒，"我跟他说过我有鸦片酊，这样昏过去可比喝酒快多了。"我一边拍着丝绒提袋一边告诉默塔。

默塔只眨了一下眼睛说："得了，他说就算会宿醉头痛，他也宁可头痛。而且，威士忌喝起来可比你那黑黑的怪东西好多了。"他用下巴朝我的提袋一指，然后才转身朝杰拉德说："想一起把他搬上船的话就来吧！"

在波西娅号的前舱，我坐在船长的铺位上看着海岸线稳定地起伏，逐渐退后，而詹米的头就枕在我的膝上。他一只眼睛睁开一条缝，往上看着我。我把他汗湿的红发从眉头上拨开。麦酒和威士忌的香气在他身上缭绕不去。

"你在苏格兰醒来的时候会痛不欲生的。"我和他说。

他睁开另一只眼睛，先是打量着在木质天花板上舞动的波光，接着双眼注视着我，我仿佛看进一潭清澈的蓝色深水。"外乡人，现在的地狱和以后的地狱让我选，我会选以后的地狱，绝无例外。"他一字一字清楚地说完，便闭上了双眼，轻轻打了个嗝。他修长的身躯放松了下来，随着海水摆荡，自然摇晃。

马儿也等不及了，它们似乎感觉到马厩和食物就在不远处，稍微加快了步伐，抬起头竖起耳朵期待着。

我骑着马走在前面，想着终于得以梳洗享用热食，突然马蹄一滑，急刹停步，扬起的红色尘土直埋到马蹄上方的球节[①]。马儿猛甩头，鼻子大力喷着气。

“姑娘，怎么了？蜜蜂飞到鼻子上了吗？”詹米赶紧翻身下马抓住我骑的灰色母马的缰绳。我感觉到身下的马背传来阵阵抽搐，于是也下了马。

“它怎么了？”我好奇地凝视这匹母马。它不顾詹米抓着缰绳，只是甩着鬃毛频频后退，两眼圆睁。其他的马仿佛感染到它的不安，也跺蹄骚动起来。

詹米朝后方空荡荡的路上快速一瞥。“它看到东西了。”

菲格斯从他的短马蹬上立起身，举手遮着阳光，朝母马后方看去。他放下手，看着我耸了耸肩，我也朝他耸耸肩，我看不出有什么东西让母马这么恐惧。四周路上与田野一片空荡荡，成熟的麦穗沐浴在暮夏的阳光里，最近的小树林离我们也有百码之遥。中间有座小石堆，或许是倒塌的烟囱遗迹。这片土地上几乎没有狼群出没，即使有狐狸或獾，这么远的距离也不会吓到马。

詹米放弃哄马儿前进，于是领着它绕了个半圆。它顺从地跟着，回头往来路走去。詹米打手势让默塔领其他马离开后，便爬上马鞍，身体前倾，一只手抓住母马的鬃毛，让它慢慢往前走，同时在马耳边轻声细语。母马脚步有点迟疑，但并不抗拒，一直走到先前停下来的地方，便拒绝再举步。接着它发起抖来，说什么也不肯再往前走。

“好吧，随你了。”詹米叹口气说。他掉转马头，让母马往田野方向走去，橙黄的麦穗刷过马肚蓬乱的毛发。我们走在马后方赶它们穿过田野，马群不时停下来嚼一口田里的大麦。

---

① 有蹄动物的腿下部、蹄上方的圆鼓关节处。

刚过丘顶，绕过地上突起的花岗岩层，我听到前面不远处传来一声短促的吠叫声。走到路上后，一只黑白牧羊犬抬着头翘起尾巴，一脸提防地盯着我们。

狗又吠了一声，另一只黑白花纹的狗叫着冲出赤杨树丛，后面跟着一个缓步走来的高瘦人影，身上穿着棕色的狩猎用苏格兰披肩。

“伊恩！”

“詹米！”

詹米把母马缰绳扔给我，去迎接他的姐夫，两人在马路上开心得又是搂肩又是拍背。牧羊犬卸下了警戒心，围着两人嬉闹起来，摇着尾巴在一旁跑来跑去。

“我们以为你们最快明天才到呢！”伊恩瘦长淳朴的脸上满是笑容地说道。

“我们遇上了强风。克莱尔说的，我自己是不知道啦！”詹米解释完，回头笑着看我一眼，伊恩便上前握住我的手。

“好久不见，克莱尔。”伊恩郑重地向我致意，柔和的棕眼闪烁温暖的笑意。他轻吻了我的手指，我则紧紧握了他的手回应。

伊恩微笑着对我说道：“詹妮忙着打扫煮饭呢！为了让你们今晚有舒适的床，她把所有床垫都搬出来晒太阳了。”

“石楠丛里睡过三个晚上之后，只要能躺在地板上我就心满意足了。詹妮和孩子都好吗？”我问道。

“好！他们都好。詹妮又怀孕了，宝宝会在二月出生。”他说。

“又有了？”詹米和我异口同声地说道，惹得伊恩瘦削的脸颊一片红晕。

“老天，玛格还不满一岁啊！你不会节制一下吗？”詹米扬起一边眉毛消遣道。

“我？你觉得是我该负责吗？”伊恩不满地说。

“如果不是你该负责，那谁该负责？”詹米窃笑道。

伊恩脸更红了，衬托出他光滑的棕发。他说："你明明知道我的意思。我和小詹米一起睡在矮床上两个月了，可是詹妮她……"

"你的意思是我姐姐很饥渴？"

"我是说，如果詹妮想什么，她就像她弟弟一样，不达目的决不罢休。"伊恩一边说，一边声东击西，灵巧地闪到詹米背后，往他肚子上掼了一拳。詹米弯腰大笑。

"还好我回来了，可以帮你管管她。"詹米说道。

"你行吗？我可要把所有佃农都叫来看喔！"伊恩显然不怎么相信詹米有此能耐。

"是不是丢了几只羊？"詹米轻松地换了话题，比了手势，领着几只狗，捡起伊恩落在地上的长杖。

伊恩点点头说道："十五只母羊和一只公羊，是詹妮那群美利奴羊，为了它们的特级羊毛养的。那公羊真是只畜生，把门弄坏了。我以为它们会在麦田这里。"

"我们在上面也没看到。"我说。

"它们不会在那上面的，动物都不会越过那间小屋。"伊恩摇摇手表示。

"小屋？我没看到屋子啊！大人，我只看到一堆石头了。"菲格斯对这番客套寒暄不耐烦了，踢了马肚子骑到我旁边。

"小伙子，麦克纳布的房子就剩下那堆石头。我劝你最好不要一个人接近那里。"伊恩睨着菲格斯说道。他背对午后的阳光，身影一片黑暗。

尽管白天阳光温暖，我颈背的汗毛却竖了起来。罗纳德·麦克纳布是个佃农，一年前向守卫告发詹米藏身之处，他出卖詹米被人发现的那天就死了。我还记得他被拉里堡的人烧死，葬身在屋子的灰烬之中。刚刚走过时，那座壁炉石堆看起来还很正常，现在看来却像阴森的石冢。我吞了吞口水，努力咽下喉头涌出的苦味。

"麦克纳布？你是说罗纳德·麦克纳布？"詹米轻声说完，脸上瞬间闪过警戒的表情。我曾告诉詹米麦克纳布告发他及其死亡的始末，但没告诉他麦克纳布是怎么死的。

伊恩点点头："没错，他死在这里。詹米，在英国人抓走你的那天晚上。大概是火星点燃了茅草屋顶，他又喝得太醉来不及逃出来。"他收起眼中原有的戏谑神态，直直看着詹米的眼睛。

"哦？他妻子和孩子呢？"詹米的表情和伊恩一样，不动声色，看起来莫测高深。

"都安全。玛丽·麦克纳布在家里的厨房帮忙，拉比在马厩工作。"伊恩不禁回头朝废墟的方向看了一眼。"麦克纳布太太有时候会来这里，这附近也只有她会过来。"

"麦克纳布太太爱他吗？"詹米转身面对小屋。我看不到他的脸，但他背部的线条看来有点紧绷。

伊恩耸耸肩。"我不觉得。罗纳德是个酒鬼，个性又凶狠恶毒，连他的母亲都不喜欢他。我想麦克纳布太太只是觉得她有责任为罗纳德的灵魂祈祷，这对他也好。"伊恩回应道。

詹米沉默了一会儿，仿佛在沉思，然后把缰绳抛甩到马脖子上，便往山上走去。

我唤着詹米，但他已经循着原路走向树林边的小空地。我把手上的缰绳交给菲格斯时，他露出了惊讶的表情。

"和马待在这儿，我跟他一起去。"我说道。伊恩想和我一起去，但默塔摇摇头制止了他，于是我独自跟着詹米走上山顶。

詹米像在攻顶，一鼓作气大步走着，我还没追上，他就走到了那片小空地。他在外墙边缘停下。小屋方形的地基依然隐约可见，比起一旁树荫下绿油油而茂盛的大麦田，覆盖地基的植物稍嫌稀疏。现场已经看不出火舌肆虐的痕迹，只有草堆中露出了几根焦黑的木头，旁边是洞开的石头壁炉，伏倒暴露着像一座墓碑。

詹米小心避开墙基边缘，沿着空地外围绕圈。他沿着石壁炉走了三圈，逆时针左转、左转再左转，好扰乱废墟的邪灵。

我只能站在一旁观看。这件事詹米只能自己一个人面对，不过，我不会让他独自一个人。虽然他没有向我看过来，但很显然我守在一旁让他感到欣慰。

最后詹米停在倾倒的石堆边，郑重其事地把手放在石头上，然后闭上眼睛祈祷。接着，他弯腰捡起一块如他的拳头般大小的石头，肃穆地放在石堆上，似乎是想镇定无法安息的亡灵。他在胸前画了个十字，然后转过身，步伐坚定而从容地向我走来。

“别回头。”他平静地说道，便挽起我的手转身走回路上。

我没有回头。

詹米、菲格斯、默塔和伊恩，四个人一起带着狗去找羊，留我独自领一群马回家。我驯马的技术称不上熟练，但只要不出意外，我还是有办法领着马儿走上半英里路。

这次回到拉里堡和第一次非常不同。上一次詹米和我都在逃亡，我逃避未来，詹米逃避过去。那时在拉里堡的时光很快乐，但心底也战战兢兢，深怕行迹走漏或担心詹米被捕。如今，因为桑德林汉姆公爵的调解，詹米得以返家重掌自己继承的庄园，我也以合法妻子的身份，陪他回到家乡。

上次我们蓬头垢面、出其不意地出现，打乱了他们的家庭生活；这次我们不仅周到地事先通知，还从法国带了礼物回来。虽然我相信他们会热情接待，但仍不禁猜想伊恩和詹米的姐姐詹妮对我们返乡定居作何感想。毕竟，自从詹米父亲去世，詹米遭逢大难、流亡异乡开始，这几年都是伊恩和詹妮守着庄园。

我越过最后一座山丘，没有遇到什么意外，庄园的农舍和外屋就在脚下。第一朵乌云从天边卷来，石板屋顶的颜色暗了下来。突然间，我的母马又挣扎起来，前蹄腾空、后蹄猛蹬，我努力想拉住缰绳。

事出必有因，我看到屋角边冒出两团庞然大物，像沉重的云朵一路滚过来。“不！停下来！”我大叫着，但所有马匹都横冲直撞地狂窜，我也差点遭乱蹄碾碎。我想，要是我害得詹米新买的这群种马全都摔断腿，可真是隆重的返乡“大礼”了。

其中一朵云稍微升起，然后摊平在地上。詹妮从她扛着的羽绒床垫下探头，接着便一路跑来，黑色的鬈发在空中飞扬。

她毫不迟疑地跳上最近一匹马的鞍上，使劲向下猛地一拉。

“停！”她大喊。那匹马显然受她的声音震慑，停了下来。我们接连呵斥，试图镇住其他马。此时，另一个女人和一个大约十岁的小男孩加入，熟练地帮忙安抚这些马匹。终于平静后，我才翻身下马。

我认出小男孩是拉比·麦克纳布，那么另一个女人应该就是他母亲玛丽·麦克纳布了。我们忙着安抚躁动不安的马群，捡起棉被和床垫。虽然来不及闲聊，但我还是找到机会搂住詹妮。她闻起来有肉桂、蜂蜜、劳动后清爽的汗味，并隐隐有股婴儿香，还有溢出奶汁、婴儿软便，以及清新滑嫩肌肤的纯净味道。

我们互相紧搂着，这让我想起上一次拥抱，是在漆黑夜里的森林中道别。当时我去找詹米，而她则赶回初生女儿身边。

“玛格好吗？”我们好不容易松开对方，我便开口问她。

詹妮做个鬼脸，苦笑中掺杂了引以为傲的表情。“她才刚学会走路，就快把屋子给掀了。”她往前看着空荡荡的道路，问道，“你们刚刚遇到伊恩了吗？”

“遇到了，詹米、默塔和菲格斯跟他一起去找羊了。”

她很快指了一下天空，说：“还好是他们去找，看起来随时都会下雨。让拉比照顾马吧！你来帮我搬床垫，不然今晚大家都要睡湿床垫了。”

我们一阵手忙脚乱，还好雨落下时，我和詹妮已经舒适地坐在客厅，打开我们从法国带来的包裹，同时赞美十个多月的小玛格长得聪慧健康、精力旺盛，还有双圆滚滚的蓝色眼睛和一头细短的草莓色头发。她的哥哥小詹米快四岁了，同样长得聪明又结实。詹妮肚里的胎儿藏在围裙下，微微隆起，但每当我看到詹妮的手不时温柔地放在腹部，心里还是隐隐作痛。

“你刚刚说到菲格斯，他是谁？”詹妮问。

“噢，菲格斯啊，呃，他是……”我嗫嗫嚅嚅，不晓得该怎么形容。小扒手要在农场找到工作似乎不容易。

“他是詹米的随从。”我说。

“这样啊！那我想他可以睡在马厩里。”詹妮说完便不再追问。

“说到詹米，希望他们赶快找到羊。晚餐这么丰盛，放久就不好吃了。”詹妮看着窗外，雨水从窗玻璃上流下来。

天色其实已经暗了，麦克纳布太太在大伙回来前已经把桌子摆好了。我趁她忙的时候在一旁观察她。她个子娇小、骨架纤细，一头深棕色的头发，脸上隐隐带着担忧的表情，但等拉比从马厩回来，说自己肚子饿、问什么时候可以吃饭时，这股担忧就消失不见了。

“乖孩子，等大家回来就可以吃了。你知道的，去洗洗手，准备吃饭。”麦克纳布太太说道。

男人们终于回来了，看起来比拉比更需要好好清洗一番。他们淋了雨，全身又湿又脏，膝盖以下是厚厚的一层烂泥，拖着脚步慢慢走进客厅。伊恩脱下湿漉漉的苏格兰披肩，挂在火炉栅栏上，披肩滴着水，炉火慢慢烘出蒸汽来。

菲格斯刚到农场就接受了这场震撼教育，累得筋疲力尽，才进门便就地坐下，盯着两腿间的地板发呆。

詹妮抬头看着阔别将近一年的弟弟，从湿透的头发看到裹着烂泥的脚，最后手往门一指。

詹妮声音坚决地说：“出去，靴子脱掉。如果你去了那片高地，回来的时候记得在门柱上撒泡尿，这样幽魂才不会进到家里。”她最后一句是对我解释的，同时放低音量，很快看了麦克纳布太太端晚餐来的那扇门一眼。

詹米倒在椅子上睁开一只湛蓝的眼睛，深深看着詹妮。

“我一路跨海千里迢迢回到苏格兰已经累得半死，还骑了四天的马翻山越岭才回到家乡，连踏进农舍喝口水都来不及，就得冲进烂泥里去找羊。现在我好不容易进门了，你还要我再去黑漆漆的门外撒泡尿，啧！”他又闭上眼，双手抱胸放在肚子上，往椅子里深深陷下，倔强地抗拒着。

“詹米，亲爱的，你要吃晚餐，还是要我把晚餐拿去喂猪？”詹妮突然亲昵地回嘴。

詹米还是闭着眼睛，一动不动过了好一会儿。最后，他认命地叹了口气，吃力地站起来。他不高兴地扭扭肩膀，叫伊恩一起，两个人转身随着已经走出门外的默塔走去。詹米走过菲格斯身边时，伸长手臂一把将他捞起，拖着昏昏欲睡的菲格斯一块儿走出去。

“欢迎回家。”詹米瘪着脸说完，闷闷地瞥了火炉和威士忌一眼，便拖着沉重的脚步再一次走进夜色。

CHAPTER 02

回忆的召唤

接下来的日子，一扫返乡初日的晦气，詹米很快重拾拉里堡的生活，丝毫感觉不出曾经久别家园，而我也轻松地融入乡村生活。这个秋天的天气不太稳定，经常飘雨，但也常有清澈明亮的蓝天，让人精神焕发。整个拉里堡生气勃勃，人人忙着收成，为即将到来的冬天做准备。

拉里堡的位置在众多高地农场里算是相当偏远的，虽然没有正式的联外道路，但信差仍会穿过峭壁与覆满石楠的山坡为我们捎信，和外面的世界接触。外面的世界在记忆中有时不太真实，我几乎忘了自己曾在凡尔赛宫满墙的镜子间旋步起舞。但信件唤起我在法国的回忆，读着信时，我仿佛又看到特穆朗街的白杨树，听到天使医院大教堂高悬的钟声回荡。

路易斯平安生下男宝宝，取名为亨利。她的信里满满是惊叹号和强调线，陶醉地描述她天使般的新生儿。但对于亨利的父亲，不论是名义上或实际上的，都只字未提。

查理王子的信一个月后寄达，也没提到孩子；而且据詹米转述，信的内容比平常更不知所云，尽是些模糊的计划和浮夸的理想。

马歇尔伯爵的信就冷静谨慎许多，也看得出他对查理王子十分忧心。伯爵说，美王子查理行为不当，对自己最忠诚的拥护者出言不逊、傲慢自大，对能帮助他的人视若无睹、口出狂言，侮辱不该侮辱的人；而且从信中隐含的字眼来看，查理王子恐怕还有酗酒的问题。这个时代对男人喝酒的标准十分宽松，所以我认为查理王子酗酒的程度必定叫人瞠目结舌，伯爵才会提上一笔。但我推测查理王子应该也注意到自己有了儿子。

我们也不时收到赫德嘉嬷嬷的来信，她每天都会从忙碌的工作中挤出一点时间写下近况，内容简洁但信息翔实，每封信的结尾也都有："布顿同致敬意。"

雷蒙师傅不曾捎来只言片语，但不时会寄来包裹。包裹上没有签名也没有记号，但里头的东西都很特别，像是罕见的药草、有切面的小水晶，还有一些石头，大小就像詹米的大拇指，表面光滑呈圆盘状。每个石头的一面都有小小的图案，有些在图案上方或背面刻了字。另外还有各种骨头，例如熊的指骨，还连着弯曲的尖爪；小蛇的整条脊椎，连在蛇皮上，看起来栩栩如生。还有各式各样的牙齿，有一列圆形钩状的牙齿，詹米说是海豹的；还有齿冠很长、有镰刀般尖钩的鹿齿，以及疑似人类臼齿的牙齿。

有时我会放几颗那种光滑、雕了东西的石头在口袋里，感受它们在指间滑动的感觉。我只知道这些石头很古老，至少可以追溯到罗马时代，甚至更早。从石头上刻的图案来看，应该是为了赋予石头神奇的魔力。我不知道这些石头是否像草药般有实际的疗效，或只是某种象征，像犹太神秘哲学喀巴拉教的象征符号。反正看起来没有危险，所以我也留着。

除了日常家务，我最喜欢的还是漫步到庄园的各个村子晃晃。我会提个装着各种东西的大篮子，从小孩的小礼物到常用的药品都有。由于贫穷且卫生不佳，这里疾病丛生，而且从威廉堡以北到因弗内斯镇以南都没有医生，所以村民非常需要这些药物。如果是牙龈出血或是轻度坏血症造成的贫血，我很快可以治好，但有些疾病就连我也束手无策。

我把一只手放在拉比的头上，他太阳穴旁的乱发是湿的，且下巴松开，脖子上的脉搏跳动趋缓。“他现在没事了。”我说道。

拉比的母亲麦克纳布太太也在一旁看着。拉比四肢展开躺在床上，平静入睡了，旁边的火炉把他脸颊烘得红通通的。但麦克纳布太太还是紧张地站在床边，直到我开口保证拉比不会有大碍，她才愿意相信儿子已经好转，披着披肩的肩膀这时才松懈下来。“感谢圣母，也感谢您，夫人。”麦克纳布太太喃喃地说道，并迅速在胸前画了个十字。

我推却她的感激：“我什么也没做啊！”我这么说不是客气，我唯一能为小拉比做的，就是让麦克纳布太太不要打扰他。实际上，我还花了好一番力气才阻止麦克纳布太太喂他公鸡血加麦麸、在他鼻子下挥舞燃烧的羽毛，或在他身上泼冷水。这些疗法对癫痫发作一点疗效也没有。我刚到现场的时候，麦克纳布太太还念念有词地责怪自己不能给儿子最有效的疗法——喝自杀者头骨里的泉水。

麦克纳布太太的视线在儿子躺的床上流连不去：“他抖成那样把我吓得半死。我上次找过麦克默特里神父，他祈祷了很久，还在拉比身上洒了圣水才赶走魔鬼，但现在魔鬼又回来了。”她双手紧紧交握，仿佛正在挣扎，想摸摸自己的儿子却又不敢伸手。

“这不是魔鬼，只是一种病，而且不是很严重。”

“哎，夫人，您说的是。”麦克纳布太太喃喃地附和我，但显然并不相信。

我不断向麦克纳布太太保证，但也不让她抱着不切实际的希望。“他会没事的。他每次发作最后不是都复原了吗？”拉比从两年前开始发作，我猜可能是他已故的父亲生前重击他头部造成的。痉挛不常发生，但每次都让她吓得半死。她听了我的保证之后，迟疑地点点头，依旧不相信我的诊断。

“可能吧……可是他动不动就拿头乱撞，像刚刚那么用力……”

“没错，这有点危险。如果他再这样，让他远离坚硬的东西就好，最重要的是不要打扰他。我知道这看起来很可怕，但他真的没事的。只要让发作自然结束，然后抱他上床睡觉。”我苦口婆心，但也晓得尽管我说的是事实，这番话仍起不了作用，玛丽·麦克纳布需要更具体的保证。

我转身准备离开的时候，裙子大口袋里传来轻轻的咔嗒声，我突然有了灵感。我伸进口袋拿出两三颗雷蒙送我的魔力小石头。我挑了一颗白色的，可能是玉髓，一面刻着一个扭动的人。我想，这就是这颗石头的作用了。

我把魔力小玉髓放在麦克纳布太太手上，对她说：“把这个缝在拉比口袋里，可以保护他不受魔鬼的侵扰。”我清清喉咙，“然后你就不用担心了，就算他再发作，也会平安结束。”

我离开之后不久，突然觉得自己非常可笑，但又有些欣慰，同时也涌起一股感激之情。我不知道自己是成了更好的医生，还是只是变成伎俩更熟练的江湖郎中。不过，如果我帮不了拉比，我还是可以帮助他母亲——至少可以让她自己帮助自己。要医好病人不能只依赖医生，还要靠病人自己，起码这点雷蒙教过我。

接着我出门去处理当天的事，探望靠近农场西侧的两户人家；结果柯比和韦斯顿·弗雷泽这两家人状况都很好，于是我很快就踏上了回家的路。我在山坡顶找了棵大榉树坐下来休息一会儿，待会儿回去还得走上一大段路。太阳逐渐西沉，但还没碰到拉里堡西侧田埂边成排的松树。时间接近傍晚，晚秋的色泽将世界染得灿烂缤纷。

在我脚边，山毛榉落下许多冰凉滑溜的果实，不过顶上的树枝攀附着许多枯黄、卷曲的叶子。我背靠光滑的树干，闭上双眼，金灿灿的成熟大麦田不再那么耀眼，转变成深红的光辉透过眼帘。

佃农小屋滞闷的空气令我头痛，我把头靠在山毛榉树光滑的树皮上，慢慢深呼吸，让新鲜的户外空气充满肺脏，进行我称为“转向内在”的练习。这是我自己发明的方法，虽然还不完整，不过我想模仿雷蒙师傅在天使医院示范的那套方法，重现当时的感觉。我召唤自己身体每一寸的形象与感觉，想象各种器官系统正常运作时有什么外观与感觉。

我静静地坐着，两手轻松地放在大腿上，聆听自己的心跳。原本我因为爬山而心跳加速，现在心跳很快便趋缓了。秋天的微风撩起我颈边的鬈发，冷却我火烫的双颊。

我闭上双眼端坐着，追寻体内血液流动的路径，从包裹厚壁、充满奥妙的心室开始，蓝紫色的血液先穿过肺动脉，排出废弃物，获取氧气，经过一阵挤压，冲出主动脉，澎湃翻腾地涌向颈动脉、肾动脉、锁骨下动脉。我追踪血液经过身体的各个系统，直至最微小的毛细血管，在肌肤底下的汩汩流动，感受圆满、感受生命、感受安详。

我依然静坐着，慢慢呼吸，感觉身体疲倦而沉重，仿佛刚结束欢爱。我觉得肌肤很敏感，嘴唇微微肿胀，衣服贴在身上的重量仿佛詹米的双手触抚着我。他的名字治愈了我，这并非偶然。他的爱就像粮食或血液，无论对我心灵或身体的健康都不可或缺。我的心思追寻他，无论熟睡或清醒；我寻得他，心满意足。我的身体通红发烫，身体恢复了精神，渴求着他。

我不再头痛了。我又坐了一会儿，缓缓呼吸，然后站起身，下山朝着家的方向走去。

我从未真正拥有一个家。我五岁成了孤儿，然后跟着兰姆叔叔一起生活在漂泊的考古研究之中，度过了十三个年头。在飞沙走石的平原上宿营、在山洞里凿穴、在布满华丽纹饰的金字塔墓室里清理……拥有显赫学术头衔的昆汀 · 兰姆 · 比彻姆搭起一座座临时帐篷，进行着让他声名大噪的考古工作。我父亲突然因车祸去世，照顾我的责任就落到兰姆叔叔的肩上。他不想费心处理遗孤侄女这种无关紧要的小事，便立刻帮我注册了寄宿学校。

面对命运的无常，我可不会乖乖听话。我坚持拒绝进入寄宿学校，兰姆叔叔看出我拥有和他一样倔强的个性，于是耸耸肩，一眨眼便做出决定。从此我跟着他浪迹天涯，远离了秩序与常规的世界，也远离了算术、干净的床铺，以及像天天洗澡这类一般人习以为常的生活习惯。

和弗兰克结婚后，我依然过着这种居无定所的日子，只是住的地方从考古遗址换到不同的大学，毕竟历史学家是在屋子内挖掘史实的。所以，一九三九年第二次世界大战爆发后，我不像其他人一样觉得天崩地裂。我从当时租来的公寓搬到彭布罗克医院的初级护士宿舍，接着前往法国战地医院，之后又搬回彭布罗克医院，直到战争结束。我和弗兰克战后重聚，同住了几个月之后，便来到苏格兰，想找回对彼此的感觉。然而，我们只找到天人永隔的别离。我误入了巨石阵，穿越了疯狂的时空，来到我现在所处的古老年代。

我在拉里堡楼上的房间醒来，身边躺着詹米，感觉奇特又美妙。我看着那轻抚他睡脸的晨曦，想起他就在这张床上出生。屋里各种声音，像是早起的女仆踩在木梯上发出的嘎吱声，或是雨水敲打屋顶的声音，詹米因为听过上千回而早已习惯的声音，我都听得一清二楚。

他的母亲艾伦在门边种的晚开蔷薇散发出馥郁的幽香，香味从墙外向上飘扬，穿过窗户送到卧室来。这香味仿佛她伸出的手，从逝者的世界轻抚着詹米，也轻抚着我，欢迎我的到来。

宅邸外就是拉里堡，有田野、大麦、村庄与佃农小屋。詹米曾在山上源流的溪水里抓鱼，爬上栎树与高耸的落叶松，在每座小屋里围着壁炉吃饭。这里是他的家园。

他的生活也曾动荡不安，他曾被捕，在流放生涯中逃亡，当过佣兵，过着漂泊的日子。然后再次被捕、监禁、受酷刑、流亡，直到现在才尘埃落定。他生命中的头十四年都住在同一个地方，即使依例必须到舅舅杜格尔身边修习两年，这也只是他生命中的一小段经历，最终还是会回到自己的土地，照料他的佃农与庄园，融入更大的社会结构。恒定不变是他的宿命。

然而，詹米脱离了原本的宿命，体验过拉里堡疆界外的事物，甚至跨出了苏格兰岩岸。他面见国王，涉猎法律与商业，见识过冒险、暴力与魔法。越过了家园的疆界，宿命还能约束他吗？我很好奇。

我从山顶往下走，看到詹米在山下收集卵石，为一小块田埂边的清水石堤修补裂缝。一对兔子放在附近的地上，内脏已清除干净，但还没有剥皮。

我微笑着走到他身旁，吟了一段古老的诗句："水手从海上归乡，猎人从山丘返家。"

他也朝我微笑，抹去额头上的汗水，然后夸张地颤抖着说道："外乡人，别提大海啦！今天早上我看到两个小姑娘在蓄水池里划船，害得我差点把早餐吐出来。老天，就算有白兰地喝，我也不想再提起大海了。"他抬起最后一块石头安置在石墙上，"你要回家了吗？"

"对啊，要我帮你拿这两只兔子吗？"

他摇摇头，弯腰拾起那两只兔子："不用，我跟你一起回去。伊恩正在为马铃薯储藏室搭建天花板，需要帮手。"

拉里堡种下的第一批马铃薯再过几天就要收获了。那时我曾怯生生地建议挖个小地窖储藏这些马铃薯。每次看着马铃薯田，我都百感交集。一方面，我看到田里枝叶茂密的藤蔓就觉得很自豪；另一方面，我一想到六十户人家要仰赖藤蔓底下生长的作物度过整个冬天，又觉得很惶恐。我一年前没有多想，就建议拿主要的大麦田来改种马铃薯，而苏格兰高地之前从未种过马铃薯。

我知道一旦时机成熟，马铃薯将成为高地重要的主食，因为比起燕麦和大麦，马铃薯比较不容易受病虫害和歉收影响。多年前我曾在一本地理书中读到相关文章，知道这样做是可行的，但是要勇敢担下责任，负责大家的生计，主张改种马铃薯，可是另外一回事。

我也常思考着，勇于扛下他人生活的风险是不是久了就熟练了。詹米一直肩负着这样的责任，管理庄园与佃农的大小事务，他仿佛生来就很在行。不过，这么说也对，他确实生来就是要负责这些任务。

“地窖盖得差不多了吗？”我问道。

“是啊，伊恩已经把门装好了，洞也挖得差不多了，只是靠近里面有一小堆松软的土，伊恩站在那里，脚的钩子会陷进去。”虽然伊恩那只代替右小腿的木钩已运用自如，但偶尔还是会遇到这种小困扰。

詹米若有所思地往背后的山上看了一眼。“我们今天晚上要把地窖盖好，不然黎明前又要下雨了。”

我转过身，看着他手指的方向。山坡上只有野草和石楠，几株树，嶙峋的山脊上花岗岩矿层从蓬乱的杂草间冒出，除此之外什么都没有。

“你怎么知道要下雨了？”

他笑着抬起下巴朝山坡上点了点：“看到那棵小栎树了吗，还有旁边的白蜡树？”

“看到了，有什么特别吗？”我看着那些树，百思不得其解。

“树叶不一样啊，外乡人。你看，两棵树的颜色看起来是不是比平时浅？如果空气潮湿，栎树和白蜡树的叶子会翻转过来，所以你看到的是叶子背面。整棵树的色调看起来就会变淡。”

“假设是这样好了，那你也要知道平时树叶的颜色才行啊！”我半信半疑地质疑。

“我或许不懂音乐，外乡人，但我的眼睛还不错，而且我看过那些树上万次了，什么天气有什么样貌我也都有印象。”詹米挽着我的手笑着道。

田亩离农场主屋有段距离，一路上我们多半静静走着，享受午后阳光照在背上带来的温暖。我嗅了嗅空气，的确是要下大雨了，原有的秋天气味似乎更浓烈了，从鲜明的松脂味到成熟庄稼的尘土味，闻起来都更加强烈。我想，我正渐渐学会分辨拉里堡的生态节奏、景色与气味，假以时日，或许我能和詹米一样了解这一切。我轻捏他的手臂，他则在我手掌下轻轻出力回应我。

“你想念法国吗，外乡人？”他突然问道。

“一点也不，你为什么这么问？”我有点惊讶地回应。

他耸耸肩，没有看我。“我刚刚看你挽着篮子从山丘上走下来，阳光照在你的褐发上，你看起来好美。我觉得你就像是在这里土生土长的人，一如那些树苗，始终属于这片土地。然后我突然想起，对你来说，拉里堡可能只是个无聊的小地方，没有法国那样气派的生活，甚至连医院那种有意思的工作都没有。”他有点胆怯地低头看我，“我很担心总有一天你会感到这里的生活了无生趣。”

我沉默了一下才开口。虽然我早已经想过这件事，但仍小心地回答他：“詹米，我有生以来已经见识过许多事，也到过许多地方。有时候我会怀念我那时代的某些东西，我想再坐一次伦敦的公共汽车，或拿起话筒就能和远方的朋友谈天，我希望打开水龙头就有热水，不必从井里提水还得用大锅加热。我想念这些东西，但我其实不需要。至于气派的生活，我那时早就没兴趣了，有漂亮的衣服很棒，但如果要配上流言、心机算计、烦恼焦虑、无聊的宴会、琐碎的礼仪规则……那还是算了。我宁愿住田里，想说什么就说什么。”

他听到这句话笑了出来，我又轻捏他的手臂。

“至于工作……我在这里也有工作。”我低头看着手上篮子里的药草与药物，“多少还可以帮上一点忙。而且如果我想念赫德嘉嬷嬷，或其他朋友，虽然写信没有电话快，但我还是可以写信。”

我停下来，搂着他的手臂，抬头看他。这时落日西沉，夕阳为他脸颊的一侧镀上金边，他狂野的轮廓流露出安心的神情。

“詹米，我只想留在你身边，其他的一点都不重要。”

他静静地站着沉默不语，然后低头倾身，缓缓在我前额落下怜爱的轻吻。

我们一起越过最后一座小山丘，下山往屋子走去。我开口说道：“真有趣，我正巧也在想着同一件事。我很想知道，在法国经历过这一连串的事件之后，回到家乡你还开心吗？”

詹米微笑中带着些微伤感，往下看着屋子。夕阳余晖将三层白色灰泥石墙染成金棕色。

“这是我的家啊，外乡人，我属于这里。”

我轻触他的手臂：“你的意思是，你生来就该照顾这里吗？”

他深呼吸，伸长胳膊将手放在木质围篱上。这道栅栏在屋子外缘，用以隔开较低的田地。“其实我不是生来就该负责这儿的，外乡人。依照长子应有的权力，这里本来是威利要管的。如果他还活着，我想我会从军，或像杰拉德一样当个商人。”

詹米的哥哥威利十一岁时死于天花，所以当时六岁的詹米就成了拉里堡的继承人。

詹米做了一个类似耸肩的不自然动作，仿佛要挣开衣肩的束缚。他在不自在或迟疑的时候，常出现这个下意识的动作，我已经好几个月没看他这么做了。

“不过，威利走了，所以我成为堡主。”他看我一眼，表情有点羞怯，然后伸手从毛皮袋里拿出一件东西。是那条樱桃木的小蛇，威利雕给他作为生日礼物的，小蛇安坐在詹米掌心，头往后扭，好像很惊讶看到后面跟着自己的尾巴。

詹米轻抚那条小蛇，木质带有光泽，经过干燥处理的蛇身曲线在薄暮中闪现光芒。“有时候，我会在心里对威利说话。”詹米拨动掌上的小蛇，接着说道，“哥，如果你还活着，身为一个堡主，你会做一样的决定吗？或者你会找出更好的方法？”詹米看向我，有点脸红，“这样听起来会不会很傻？”

“不会。”我也用指尖轻碰小蛇光溜溜的头。草地鹨高亢清亮的叫声从远方田野传来，在向晚微风中剔透如水晶。

沉默了一会儿，我才轻声说：“我也做过一样的事。假装对着兰姆叔叔说话，对我的父母亲说话，特别是对我的母亲。我小时候并不常想到她，只偶尔梦到一个柔和又温暖的人，唱歌特别好听。但如果我生病，还有失去……费丝以后，我常常想象着她就在我身边。”一阵莫名的哀伤袭来，我想起了最近和很久以前失去的东西。

詹米轻抚我的脸颊，拭去我一边眼角的泪水。“有时候我会觉得那些已逝的亲人也会怀念我们，就像我们怀念他们一样。”詹米轻声说，“来吧，外乡人，我们再走一走，距离晚餐还有点时间。”他牢牢钩着我的手，我们沿着篱笆缓步走着，耳边传来裙摆扫过干燥野草发出的沙沙声。

“我明白你的意思，外乡人。我有时候也听到我父亲的声音，有时候在马厩里，有时候在田野中。通常那时候，我本来也没想着他。但突然我会转头，好像听到他的声音在远方，和一个佃农一起放声大笑；或在我背后，正在安抚一匹马。”詹米突然笑起来，下巴指向我们前方牧场一隅，“真奇怪，但我从没在这里听过他的声音。还真是没有。”这个角落看来毫不起眼，只是路边一道石墙的木质栅门。

“哦？那他还在世的时候，在这里说过什么吗？”

“通常是：‘詹米，你要是说完了，就转过去趴下。’”

我俩放声大笑，停下来靠在围篱上。我俯身近看，瞟了瞟围篱的木头。“所以这里就是你挨揍的地方？我没看到齿痕啊？”我说道。

“没有齿痕，不会打得那么用力！”他一边爱怜地抚过陈旧的白蜡木围篱，一边笑道，“伊恩和我指头扎到碎木片的时候，会跑回家让克鲁克太太或詹妮帮我们把碎片挑出来。她们每次都是边挑边骂。”

詹米朝屋子望去，一楼的窗户透出明亮的灯光，映着越来越浓重的夜色。厨房窗户后有深色的人影闪动，那是动作快速的瘦小身影，克鲁克太太和女仆正在准备晚餐。起居室一扇窗户前则突然隐约出现比较高大、像围栏一样高瘦纤长的身影。伊恩背着光站了一会儿，仿佛是詹米的回忆召唤过来似的，接着他拉上窗帘，窗户的光暗了下来，屋外变得柔和而朦胧。

“只要伊恩在，我都很开心。我是说，我们一起恶作剧被抓到，挨鞭子的时候。”詹米眼睛依然望着屋子一边说着。

“同病相怜？”我微笑着说。

“有一点。有个人和我一起承担，感觉自己就没那么坏了。更重要的是，只要有他在，我就知道待会儿不会静悄悄的。”

“伊恩会大哭？”

“哈！他每次都号啕大哭，叫得很惨，嘴巴从没停过。我知道他会哭，所以如果自己痛得叫出来，也不会觉得太丢脸。”天色太暗，我看不清詹米的脸，但感觉他又做了每次尴尬不安时那类似耸肩的动作。“我当然一直都忍着不叫，但不是每次都忍得住。如果我父亲觉得我该打，就不会手下留情，而伊恩父亲的手臂又正好和树干一样粗。”

我往下望着房子。“我还没有特别想过，但话说回来，为什么要在这里处罚你呢？屋子里一定有很多地方可以选吧，不然马厩也行。”

詹米沉默了一会儿，然后又耸耸肩。“我从没问过，但我认为这有点像法国国王。”

“法国国王？”这个推论有点莫名其妙，我愣住了。

詹米不自然地说：“呃，我不太知道在众目睽睽下换衣服、上厕所是什么感觉，但我可以告诉你，当我不得不站在那里和父亲手下的佃农解释自己干了什么好事才讨来一顿打，那可真是丢脸极了。”

“可以想见，真的很丢脸。”我有点同情又忍不住笑道，“所以你是说，因为你以后会成为堡主，所以你父亲才要你站在这里受罚？”

“我想是吧！佃农会明白，我将懂得什么是公平正义，因为我受过公平正义的处罚。”

CHAPTER 03 大丰收

拉里堡的田在之前就已经犁成高地常见的“垄沟型”，特色是高垄深沟，田沟深及膝盖，这样人走在田沟里，就可以轻松地用手往旁边田垄顶端播下种子。这种田是为了种大麦与燕麦而设计的，不过种马铃薯看起来也同样合适。

“书上说要种在坡地，不过我觉得种在这样的垄沟田也可以，种植在坡地上是为了避免作物因为积水而腐烂，而这块田的垄沟应该可以发挥同样作用。”伊恩凝视叶片茂盛的马铃薯田说道。

詹米也赞同：“听起来有道理，反正最上面的叶子似乎长得不错。不过，书上有没有说怎么分辨采收的时机？”伊恩负责掌管马铃薯的大小事，这块地从来没有种过马铃薯，所以他按部就班寄钱到爱丁堡订马铃薯种薯和种植马铃薯的书。书准时送来，作者是沃特·欧班宁·莱利爵士，书名是《科学耕作法》，里面有一小章说明爱尔兰目前如何种马铃薯。

伊恩常常把这本厚重的巨作夹在腋下（詹妮说伊恩只要去马铃薯田一定会带上它），以备在遇到什么原理或技术上的难题时可以查阅。现在，伊恩用前臂抱着翻开的书，另一只手伸到毛皮袋里摸索他读书时戴的眼镜。这副带着小小圆形镜片的金边眼镜以前是伊恩父亲的，伊恩每次戴上，眼镜总是会溜到鼻尖，让伊恩看起来像只专注的小鹳鸟。

“作物应于冬季首只雁子出现时采收。”伊恩念出书里的一段话，然后抬起头，眯着眼透过眼镜凝望着马铃薯田，好像在搜索是否有雁子会从田垄间探出头来通知大家准备采收。

詹米皱眉，从伊恩背后越过他的肩膀瞪着书看：“冬季的雁子？他是指哪一种雁子，灰雁吗？但灰雁整年都在，他说错了吧！”

伊恩耸耸肩说道：“可能爱尔兰只有冬天才看得到灰雁吧！或者他根本不是指灰雁，而是指某种爱尔兰的雁子。”

詹米哼了一声：“一点屁用也没有。他还说了什么有用的东西？”

伊恩用手滑过一行行的字默念着。一小群被这种新奇耕作方法吸引过来的佃农，开始围在我们身旁。

“马铃薯不能在湿的时候挖出来。”伊恩告诉我们，詹米听了哼得更大声。

伊恩继续喃喃自语：“马铃薯腐烂、马铃薯虫……我们的马铃薯没长虫，真幸运。马铃薯藤蔓……不，这里讲的是藤蔓枯萎的处理方法。马铃薯病害……得先看到马铃薯才知道有没有生病。马铃薯种薯、马铃薯的储存……”

“科学耕作法是吧？这是哪门子科学？连判断马铃薯能吃了没都做不到！”詹米怒气冲冲地盯着深绿色叶片茂密的藤蔓，质疑道。

始终跟在詹米背后的菲格斯原本正看着食指上一只毛毛虫迷迷糊糊地蠕动，这时抬起头来问道：“你们为什么不挖一棵出来看看？”

詹米张口结舌地看着菲格斯，几秒钟之后，他闭上嘴，默默拍了拍菲格斯的头，然后伸手去拿立在围墙边的长柄草耙。

在伊恩的指导与沃特爵士的知识的帮助下，负责耕作照料马铃薯的那群佃农，这时争相围了上来，想瞧瞧自己先前辛勤劳作的成果。

詹米挑了田边一株大而茂密的藤蔓，屏住呼吸小心翼翼瞄准根部旁边放下草耙，然后脚踩在草耙底部用力一压，耙齿缓缓没入潮湿的棕色土壤。

我在一旁也屏住气等待着。这场马铃薯试种不只关乎沃特爵士的名声，更关乎许多其他的事情。严格说起来，这也关系到我的名声。

詹米和伊恩已经证实，今年大麦的收获虽然还足以供应拉里堡的佃农所需,但确实不如以往。如果再有一年歉收,所剩无几的存粮就会耗尽。就高地农庄来说，拉里堡的收成确实不错，但也只比其他收获不怎么样的农庄好一点而已。可是，如果马铃薯的耕作顺利，接下来两年拉里堡的居民就不必担心断粮，真的可以欢庆丰收了。

詹米的脚跟踩住草耙，然后握住耙子的长柄往下一撑。土壤在藤蔓四周迸开，接着啪的一声，马铃薯藤蔓被扯断弹起，露出了埋在土壤中硕大的马铃薯。

“哇！”拉起的藤蔓连着根茎，上面挂满了棕色圆球状的马铃薯，围观的佃农一看，纷纷发出惊叹。伊恩和我跪在地上扒开松软的土壤，寻找其他从藤蔓上断落的马铃薯。

“成功了！”伊恩一边大喊，一边把马铃薯一个一个从土里拉出来，“你看！这颗个头多大！”

“对啊！还有这颗！”我也兴奋大叫，挥舞着有我两个拳头大的马铃薯。

我们终于把试种出的作物放到篮子里，大约有十颗超级大的，二十五颗拳头大小的，以及好几颗高尔夫球大小的。

詹米审视着这批收成的马铃薯，疑惑地问道：“剩下的小马铃薯我们应该留在土里让它们长大，还是赶在冬天前就挖起来？”

伊恩心不在焉地摸索着眼镜，然后想起沃特爵士那本书放在围墙另一边，于是不再找眼镜，摇了摇头。“不用留，我觉得应该挖起来。书上说要留小颗的马铃薯当明年的种薯,我们会需要很多种薯。”伊恩说完，对着我露出如释重负的微笑。他额前落下一束浓密的棕色直发，一边脸颊下方有泥土污渍。

一位佃农的妻子低头望向篮子，睨着篮里的作物。她迟疑地伸出手指，戳戳一颗马铃薯。她扬起眉毛怀疑道："你说这个可以吃？但我看不出这要怎么磨碎做成面包或粥。"

"我想你不必把马铃薯磨碎，默里太太。"詹米客气地解释。

"是吗？那你们要怎么处理？"这位太太挑剔地瞟了瞟篮子，嘴里说道。

"呃……"詹米吞吞吐吐。我突然想到，虽然詹米在法国吃过马铃薯，但他从没看过人家如何烹调马铃薯，显然詹米自己也发现了这点。詹米盯着手上沾了层泥土的马铃薯，不知如何是好，看得我暗自窃笑。伊恩也直愣愣地盯着马铃薯，显然沃特爵士没对马铃薯的烹调方式提出任何建议。

"马铃薯可以烤着吃。"菲格斯突然从詹米手臂下钻出来，再次替詹米解了围。他看着马铃薯，馋得咂嘴。"用炭火烤过，吃的时候撒点盐，有奶油的话更好。"

"我们有奶油。"詹米放心地呼了一口气，他把马铃薯丢给默里太太，仿佛丢还一颗烫手山芋，然后郑重其事地告诉她："由你来烤。"

"也可以用煮的，或加牛奶压成泥；还可以用炸的，或是切一切煮汤。马铃薯吃法很多。"我也帮忙出主意。

"书上就是这么说的。"伊恩满意地喃喃自语。詹米看着我，嘴角露出微笑。

"没听你说过你会煮菜啊，外乡人。"

"严格说来这也不算煮菜，煮个马铃薯还难不倒我。"我说道。

"很好。"詹米扫视这群正互相传递马铃薯的佃农和佃农的妻子，看得出来他们脸上还是带着十分犹疑的表情，詹米于是大声拍手引起大家注意。"今天晚上我们就在田里吃晚餐。请各位准备一下，汤姆、威利、威利太太，可以请你们拿大锅来吗？很好，找一个人去帮你们抬过来。"接着詹米手朝树下的一群农舍一挥，转身对一个年轻人说："还有你，金凯德，去告诉大家：今天晚餐我们吃马铃薯！”

就这样，由詹妮协助，大家从挤奶棚提了十桶牛奶，从鸡舍抓了三只鸡，从菜园里拔了四十八棵青葱，在我的指挥下，为拉里堡的堡主和佃农熬韭葱马铃薯鸡汤及烤马铃薯。

晚餐煮好时，太阳已经沉到地平线下，但天色还微微发亮，一道道金红色的霞光穿透山丘上松叶林黑暗的枝丫。佃农看到马铃薯，知道以后就要以这种食物为主食，刚开始有点疑惑不安，但是宴会般欢乐的气氛，再适时加上一桶自家酿的威士忌，便打消了所有疑虑。很快大家就在马铃薯田附近席地而坐，碗放在膝盖上低头吃着，享用这顿临时安排的晚餐。

“你觉得怎么样，多尔卡丝？”我听到旁边的女人对邻居说，“味道有点怪，对吧？”

多尔卡丝先点点头咽下嘴里的食物，然后才回答：“对啊，不过堡主已经吃掉六个了，看起来好像没什么问题。”

男人和小孩的反应就热烈得多，可能是因为有足够的奶油可以配马铃薯。

詹妮也观察到了这点，她说：“只要有奶油配，男人连马粪都吃。男人！只要肚子吃饱，喝醉有个地方躺下睡觉，他们对人生就心满意足了。”

“你对男人评价这么低，能忍耐我和詹米还真是个奇迹。”伊恩听了詹妮的话揶揄道。詹妮对着伊恩和詹米挥挥汤勺表示不同意，围着大锅在他们身边坐下。

“哎哟，你们两个不是男人。”

这时伊恩扬起纤长的眉毛，詹米浓密的红色睫毛也张得老开。

“哦，我们不是男人？那我们是什么人？”伊恩问道。

詹妮转身向他微笑，洁白的牙齿在火光映照下闪耀。她摸摸詹米的头，轻轻吻了伊恩的前额。

“你们是我的人。”

晚餐后，一个男人唱起歌，另一个拿了支木笛为他伴奏。歌声轻柔，但在寒冷的秋夜中穿透力十足。夜里寒气重，但平静无风，裹在披肩和毯子里，一家人围着篝火而坐，温暖又舒适。晚餐煮好后，篝火的火焰完全燃起，明亮的火光驱走了大片黑暗。

全家人暖和地聚成一团，偶尔打打闹闹。伊恩去取柴薪，玛格黏在妈妈身上，哥哥小詹米只好另找地方依偎取暖。

“我要把你头朝下脚朝上吊在那口锅上，免得你再戳我的蛋蛋。”詹米警告他外甥,小詹米精力旺盛地在舅舅大腿上扭来扭去。“你是怎么了，裤子里有蚂蚁吗？”

小詹米听了一阵咯咯笑，然后更努力地往詹米怀里钻。詹米假装吃力地要去抓小詹米的胳膊和腿，然后抱住他在地上滚，逗得小詹米更是开心地又笑又叫。

詹米把小詹米轻压在地上，黑暗中一只手胡乱在草地上抓了一把湿湿的杂草，满意地嗯了一声，然后欠身把手里的草塞进小詹米的衣服领口。小詹米从咯咯笑变成尖叫，但听起来更开心了。

“好了，去找你舅妈。”詹米说。小詹米听话地手脚并用爬了过来，趴在我腿上，窝在斗篷中间。对一个快四岁的小男孩来说，他尽了最大努力保持不动（虽然不太成功），好让我帮他掏出衣服里的草屑。

“舅妈，你闻起来好香啊！”小詹米用他乱蓬蓬的黑色鬈发磨蹭我的下巴，对我亲热地说道，“有食物的味道。”

“是吗？谢谢。你是不是又饿了？”我说。

“嗯，有牛奶吗？”

“有！”我伸长手钩到粗陶罐，摇了摇罐子，听得出里面的牛奶所剩不多，我索性把瓶身一斜，拿着罐子让小詹米直接喝。

小詹米现在专心喝着牛奶，终于不再乱动，结实的小小身躯沉甸甸地坐在我的大腿上，胖嘟嘟的小手抱住瓶子，背抵着我的手臂。喝掉最后一滴牛奶，小詹米一下子放松下来，轻轻打了个饱嗝。我察觉他身体散发出热度，体温突然变高，这通常是孩子想睡觉的征兆。我用斗篷裹住他轻轻摇着，伴着篝火另一端的曲调轻声哼唱。他背上脊椎骨有几个小小的突起，像弹珠般摸起来圆圆硬硬的。

“他睡着了吗？”大詹米的身影从我背后靠近，短剑的剑柄反射着火光，他红铜色的头发也映着光芒。

“是啊，他不动来动去了，应该是睡着了。抱着他好像在抱一条大火腿。”我才说完，詹米就笑了。我感觉到他坚实有力的臂膀刷过我的手臂，他身躯散发的暖意穿透了我的格纹披肩与连衣裙，包围着我。

夜里的微风将詹米一缕头发吹上我的脸颊，我伸手要拂开时，察觉小詹米说对了，我的手上都是青葱和奶油的味道，还有切过马铃薯的淀粉味。昏昏欲睡的小詹米身子沉甸甸的，抱着他虽然舒服，但我的左腿给压得有点麻。我动了动，想让他横躺在我腿上。

“别动，外乡人。一下子就好，我的褐发美人……别动。”詹米温柔的声音从耳边传来。

我听话地一动也不动，直到他轻碰我的肩膀。

“没事了，外乡人。你的脸庞映着火光，头发飘扬在风中，那一刻看起来好美。我只是想记住这一刻。”他的声音里充满笑容。

我隔着小詹米转头对他微笑。寒冷的黑夜，因为身边围绕的人而充满了生气，我们不需要什么，只要光和热，以及相属的彼此。

CHAPTER 04

情同手足

菲格斯刚来苏格兰时话不多，总是待在角落默默观察，但后来终于融入这个家，和拉比一起正式担下马厩的工作。

拉比虽然比菲格斯小一两岁，块头却和这瘦弱的法国小伙子一样大，两人很快成了形影不离的朋友，但打架和吵架（每天都会来个两三次）的时候例外。有一天早上，他们吵着吵着便上演起全武行，挥拳怒骂，一路滚打到挤奶棚，打翻了两锅发酵中的鲜奶油，这时詹米不得不插手了。

詹米一脸严肃，好像已经忍耐很久了，揪着两个臭小子瘦弱的后颈，把他们抓到马厩里。詹米一直以来都很犹豫动手处罚到底对不对，不过我想他显然在马厩里抛开了所有顾忌，好好惩罚了这两个小子。最后他大步走出马厩，一边摇头一边把皮带系回去，便和伊恩骑马往莫德哈堡去了。过了一阵子,两个小鬼才现身,看起来会乖乖听话了,而且因为“患难见真情”而再次恢复友谊。

他们果然乖得很，甚至在忙着正事的时候还让小詹米跟在屁股后面玩闹。稍晚，我从窗户望出去，看见他们三个人在前院玩着破布球。天气寒冷有雾，他们又跑又跳、大声笑闹时嘴里吐出一朵朵轻柔的雾气。

“小詹米长得真健壮！”我对着正在针线篮里找扣子的詹妮说。

詹妮抬头见我望着窗外的孩子，微微一笑道："是啊，小詹米是个可爱的小家伙。"她走到我身边的窗子前，看他们在底下玩游戏。

"他很像爸爸，但我觉得以后他肩膀会更宽，身材可能会和詹米舅舅一样。你看那两条小腿。"詹妮温柔地说。詹妮说的应该没错，虽然小詹米还不到四岁，还有幼儿圆嘟嘟的体态，但双腿修长，小小的背也宽阔平坦，都是结实的肌肉。他的骨架和神态气质像詹米一样修长优雅，还糅杂了一些特质，看来比一般孩子更灵活强壮。

我看着小詹米扑过去，灵巧地抢过球，用力一丢，球飞过拉比的头，拉比边叫边跑去捡。

"他还有些地方也像他的詹米舅舅，我想他应该也会是个左撇子。"我说道。

"天啊！希望不要，但你说的恐怕没错。"詹妮皱起眉头看着她的孩子，"可怜的詹米因为是个左撇子而吃了太多苦头，从我父母到学校老师，每个人都要他改，但詹米就像木头一样顽固，怎么说也不肯屈服。"詹妮后来想到又加了一句，"但伊恩的父亲除外。"

我好奇地问道："伊恩的父亲也觉得左撇子没什么不好？"我知道在这个时代，一般人都不能接受左撇子，说好听一点是倒霉，严重的话会被视为恶灵附身。詹米用右手写字写得不是很好，他在学校时常因为用左手拿羽毛笔写字而被处罚。

詹妮摇摇头，罩着头巾的乌黑鬈发跟着晃动。"嗯，老约翰·默里是个怪人，他说如果老天决定让詹米的左手更有力，那糟蹋这份天赋是种罪过。老约翰是个难得一见的战士，所以我父亲也就照他的意思，让老约翰教詹米用左手搏斗。"

我说："我以为教詹米的是杜格尔。"我很想知道詹妮对她舅舅杜格尔的看法。

詹妮点点头，舔了舔线头，敏捷地一戳就把线穿过手上的针孔。"不过那是后来詹米长大交给杜格尔抚养的事。伊恩父亲是詹米的武艺启蒙导师。”

詹妮剪断线尾，接着说：“我记得他们小时候，老约翰告诉伊恩，他的职责就是站在詹米右边，在战斗时要守护主子比较弱的一侧，伊恩也听进去了，他们两个很重视这个默契。我觉得老约翰是对的。从此没有人打得过他们，就算麦克纳布家的小伙子也打不过。詹米和伊恩个头都很高壮，肩并肩作战时，就算敌方人多势众，他们也所向无敌。”

她突然一笑，把一绺头发往耳后抚顺。“有时候我看他们一起走在田间，还会留着这个习惯，他们自己可能也没发现。詹米一定走在左边，伊恩站在右边，守护詹米比较弱的一边。”

詹妮凝视窗外，暂时忘了放在腿上的上衣，一只手抚着微微鼓起的腹部。她看着窗外黑头发的儿子，一边说：“希望这是个男孩。不管是不是左撇子，男人都该有个兄弟照应。”我看到她望着墙上的画，画中的詹米年纪还很小，站在他哥哥威利的双膝之间，两张稚嫩而正经的脸都有着狮子鼻，而威利一只手护着弟弟的肩膀。

“詹米很幸运有伊恩在身边。”我说道。

詹妮移开视线，眨了一下眼睛。她比詹米大两岁，比威利小三岁。“没错，他很幸运。我也一样。”她拾起腿上的上衣轻声说道。

我从针线篮里拿起一件儿童罩衫，翻面露出腋下绽开的接缝。这么冷的天气，会出门的只有爱玩的小男孩，还有必须干活的男人。客厅里温暖舒适，在我们缝缝补补时，窗户很快起了雾，将冰雪世界隔绝在外。

“说到兄弟，你小时候，会常与杜格尔与科拉姆兄弟见面吗？”我眯着眼穿针，一边问道。

詹妮摇摇头：“我从来没见过科拉姆。杜格尔来过一两次，带詹米回来过除夕吧，但我和他不太熟。”她从手上的针线活中抬起头来，眼里闪过一丝兴趣，“不过你认识他们，跟我说说，科拉姆是个什么样的人。我总是只能从客人的谈话里拼拼凑凑，父亲和母亲从来没提过他们……”她突然停顿，皱起眉头。

“等等，父亲提过科拉姆一次。那时杜格尔刚走，带詹米回碧恩纳赫。爸那时靠在外面的篱笆上，看着他们渐骑渐远，我跑出来向詹米挥手道别。每次他离开我都很伤心，不晓得他会去多久。总之，我们看着他们过了山丘顶端，父亲才动了动，嘟囔着：‘要是科拉姆去世，希望老天保佑杜格尔！’然后他好像意识到我还在旁边，便转过来朝我微笑问道：‘小姑娘，今天晚餐吃什么？’然后再也不肯多说了。”詹妮疑惑地扬起眉，那对乌黑的眉毛浓密又漂亮，就像一道书法的笔画。

“我觉得很奇怪，因为我听说（这大家都知道）科拉姆瘸得很厉害，所以由杜格尔代他外出行堡主的职责，收租金、排解争端，有需要时还带领族人打仗。”

“的确如此，不过……”我犹豫着不知道要怎么说明他们奇怪的共生关系，“这么说吧，我能想到最贴切的描述，是有次我听到他们吵架，科拉姆告诉杜格尔：‘如果麦肯锡兄弟中，只能有一个老二和一颗头脑的话，我会很高兴我是有头脑的那一个！’”我笑着说。

詹妮惊讶地笑了出来，然后凝视着我。从她眼底看得出她在思考，那蓝眼睛和詹米的一模一样。“怪不得。有一次听到杜格尔谈科拉姆的儿子小哈米什时，我就觉得不对劲，他的关爱似乎比平常的叔叔多了一点。”

我瞪着詹妮：“詹妮，你的反应好快！我和他们朝夕相处好几个月，也到很久之后才想通呢！”

她微微耸肩，但嘴边浮出一抹浅笑。“我会注意听人家说了什么、没说什么。而且高地这里的人说长道短的功夫可厉害了。”她咬断线头，利落地吐在掌上，一边解释道，“那么，和我说说理士城堡吧！听说理士城堡很大，但不像布尤利或凯拉伏克那么雄伟……”

我们整个早上边做事边聊天，先是缝补衣服，然后卷好编织的毛线，接着帮小玛格设计新衣服的式样。屋外小男孩的叫闹声停了，屋后则传来轻微的声响与碰撞声。看来小家伙觉得冷了，改到厨房玩了。

詹妮瞥了一眼窗外说：“说不定快下雪了。空气里有股湿气，今天早上湖边起雾了，你有没有看到？”

我摇摇头：“希望不要下雪，这样詹米和伊恩回来不方便。”莫德哈堡的村子离拉里堡不到十英里，但一路上都是山丘，山坡陡峭且布满岩石，路又比鹿群踩出的小径宽不了多少。

但中午过后不久还是下雪了，而且直到傍晚过了很久，依旧雪花纷飞。

詹妮戴着睡帽，探头查看云层密布的天空，天空映着白雪淡红色的光辉。接着她缩回头说：“他们一定待在莫德哈堡了。别担心，他们会舒舒服服地挤在一间小屋过夜。”她关上护窗板，微笑着要我放心。走廊尽头突然传来大哭，詹妮提起睡袍的衣摆，咕哝着叹着。

詹妮忙着去安慰孩子，回头对我喊道：“晚安，克莱尔，睡个好觉！”

我通常都睡得很好，虽然天气又湿又冷，但房子盖得密不透风，床底垫了鹅绒，床上的棉被又厚又暖。然而，今晚詹米不在身边，我无法入眠。床铺空荡荡又湿黏冰冷，我的小腿有点抽筋，脚底板也是冰冷的。

我试着仰躺，双手在腹部轻轻放着，闭上眼深呼吸想象詹米的身影。如果我能想象詹米就在这里，黑暗中在我身边沉沉呼吸，或许我就能入睡。

一只公鸡突然大声啼叫，吓得我从枕头上弹起，仿佛床底的炸药被点燃了引信。

“可恶！”突如其来的惊吓拨乱了我的每根神经，我起身打开护窗板，发现雪停了，但天空仍阴沉沉的，举目四望都是同一种颜色。楼下的鸡舍里，那只雄鸡又扯开嗓门啼叫。

“住嘴！现在是半夜，你这长羽毛的浑蛋！”我生气了，鸡群也咯咯责备，声音回荡在静悄悄的夜里。走廊尽头传来孩子放声大哭的声音，接着就听到詹妮用盖尔语低声怒骂。

我对那只看不见的公鸡自言自语地说道：“你死定了！”我等了一下，确定那只公鸡没打算继续啼叫，我才把护窗板关上，上床继续睡觉。

这场骚动打断了我原本的思绪，我决定不再乱想，全心专注在身体上，希望借此达到放松效果而入眠。

效果很好。然而，当我意识开始蒙眬，心思停留在胰脏附近的时候，依稀听到小詹米砰砰地走过走廊，到妈妈房间去。他每次尿急醒来，往往迷糊着不懂得自己解决，总是跌跌撞撞地下楼找人帮忙。

我曾想过，来到拉里堡，我会不会刻意疏远詹妮，会不会嫉妒她那么容易就怀孕。要不是亲眼见识到一个母亲要照顾许多孩子所付出的代价，我可能会嫉妒她。

詹妮领小詹米回房睡觉时，一阵懊恼的声音从门外传来：“你这傻瓜，你床铺旁边不就有个壶吗？你出来的时候一定还踢到了那个壶，怎么没想到要用？为什么每次都要来用我的？”随着她上楼，声音渐渐微弱。我微微笑着，然后继续观想，从原来的胰脏沿着肠子的曲线一路往下。

我不嫉妒詹妮还有一个原因。我原本以为失去费丝的小产让我伤了身体，但经过雷蒙师傅疗愈之后，这份恐惧已经消失无踪。我对身体的探索到了尾声，感觉脊椎放松即将入眠，我能感觉到身体一切安好。我怀过孩子，以后也能再怀上，我需要的只是时间，还有詹米。

詹妮的脚步声在走廊地板再度响起，玛格带着浓浓睡意的叫唤声传来，让那脚步声加快往房子另一头去。

“孩子很可爱，但要日夜呵护的时候，就不可爱了。”我喃喃自语，进入梦乡。

隔天一整天，我们做家务、处理日常杂务时，也竖起耳朵盼着前院响起马蹄声。

“他们在那儿一定是有事耽搁了。”詹妮冷静地说，但我发现她每次经过窗边还是会停步眺望屋外的路。

至于我，则是很难控制自己不去乱想。英国乔治王签署的赦免令，还锁在堡主书房的书桌抽屉里。詹米觉得那封信是一种羞辱，本来想把信烧掉，但我坚持把信留下，以备万一。现在，我听着冬季的寒风呼啸，心中莫名担心赦免令会不会搞错了，或者是某种骗局。我脑中的画面尽是詹米又遭到红外套的龙骑士逮捕，在狱中饱受凌虐，还有摇荡在空中的绞绳。

终于，詹米和伊恩在黄昏前返回家，马匹上挂满袋子，装着盐、针、腌渍香料，以及其他拉里堡无法自己生产的东西。

马匹回到马厩院子，传来嘶嘶鸣叫声，我立刻冲下楼，接着便看到詹妮从厨房探出头来。

我一见詹米高大的身影笼罩在马厩投下的阴影中，全身便感到如释重负。我不顾地上覆着残雪，奔过马厩院子，投入詹米怀里。

"你究竟跑哪儿去了？"我质问他。

他没立即回答，而是慢条斯理地吻了我。贴着我的他的脸颊有点凉，双唇隐约有股威士忌的香味。

他嗅着我头发里厨房的油烟味，满意地说："晚餐吃香肠吗？太好了，我肚子好饿。"

"晚餐吃煎肠薯泥。你去哪儿了？"我说。

他笑了笑，解下苏格兰彩格披肩，甩掉棕色的雪。"煎肠薯泥？那是食物对吧？"

我向他解释道："就是香肠配马铃薯泥，传统英格兰佳肴，蒙昧无知的苏格兰迄今尚无缘一尝美味。好了，你这该死的苏格兰佬，这两天你到底去哪儿了？我和詹妮都很担心！"

"呃，我们出了点小意外……"詹米正要解释，就看见菲格斯提着灯的小小身影。"你提灯来啦，菲格斯？很好，小伙子，放在那里才不会烧了稻草。记得把那匹辛苦的马牵回马房，安顿好就去吃晚饭。我想晚餐应该已经准备好了吧？"詹米伸手想亲切地拍拍菲格斯的耳朵，菲格斯笑着躲开了。显然，不管昨天在马厩里发生了什么事，他们感情还是一样好。

我这次语气严肃起来："詹米，如果你再扯什么马、香肠的，却不说你发生了什么意外，我可是会踢你小腿胫骨！我只穿了拖鞋，虽然踢起来我的脚趾会非常痛，但我警告你，我绝对不会罢休。”

他笑着说道：“这听起来不太像是个威胁。没什么特别的，外乡人，只不过是……”

“伊恩！”詹妮因为被玛格耽搁了，现在才赶过来，刚好看到伊恩踏入提灯的光晕里。我被詹妮的声音吓了一跳，转过身去，看到詹妮一个箭步上前，一手抚上伊恩的脸。

“发生什么事了？”詹妮问道。看来，不管究竟是什么意外，受害最重的是伊恩。他一眼乌青，肿得有点睁不开，一侧颧骨还有一道皮开肉绽的长抓痕。

“没事，黑发美人，只是几处瘀伤而已。”詹妮抱着伊恩，伊恩轻拍着她，小玛格别扭地挤在中间。

詹米解释：“我们从离村子三百码外的那座山丘下来，路不好走，我们下来领着马，结果伊恩不小心踩到鼹鼠洞，跌断了腿。”

“断的是木头做的那只脚。”伊恩强调，然后有点腼腆地笑了，“被我踩到的那只鼹鼠才惨咧！”

“所以我们在附近一间小屋待了一阵子，我帮他刻一只新的木肢。”詹米下了结论，“可以吃晚餐了吗？我饿得前胸贴后背了。”

我们随即进了屋，克鲁克太太和我端上晚餐，詹妮用金缕梅水给伊恩清洗受伤的脸，忧虑地检查其他伤势。

“这点小伤没什么，只是几处瘀青罢了。”伊恩向詹妮保证，但我看着伊恩进屋，发现他义肢上方正常的腿肿得很大。收拾碗盘时我低声和詹妮说了几句。等大家都坐在客厅休息，鞍袋里的东西也都整理好，詹妮跪在伊恩旁边的毯子上，握住新的木肢。

詹妮坚定地说：“我们把木肢拿下来吧，你受伤了，我想请克莱尔检查一下，或许她更能帮上忙。”

伊恩之前的截肢手术做得不错，运气也很好，军医截掉了下肢，但保住了膝关节，让伊恩活动起来方便得多。但是目前这个膝关节不但没有帮助，反而让他的行动更为不便。

伊恩从山上滚下来时，腿扭伤的状况颇为严重，截肢尾端撞得瘀紫，木肢套锋利的边缘割裂了皮肉。即使其他一切正常，这样的腿要承受任何重量都很不舒服了，更何况他的膝盖也扭伤了，关节内侧又肿又热。

伊恩忠厚的脸几乎和他受伤的关节一样红。尽管伊恩可以完全客观地看待自己的肢体缺陷，但他还是很难接受偶尔使他陷入无助的处境。比起我碰到他伤口造成的疼痛，像这样暴露在众人眼前的难堪所造成的痛苦，恐怕也不遑多让。

我手指轻轻滑过膝盖内侧肿胀的部位，告诉伊恩："你这里的韧带撕裂了，我无法告诉你伤得多严重，但看得出是十分糟糕的。你膝盖里积有液体，所以才会肿胀。"

"你能治好他吗，外乡人？"詹米从我背后探出头来，忧虑地皱眉看着伊恩肿痛发炎的腿。

我摇摇头："我帮不上太多忙，只能冰敷减轻膝盖的肿胀。"说完我抬起头，摆出赫德嘉嬷嬷的表情盯着伊恩，"而你，得乖乖待在床上，痛的话明天可以喝点威士忌，至于今天晚上，我会给你鸦片酊让你入睡。至少一个礼拜内都不要动到伤处，之后再看看状况。"

伊恩不同意："不行！马厩有面墙要补，上坡的田里有两条沟渠要筑，有犁头要磨，还有……"

"还有一条腿要休养。"詹米口气坚定地说道。他看着伊恩，蓝色眼睛发出锐利的目光。我私下将这种目光称为"堡主的眼神"，大部分人一看都会马上吓得听命行事，但伊恩可是曾和詹米共吃一碗粥、玩着同一个玩具，还一起狩猎战斗、一起挨过鞭子，可不像其他人那么容易屈服。

伊恩直截了当回嘴："门儿都没有。"伊恩棕色的眼睛炙热的目光瞪着詹米，掺杂了痛苦愤恨的情绪，还有一种我不明白的感觉。"你以为你可以命令我？"

詹米大吃一惊，接着满脸通红，像被人甩了一巴掌。他显然想开口反驳，但几次忍下了冲动，终于镇定说道：“不，我不是命令你。但是，我可以请你好好照顾自己吗？”

两人对峙许久，但我无法解读他们目光中的信息。终于，伊恩放松了肩膀，带着不自然的微笑点了点头。

“可以。”伊恩叹口气，伸手揉了揉颧骨的抓痕，摸到伤口时痛得缩了一下。他深深吸了一口气，硬着头皮向詹米伸出手：“拉我一把吧？”

要撑着只有一条腿的人爬上两层楼梯实在不容易，不过他们还是顺利地上了楼。在卧房门口，詹米让詹妮扶着伊恩进房，便转身打算离开。这时，伊恩轻声用盖尔语很快对詹米说了一句话。我的盖尔语还不是很流利，但我想伊恩说的是“保重，兄弟”。

“你也保重，兄弟。”詹米停下脚步，回头一笑，温暖的烛光照亮他的双眼。

我随詹米沿走廊走回我们的房间。詹米垂着肩膀显得有些疲累，但在他睡前，我有几个问题想问。

刚刚伊恩对詹妮说“只不过是几处瘀青”，要她放心。的确有“好几处”瘀青，除了他脸上和腿上的瘀青，我发现他上衣衣领下还半掩着瘀紫的痕迹。不管鼹鼠对伊恩侵犯它的地盘有多生气，我都不相信鼹鼠会想勒死伊恩作为报复。

詹米也不急着入睡。

我说：“看来‘眼不见，心更念’这句话说得没错。”昨晚空荡的床，现在睡两人就刚刚好了。

詹米半闭着眼，舒服地说：“什么心？好，那儿也按一下。天啊，好舒服，继续继续……”

“别担心，我会继续，让我先吹熄蜡烛。”我起床吹熄蜡烛。护窗板开着，即使没有蜡烛的光焰，外头下雪的天空反射进房间的光线也够亮了。我可以清楚地看见詹米，修长的身躯盖着被子放松地躺着，双手虚握放在身侧。我钻进被子靠在他身边，执起他的右手，继续缓缓按摩他的手指和掌心。

我使力在他拇指根部的小丘上画圆按摩，詹米因为舒服而呻吟着。由于骑马抓着缰绳好几个小时而冰冷僵硬的手指，在我的按压下逐渐温暖放松下来。屋子很大，房里很冷，床是我们的避风港。他的身体温暖了我的身躯，我们享受肌肤亲密的触抚，不急着向对方索取，恬静而愉快。时候到了，或许这股触抚会加深，毕竟现在是冬天，长夜漫漫。我们在彼此左右，满足于此刻的互动。

过了一会儿，我才问道："詹米，是谁弄伤伊恩的？"詹米没有睁开眼睛，但开口前长叹了一口气。他并未因为不想回答而绷紧身体，他早料到我会问这个问题。

"是我。"他说。

"什么？"我惊讶得放开他的右手。詹米握拳又张开，然后动动手指。接着他把手展开放在床单上，两手并排让我比对。他的指关节有点浮肿，因为他对伊恩瘦骨嶙峋的脸挥出重拳，击中他的颧骨。

"为什么？"我太惊讶了。我看得出他们今天不同于以往，他们之间有种焦躁紧绷的气氛，但又不完全是敌意。我很难想象詹米会对伊恩出拳，对詹米来说，伊恩这个姐夫，几乎就像姐姐詹妮一样亲。

此时詹米睁开眼睛，却没看着我。他两眼向下凝视着指关节，心烦意乱地揉着。詹米除了指关节有点瘀青，没有其他伤痕，显然伊恩没有还手。

詹米想为自己辩白："伊恩结婚太久了。"

我瞪着他："我倒觉得是你太阳晒太久，晒昏头了，只不过这几天根本没太阳。你发烧了吗？"

"没有。"他否认，但不让我摸他额头，"我只是……得了，别摸了，外乡人，我没有发烧！"

詹米紧抿着嘴不发一语，沉默一阵之后他不再挣扎，于是告诉我事情的来龙去脉。伊恩其实是在莫德哈堡附近踩到鼹鼠窝，把木肢弄断的。

"我们在村里办了很多事，所以那时已经接近傍晚，而且又下雪了。

伊恩一直坚持自己还可以骑马，但我看得出他腿很痛。那附近有两三座小房子，所以我让伊恩骑了一匹小马，带他爬上山，请屋子主人让我们借住一晚。”

高地人素来热情好客，他们不但欣然答应让两人借住，还招待他们吃晚餐。吃完热乎乎的麦片粥和新鲜的燕麦糕，主人帮两人在炉火前打了地铺。

“炉火前能铺放被子的地方很窄，我们得挤在一起。但我们还是想办法让自己舒适地躺下。”詹米做了个深呼吸，有点羞怯地看着我。

“总之，我走了一天累坏了，睡得很熟，我想伊恩也是。但他过去五年，每天晚上都和詹妮睡在一起，习惯身边有个温热的身躯……反正，晚上不知道几点的时候，他转过身抱住我，然后吻了我的后颈。然后，我……”他欲言又止，即使房间昏暗，只有点亮雪光，我仍能想象得到他现在肯定满脸通红。“我立刻惊醒，以为是兰德尔……”

我一直屏着呼吸听他说完，才慢慢换口气说道：“你肯定吓了很大一跳。”

詹米嘴角一撇：“说真的，被吓到的人是伊恩。我往旁边滚开，朝伊恩脸上揍了一拳。等我恢复意识的时候，我已经压着掐住他的喉咙，他连舌头都吐出来了。那户姓默里的主人家在床上也快被我吓死了，我跟他们说我做噩梦了。呃，就某方面来说，这样讲也没错。但我乒乒乓乓搞得一片混乱，小孩子尖叫，伊恩在角落猛咳，默里太太突然从床上坐起来，嘴里念着‘谁？谁’，像只肥嘟嘟的小猫头鹰。”

我想象那幅景象，忍不住笑道：“詹米，老天爷。伊恩没事吧？”

詹米微微耸肩：“你刚刚也瞧见他的样子……后来过了一阵子，大家都回去睡觉了，剩下来的整个晚上我都躺在火炉前面，瞪着天花板。”我握起他的左手，轻抚瘀青的指关节，他没有抗拒。他的手指覆上我的手指，回握着我。

“然后我们第二天早上离开，等我们走到一个地方，可以坐下来，俯瞰下面的村庄，我……”他咽了咽口水，覆着我的手微微握紧，“我告诉他兰德尔的事，还有其他所有的事。”

我逐渐明白为什么伊恩用那种眼光看着詹米，现在，我也明白了为什么詹米表情紧绷，眼睛下方有黑眼圈。我不知道该说什么，只能捏捏他的手。

“除了你之外，我没想过我会告诉别人。”詹米也捏捏我的手，浅浅一笑，然后抽回一只手抹抹脸。

“但是伊恩他……”他不知怎么精确形容，“他了解我，对吧？”

“我想他了解你。你们认识很久了，不是吗？”

他点头，双眼茫然地看着窗外。又下雪了，小小的雪花在窗玻璃外跳舞，比天空更洁白。

“他大我一岁，我成长的岁月里，他一直在我身边，在我十四岁以前，我和伊恩朝夕相处。即使后来我去理士城堡两年，之后还去了巴黎、上大学，只要回到这里，不管哪个角落，伊恩都在。他看到我的时候，就像平常那样笑着，好像我不曾离开。然后我们一起散步，也是肩并肩走着，穿过田野和溪流，无所不谈。”他深深叹口气，手指耙过头发。

詹米努力解释：“我有一部分属于这里，从未离开，伊恩就是那部分。我想……我一定要告诉他，我不想有距离感，不想和伊恩、和我的家乡有距离感。”他看着窗外，然后又转头看着我，在暗淡的光线中双眼深沉，“你能了解吗？”

“我了解。但伊恩了解吗？”我轻声说道。

詹米又做了那个不自在、微微耸肩的小动作。“我看不出来。我才开始说，他就猛摇头，一副不相信我的样子。等他相信了……”詹米停下来舔湿嘴唇，我看着他，想象他在雪地里和伊恩吐露实情花了多大的心力，“我看得出他直觉就要跳起来踱步了，但因为他的脚，他做不到。他紧握拳头，脸色苍白，口里一直说着：‘怎么可能？该死的，詹米，你怎么可以让他这样做？’”

詹米摇摇头：“我不记得自己说了什么，也不记得他说了什么。我只记得我们朝对方大吼大叫，我想揍他但不行，因为他的腿，他也想揍我但做不到，也因为他的腿。”他哼笑一声，“老天爷，我们看起来一定像两个超级大傻瓜，朝对方张牙舞爪、大吼大叫。我吼得比较久，总算让伊恩住嘴，静下来听我说完。

“可是突然间，我说不下去了。似乎这么做并没什么意义。我一下子瘫坐在石头上，头埋在双手里。过了一会儿，伊恩说我们该继续走了。我点点头站起来，帮他上马。我们又出发了，可是此后我们一句话也没说。”

詹米似乎突然意识到把我的手握得太紧，于是把手微微松开，用拇指和食指转动着我的婚戒。

他又轻声开口：“我们骑了好久，后来我听到后面有个细微的声音，就稍微放慢步伐让伊恩的马跟上。我看到泪水爬满他的脸，他似乎已经哭了一段时间。他见我看着他，便大力摇着头，假装还在气头上。但是接着他对我伸出手。我握住他的手，他捏了一下，力道大得差点折断我的骨头。然后他放开手，我们继续骑回家。”

说完这件事，我感觉他不再紧绷。“保重，兄弟。”我想起刚刚在卧房门口，伊恩撑着一条腿这样说。

“没事了吗？”我问。

“会没事的。”詹米完全放松下来，躺回鹅绒枕头。我钻进被子躺在他身边，紧靠着他。我们看着天空飘雪，雪花打在窗上发出轻柔的沙沙声。

“你安全回家，真是太好了。”我说。

第二天醒来，天空一样阴郁。詹米已经换好衣服，站在窗户旁边。

詹米看到我从枕头上抬起头便说道：“你起床了，外乡人？很好，我有礼物要给你。”他手伸进毛皮袋，掏出几个铜币、两三个小石头、卷着鱼线的短棒、一封皱巴巴的信，以及一团发带。

“发带？好漂亮，谢谢你。”我说。

“啊，那不是给你的，那是给玛格的。”他皱着眉解开缠在鼹鼠脚上的蓝色发带，那鼹鼠脚是带在身上袪除风湿的护身符。他狐疑地眯眼看着手掌上的小石头，拿起一颗舔了舔，此举把我给吓了一跳。“嗯，不是这个。”他喃喃地说，手又伸进袋子。

“你究竟在做什么啊？”我兴致勃勃地问他，看他表演。他没有回答，只是又拿出一把小石头，在鼻子下嗅了嗅，一颗接一颗丢开，直到找到一颗小球,终于让他满意了。他又舔一口确定一下,然后放在我手上。小球闪闪发亮。他得意地说：“琥珀。”

我用食指翻动这颗形状不规则的小球，摸起来有点温热，不知不觉便收掌握住。

“当然还要再打磨一下，我觉得可以做成一条美丽的项链。”他看着我解释，有点脸红，“这是……我们结婚一周年的礼物。看到它，我就想到结婚时修·门罗给你的琥珀。”

“那琥珀我还留着。”我轻声说，手指抚摩古老的琥珀，这是树液凝结而成的。门罗给的琥珀有一面经过打磨，刻成一扇小小的窗户，里面裹了一只蜻蜓，冻结成永恒的飞翔的姿态。我把那块琥珀放在药箱里，药箱是我最强的护身符。

结婚一周年的礼物。虽然我们在六月结婚，而不是十二月，但我们结婚周年的那一天，詹米在巴士底监狱，而我……我在法国国王的怀里。所以周年当天，自然无法庆贺我们的美满姻缘。

詹米看着窗外说：“苏格兰除夕快到了，看来是重新出发的好日子。”轻柔的雪花片片飘落，像一条毯子覆盖了拉里堡。

“我也这么觉得。”我下床走到他身边，手环着他的腰。我们静静搂在一起，直到我眼角瞥见詹米从毛皮袋里拿出来的其他黄色小球。

“詹米，那又是什么？”我放开他站得远远的，指着那些小球问。

詹米拿起一颗，用手指拍了拍。“这些呀？这是蜂蜜球，外乡人。村里的吉布森太太给我的，很好吃，虽然放在毛皮袋里好像有点脏了。”他张开手笑着朝我递来，“要不要尝一尝？”

CHAPTER 05

邮差总按两次铃

关于詹米和伊恩在雪地里的谈话，我不知道伊恩和詹妮说了哪些内容、说了多少，但詹妮对詹米的态度一如往常，总是就事论事、用词犀利。然而，即便偶尔消遣他，语气还是隐含着疼惜。我认识詹妮至今，最钦佩她的就是她能看透事物表象、直指本质的天赋。

几个月来，我们四个人的关系经过不断磨合而更为紧密。我们彼此信赖，互相尊重，因为我们还有许多事要一起面对、共同承担。

随着詹妮越来越接近预产期，我协助负担了更多的家务，她也更常听从我的意见。然而，我不可能取代她的地位。自从詹妮母亲去世后，她就是这个家的中心，家里的仆佣也都听她的吩咐。不过，大家也逐渐适应，对我和善而尊重，像是接受了我，但又有点出于敬畏。

春天来临的第一件事，就是大量种植马铃薯，将一半的田都拨给马铃薯这种新作物。没几周就证明这个决定是对的，一场冰雹打坏了所有刚发芽的大麦，只有马铃薯的藤蔓顽强地伏在地面，幸免于难。

春天来的第二件事，就是詹妮和伊恩的第二个女儿诞生了，取名凯瑟琳 · 玛丽。她旋风般快速到来，吓了大家一跳。她出生那天，詹妮先是因为背痛回房躺在床上休息，没多久就发现自己即将临盆，要詹米赶紧找来产婆马丁斯太太。结果他们一到家，就听到新生婴儿尖细的哭声回荡在屋内的走廊，两人刚好赶上喝葡萄酒庆祝。

在这生气勃勃的一年，我也重新打开了心房。我心底最后的伤口，在充满爱与工作的成就中，完全愈合。

我不时会收到远方的来信，有时一周一次，有时一个多月都盼不到。然而，信差走这么远的距离穿越高地送信来，还是常让我觉得十分不可思议。

今天就送来了一大捆信件与书本，包在上油的防水羊皮纸里，用麻绳捆了起来。詹妮先请信差到厨房吃些点心，再小心拆开麻绳并收进口袋。她逐一翻阅信件，暂时把一个从巴黎寄来的诱人包裹放在一边。

“一封给伊恩的信，应该是种子的账单；卓卡斯塔阿姨寄来的信，太好了，好几个月没她的消息，我还以为她病了，但字迹看起来很有力……”

一封字迹粗黑的信出现在那堆信中，是卓卡斯塔出嫁的女儿寄来的；另一封是从爱丁堡寄来给伊恩的信，接着是杰拉德给詹米的信（我认出他细长而清晰的字迹）；还有一封信用了乳白色的厚信封，封缄处是斯图亚特的皇家徽章。我猜查理王子又寄信来抱怨巴黎生活艰困、心上人对他若即若离令人煎熬，等等。至少这封信看起来不长，他通常会写上好几张信纸，用四种方言，向“竟爱的詹姆士”倾诉灵魂的负荷。从错字来看，显然他不再请秘书处理私人信件了。

“太好了，三本法国小说和一本巴黎来的诗集！”詹妮打开包裹的包装纸，兴奋地说，“C’est un embarras de richesse[①]（这就是富人的苦恼），不是吗？今天晚上要读哪一本呢？”她从包装纸中取出书本，食指轻轻抚摸最上面一本的皮革封面，高兴到手指头都颤抖着。詹妮热

① 法国谚语，表示好东西琳琅满目，不知如何抉择。源自十八世纪十分受欢迎的剧作家艾彼德拉瓦（Abbé d’Allainval）的喜剧《富有的困扰》（L’embarras des richesses）。

爱阅读，就像她弟弟詹米热爱马儿一样，那股热情不分轩轾。庄园里有座小图书馆，詹妮晚上工作结束上床睡觉前，即使没有多少自己的时间，她还是会想办法读点喜欢的书。

有天晚上我发现詹妮累得坐不住，便催她快上床休息，别再硬撑着念书给我们听了，但她解释："这让你在工作时脑袋里有东西可想。"她握拳遮嘴，打了一个哈欠，"虽然我累得几乎看不清书上的字，但隔天我在洗衣、织布或揉羊毛布的时候，这些字会出现在我的脑海，让我思考。"

听她提到揉羊毛，我会心一笑。我敢肯定，在高地农庄中，只有拉里堡的妇女揉羊毛时不仅会跟着传统歌谣的节奏，还会伴随着莫里哀和皮隆[①]作品的韵律。

我的脑海忽然涌起第一次进入揉布棚的记忆。棚里妇女面对面坐成两排，穿着最旧的衣服，光着脚、裸着臂膀、背靠着墙，对一条像虫一样又长又湿的粗羊毛布料，用力蹬踩成紧实的羊毛毡毯，使其足以抵御浓雾小雨，有效保暖以度过严寒。

揉制过程不时会有妇女起身，到棚外火炉前拿一壶热好的尿液，然后高高捋起裙摆，两脚分开走到棚子中间，把它淋在腿间的粗羊毛布料上，淋湿的羊毛上升起一股强烈令人窒息的热气。其他妇女一边缩起脚闪开飞溅的尿液，嘴里一边开着粗俗的玩笑。

记得那时，一个妇女解释道："淋上温热的尿液可以帮助毛料上色。"不过，那气味熏得我眼睛猛泛泪。一开始大家都在打量我到底会不会退缩，但和我在一九四四年战时与一七四四年医院里所见识和从事的工作相比，这样的工作其实不算什么。生活总是有它的现实面，并不会因为时间推移而改变多少。而且，如果撇开气味不提，揉布棚里其实还挺温

① 莫里哀（Molière）为十七世纪法国喜剧大师。皮隆（Alexis Piron）为十八世纪法国讽刺诗人与剧作家。

暖舒适的。拉里堡的妇女隔着一条粗羊毛布料谈天说地，工作时齐声歌唱，手在桌上有节奏地打着拍子。有时候我们会坐在地板上，脚丫子深深陷入冒着蒸汽的羊毛，跟大家互相配合一来一往地揉踩着。

这时，我听到沉重的靴子声在走廊响起，把我从揉羊毛布的记忆中拉回现实。门开了，一阵带着湿气的凉风吹进来，詹米和伊恩语气轻松地用盖尔语交谈着，应该是讨论田里的工作。

詹米进门时说道："明年那块田要排水。"詹妮看到他们就把手里的邮件放下，去走廊的柜子里拿干净的亚麻毛巾。

詹妮命令道："擦干，不要滴在地毯上。"然后递给他们一人一条毛巾。"把你们的脏靴子也脱下来。伊恩，信差来过了，珀斯有个人寄信给你，就是你写信去问怎么种马铃薯的那个人。"

"是吗？我等一下看。有没有东西可以吃？我饿扁了，而且我在这里也听到詹米的肚子咕噜叫了。"伊恩用毛巾擦淋湿的头发，厚厚的棕发像刺猬一样竖了起来。

詹米则像落水狗一样甩甩身体，溅得走廊到处都是水，害得詹妮尖叫了一下。詹米的上衣都贴在身上，湿透的头发变成铁锈的色泽，散开披在眼前。

我把一条毛巾搭在他的脖子上，说："快擦干，我去给你拿点吃的。"

我回到厨房没多久，突然听到詹米发出号叫。我从来没听过他发出这样的声音，充满震惊、恐惧，还有绝望，就像落入虎爪的人发出最后的哀号。我不假思索地沿着走廊火速奔向客厅，手里还端着一盘燕麦糕。

詹米脸色铁青地站在詹妮放信的桌子旁，失神地摆动身体，就像已经砍到底的大树即将崩倒，只差等人喊声："倒啦！"

"怎么了？詹米，怎么回事？"他的表情吓得我心凉了半截。

詹米挣扎着拿起桌上的信，递给我。

我放下燕麦糕，接过信纸快速扫读。信是杰拉德写来的，我一眼就认出那稀疏潦草的笔迹，我默念道：“我亲爱的侄子……很高兴……言语无法尽表我的敬佩之情……你的胆识与勇气令人振奋……务求成功……我的祝福与你同在……”我觉得莫名其妙，抬头焦急问道：“他究竟在说什么？詹米，你做了什么？”

詹米拿起另一张纸，看起来像是粗糙的印刷布告。他皮肤绷紧的脸上挂着冷笑，像个阴森的骷髅头。

“我做了什么不重要，外乡人。”他说道。布告单顶部是斯图亚特的徽章，底下的文章很简短，措辞严肃。

上面说道：依全能上帝的应允，詹姆斯国王、苏格兰国王詹姆斯八世、英格兰和爱尔兰国王詹姆斯三世，特此基于其合法权利，要求三个王国之王位。另，诸高地氏族领主、詹姆斯党贵族，及“詹姆斯国王陛下众忠诚子民，如本结盟书所签署为证者”，鼎力支持此神授之君权，特此称谢。

我读着这张布告，手指冷得发抖，同时因为太过恐惧，竟然喘不过气来。我耳里听到血液沸腾的声音，眼前同时开始布满黑点。

布告单底下，宣示效忠的苏格兰氏族领主签署了自己的姓名，赌上性命及声誉，全力支持查理王子。底下是克林兰诺和格兰格瑞氏族的名字，亚平的斯图尔特、凯堡的亚历山大·麦克唐纳、斯科特斯的安格斯·麦克唐纳也列在上面。

这串名单的最后写着：詹姆斯·亚历山大·麦尔坎·麦肯锡·弗雷泽，图瓦拉赫堡。

“天杀的操蛋混账！这个该死的王八蛋把你的名字写上去了！”我咬牙切齿，用尽所有能用的字眼也不足以表达我的愤怒。

詹米依然脸色苍白、神情僵硬，但也逐渐恢复过来。“是啊！”他简短地回道，手则犹豫地伸向桌上还没打开的信。信封用的是厚磅的上等皮纸，封蜡上明明白白印着斯图亚特的徽章。詹米最后不耐烦地撕开信封，把信纸都扯破了。他很快读完然后往桌上一丢，仿佛信会烫手。

“信上说因为没时间寄文件让我亲自签名而道歉，并感谢我的忠诚支持……老天，克莱尔！我该怎么办？”他声音嘶哑地说。

我也无法回应詹米几近呐喊的呼救，只能眼睁睁看他颓坐在跪垫上，两眼发直地盯着炉火。

詹妮原本因为这混乱的场面而呆若木鸡，现在她拿起了信和那张布告单嘴唇嗫嚅着仔细读过一遍，然后再把它们放回光洁的桌面。她皱眉望着这两张纸，然后一只手在胸前画十字，另一只手放上詹米的肩膀。

詹妮脸色苍白地说：“詹米，你能做的只有一件事。去帮查理王子作战，然后帮他打赢。”

这几句实实在在的话，慢慢穿透层层包住我的恐惧。这结盟书一发布，上头签名的人就都给打上了反叛的印记，变成英国的叛乱分子。现在查理王子怎么筹划、怎么筹资运作都不重要了，他已经浩浩荡荡往战争的海上驶去，而不管我们愿不愿意，我和詹米也被迫随他一同出发。就像詹妮说的，我们别无选择。

查理王子的信从詹米手中飘落，我看到信上错字连篇的文句：

……尽管狠多人认为我鲁莽，投身这项行冻却未获得路易支持，连银行家伙也不支持！但我决不愿回到来时地。一同庆贺吧，轻爱的朋友，我要回家了！

CHAPTER 06

月下泪光

出征的筹备工作持续进行，庄园上下弥漫着一股激昂却又充满疑虑的气氛。大伙从茅草屋顶、干草堆、壁炉里翻出一七一五年起义时藏匿的武器，重新整备，磨光削尖。男人若是在路上不期而遇就会聚在一起，顶着八月炽热的阳光，围成一团热烈讨论，女人则都保持沉默冷眼看着他们。

詹妮和她弟弟詹米一样，总让人捉摸不透，完全看不出她脑子里想的是什么。相较之下，我就像玻璃一样容易被看穿，因此我很羡慕她。有天早上，她请我带詹米到酿酒屋时，我就完全不知道她所为何故。

詹米跟着我踏入酿酒屋，站在门口等了一下，让眼睛适应屋里暗淡的光线，然后满足地深深吸了一口既潮湿又略带苦味的辛辣气息。

“光是站在这里呼吸我就醉了。”他表情恍惚地说道。

“这样的话，那我得请你暂时憋气，因为我希望你现在脑袋清醒点。”詹妮说。

詹米恭敬不如从命，夸张地鼓胸闭气等詹妮开口。詹妮一手拿起酿酒用的搅棒便往詹米肚子戳去，詹米痛得弯腰，一口气噗地全吐了出来。

“再耍宝啊！”詹妮说，听起来也没生气，“我想和你谈谈伊恩的事。”

詹米从架上搬了个空的酒桶，翻过来坐下。他头上油纸糊的窗户里，洒下一束微弱的光芒，映出他红铜色头发的光泽。“伊恩怎么了？”詹米问道。

现在轮到詹妮深吸一口气。詹妮面前的广口麸皮桶飘出一股糅合了发酵谷物、啤酒花和酒精的温暖湿气。

“你启程的时候，我要你带伊恩一起去。”

詹米扬起眉毛不发一语。詹妮说完便专注着搅拌的动作，看着桶里的混合物顺利翻动。詹米若有所思地凝视着詹妮，两手垂放在大腿间。片刻后，他轻松地说：“是厌倦婚姻了吗？我帮你带他到树林里一枪毙了，说不定还比较干净利落。”

麸皮桶边，一道蓝色目光迅速射向詹米。“詹米 · 弗雷泽，想杀人的话我自己会动手，况且伊恩也不是我第一个要干掉的对象。”

詹米咕哝一声，嘴角一撇。“是吗？那我为什么要带他走？”

詹妮的肩膀以流畅的节奏律动着一个接一个的搅拌动作。“就因为我要你带上他。”

詹米在膝上张开自己的右掌，下意识地抚着中指上歪七扭八、凹凸不平的疤痕。

“很危险的，詹妮。”詹米平静说道。

“我知道。”

詹米慢慢摇头，依然凝视着自己的手。手上疤痕愈合得很好，动作也不受影响，但僵直的四指和手背上一小块粗糙的疤痕，让手看起来非常古怪。

“你自以为知道吧！”

“我真的明白，詹米。”

接着詹米抬起头来，看起来有点不耐烦，但努力想保持理性。“得了，我知道伊恩会告诉你在法国打仗之类的事，但是詹妮，你根本完全不懂实际的情况。我的好姐姐，这可不是抢牲畜那么简单，这是战争，而且可能是场血腥的大屠杀，这是……”

搅棒砰的一声掉到桶边，弹进麦芽浆里。詹妮大吼：“谁说我不懂？我从伊恩那里听来什么？伊恩从法国回来的时候，剩下半条腿，发高烧差点死掉，你以为照顾他的人是谁？”詹妮啪的一掌打在长凳上，拉紧的神经绷断了，“是我，从他断肢的肉里挑出一只只的蛆虫，因为连他自己的母亲都做不到！是我，拿烧红的刀贴上他的腿好封住伤口！是我，听着他尖叫，闻到他的肉烧焦发出烤猪一样的味道！你凭什么说我不懂！”

愤怒的泪水从詹妮的脸颊流下来，她抹不完像雨一样的泪珠，便伸手翻找口袋里的手帕。

詹米明白这时詹妮正在气头上，也不伸手安慰，只是紧抿双唇，从袖子里抽出手帕默默递给她。他静静地看着盛怒的詹妮擦着眼泪和鼻涕。

“既然你懂，还要我带他去？”詹米说。

“对。”詹妮快速擤个鼻涕，然后把手帕塞在自己的口袋里，“詹米，伊恩很清楚自己少了一条腿，他再清楚不过了，但他和你在一起可以克服，他有匹马，并不需要走路。”

詹米不耐地反手一挥。“能不能克服不重要。如果要，就一定得做到。问题是你为什么非要他去不可？”

詹妮再次恢复镇定，捞出搅棒甩了甩，棕色的汁液溅到桶里。“他从没问你需不需要他，对吧？”

“没有。”

詹妮又把搅棒戳回桶中继续搅动。她抬起头，那双和詹米像一个模子刻出来的蔚蓝双眼盈载着不安。“他觉得自己是残缺的人，所以你不会要他一起去，而且他觉得自己对你一点用也没有。詹米，你认识以前的伊恩，但他现在不一样了。”

詹米迟疑地点点头，又坐回桶上。“说是这么说，不过你也知道这免不了吧？而且他看起来过得很好。”詹米抬头看詹妮，微微一笑，“詹妮，他和你在一起很快乐，和你跟孩子一起。”

詹妮点头，黑色鬈发随着摆动。“没错，但那是因为对我来说，他永远是我最完整的另一半。”詹妮低声说，然后抬起头直直看着詹米，“但如果他觉得自己帮不上你的忙，他就不会觉得自己毫无残缺了。所以我才要你带他一起去。”

詹米十指交叠，手肘撑住膝盖，下巴靠着指关节。“这场战争和在法国的那场战争不同，在那里，拼的只是自己的性命……”詹米思索后才说，“詹妮，这是谋反。一个不小心，所有跟着斯图亚特的人都要上绞刑台的。”

詹妮一直很苍白的脸更加苍白了，但她的动作没有停下来。

“我别无选择，但你要我们两个都赔进去吗？你想让伊恩在绞刑台上看着脚下的烈火，等着被剜肠剖肚？你宁可让孩子失去父亲，也要维护他的自尊？”詹米两眼盯着詹妮，脸色几乎和詹妮一样苍白，在酿酒间的黑暗中若隐若现。

搅棒的动作慢了下来，不像刚才带着激动，但詹妮开口时，声音就像她不屈不挠的动作一样坚定。

“如果我的男人不能完整无缺，我宁可不要。”她坚定地说。

詹米静静坐着，不发一语，看着一头黑发的詹妮侧着头搅动大桶子。

“好吧！”詹米最后平静地说道。詹妮没有抬头，动作依旧，但黑发上的白色头巾似乎微微飘了一下。

詹米大大叹了一口气，起身，突然转向我说道：“快离开这里吧，外乡人。老天，我一定是醉了。”

“你凭什么命令我？”伊恩太阳穴上的青筋剧烈跳动。詹妮紧紧抓着我的手。

詹米要伊恩和他一起加入斯图亚特的军队，伊恩起初觉得难以置信，接着起了疑心，但詹米依然坚持，最后伊恩怒气大发。

伊恩直截了当地说：“你这个呆子，我是瘸子，这点你清楚得很。”

“我知道你是个出色的战士，一旦面临近战，我需要你在我旁边支援。”詹米非常坚决。他答应了詹妮，所以无论如何都会做到。“我们总是一起迎战的，难道你要抛弃我？”

伊恩不耐烦地挥手打发詹米：“或许吧，但要是我的木腿脱落或断了，我还有的打吗？我会像条虫一样倒地，等第一个冲来的英国兵对我吐口水。还有，如果我跟去了，谁来照顾这儿？”他愤怒地看着詹米。

詹米不假思索地回道：“詹妮可以。我也会留下人手看好大家的工作。而且，詹妮账也管得很好。”

伊恩眉一挑，嘴里用盖尔语吐出一串粗话：“放屁！你要我留詹妮一个人照料这里，还要拉扯三个奶娃，而且人手只有以前一半？你疯了你！”伊恩双手一甩，转身走向放威士忌的餐柜。

和我一起坐在沙发上、膝上坐着凯瑟琳的詹妮被伊恩突如其来的愤怒之举吓得轻声叫了出来，但声音小得几乎没人听到。在我们交叠的裙子下，她伸出手来握住我，我回握住她的手指。

“你凭什么命令我？”

詹米沉着脸，默默盯着伊恩紧绷的背影，嘴角突然一撇。“因为我比你大。”詹米紧绷的脸带着挑衅说道。

伊恩转身，脸上印着难以置信的表情看着他，眼底闪过一丝慌张，但他还是挺起胸膛、抬起下巴反击：“我年纪比你大。”

“我比较强壮。”

“你才没有！”

“有，我有！”

“才怪，我才比较壮！”

笑意在他们一来一往的过程中越来越多，但是语调仍十分认真。你可以察觉他们就像孩提时的拌嘴，但两人的态度仍旧坚决。

詹米扯开袖口，卷起上衣袖子，开始挑衅对方：“证明给我看啊！”詹米的手粗鲁地一扫，在棋桌清出一块位置后坐下，手肘撑在刻上方格的棋盘上，扳扳手指向伊恩提出挑战。詹米的湛蓝对上伊恩的深棕，两双眼都燃烧着熊熊怒火。

伊恩只花了半秒钟评估情势，便点头接受挑战，这时一缕浓密的深棕色头发垂下，遮住了他的眼睛。

伊恩冷静地把头发往后拨，接着解开袖口，把衣袖卷到肩膀，一次一个动作，目光始终紧瞅着詹米。

从我的位置，可以看见伊恩黝黑而瘦长的脸颊开始涨红，看得出他心意坚决。我看不到詹米的脸，但从他背部和肩膀的线条来看，他也一样毫不动摇。

两人小心翼翼摆好手肘，调整出最佳位置，支在桌上的手肘前后挪动，好确定桌面安稳不滑溜。

詹米照着规矩，张开手指，手掌朝向伊恩。伊恩小心地将自己的手掌靠上去。他们手指相对，相碰一下，然后一掌朝右、一掌朝左交握扣紧。

詹米问："准备好了？"

"好了。"伊恩的声音很冷静，但纤长的眉毛下目光灼灼。

两人的肌肉立刻剑拔弩张，沿着手臂的线条鼓起，同时也微微挪动身躯，想运用杠杆作用扳倒对方。

詹妮和我面面相觑，然后翻了白眼。她设想过很多状况，就是没想到詹米会出这一招。

詹米和伊恩两人一心一意专注在纠结的手指上，两张脸都因为费力而涨得通红，汗水濡湿了太阳穴旁的发丝，眼睛因为脸部肌肉用力过度而鼓突。突然间，我看到詹米的目光从握紧的拳头移到伊恩紧抿的嘴唇，伊恩察觉詹米的目光移动，眼睛也对上詹米……接着两人同时爆出大笑。

他们的手臂因为用力而痉挛，反而动弹不得，握了一会儿才分开。

"看来是平手喽！"詹米将一缕汗湿的头发往后拨，亲切地对伊恩摇摇头说道，"好吧，老兄，就算我可以命令你，我也不想那么做。但我可以拜托你吧？拜托，和我一起去吧！"

伊恩擦着脖子，细细的汗水流了下来，弄湿了他的衣领。他的眼神在房间里转了一圈，然后停在詹妮身上。詹妮的脸色依旧平静，但我看到她耳朵下方的脉搏正急速跳动。伊恩一折一折慢慢放下袖子时，目光不曾离开詹妮。我看到一道玫瑰色的红晕，出现在詹妮领口的颈子上。

伊恩搓揉下巴，仿佛若有所思，然后转过身对詹米摇头："不行，伙伴。这里需要我，我要留下来。"他的视线回到詹妮身上，又看向靠在詹妮身上的凯瑟琳，再转移到小玛格，这时她正用脏兮兮的小手拉着妈妈的裙子，最后又看向我。

伊恩的嘴弯成一道长长的微笑，强调道："小子，我要留下来守护你脆弱的一边。"

"詹米？"

詹米立刻回应："嗯？"虽然他挺直躺着，像坟墓上的雕像，但我知道他还没睡。明亮的月光洒满房间，我撑着手肘起身，好看清楚他的脸。他凝视着天花板，仿佛视线能穿透屋顶，望见开阔的夜空和星光。

"你不会把我留在这里吧？"如果不是伊恩那个扫视的眼神，我也没想过要这样问他。

伊恩一决定要留下之后，詹米就坐在伊恩身边开始分派，决定谁和他一起去帮助查理王子，谁留下来看管牧场和牲畜，并维持拉里堡的运作。

詹米表面上虽然冷静地和伊恩一起讨论这些事，但我明白决策过程极为煎熬。要带铁匠罗斯去吗？可以带他去，但是出发前必须让他修好春天耕作要用的犁头。约瑟夫·弗雷泽·柯比要去吗？他不必去，因为他不只负责养家，还要照顾守寡的姐妹，而且他们家的长子布兰登才九岁，如果约瑟夫回不来，布兰登是没办法扛起全家重担的。

这些规划必须非常审慎周详，该让多少人去作战，才能对战事发挥实质的影响？就像詹妮说的，詹米现在别无选择，只能帮查理王子打赢这场仗。为了打赢，能召到的人手都应该尽量投入战事。

另一方面，我虽然对战事略知一二，却不知道详细的发展。我们已经成功阻止了查理王子为叛乱募集资金，但这位不知天高地厚、软弱无能的美王子还是一心想夺回王位，而且也已经登陆，预备召集格伦芬南的氏族。杰拉德又捎信来了，告诉我们查理王子已经乘着安东尼·沃尔什赞助的两艘小型驱逐舰，通过英吉利海峡。这位沃尔什是个投机的奴隶贩子，显然他认为查理王子冒的风险不像奴隶远航那么大，下这笔赌注或许有些胜算。两艘驱逐舰中，一艘遭到英军拦截，查理王子乘的另一艘则安然抵达埃里斯凯岛。

查理王子抵达时身边只有七个人，包括一位小银行家埃涅阿斯·麦克唐纳。埃涅阿斯无法资助整场远征，但拿出的资金也买了一小批腰刀，而这就是查理王子所有的军备了。听起来杰拉德对这次鲁莽的行动相当钦佩，同时也大为惊骇。不过，杰拉德是忠诚的詹姆斯党人，他尽力吞下了所有的疑虑。

到目前为止，查理王子一切顺利。高地传言着查理王子是从埃里斯凯岛登陆，接着再渡海抵达格伦芬南，然后就待在那儿，带着几桶白兰地，等待氏族响应他的号召，加入他麾下。过了几个小时（这几小时必定令人神经紧绷、惴惴不安），卡梅隆氏族三百人马从陡峭的绿色山丘奔下峡谷而来。不过，带领兵马的不是领主（领主当时不在），而是领主的亲姐姐——詹妮·卡梅隆。

卡梅隆的兵马率先抵达，其他氏族则陆续加入，就像结盟书说的一样。

不管我们怎么努力，查理王子仍旧执意走向毁灭。在这种情况下，拉里堡可以留下多少人手守护家园，避免卷入这场灾难？

确定伊恩会留下，这对詹米来说是个重大安慰。但其他人呢？拉里堡的六十户人家呢？决定谁上战场、谁留下来，某种程度上就像决定让谁牺牲一样。“二战”期间，我就眼见一些军官迫于战事不得不做出这样的抉择，我明白他们内心无比煎熬。

詹米别无选择地做出了决定，不过他坚持两个原则：不准妇女随行，十八岁以下的小伙子也禁止。对此伊恩有点惊讶，虽然多数有孩子的妇人一般会留在家，但是跟着自己的丈夫参战、负责做饭、照顾男人、一起吃军队的口粮，对高地妇女而言并不罕见。而高地的小伙子在十四岁时就觉得自己是男人了，如果征兵时没受点召，还会遭人狠狠嘲弄。但詹米的命令不容置疑，伊恩虽然迟疑，还是点点头写下规定。

在伊恩和詹妮面前我没有问詹米，他所谓的禁止妇女随行是否包括我在内。但无论如何，我都跟定了，才不管他那些该死的说辞。

“把你留下来？你认为我会冒这个险吗？”詹米嘴角藏不住笑意地说。

我这时才安心，靠向他说道：“不，你不会。不过，我觉得你可能还是会犹豫一下。”

他轻叹一声，让我的头枕在他肩上。“对，就算我想把你留下来，我大概得用链子把你拴在栏杆上才行。”他摇了摇头说，“不管愿不愿意，我一定得带着你，外乡人。一路上你可能会知道一些事情，即使当下看起来没什么，但可能是个征兆。而且你的医术极佳，我们的人马需要你的帮助。”

他轻拍我的肩膀，又叹了口气：“褐发美人，我愿意付出一切代价让你安全留在这儿，但我不能。所以你得和我一起上路，你和菲格斯都是。”

我听了很惊讶。“菲格斯？但你不是不带年轻的……”

他再叹了一口气。我把手掌贴在他胸口，感觉到他胸腔中的心脏缓慢而稳定地跳动。

“菲格斯不一样。其他小伙子我不会带着他们，因为他们属于这里。如果我们功败垂成，他们只是得提早长大，不过他们至少能在这里生活、养家糊口、照顾田地和牲畜。但是菲格斯……这里不是他的归属。他的归属也不在法国，否则我就会送他回去了。他在法国也同样没有立足之地。”

我终于理解，轻声说道：“他的归属就是你，和我一样。”

詹米沉默不语，然后轻轻捏了捏我的手。

“对，是这样没错。”他平静地说道，“晚了，快睡吧，褐发美人。”

恼人的哭闹第三次把我吵醒。小凯瑟琳因为长牙不舒服，她想让全世界都知道。我听到伊恩充满倦意的咕哝声从他们在走廊前方的房间传来，接着是詹妮带着无奈下床去安抚婴儿的声音。

然后，我听到沉沉的脚步声在走廊轻柔响起，原来詹米还醒着，光脚在屋子里走。

“詹妮？”詹米压低声音怕吵醒其他人，但庄园宅邸一片寂静，只偶尔传来轻轻的嘎吱声，詹米的话清晰可闻。

詹米说：“我听到这小姑娘在哭。如果她睡不着，我也睡不着，但至少你可以回去睡。如果她吃饱了也换过尿布，或许我们两个可以互相陪伴一阵子，你回床上去吧！”

詹妮用手掩住一个哈欠，我能听到她的声音带着微笑：“我的詹米小弟，你真是我的救星。没错，她吃得很饱，现在尿布也是干的。抱去吧！祝你们相处愉快！”门关上了，我又听到低沉的脚步声，往我们房间走来，詹米低声呢喃，轻声安抚小宝宝。

我缩在舒适的鹅绒被里，想继续睡。耳中依稀听到小宝宝的呜咽声，穿插着打嗝与啜泣声，还有詹米低沉、不成调的哼唱，就像听着阳光下蜂巢的嗡嗡声一样令我感到无比安慰。

“嘿，小凯蒂，你好吗？不哭，我的小宝贝，不哭。”

他们的声音在走廊里来来回回，我睡意更浓了，但还是勉强保持清醒，仔细听着他们的动静。也许有一天，詹米也能抱着自己的孩子，小小圆圆的头颅枕在他厚实的大手里，玲珑结实的身体让他紧搂着、牢牢靠着他强壮的胸膛。然后他就能唱歌给自己的女儿听，温暖而轻柔地哼唱他那不成调的歌曲，在深夜里回荡。

一股柔情涌来，淹没我一直隐隐作痛的心。我怀过孩子，我可以再怀一次。费丝让我知道自己能够怀孕，这是她带给我的礼物，她也给了詹米勇气，并让他懂得去运用。我轻轻把手放在胸上罩住双峰，确信有一天它们会哺育我心爱的孩子。詹米的哼唱在我耳边沉沉回荡，轻促我陷入梦乡。

过了一阵子，我又蒙蒙眬眬醒来，睁眼看到房内一片明亮。月亮已经升起，圆满而皎洁，房里所有东西都清晰地摊在面前。

小宝宝已经安静下来，但我听见詹米的声音从走廊上传来，他还在说话，但小声得多，近乎耳语。他的音调变了，不再是对婴儿那种充满韵律、没有特殊意义的声音。他说得断断续续、欲言又止，像在寻觅一条路，穿越自己心中的一片荒芜。

我好奇地溜下床，蹑手蹑脚悄悄走到门边。他俩在走廊的尽头。詹米背倚着窗坐在窗台前，只穿着一件上衣。他缩起双脚立着膝盖，小凯瑟琳·玛丽坐在他怀里，背靠着他的腿，和他面对面，两只胖嘟嘟的小腿不住踢着詹米的肚子。

凯瑟琳的脸像月亮一样干净清朗，眼睛是两方深色的潭，吸入詹米的一字一句。詹米用一根手指抚着凯瑟琳圆圆的脸颊，一遍，又一遍，喃喃倾诉令人心碎的温柔耳语。

詹米说的是盖尔语，语调如此沉缓，即使我知道那些词句，也不懂他在说什么。而他的声音沙哑混浊，月光从他背后的窗扉照下，映出两道泪痕，隐约滑过他俊秀的脸庞。

我不忍打扰这个场面，于是回到仍然温暖的被窝，在脑海中记住这幅画面：拉里堡的堡主半裸着身子坐在月光下，向懵懂的未来倾吐心声，膝上抱着同一血脉的希望。

早上我醒来时，身边有股温暖、陌生的香味，还有东西缠着我的头发。

我睁开双眼，就在我鼻子前面一英寸的地方，凯瑟琳半梦半醒地咂着她玫瑰花苞似的小嘴，肥嘟嘟的小指抓住我左耳上的头发。我小心翼翼解开头发，她动了动，翻身俯卧，缩起膝盖又睡着了。

詹米躺在小婴儿的另一边，一张脸半埋在枕头里，睁开一只眼睛，澄蓝一如早晨的天空。

"早安，外乡人。"他悄声说，不想吵醒还在睡的小婴儿。我起身，他对我微笑。"你们两个这样面对面睡在一起，好温馨。"

我用手梳梳纠结的头发，看着凯瑟琳朝天的小屁股，微微一笑。

我看着她说："这姿势看起来不太舒服，但她还睡得着，所以应该不算太糟。你昨天陪她到多晚？我没听到你上床。"

詹米打个哈欠，顺顺头发，把头发从脸上拨开。他的眼睛下有黑眼圈，但是表情平静而满足。

"我也不记得，总之还不到月亮西沉吧！我不想抱孩子回去吵醒詹妮，所以把她放在我们两个中间，整个晚上她动都没动一下。"

这时凯瑟琳的手肘和膝盖开始蹭着床单，低声呼噜，鼻子在被窝里嗅闻寻找，一定是她早上喂奶的时间快到了。下一秒她就证实了我的猜测——她抬起头，眼睛依然紧闭，哇地大哭一声。我赶忙伸手抱起她。

"好，好，乖喔！"我安慰着她，轻拍她紧绷的背，匆忙下床，又伸手回来拍拍詹米的头，他蓬乱的红铜色头发摸起来好温暖。"我带她去找詹妮，时候还早，你多睡一会儿。"我说道。

"我会的，外乡人。吃早餐见了！"哭声吵得詹米有点怕，他翻身仰躺，手交叉放在胸前，这是他最喜欢的睡姿。等我抱着凯瑟琳走到门边，他已经发出沉沉的呼吸声，再度入睡。

宝宝大力扭动，用鼻子顶来顶去寻找乳头，因为一时找不到，又号啕大哭起来。詹妮因为听到孩子在哭，一边拉着绿色的睡袍，一边急急从卧房出来，刚好在走廊上与我相遇。宝宝急着想吃奶，挥舞着小拳头，我赶紧把宝宝抱给詹妮。

“好了，小亲亲，嘘，不哭了。”詹妮安抚宝宝，接过她，并扬眉请我一起过去，回到她的房间。

我跟着走进房间，坐在皱巴巴的床上，詹妮则坐在壁炉旁的育婴椅上，赶紧掏出一边的乳房，那张哭闹不休的小嘴一口就含住了乳头，瞬间安静下来，我们都松了口气。

“感觉好多了吧，贪吃的小猪？”詹妮叹口气。乳汁流出后，她的肩膀微微松懈下来。然后她睁开眼，看着我微笑，那双眼睛就和詹米的一样清澈湛蓝。

“谢谢你整晚照顾这小姑娘，我整晚睡得很好。”我耸耸肩，看着这对母女温馨的景象。我心满意足地微笑，也一起放松下来。宝宝圆润的头颅神似詹妮高耸浑圆的胸部曲线，她发出轻轻的咕嘟咕嘟声，身体放松地倚着母亲，舒适地窝在詹妮的怀里。

“是詹米照顾的，不是我。看起来詹米和他的小外甥女处得很好。”我脑海又浮上那幅动人的画面：詹米低沉热切地对小婴儿倾诉，泪水滑下他的脸颊。

詹妮点点头，端详我的脸。“或许他们互相安慰了对方。这几天詹米睡得不好吧？”詹妮问道。

“他睡不好，心里想很多事情。”我轻声回答。

“我想也是。”詹妮眼睛瞟着我背后的床说道。伊恩已经出门了，他黎明就起床去马厩照料家畜，有些不必耕作的马匹，或不能耕作的马匹，需要钉蹄铁、上马具，为启程打仗做准备。

詹妮突然开口，打断我的思绪：“你知道，你可以和婴儿说话。我是指真的说话，说什么都可以，不管这些事听在一般人耳里是不是觉得很愚蠢，都可以说。”

“你听到詹米说话了？”我问道。詹妮点头，眼睛望着凯瑟琳圆滚滚的脸颊，她深色的细长睫毛衬着白皙的肌肤，双眼忘我地紧闭着。

詹妮温柔地对我微笑：“是啊！你不用担心，詹米不是觉得不能和你说，他知道可以和你谈，但那和小婴儿说话不同。小婴儿的陪伴让人不觉得孤单，但他们听不懂你的话，所以你完全不用担心他们怎么看待你，或担心他们评判你的言行。你可以尽情倾吐，不必思索遣词用字，也完全不用隐瞒。这很抚慰人心。”

她自然地说着，好像每个人都知道这件事。我很好奇她是不是也常这样和孩子说话。詹妮的嘴形和詹米很像，这时一边嘴角也微微弯起。

“孩子在你肚子里的时候你也这么和他们说话，对吧？”詹妮又柔声说。

我把手轻轻放在肚子上，两手交叠，回忆过去：“是的，我是。”

詹妮用大拇指压住宝宝的脸颊，让她停止吸吮，然后再用一个灵巧的动作把她换到饱满的另一边乳房。

她若有所思地说着，好像正说出自己的思绪：“我想或许就是因为这样，孩子出生后母亲经常觉得难过。你和他们说话时会想着他们，在你肚子里时你会想象他们的模样。然后他们出生了，和你想的不同——完全不像在肚子里时你想的那个样子。当然你还是爱他们，慢慢了解他们……但是，你还是会想到在肚子里时，你在心里和他说话的那个孩子，那个孩子消失了。所以，即使手上抱着出生的那个孩子，你还是会为你曾经感应却未出世的孩子而悲伤。”詹妮低头吻了女儿柔软的额头。

我说：“是的，出生之前，一切都有可能。可能是儿子，可能是女儿，可能长得丑，也可能长得漂亮。然后孩子出生，所有可能都消失了，因为一切已经成形了。”

詹妮轻轻摇着宝宝，宝宝的小手原本抓着詹妮胸前的绿色丝质睡袍，现在慢慢松开。

詹妮静静地说：“女儿出生，原本可能有的儿子死了。或者你胸前的俊俏小伙子，杀了你原先以为在自己肚里的小姑娘。你为不认识的孩子哭泣，那永远消失的孩子，直到你终于熟悉自己的孩子，仿佛他们原本就不可能是其他样子。你觉得有点落寞，却又为孩子高兴。但你在熟悉自己的孩子前，都很容易哭泣。”

“而男人……”我想到詹米低声在凯瑟琳的耳边,诉说她不懂的秘密。

“哎，男人抱着孩子会感受到一切曾有过的可能，并了解有些可能永远不会实现。但要男人为不认识的人哭泣，并不容易。”

Part 02

叛乱之火

CHAPTER 07

普雷斯顿潘斯

苏格兰 1745 年 9 月

行军四天后，我们来到考尔德附近的一座山丘顶。山脚下是一望无际的沼地，但我们还是找到了有树木掩护的地方扎营。山坡上有覆满青苔的岩石，两条小溪蜿蜒流过，加上初秋的凉爽天气，感觉我们不像打仗行军，反而比较像来外地野餐。

但今天是九月十七日，如果我对詹姆斯党历史粗浅的了解没有错误，几天内就会开战。

“再跟我说说，外乡人。”我们走在蜿蜒的小径与尘土飞扬的道路上，詹米又开口，这是第十二次了。我原本骑着多纳斯，詹米走在旁边，但现在我下马和他并肩走着，这样说话比较容易。虽然多纳斯和我已经彼此妥协了，但要骑它这种马必须全神贯注。例如，它非常喜欢走过低垂的树枝，好把分心的骑士从马背上刮下来。

“我说了，我知道得不多，书上对这场战役的历史记载很少，我读的时候也不是很专心。我只记得这场战争是在普雷斯顿镇附近开打的，所以又称为普雷斯顿潘斯之役，但苏格兰人称之为格拉斯蒙之役，因为有个古老的预言，说归来的国王会在格拉斯蒙获胜。天知道真正的格拉斯蒙在哪里，说不定根本没这个地方。”

“然后呢？”

我皱着眉，想从记忆里再搜刮一些断简残篇。我勉强回想起一本破破烂烂的棕皮小书，书名是《小朋友的英格兰史》，那时我在波斯一间泥造小屋里，就着一盏摇曳的煤油灯读这本书。我在脑中翻页，记得詹姆斯党叛乱只有两页，作者大概认为第二次詹姆斯党叛乱只值得这么多篇幅。这次起事历史学家称为“四五年起事”，在那两页的篇幅里，只有一段在描述即将开打的这场战争。

“苏格兰人赢了。”我尽可能把知道的说了出来。

詹米挖苦道：“呃，这的确是相当重要的一点，不过，要是多说点其他细节会更有帮助。”

我微愠脱口道：“你想听预言的话，应该找个先知才是！”说完我又心软，“对不起，我知道得太少，也觉得很泄气。”

“的确让人不好受。”他笑着伸手握住我的手捏了捏，“别烦恼，外乡人，说你知道的就好。全部再和我说一遍吧，再一次就好。”

“好。”我也轻捏了他的手回应，然后我们就这么牵着继续走。我一边回想脑中的画面，一边说下去：“詹姆斯党的兵力比对方多很多，所以这场仗我们大获全胜。詹姆斯党在凌晨出击，大出柯普将军意料之外。我记得是在太阳刚升起时出击，然后打败了敌军。英军损伤数百人，詹姆斯党伤亡不多，三十个，我记得我们只死了三十个人。”

詹米看向我们后方，拉里堡的人零散地走在后面，队伍沿路拖得长长的，大家三三两两地聊天或唱着歌。三十个人，那就是我们从拉里堡带来的人数。看着他们，三十人似乎不再是小数目。但是我看过德法交界的阿尔萨斯－洛林地区的战场，数千人遭到屠杀，好几英亩的草坪葬满尸骨，成了泥泞的墓地。

我带着微弱的歉意说道：“总而言之，若从历史的角度来看，这样的数字其实算是……无足轻重。”

詹米撮嘴吐出一口气，表情阴郁地低头看着我：“无足轻重。哎，是啊！”

“对不起。”我说。

“并不是你的错，外乡人。”

不知为何，我还是不禁觉得是我的错。

拉里堡的男人吃过晚餐，围着火堆席地而坐，懒洋洋地挺着鼓胀的肚子，一边说故事一边抓痒。他们之间爆发了皮肤痒的大流行，由于朝夕相处加上卫生不良，他们身上体虱丛生，普遍到就算有人从披肩里抓出一只标准的大虱子丢进火里，也没有人会大惊小怪。虱子在篝火的火焰中烧了一会儿，然后就消失了。

其中有个年轻人叫金凯德，他本名是亚历山大，但太多人叫亚历山大了，所以大多数人都以绰号或中间名来称呼。金凯德这天晚上似乎被折磨得特别厉害，先是用力抓过腋下，又拼命搔抓他棕色的鬈发，然后偷瞧了我一眼，确认我的目光没有朝着他之后，就往胯下狂抓了起来。

铁匠罗斯见状同情地说：“很痒是不是啊，小伙子？”

金凯德回答：“哎，这些小虫咬得我快痒死了。”

“快把那些该死的虫抓出来吧，看得我都痒了，老弟。”华莱士·弗雷泽才说完，也跟着抓了起来。

“你知道要摆脱这些可恶的虫，最好的方法是什么吗？”索利·麦克卢尔问道，金凯德摇摇头。索利俯身向前，从火堆中小心拿出一根正在燃烧的树枝。

“小伙子，掀开你的苏格兰裙，我帮你把那些虫熏出来。”索利假意要帮忙，惹得嘘声和嘲笑声四起。

“蠢农夫，你们根本什么都不懂！”默塔不满地咕哝。

“那你又知道什么好方法？”华莱士扬起浓眉问道，他那晒黑的光秃前额皱成一片。

“我当然知道。”默塔手一挥，抽出短剑，“这小伙子现在是战士了，要用战士的方法来解决。”

金凯德呆愣的脸上一片茫然，却又急切地想一探究竟。“怎么解决？”

“方法非常简单。首先抽出短剑，掀开裙子，然后剃掉胯下一半的毛。记住，只能剃一半。”默塔举起短剑告诫。

“剃一半？哎，是……”

金凯德半信半疑地专心倾听。我注意到火堆边越来越多人一副了然于心地窃笑着，只是都还没笑出声。

“然后……”默塔朝索利和他手上的树枝一指，“然后，小伙子，就用火烧另一半的毛，等那些臭虫急急忙忙冲出来，你就用短剑杀它个片甲不留。”火堆旁的人又笑又叫、嘘声四起，金凯德的脸红透了，就算在火光微弱的远处也看得一清二楚。几个人挥舞着燃烧的木棒，笑闹着要帮对方驱虱子，粗鲁地又推又挤。有些人真的快打起来了，眼看这场胡闹就要失控，原本去系马的詹米正好回来。他走入圆圈，把腋下一个粗陶瓶扔给金凯德，另一个扔给默塔，推挤就慢慢停下来了。

“你们这些人实在是够笨的。想赶走虱子，第二好的方法呢，就是淋上威士忌让这些虫都喝醉。等虫子都醉倒打鼾，你只要站起来，它们就会一只只掉下来了。”詹米大声建议。

罗斯说：“喔，第二好的方法？那请教大人，最好的方法又是什么？”詹米眼光扫了一圈，宽容地看着大家微笑，就像父母让孩子傻气的胡闹给逗乐了。

“哎呀，当然是让老婆一只一只帮你把虱子挑出来呀！”詹米扬起一边的眉毛，伸出手肘对我行礼，“夫人，能请你效劳吗？”

虽然刚刚被拿来当作玩笑，但说到消灭身上的虱子，唯一有效的方法确实是把它们一只只抓出来。我每天早上和傍晚都仔细梳头，如果驻扎的地方附近有水，深度足以沐浴，我就会用西洋蓍草来洗头，目前为止还没招惹太多体虱上身。我知道如果我不想沾上虱子，詹米身上也不能有虱子。所以只要能让詹米好好坐上一会儿，我也会帮他抓虱子。

“狒狒也是一天到晚都在抓虱子，只是它们抓完会放进嘴巴。”我从詹米浓密的红色毛发里小心解开一枝倒刺狗尾草的小穗。

“别在意我，外乡人，要是你很想放进嘴巴，尽管放吧！”梳齿滑过他一缕缕浓密光洁的头发，詹米舒服地微微驼背。火光映着我的手，火星灿灿跳动，火舌也闪着道道金光。詹米继续说道：“没想到有人给梳头是这么舒服。”

“等我梳到其他地方你就知道了。”我亲昵地拧他一下，引来他一阵傻笑，“不过，我倒是很想试试默塔说的方法。”

“如果你敢拿火靠近我的胯下，小心我也会回敬你！路易斯怎么形容下面光秃秃的姑娘的？”詹米紧张地威胁我。

“撩人。”我倾身用牙齿轻啮着他耳朵的上缘。

“唔嗯……”

“说起来，每个人喜好不同，法语说 Chacun à son gout（人各有所好），诸如此类的。”我说。

“法国佬就爱说这些有的没的，我也听过。”

“不过，这么说不无道理，对吧？”

一阵响亮的咕噜声打断了我手上的工作。我放下梳子，夸张地张望着森林暗处。

“如果不是树林里有只大熊，那就是……你为什么还没吃饭？”

“我忙着照料那些马，有匹小马的蹄子裂了，我得用膏药帮它包扎。我可不是因为听到虱子可以吃才饿的喔！”

“你用哪种膏药包扎马蹄？”我忽略他最后一句俏皮话，直接问道。

“结合几种不同的草药，万不得已时可以用新鲜牛粪。这次我混合了野豌豆叶和蜂蜜。”

马鞍袋已经放在我们专用的火堆旁，旁边有一小块空地，还有一张特别为我搭的帐篷。虽然我愿意像其他人一样露宿在星空下，但感谢这几块帆布，确实保住我一点隐私。当时我感谢默塔帮我搭帐篷，他便用他一贯的直率语气说，这样做不是只对我有好处。

那时詹米和其他几个人谈得正起劲，短小精悍的默塔头朝詹米的方向一扬，对我说道："如果他晚上要跟你好好放松一下，没有人会有意见，但没必要让其他的小伙子对你产生不该有的非分之想。有人想打你的主意吗？"

我的声音有点尖锐："是有好几个。你考虑得的确很周到。"

默塔薄薄的唇边扬起稀罕的微笑："噢，好几个……"

我很快翻了翻鞍袋，找到一点奶酪和几个苹果。我拿给詹米，他犹豫不决地看着这些食物。

"没有面包吗？"他问道。

"其他袋子里可能有一些。你还是先吃这些吧，这对你身体很好。"詹米和其他高地人一样，天生就不喜欢新鲜蔬果，不过他胃口很好，对食物几乎来者不拒。

"好吧，照你说的，外乡人。"詹米咬了一口苹果说道。

"听我说的准没错，你看看我。"我咧嘴露出牙齿，"你认识的女人中，有多少像我一样，到这个年纪牙齿全部还在？"

詹米笑了，也露出他漂亮整洁的牙齿。

"好吧，以一个老太婆来说，你确实保持得还挺好的，外乡人。"

"我是因为营养好！庄园里有一半的人有轻微的坏血病，而从我这一路上的观察来看，其他地方的人更糟。维生素 C 可以预防坏血病，而苹果里就含有很多维生素 C。"我辩驳道。

詹米皱眉怀疑地看着咬过的苹果问道："真的吗？"

我笃定地回应道："真的，大多数的植物都有。橘子和柠檬含量最多，可惜这里吃不到，还有洋葱、包心菜等，甚至就连绿色草药和青草里都有维生素 C，只要每天吃一点就不会得坏血病。"

"鹿就是因为这样，年纪大了也不会掉牙齿？"

“我敢说是这样没错。”

詹米把苹果转来转去，仔细地检查，接着耸了耸肩：“好吧，吃就吃。”于是再咬了一口苹果。

我刚转身去拿面包，一声微弱的噼啪声音引起我注意。我从眼角瞥见暗处有人影移动，詹米头部附近有个东西反射火光，闪烁了一下。我朝詹米转身大叫，正看见詹米向后一翻避开了木棍，消失在黑夜中。

这天没有月光，看不出发生了什么事，只听得干燥的赤杨木叶上一片剧烈的扭打声，两人打得难分难解，却没人大叫，只听到哼声、喘气，偶尔有低沉的咒骂声。突然一声短促的尖叫响起，然后就安静下来。我想打斗大概只持续了几秒钟，但感觉好像过了几个世纪。

我还站在火边，吓得维持原本的姿势动弹不得，这时詹米从黑暗的树丛中出现，身前抓着他的俘虏，俘虏的一只胳臂被扭到背后。詹米一松手让黑影转过身，再猛力一推，使得黑影向后撞上了树干。他撞得很用力，震下一地树叶和橡实，然后身体慢慢滑下，头晕眼花地倒在树叶堆中。

默塔、罗斯，以及其他几个弗雷泽家的人听到声音，纷纷赶到火堆边。他们抓住入侵者让他站起来，粗鲁地把他拖到火光下。默塔抓住俘虏的头发猛地往后一拉，他的脸露了出来。

这张瘦小的脸骨架纤细，大眼睛上长长的睫毛茫然地眨啊眨，看着围观的人。

“他只是一个小男孩！还不到十五岁啊！”我大叫。

“十六岁！”那男孩子逐渐恢复神志，摇摇头说道，“不过这没什么差别。”他高傲地补上一句，口音有英国腔，听起来是英国南端汉普郡的口音。他来自遥远的南方。

“是没什么差别。不管是十六岁还是六十岁，他刚刚可是想割开我的喉咙，而且还干得挺漂亮。”詹米冷冷说道。我注意到他用手帕压着颈子一侧，手帕已经染红了。

“我什么都不会说的。”那男孩逞强道。他两只眼睛在苍白的脸上像深黑的水潭，火光映着他柔顺的头发，隐隐闪着光芒。他一只手臂紧抓在身前，可能受伤了。但他很明显努力地抬头挺胸，要在这群人中间站好，双唇紧闭，不想透露出一点恐惧或痛苦。

詹米仔细地打量这小伙子，说道：“有些事用不着你说我也知道。第一，你是英国人，所以你大概是跟附近的军队一起来的。第二，你是自己一个人。”

男孩看起来吓得脱口而出：“你怎么知道？”

詹米扬眉：“我想，除非你认为我和那位女士没有同伴，否则不会攻击我。而如果你和其他人在一起，他们也认为我们没伴，那他们现在早该来帮你了。对了，你手臂断了？我就觉得有什么东西折断了。而如果你和其他人在一起，但他们知道我们有伴，那他们早就会阻止你做蠢事了。”我注意到詹米除了分析，一边还打了个暗号，于是有三个人悄悄潜入树林，可能是要查看有没有余党。那男孩听到詹米说他做了蠢事，脸上表情一僵。詹米用手帕轻压脖子，然后仔细看看手帕。

詹米建议对方：“小子，如果你想从背后杀人，那就不要趁着他人坐在落叶堆上。还有，如果你要拿刀刺身材比自己高大的人，要选个有把握的位置，除非对方坐着不动让你刺，否则割喉咙风险太大了。”

那男孩冷冷地说：“谢谢你的宝贵建议。”他还挺懂得虚张声势，但当他扫过那一张张长满胡子、凶恶狰狞的脸时，眼睛还是泄露了他紧张的心情。在白天，高地人的长相绝对赢不了选美冠军；在夜晚，也绝对没人想在暗处遇到他们。

詹米客气地回道：“不客气。可惜你以后没机会运用这些建议了。我或许该问问你为什么攻击我。”

人群听到声音，逐渐从旁边营地靠拢过来，像幽灵般从树丛间浮现。男孩的眼神在周遭越来越多的人身上游移，最后终于停在我身上。他迟疑了一会儿，还是开口了：“我想救这位女士脱离你的魔掌。”

四周微微一阵骚动，大家忍不住觉得好笑，但被詹米一个手势制止了。詹米不置可否地说："我懂了。你听到我们的交谈，然后觉得这位女士是有头有脸的英国人，而我是……"

"丧尽天良的恶徒，不但偷窃，还暴力行凶！你的长相和所作所为，早就登在通缉令上，传遍了整个汉普郡和萨塞克斯！我一眼就认出你了，你这个叛乱分子，无耻淫棍！"男孩激动地大骂，脸色比火光更红。

我咬着嘴唇垂下头看鞋子，以免对上詹米的眼光。

"好吧，就像你说的，如果真是这样，你要不要给我个好理由，阻止我动手杀了你？"詹米一边亲切说着，一边流畅地从刀鞘抽出短剑转动刀身，火光在刀面上闪动。

男孩脸上血色尽失，在阴影中仿佛像个幽魂，但他随即站直，扯动两边抓住他的人，挺起胸膛说："我早有心理准备，我准备好赴死了。"

詹米若有所思地点点头，然后弯腰，把短剑的刀身放入火中。金属色泽变深，升起一缕烟雾，散发出呛鼻的烧铁味。火焰触及刀身的地方透出一股幽冥似的蓝色，一股深红的热力灌入，仿佛让致命的武器活了起来，所有人都看得入了神。

詹米用血迹斑斑的手帕缠裹住手，接着小心地从火中拉出短剑，一步步慢慢走向男孩，刀锋仿佛有意志似的朝向穿着背心的男孩。手帕接触烧热的刀柄发出一股强烈刺鼻的焦味，短剑沿着背心正面往上划，也烧出一条细细的焦线，焦味变得更加刺鼻。最后，因冷却而变深的刀锋终于止住，离男孩使劲往上抬的下巴只有几寸。男孩伸着纤细的脖颈，细细的汗水缓缓流下，在锁骨凹陷处闪耀。

"是吗？不过，我还没准备好要杀你，暂时还没有。"詹米轻轻说道。他克制的声音中透出平静的恐吓意味，让人不由得从心底升起一股恐惧。

"你跟哪一团来的？"问题像鞭子凌空抽下，在场的人都缩了一下。刀锋移得更近，烟雾飘散在夜风里。

"我……才不告诉你！"男孩结结巴巴，接着抿紧双唇，纤细的颈子开始颤抖，一路往下。

“说！你的军队离这里多远？人数有多少？行军方向？你说不说？”詹米开口一句句问道，刀锋随之沿男孩的下巴边缘步步逼近。男孩像受惊的马一样翻着白眼，但还是猛摇头，金发飘散开来，双臂不断挣扎，罗斯和金凯德只得把他抓得更紧。

深色的刀面倏地紧紧贴在男孩耳下的下颌骨角旁。男孩吸气尖叫，烧灼的皮肤发出异味。

“詹米！”我大声惊叫，但詹米没转头，眼睛仍然紧盯着男孩。抓着男孩的人松了手，男孩双膝一软跪在满地的枯叶里，手抓着颈子。

詹米用齿间发出声音说道：“夫人，这不关你的事。”詹米伸手抓住男孩衣领，一把拉他起身，另一手挥刀对着男孩左眼。詹米侧着头，无声地质问男孩，但男孩仍然摇头拒答，力气微弱但充满坚决。

男孩的声音在颤抖，而且小得快听不见，还得清清喉咙才有办法说得大声些。“我……不说，你再怎么折磨我，我也不会说半个字。”

詹米抓着他，四目相对，接着詹米松手退后一步，缓缓说道：“好，我想折磨你也没用。不过，如果我对这位女士下手呢？”

我一时之间还没意识到詹米的打算，他便突然抓住我的手腕，把我拽过去。凹凸不平的地面害我差点朝詹米的方向跌去。然后，他粗鲁地把我的手臂扭到背后。

“你可能不在乎自己的性命，不过既然你不顾一切要救这位女士，或许要考虑一下她的名节吧？”詹米拉我转身，手指插入我的长发，把我的头发往后一揪强吻了我，动作蛮横而凶暴，我不禁挣扎反抗。

詹米放开我的头发，用力把我拉向他，让我面向男孩。男孩已经吓住了，圆睁着双眼，放大的深黑瞳孔里反射出熊熊火光。

男孩声音嘶哑地咆哮：“放开！别碰她！”

詹米的手伸向我连身长裙领口，用力一扯，撕碎了布料，露出了我一大片胸口。我一个直觉反射动作便踹向詹米的小腿胫骨。男孩口齿不清地大吼着要冲上前，但又被罗斯和金凯德及时拉住。

“我不只要碰，还要在你面前好好享用她，然后再交给我的手下恣意处置。啊，在我杀了你之前，你也来一次吧？男人没尝过女人的滋味就归西，多可惜，对吧？”

我死命挣扎，但蜷在背后的手臂像上了铁箍一样，于是我放声尖叫。詹米温热的大掌往我嘴上一捂，封住了我的声音。我往他的掌根使劲一咬，嘴里尝到血的味道。詹米闷哼一声，猛力抽手，塞了一团布到我嘴里。他的双手迅速伸向我肩膀，把破裂的衣服扯得更开，我塞住的嘴只能无助地发出含混不清的声音。詹米继续扯破亚麻布和斜纹布，我整个上半身都赤裸地暴露出来，两手被固定在身侧。罗斯看了我一眼，然后快速撇开视线，死盯着他抓住的男孩。还不满十九岁的金凯德，则震惊地瞪着我，嘴巴错愕地张大，像捕蝇草。

“住手！”男孩的声音颤抖，出于愤怒的成分更甚于恐惧，“你这个……卑鄙的懦夫！竟敢这样侮辱女士，苏格兰的败类！”他不再挣扎，只剩下大喘怒气而剧烈起伏的胸口，然后毅然决然地抬起下巴，“好，看来我别无选择。放开那位女士，你想知道什么？我说。”

詹米一只手暂时离开了我的肩膀。我没看到他比的手势，不过罗斯放开了男孩受伤的手臂，很快走去拿我的斗篷。刚才抓到男孩时一阵骚动，我的斗篷不小心掉到了地上。詹米把我两只手拉到背后，扯下我的腰带，把我的手牢牢绑在背后，又从罗斯手上接过斗篷一甩，利落地披在我肩上仔细绑好，然后退后一步，戏谑地对我一鞠躬，然后转向那男孩。

“我答应你，不会对这位女士不轨。”他的声音听起来像是满腔怒火，又像是满腹欲火无处宣泄，但我听得出来其实他是苦苦压抑着大笑的冲动。

男孩一脸铁青，简洁地回答他们的问题。他叫威廉·格雷，是梅尔顿伯爵的次子，和两百人的军队一起来到邓巴，想加入柯普将军麾下。他的同伴驻扎在此地以西三英里处。他在森林里散步，因为注意到我们的火光，才过来查看。没有，没有同行的伙伴。对，部队带了重型武器，十六门马车载的“飞马大炮”，两门十六英寸迫击炮。军队大部分人都配枪，还有三十匹马。

连番讯问让男孩倍感压力，加上手臂受了伤，他显然越来越疲惫，可是他还是拒绝坐下来，只是靠着树干，用左手掌护着手肘。

审问进行了将近一个小时，同样的问题一问再问，以找出前后矛盾的漏洞、深入询问细节、刺探遗漏的内情、发现遭闪避的重点。最后詹米终于满意了，深深吐了一口气后离开，留下男孩垂头丧气地站在栎树摇曳的阴影里。詹米伸手，一言不发，但默塔一如既往知道詹米的想法，递给他一把手枪。

詹米转身面对男孩，确认子弹填装的状况。十二英寸长的心形枪托在黑暗中发出隐隐的金属光泽，火光映照着扳机与引火撞针，发出银闪闪的光芒。詹米最后终于抬起头，随口问道：“头还是心脏？”

“什么？”男孩瞠目结舌，一脸茫然。

詹米耐着性子解释道：“我要开枪杀了你。间谍的下场多半是吊死，但是因为你对女士的侠义精神，我就让你死得干脆利落。所以，头还是心脏，你挑一个吧！”

男孩迅速抬头挺胸站直身子，舔舔嘴唇后，咽了一口口水。“对，当然。我想……射心脏好了。谢谢。”他显然最后才想起来，补上道谢。接着他抬高下巴，紧闭双唇。他的嘴仍然带着孩子般的柔软弧度。

詹米点点头，举起枪，枪发出咔嗒的轻声，在寂静的栎树下回荡。

“等等！”男孩说。詹米诧异地看他，这时枪口已经平举，正对准着男孩单薄的胸膛。

男孩挑衅地看着围观的人，开口问道：“我要怎么知道，我……我走了以后，这位女士不会受到欺侮？你怎么确保这件事？”他还能动的那只手紧捏着拳头，但依然在发抖。罗斯发出一个怪声，又巧妙地假装打喷嚏掩饰过去。

詹米垂下手枪，用尽钢铁般的意志力努力控制自己的表情，装出正经而认真的模样。

“首先，我已经承诺你了，虽然我看得出你不太相信一个……苏格兰懦夫的话。”詹米不禁撇了撇嘴，“让这位女士亲自保证，你或许愿意相信？”他朝我扬眉，金凯德马上放开我，并笨拙地拿掉我嘴里的布团。

嘴里的布团一拿开，我怒吼道：“詹米，这太过分了！你怎么可以做出这种事？你这个……”

“懦夫，或败类，看你喜欢哪种说法。你说呢，默塔？你觉得我是懦夫还是败类？”詹米接过我的话，又转头问他的副手。

默塔抿着嘴，冷冷地撇着嘴角：“如果你放开你老婆的时候，手上没拿短剑，那我觉得你很快就会被你老婆剁成喂狗的碎肉了。”

詹米转身面对男孩，脸上带着歉意：“我强押着自己的妻子加入这场骗局，我得向她道歉。我向你保证她绝对不是自愿加入的。”话才说完，詹米马上可怜兮兮地就着火光检查手上被我咬破的伤口。

“你的妻子！”男孩错愕地睁大眼睛盯着我，又瞪着詹米。

“我也向你保证，虽然有时候，我有幸和这位女士同床共枕，但从来没强逼过她，以后当然也不会。”詹米随即转头对着金凯德再补上这句：“不过，还是先别放开她，金凯德。”

“詹姆斯·弗雷泽，你要是敢碰那个男孩，这辈子休想和我同床！”我咬牙切齿地说道。

詹米扬起一边眉毛，露出的犬齿在火光中闪了一下。“对我这样一个无耻的淫棍来说，这威胁听起来非同小可。然而，在这种情况下，我不能只顾自己，毕竟现在是打仗啊！”刚刚垂下的枪口这时又举了上来。

“詹米！”我尖叫道。

詹米放下枪口转过身来，夸张地表现出耐心十足的样子。“怎么啦，亲爱的？”

我深吸一口气，以免声音因为愤怒而颤抖。我只能揣测詹米心底的打算，并希望自己接下来所做的事情是对的。但不管最终是对或错，等这件事结束……我想象我一脚踩住倒地的詹米该死的喉咙，看他在地上扭动挣扎……这画面太吸引人了！但我必须制止自己再往下想，好专心完成眼前的目标。

“你不能证明他是间谍，他说自己是无意间发现你的，在森林里看到火堆，谁不会觉得奇怪？”我说。

詹米点点头反问道：“那他企图谋杀我呢？你怎么说？不管他是不是间谍，他的确想置我于死地，他自己也承认了。”詹米轻轻碰碰颈侧的割伤。

我凶恶地说：“他当然想杀你，他说他认出你是通缉要犯。搞清楚，以前你的项上人头可值不少钱！”

詹米犹豫地搓着下巴，最后转身面对男孩。“好吧，确实如此。威廉·格雷，这个想救你一命的人说得有道理，而不管查理王子殿下或是我自己，处决人犯也都是正正当当的，不管是不是敌人都一样。”詹米边说边向金凯德招手。

“金凯德，你和罗斯带着他，往他所说的营地方向去。如果他告诉我们的信息没错，就把他绑在离营区一英里的树上，让他的同袍经过时可以发现他。要是他说谎……”詹米停住，冷峻的视线投向男孩说道，“就割断他的喉咙。”

詹米看着男孩的脸，严肃地说道：“我饶了你一命，希望你好好珍惜。”

詹米走到我背后，切断缚住我手腕的布条。我愤怒地转过身面对詹米，这时他手指着男孩，对我说道：“能不能请你在那男孩离开前，看看他的手臂？”在栎树下，男孩身体一软突然坐倒在地，刚才装出来的凶恶模样都不见了，表情茫然，就像一面墙壁，当我看向他时，他垂下眼睛，避开我的视线。

我不发一语，走到男孩身边蹲了下来。他看起来失魂落魄，也没有抗拒我帮他检查和治疗，虽然治疗过程一定很痛。

我被撕破的上衣不断从肩膀滑落，我不耐烦地把衣服拉回去，左边拉完又换右边，惹得我心浮气躁。男孩手臂的骨头很轻，瘦骨嶙峋，比我的手臂粗不了多少。我用夹板包住他受伤的手臂，用自己的手帕当吊腕带，把手臂吊起。“还好骨头断得很利落，可以接起来，但至少两周内尽量不要活动。”我尽量镇静交代，他点点头，还是不看我。

詹米一直默默坐在一旁看着。待我处置完男孩的手，我便带着压抑已久的怒气朝詹米走去，使尽全力甩了他一耳光。这用力的一巴掌在詹米的脸颊上掴出一片白色的印记，他眼眶泛泪，但还是面不改色。

金凯德拉起那男孩，推着他的背朝空地外走去。一直走到阴暗的森林边，男孩突然站住，转过身来。他不看我，只对着詹米开口。

男孩义正辞严地说：“我欠你一命，虽然我宁可你不要这么做，但既然你施恩于我，我在道义上确实对你有所亏欠。希望来日能偿还你这条命，一旦我俩不再相欠……”他压抑着愤怒的声音有点颤抖，最后他不再矜持，直接倾吐他的意图，“我就要杀了你！”

詹米站了起来，居高临下地看着男孩，冷静而严肃地点头道别：“期待我们有生之年不会再相见。”

男孩挺胸回敬道：“格雷家的人说到做到。”接着金凯德便拉着他的手臂离开，两人消失在黑暗中。

所有人谨慎地屏息等待，直到脚踩在树叶上沙沙的声音消失在黑暗中。先是其中一个人从鼻孔里轻轻哼笑出声，接着又有人窃笑。人群中蔓延着一圈圈越来越明显的笑声。

詹米步入圆圈中，环视着大家，笑声倏地停止。詹米的目光找到我，丢了一句：“进帐篷。”

从我的表情，詹米早已识破我的下一个动作，在我举起手前抓住我的手腕。

詹米冷冷地说道：“如果你还要甩我耳光，至少让我换另一边脸颊，而且我还可以帮你省下这个麻烦，不管怎样，先进帐篷吧！”

詹米放开我的手，接着大步走到火边威严地扬头示意，四散的众人便聚到他面前。他们睁大双眼，凹陷的眼眶覆满黑影，脸上挂着犹疑中带点警戒的表情。

詹米对大家说着夹杂了一点英语的盖尔语，我没办法听懂每一句话，不过我知道他正追究着当晚是谁值哨。詹米和缓但冷静的语调，几乎可以把在场的人变成石头。

众人眼神在暗地里飘来望去，看起来紧张而不自在。面对詹米的质问，他们似乎聚拢得更近。但接着这个紧密的队伍迸裂开来，其中两个人肩并肩离开伙伴的保护往前一站，目光垂地，几乎不敢抬头。

这两人是麦克卢尔兄弟，一个是乔治，一个是索利，年纪相仿，都是三十好几。两人既羞愧又害怕地站在一起，历经风霜的手指正绞扭着，仿佛期盼能握住一双手，保护自己度过眼前的风暴。

詹米凝视着这两个怠忽职守的哨兵，不发一语，接着说了足足五分钟，在场的空气已经凝结。詹米的声音还是一样和缓，但没有人敢发出声音。这段话的压力之大，让结实魁梧的麦克卢尔兄弟也瑟缩着。我在裙子上擦掉手心的汗，很庆幸自己听不懂多少，但也开始懊悔没有听詹米的话回帐篷去。

接下来的发展，让我更是后悔。詹米突然转向默塔，等在一旁的默塔手上已经拿了条长皮带，一端打了结，方便抓握。“你们两个，脱掉上衣过来！”

麦克卢尔兄弟立刻笨手笨脚地解着上衣纽扣，好像巴不得伏法就刑。

目睹这一幕，我十分难受，虽然相对于这样严重失职而言，詹米鞭打处罚的力道已经非常轻微了。现场除了皮带抽甩的声音，以及受罚的人偶尔的抽气声，空地里一片寂静。

最后一鞭结束，詹米松手放下皮带。他满身大汗，脏兮兮的上衣贴在宽阔的背上。他甩头示意麦克卢尔兄弟离开，便拉起袖子擦脸。两兄弟一个人痛苦地弯腰捡起上衣，另一个虽然扶着他，自己却也发抖着。

詹米挥鞭的时候，大伙气都不敢喘一声。现在大家终于卸下紧张情绪，一起呼出长长一口气。

詹米看着大家，微微摇头。夜风吹起，他的头发跟着飘扬。

“各位兄弟，粗心大意的后果没有人承担得起，每一刻都不能草率。”他深吸一口气苦笑道，“我也不例外。我没有遮住营火，引来了那小子。”他的额头又开始冒汗，于是伸手抹下，擦在苏格兰披肩上。接着詹米朝默塔扬头示意，然后把皮带递给默塔：“你愿意为我效劳吗？”

默塔迟疑了一下，才伸出枯瘦的手接过皮带，明亮的黑眼闪过一丝趣味。“这是我的荣幸……大人。”

詹米背对默塔，解开上衣的时候，瞥见我僵立在树干间。他啼笑皆非地扬起一边眉毛，好像在问我：“你想继续看下去吗？”我猛摇头转身，跌跌撞撞地穿过树干离开，乖乖朝帐篷走去。

其实我没有真的待在帐篷里，帐篷郁窒的空气实在叫人难以忍受，我胸口好闷，急切地想离开这里透透气。

我从帐篷附近走上一座小山丘，寻觅着此刻急需的新鲜空气。我跌跌撞撞地来到一小块空地，深吸一口气就地平躺，双臂枕在头下。山脚下营火旁正演到最后一幕，但即使是最细微的声音我也不想听见。

我裸露的皮肤触碰到粗糙的野草，感觉冰凉凉的，于是我弓起身，拉起斗篷把自己整个儿蒙住。我裹成一团，与周遭隔绝，静静地躺着，聆听自己怦怦的心跳声，等待混乱的心情平复。

不久，我听到大家四五个人一组纷纷离开，回到各自休息的地方。斗篷隔绝了声音，我听不清他们说的话，声音压得很低，语气中带了一点敬畏。又过了一会儿，我发现詹米就在我身旁。他不发一语，但我能感觉到他。我翻身坐起，见他抱膝坐在石头边，头就放在交叠的前臂上。

我心里挣扎着想伸手抚顺他的头发，但又想拿石头敲他的头，最后决定这两件事都不做。

我尽可能地收起柔情，不带情绪地开口：“你还好吗？”

詹米缓慢地松手并直起身，动作非常轻缓，接着深深叹了口气：“哎，等会儿就没事了。”一阵静默后，他开口道歉：“对不起，扯坏了你的衣服。”我意识到他看见我裸露的胸口在黑暗中发出的朦胧白光，于是赶紧兜拢斗篷。

我激动地叫道：“你就只为了我的衣服道歉？”

詹米又叹气：“也为其他的事道歉。”他思索了一下，又说：“我想你也许愿意牺牲端庄形象，以免我伤害那个小伙子。但在那样的情况下，根本来不及问你。如果你是不情愿的，那么夫人，希望你能原谅我。”

“你是说你本来还要继续折磨他？”

詹米听了大为恼怒：“继续折磨？我根本没伤到那小子！”

我把斗篷裹得更紧。“所以打断他的手、用烧红的刀子烫他，不算伤到他？”

“不算。”他大步踏过我们之间的草地，抓住我的手肘一拉，让我不得不直接面对他，“听我说，在我牢牢制住他时，他硬要脱身才把自己的手弄断。他勇气十足，但是近身打斗经验不足。”

“那刀子呢？”

詹米哼了一声：“哼！那只是耳朵下的皮肉伤，不到一天就没感觉了。或许有点痛，但只是吓吓他，不是真的要伤害他。”

“是啊！”我挣脱开来，转身面向森林远远看着我们的帐篷。

他的声音跟上来：“我应该严厉拷问他的，外乡人，一旦使出刑讯手段，受的伤可能永远都不会复原。若非必要，我希望不必这么做。不过，我得老实告诉你，外乡人，这在战争期间确实有其必要。”他带着警告意味的声音从我后方的阴影传来，“我得知道他的同伴在哪儿、他们的武力……光吓吓他不可能让他就范。若不诱骗他，我就得用拷打来逼出情报。”

“他说了，不管你怎么做，他都不会松口！”

詹米听起来有点疲倦。“拜托，外乡人，我当然有办法让他开口。只要狠下心，没有谁是拷问不出来的。这点我很清楚。”

我冷冷地说道：“对，你再清楚不过……”

我们相持不下，陷入冷战的僵局。我听到其他人低声交谈、躺下入睡，偶尔有靴子踩踏坚硬地面的声音，还有人拢起一堆落叶，好隔绝秋天林地的寒意。我的眼睛已经适应黑暗，能看到我们帐篷的轮廓，就在约三十英尺外落叶松的遮蔽下。我也能看到詹米，他的身影比夜晚的黑暗更浓重。

“我……明白你没有别的选择，也尽力不伤害他……好吧，没事了。”

“谢谢。”我看不出詹米是不是在微笑，但声音听起来含着笑意。

“这是你唯一可以想到的办法了，但如果我没给你个借口饶他一命，你要怎么办？”我说道。

詹米耸耸肩，黑暗中听到他轻轻笑了。“我不知道，外乡人。那时我就等着你的应和，如果你没意识到……我应该会对他开枪。毕竟，凭白放他走，岂不是太让他失望了？”

“你这臭苏格兰佬。”我轻叱道，但已不带多少怒气了。

他深深叹口气：“外乡人，晚餐才开始，我就被刺伤、咬伤、打耳光、抽鞭子，况且晚餐还没吃完。我不喜欢吓唬孩子，也不喜欢抽人鞭子，但这两件事我不得不做。离这里三英里外还有两百个英军，我也还没有对策。我又累、又饿、又痛，如果你还有点温柔的同情心，请可怜我吧！”

他说得万般委屈，我不由得笑了，决定站起身朝他走去。

“过来吧，我看看有什么可以帮你。”詹米只是把上衣披在肩上还没穿好，我把手伸进上衣，检查他背部火烫的肌肤。我往上轻触，告诉他：“没有伤口。”

“被皮带打不会有伤口，只是会痛。”我脱掉他的上衣，让他坐下，用冰凉的溪水冲淋他的背。

“这样有没有好一点？”我问道。

“嗯……”他放松了肩膀的肌肉。不过，当我碰到某个部位时，他疼得瑟缩了一下。

我把注意力转到他耳下的割伤。“你不会真的开枪杀他吧？”

“你以为我是哪种人，外乡人？”他佯怒道。

“你是苏格兰懦夫，顶多是个丧尽天良的恶徒，谁知道这种人会做出什么事？更别说是无耻的淫棍。”

詹米大笑，我的手能感觉到他的肩膀颤动。“头转过去。想要我的温柔同情，就乖乖坐好。”

詹米静静地坐着，过一会儿才开口：“不会，我不会开枪杀他，但我利用你骗了他，让他觉得自己很愚蠢，我总得想办法保住他的自尊。他很勇敢，我希望让他觉得自己够格死在敌人手下。”

我摇摇头，低声说：“我真不了解男人。”同时给他的刀伤抹上金盏花药膏。

詹米伸手握住我的手，把我两只手拉到他下巴底下。“你不必了解我，外乡人，我只要你爱我。”他的声音好轻好柔。接着微微前倾，吻着我合起的手。“还有喂我。”最后补了这句，然后放开我的手。

“温柔的同情心，就是爱和食物吗？你要的不多嘛！”我笑道。

鞍袋里有燕麦烤饼、奶酪和一点冷培根。没想到过去两个小时的紧张和闹剧这么耗费心力，连我也饿了，于是和詹米一起吃着迟来的晚餐。

人声已息，四周悄然无声，也看不到无人守备的星火，我们和一切人烟仿佛相隔甚远。只有风忙着把树叶吹得哗哗响，细小的枝叶在树干间上下晃动。

詹米背靠着树，俊俏的脸庞在星光中朦朦胧胧，但身体着实地发挥不安分的本性。

“我答应了那位想保护你的小子不会下手侵犯你，除非你邀请我上你的床，否则我就只好去和默塔和金凯德睡了……默塔会打鼾啊！”

“你也会啊！”我笑道。

我目光灼热地注视着他，轻轻转动单薄的肩膀，被詹米撕破的连身长裙溜下一边。“既然你已经对我起了个头……”我又缓缓转动另一边肩膀，上衣整个滑落腰际，“我想你应该好好完成这项任务……”

他温暖的手臂就像温热的丝绸，滑过我冰凉的肌肤。

“所以说，战争就是战争，对吧？”他呢喃着把脸埋到我的发间。

“我总是不记得日期。塞万提斯诞生了吗？”稍晚，我对着满天星斗问詹米。

詹米趴（他不得不趴着）在我旁边，头和肩膀伸出帐篷外。他慢慢睁开一只眼睛，看向东方的地平线。看不出黎明的迹象，那只眼睛又缓缓转回来，停在我脸上，眼神猜忌中带着无奈。

“你突然想讨论西班牙小说？”他低哑地说道。

“也不是，我只是想知道，你有没有听过‘堂吉诃德精神’。”

他用手肘支起身，两手按摩头皮让自己完全清醒，然后转向我，眨着眼睛，但一脸警觉。

“塞万提斯大约在两百年前出生，外乡人，而我有幸受过完整的教育，所以没错，我知道谁是堂吉诃德。你最后一句话应该不是在暗示我什么吧？”

“你的背不痛吗？”

他试着弓起肩膀：“不是很痛，但可能有点瘀伤。”

“拜托，詹米，你到底为什么要他打你？”我叫道。

他下巴枕在交叠的前臂上，斜斜转头，眼睛斜挑更明显了。他微笑，我视线中的那只眼睛又更眯了。

“默塔打得很高兴啊！我九岁的时候，有一次趁他把靴子脱掉纳凉，塞了一块蜂窝到他靴子里，所以我欠他一顿打。那次他抓不到我，不过他光脚追着我乱跑的时候，我倒是学会了不少有趣的新词汇。他……”

我使尽力气一拳往他肩膀击过去好让他住嘴。“噢！”詹米惊得手肘一滑，滚成侧躺，背对着我。

我在他背后抬起膝盖抵着他，一手环住他的腰。他宽阔平滑、布满肌肉的背泌出欢爱后的汗水，隐隐烁光盖过了天上的星星。我吻着他两边肩胛骨中的凹沟，然后微微欠身轻吹着娆人的呼吸，得意地看着他的肌肤在我指下颤抖，背脊竖起汗毛，布满细细的疙瘩。

“为什么？”我追问道。我把脸靠在他湿热的背上，疤痕在黑暗中看不清楚，但我仍然感觉得到那一道道坚硬的深刻细纹。

他沉默不语，肋骨随着每一次缓慢的深呼吸，在我的手臂下起伏。“哎……”他才开口，又陷入沉思。“我也找不出确切的原因，外乡人。可能是觉得亏欠你，也可能觉得亏欠自己。”詹米终于说。

我用掌心轻抚过一边的肩胛骨，他的骨架宽阔平坦，皮肤下清晰地透出骨骼轮廓。

“你没有欠我什么。”

“是吗？在三十个男人面前扯烂自己妻子的衣服，这是绅士的行为吗？对一个十六岁的俘虏暴力相向，算是勇士之举吗？还有比这更糟糕的吗？”他说得酸楚，我的手轻轻抚着他。

“但是轻易放过他，接着两天后失去一半的手下，会是比较好的结果吗？探知敌情是职责所在，不能让绅士观念牵着鼻子走。”

“我确实不能。责任和荣誉召唤我，要我追随詹姆斯国王的儿子，我发誓拥戴他，却又设法破坏他的志业。为了我深爱的人们，我不得不给出虚假的誓言，辜负我赖以生存的荣誉……”

我不舍地看着他布满瘀血的背说道：“荣誉之下尽是血腥地狱。无理的荣誉很……愚蠢。不管再怎么英勇，终究还是愚蠢。”

“对，你也说过未来局势会改变。然而，如果我终究还是成了第一个牺牲荣誉的墙头草……我该不该敢到羞愧？”他突然翻身面对我，星光映出他眼底的不安，“我不会回头，现在也没办法回头了。但是，外乡人，有些时候我对于被抛开的那一部分自我感到十分哀伤。”

“是我不好。”我抚着他的脸、他的眉与唇，还有清瘦的下巴上新冒出的短髭，“是我的错。要不是我出现在这儿，告诉你未来会发生什么事……”对他内心的崩解，我也涌上深切的哀伤，为那个不再天真勇敢的青年而失落。然而，走入这盘局，我们何曾有过其他的选择？我不得不言，而他必然得行。我脑海中顿时浮现出《圣经 · 旧约》的经文：“我闭口不认罪的时候，因终日唉哼而骨头枯干。”①

詹米仿佛意识到我借《圣经》经文想表达“别让良心遭受伤害”的意思，浅浅笑道：“我可是记得亚当不曾请上帝收回夏娃，况且夏娃把亚当害得才惨吧！”我笑开来，他倾身轻啄我的前额，然后拉起毯子盖住我的肩膀，“睡吧，我的小肋骨，早上我可需要一个贤内助呢！”

耳边传来清脆的金属撞击声，被唤醒的我从毯子里探出头，朝声音的方向睨着眼，发现詹米膝上盖着披肩，就在我鼻子前一英尺的地方。

“你醒了？”一串银铃声突然从天而降，沉重地系在我脖子上。

我惊讶地坐起身，低头往下看时问道：“这是什么？”詹米系的是一条由皮革鞋带串了数个约三英寸长的金属插销所组成的奇特“项链”。有些握柄处的铁环生锈了，有些是全新的，但所有的插销上头全是刮痕，似乎都是从某个比较大的东西上扯下来的。

“这是战争的奖章，外乡人。”詹米说。

我抬头一看见他的脸，惊叫出声。

“喔，我忘了，还来不及洗掉。”詹米一只手遮着脸。

“詹米，你吓到我了！你脸上涂的是什么？”我一只手抚着怦怦狂跳的胸口。

“黑炭。”他拿布擦脸的时候闷声说道，接着他放下手中的布对我露

---

① 原文典出《诗篇 32:3》之“When I kept silence, my bones waxed old through my roaring all the day long.”其引申意为伤害良心。

齿而笑。擦过脸以后，他的鼻子、下巴和额头的炭痕没有了，但还残存一点污渍，所以皮肤带着一点青铜色，而且眼睛周围还留着浣熊一般的黑眼圈，嘴唇也兜着一圈黑影。时近黎明，蒙蒙的亮光透进帐篷，他深色的脸庞与头发几乎融入背后灰褐色的帆布，给人一种极为错乱的感觉，仿佛我在和一个无头人说话。

“这主意是你想到的。”詹米说。

“我想到的？你看起来活像黑脸走唱秀[①]的演员，你究竟上哪儿鬼混了？”我问他。

詹米他满脸的污痕，洁白的牙齿闪闪发亮地咧嘴笑道：“敢死队突袭啊！还是敢蚀队？是这样说吗？”

“老天爷，你跑去英军的营区了？你该不会是一个人去的吧？”

“这么带劲的活儿怎么可以不带上我的人马呢？我留了三个人暗中保护你，其他人就跟着我去，这个晚上收获可真丰盛。”他得意地指指我脖子上的“项链”。

“这些是大炮马车的开口销[②]。我们搬不动大炮，破坏它又会发出声音，于是我们拔了开口销、拆了轮子，这下他们也走不远。那十六门结实的轻野炮困在沼地里，就帮不上柯普将军的忙了。”

我惊愕地看着那条项链：“干得好！可是他们不会想办法弄个类似开口销的东西吗？看起来粗铁丝就可以派上用场了。”

詹米沾沾自喜地点点头：“对！可以做新的开口销，问题是他们没有新的轮子一样没辙。”詹米掀开帐篷的帘布，手向山丘下一指。我看到默塔在那儿，像个形销骨立的恶魔，正指挥几个相同装扮的恶魔手下，快活地把三十二个大木轮往熊熊火焰中投进去，看来已经投到最后一个

---

① 黑脸走唱秀（minstrel show）是流行于十九世纪的美国巡回表演剧团，由白人扮演并模仿黑人所表演的歌舞笑闹剧。

② 开口销是一种普遍用于防止卡榫、轴心等机件脱位解体的固定插销。

了。旁边地上堆着一叠车轮铁圈，菲格斯、金凯德和另一个年轻人玩起了新游戏，用一根棍子把铁圈滚来滚去。罗斯坐在旁边一段木头上，一边啜着牛角杯，一边懒洋洋地把铁圈套在他壮硕的手臂上溜转着。

看到这幅景象，我笑了出来：“詹米，你真是太聪明了！”

“或许吧！不过，你倒是穿得太透明了，你还有衣服穿吧？因为我们现在得赶紧上路。我们把英军的哨兵绑在废弃的羊圈里，其他英军现在应该起床了，目前大概离我们不远。快，该走了！”这时我头上的帐篷突然震了一下，好像有人把一边的绳子扯开，似乎是要验证詹米说的话。我惊叫着钻进去找马鞍袋，詹米就留在帐篷外指挥大家撤离。

我们在下午前抵达特拉嫩特村。这个小村庄踞于海边山丘上，平时很宁静，现在却因为高地军队进驻，一片人声鼎沸。远方的小山丘上，可以鸟瞰这片延伸向海滩的小平原，也可以看到军队主力所在。但人员来去还是像平常一样随意，进入村子的人和出去的人一样多。进出的小队依稀维持军队的队形，信差来回奔忙，有些骑小马，有些靠两条腿，还有妇孺、随军人员。因为人太多了，有些只好坐在屋外，靠着石墙，在时有时无的阳光下喂哺婴儿，又呼唤经过的信差，想知道最新行动的状况。

我们停驻在这喧喧扰扰的村子外围，詹米派默塔去找总指挥官乔治·默里勋爵，他自己则到小屋，进洗手间打理一下。

我的仪容实在有待改善，虽然我的脸没有特别用炭涂黑，但有好几道污渍，一看就知道在户外过了几夜。小屋里的妇人好心借我毛巾和梳子，我坐在她桌前，和我顽固纠结的头发奋战。突然门开了，默里勋爵毫不拘礼地走进来。

默里勋爵平日无懈可击的装束现在有点邋遢，背心好几颗扣子没扣，袜子松垮垮地滑落，袜带有一条没系，假发也随便塞在口袋里，逐渐稀薄的棕色鬈发竖了起来，显然他曾因为大感挫折而揪过自己的头发。

“感谢上帝！终于来了个神智健全的人！”他身体前倾，眯着眼注视着詹米说道。詹米红发上的煤炭污渍几乎都洗掉了，但灰色的脏水顺着他的脸流下，滴在上衣前襟，而他的耳朵因为洗得太匆忙而忽略，看起来还是一片乌黑。“这是怎么……”默里勋爵有点惊讶，但随即不再说下去，很快地摇了摇头，好像要把他脑海中的画面驱逐出去。他于是回到原本热切的模样，假装不觉有异。

“勋爵大人，近来可好？”詹米说得十分恭敬，也假装没看到绑着缎带的假发尾端从勋爵的口袋露出，随着勋爵大动作的比手画脚，晃呀晃地像小狗的尾巴。

“近来可好？”勋爵重述詹米的问候接着说，“哼，我告诉你，这些人一下往东，一下往西，然后一半下山去吃午餐，另一半跑得不见人影！你说说，我怎么可能好？”

勋爵喘了口气，不再那么激动：“我刚刚说的这些人，就是殿下的皇家高地军。”等他又冷静了一点，才说起前天军队刚到特拉嫩特村的情况。

默里勋爵和部队一起抵达后，将主力留在村里，与一支分队急忙前往占领俯瞰平原的山脊。随后查理王子抵达，对这项行动表达不满，还当着大家的面大肆咆哮。接着，殿下就带着一半的军队往西行，名义上的另一位总指挥官伯斯公爵则乖乖地紧随其后，或许是要去评估能不能从普雷斯顿发动攻击吧！

军队分裂的时候，勋爵正忙着与村民商讨计策，毕竟比起殿下或他的爱尔兰心腹奥沙利文勋爵，村民对附近地势知道得远比他们多。然而，这位奥沙利文勋爵却趁机擅自指挥一小队洛奇尔的卡梅隆带来的族人，要他们前往特拉嫩特的教堂墓地。

勋爵冷冷地说：“柯普自然派了一对轻野炮去轰炸他们。我今天下午还和洛奇尔闹得很不愉快，他因为手下受了这种毫无意义的损伤很不高兴，这我能理解。所以，当他要求撤出时，我也就答应了。没想到殿下的跟屁虫又冒出来了，奥沙利文，这畜生！只不过因为他和殿下一起抵达埃里斯凯岛，他就自以为……算了。总之，他就在那儿发牢骚，说什么如果要从西边发动攻击，卡梅隆族人就一定要待在教堂墓地……你听听他说什么，一定要，一定要啊！我斩钉截铁地告诉他，就算要进攻，也是从东边发动。现在连有没有办法进攻都成问题，因为目前我们根本不知道自己一半的人马在哪里。对了，王子殿下也同样行踪不明。”听他最后一句的语气，就明白他对于查理王子殿下目前的行踪也漠不关心。

“还有那个洛奇尔！洛奇尔的卡梅隆氏族抽签获得了在战事中从右翼攻击的权力（如果真的还有战要打的话），麦克唐纳氏族原本也同意这样安排，现在却反悔了，坚持说如果他们不能按照传统保有在右翼出击的权力，他们就不打了！”

默里勋爵刚开始陈述时还颇为冷静，此刻却越说越激动，懊恼地突然站了起来，两手猛力抓着头发。

“卡梅隆氏族之前整天都在操练，一直来回行军，现在八成被操得老二屁眼都分不清了……恕我失礼，夫人。”勋爵看了我一眼，补上一句，“然后克林兰诺的人又和格兰格瑞的手下互殴。”他停住，腆着下巴，满脸通红，“要不是因为格兰格瑞的身份，我早就……哎，算了。”他手一挥不再提格兰格瑞，又开始踱步。

“唯一值得庆幸的是，因为我们在移动，英国人也一直被逼着团团打转。柯普整个军队至少掉转了四次方向，现在柯普的右翼已经快延伸到海边了，他们一定在想我们接下来到底会做什么。”他弯腰看向窗外，好像觉得柯普将军本人会从大路那里走过来问问题。

“呃……勋爵，请问您手下那一半人现在到底在哪里？”詹米动了一下，显然就要跟着勋爵一起在屋里踱步了，但我一把揪住了他的衣领。勋爵碎碎念个不停时，我手里拿着蘸了温水的毛巾，忙着把詹米耳朵上的污垢擦掉。现在詹米的耳朵竖起，而且有点涨红。

“就在小镇南方的山脊上。”

“那么我们依然占领制高点了？”

“没错，听起来是个好消息吧？”勋爵无精打采地笑道，“不过占据制高点对我们好处不多，因为山脊下的沼泽都是水塘和泥泞，简直千疮百孔。老天真没长眼啊！有道六英尺深的壕沟里面都是水，沿着山脚有一百英尺长！现在两军之间只隔着五百码，我们尽力的话，也可能拉到五百英里。”默里勋爵一手插进口袋想找手帕，拉出来后却站着发愣，呆呆地看着手上差点被拿来擦脸的假发。

我动作优雅地递给他那条覆满煤灰的脏手帕。勋爵闭上眼，两只鼻孔大力吸口气，然后睁开双眼，以一贯的优雅动作对我鞠躬。

“听凭差遣，夫人。”他用那块肮脏的破布将整张脸擦过一遍，彬彬有礼地交还给我，然后啪地戴上那顶乱蓬蓬的假发。

勋爵语气一变，转向詹米，表情坚定地说：“要是我因为那个蠢蛋输了这场仗，那我就该死了。”

“你手下有多少人，弗雷泽？”

“有三十人，勋爵。”

“马呢？”

“六匹，还有四匹载货小马。”

“载货马？噢，载你们的物资？”

“是的，勋爵。还有昨天晚上从英军一个小队抢来的六十袋军粮，以及一门十六英寸的迫击炮。”

詹米最后一句话说得轻松自在、漫不经心，听得我都想把手帕塞到他的喉咙里。

默里勋爵瞪着他看了一会儿，然后嘴角上扬，化成微笑：“是吗？和我来吧，弗雷泽。路上你可以好好和我说。”勋爵转身向门口走去，詹米瞪大眼看我一眼，抓起帽子跟上去。

默里勋爵突然在门口停步并转过身来。他抬头瞧瞧詹米这高个子，上衣领子没翻好，外套也草草搭在一边手臂上。

“弗雷泽，就算再怎么匆忙，还是别忘了展现礼仪。去和你妻子吻别吧，我在外面等你。”接着勋爵倏地转身，单膝一屈，向我深深一鞠躬，假发发尾都往前翻了过来，“告辞了，夫人。”

我对战争期间的军队概况有点了解，明白在开战之前会有段暴风前的宁静。村里唯一的大街上，男人、妇女、随军人员、流离失所的特拉嫩特村人三三两两、漫无目的地晃荡，不知道何去何从。只有信差赶着送信，快速掠过人群。

我之前在巴黎见过默里勋爵。该行动的时候他不会客气拘礼，不过我想，他是因为对查理王子的举动感到焦躁，又不想与奥沙利文为伍，才单独来见詹米，而不是因为事态紧急，或真视詹米为心腹。现在高地军总兵力在一千五百至两千人，詹米的三十个手下算不上是天降神兵，不过也不会完全遭到冷落。

我看看菲格斯，他浮躁不安得像患了亨廷顿舞蹈症[①]的蟾蜍，于是我决定主动发函与其他人联系，一方面也让菲格斯有点事做。有句话说：“在盲人的国度，独眼人就是国王。”我从自己的经验里体认出了新解：“如果没人知道怎么做，有道理的建议就会有人接受。”

鞍袋里有纸墨，我坐下来写信给詹妮·卡梅隆。这屋子里的妇人可能从没看过女人写字，以近乎敬仰的眼光看我。查理王子在海边的格伦芬南高举旗帜号召人马时，就是詹妮带领三百族人响应，翻山越岭加入他的旗下。詹妮的兄弟休·卡梅隆返家时听到这消息也火速赶往格伦芬南，以领主之位带领族人。但詹妮不想乖乖回家，错过好玩的事。查理王子曾在爱丁堡稍事停驻，接受忠臣的赞美拥戴，詹妮那次在爱丁堡也很开心，而且她也想护送王子亲征。

---

① 舞蹈症患者的肢体会不由自主地出现一些快速而没有规则的动作，就像跳舞一样。

我没有印章，但袋里有詹米的苏格兰呢帽，呢帽上的徽章有弗雷泽家族的纹章与铭言。我拔出徽章,压在封缄的融蜡上,使这封信更为正式。

“交给有雀斑的那位苏格兰女士。”我嘱咐菲格斯，满意地看他跑出门，没入街上闹哄哄的人群。我不知道詹妮在哪里，不过军官都驻扎在苏格兰教会附近的牧师住宅，那儿是搜寻的好起点。找人的事就交给菲格斯去忙，这样至少他不会在家捣乱。

一吩咐完，我转向屋里的妇人。

“好了，现在有什么毯子、手帕、衬裙要缝吗？”

詹妮的个性一定很有魄力，而我的猜测也很快得到证实。一个女人可以召集三百个男人，带领他们翻山越岭，为一个充满异国口音、爱喝白兰地的纨绔子弟作战，想必是个极为有趣的人，而且有种难得的天赋，可以让所有人对她言听计从。

“很有道理。阿契堂哥应该做了些安排，不过他现在一定只想和军队待在一起，毕竟那儿才有意思。”她微扬坚毅的下巴挖苦道。

“你没有坚持同行，我很意外。”听我这么一说，她笑了，不甚出众的五官加上凸出的下巴，让她有着一张像温驯斗牛犬的脸。

“如果可以我也想去，可是没办法。”她坦白承认，“休来了，他一直想赶我回家。我告诉他,要我乖乖回家……”她环顾一下确定四周没人，鬼鬼祟祟地对我低声说道 :“他妈的别想！只要我在这里还派得上用场，就别想我回家。”

她站在小屋门槛上，若有所思地打量着街道。

“我不觉得他们会听我的，毕竟我来自英格兰。”我说道。

“你说得没错。不过，他们会听我的。不知道会有多少人受伤，祈祷老天不会太多。”她悄悄地在胸前画了十字，“不过，从牧师住宅附近的房子开始最理想，那里提井水比较方便。”她做了决定，步出门槛走上街，我紧跟在后。

我们成功说服了他们，除了靠詹妮的地位和她的魄力，也因为男人心知肚明：束手坐视是世界上最悲惨的工作（这倒不是因为男人深有体悟，女人坐着等的时候可多太多了）。等太阳缓缓沉入特拉嫩特的苏格兰教会后方，我们已经筹组出医疗队的雏形了。

附近树林里，落叶松和赤杨木的叶子纷纷掉落，在沙地上铺排成一片松散、平坦的黄褐色。触目尽是蜷缩的黄褐色叶子，风一卷就飞离了树梢，好像波涛中的小船。

一片叶子在我身边盘旋，随着风稍微止息而轻轻降落。我攫住它，放在掌心端详，看着叶片的主脉与支脉。想着叶片腐烂后，这蕾丝般的叶脉仍会保存下来。忽然有风，从我掌中刮走这片叶子，叶子飘落到地面，让风沿路吹送到村中空荡荡的街道上。

我抬起手遮挡落日的昏光，看到村外高地军扎营的山脊。王子殿下带领的另一半军队在一个小时前回来了，秋风卷残叶般带走了还留在村中的士兵，一起去和默里勋爵会合。在这个距离，我只能辨认出偶尔几个小小人影，他们黑色的身影衬着逐渐变灰的天空，零星越过山脊。在道路尽头四百多码的地方，我看到英军升起的第一道火光，在逐渐暗淡的天色下发出微弱的光芒。村里燃烧泥炭，那股浓重的气味混合了英军柴火更刺鼻强烈的味道，叠在邻近海水的腥味之上。

高地军的家眷受到热情款待，现在多半住在沿街上的小屋里，和主人共进简单的麦片粥与盐腌鲱鱼晚餐。我的晚餐在屋内准备好了，但我没什么胃口。

一道瘦小的身影从我身侧出现，就像拉长的影子一样静悄悄。

“夫人要来用餐吗？女主人为您准备好晚餐了。”

“好，我马上过去。”我最后朝山脊瞥了一眼，便转身进屋。“一起来吧，菲格斯？”进门前我问道。菲格斯依然站在路上，抬手遮着眼，想看清村外山脊上的活动。詹米严格叮嘱他得紧紧跟在我身边，但他显然想投入作战部队，一起准备翌日的战役。

“好的，夫人。”他叹口气转身，暂时回到无聊的和平生活。

夏季的漫漫白昼很快让渡给黑夜，灯火早早就点亮，之后我们也准备妥适了。这个夜晚并不平静，远方地平线一直有动静与火光。菲格斯也静不下来，在小屋内外跑进跑出，传递口信、探听小道消息，每隔一阵子就从阴影中现身，像只瘦小阴暗的幽灵，眼里闪着兴奋的光彩。

我正忙着把床单撕成条，叠成一堆准备消毒，菲格斯忽然抓着我的衣袖说：“夫人！夫人！”

“又怎么了，菲格斯？”他打断了我的思绪，我正思考如何向妇女们说明，治疗伤患一定要经常洗手。

“来了一个男人，夫人。他有话想和殿下的军队指挥官说。他说有很重要的事。”

“去啊，我可没拦着他呢！”我扯着上衣一道不听话的接缝，用牙齿拉松一端，然后用力一扯，接缝发出让人满意的撕裂声，整齐利落地裂开。

我吐掉一两条线头。菲格斯还站在原地，耐心等着。

我只好开口：“好吧，你觉得……还是他觉得我可以帮什么忙？”

菲格斯热切地说：“夫人，您允许的话，我可以带他去见大人，让大人带他去见指挥官。”

在菲格斯看来，这个“大人”实在是无所不能。譬如说，大人毫无疑问能走在水面上、把水变成酒，还有让默里勋爵去见一个从黑暗中现形、带着重要消息的神秘陌生人。

我拂去挡在眼前的发丝。我原本用头巾包住头发，但卷曲的发丝一直跑出来。“那男人在附近吗？”

蠢蠢欲动的菲格斯光是听到这句话就够了，他立刻跑出敞开的门不见人影，很快就带着一个纤瘦的年轻人回来，那人热切的目光立刻盯住我的脸。

“您是弗雷泽夫人吗？”我点头时，他笨拙地朝我鞠躬，但两手好像不知道该摆在哪儿，在马裤上擦了擦，但也准备好面对可能发生的事。“我……我是理查德·安德森，来自惠特堡。”

我回礼道：“辛苦你了，理查德。我的仆人说，你有重要的消息要告诉乔治·默里勋爵。”

他像只河马一样不断点头：“是这样的，弗雷泽夫人，我从小住在这儿，我……很了解这边的地形，甚至可以说是了若指掌。高地军队驻扎的山脊那里有一条路可以下来，走那条路可以绕过底下的壕沟。”

“原来如此。”我听完感觉胃部一紧。如果高地人要在明天早上发动突袭，就必须趁夜离开山脊这个制高点。而突击要成功，他们当然得跨过或绕过壕沟。

我以为自己知道未来会发生的事，但坦白说，此刻我是毫无把握的。我曾是历史学家的妻子（想到弗兰克，我内心总是隐隐作痛），明白史料往往极不可靠。就这点来说，我不确定自己的出现会不会改变历史。我胡乱猜想着，如果我不让安德森和默里勋爵见面会发生什么事？会改变明天那场战役的结果吗？如果詹米和他的手下，以及其他高地军冲过泥泞的地面摔入壕沟，会遭到屠杀吗？默里勋爵会想出其他方法吗？或者不管我说什么，安德森都会想尽办法向默里勋爵通报？

我不能就单为了试探而冒险。我低头看着菲格斯，他早已坐立不安，准备动身了。

“告诉我，你确信你可以安然无恙找到大人吗？去山脊的路就跟矿坑一样黑，我不希望你们在山上误闯被杀。”

菲格斯信心满满：“我找得到！”或许真的找得到，他身上好像有种特别的雷达可以侦测到詹米。

我勉强答应：“那好吧，但看在老天的分上，小心一点。”

“是，夫人！”一转眼菲格斯已经在门口，准备出发了。他们离开半个小时后，我才注意到我放在桌上的刀子不见了。我胃中一阵翻搅，这才想起虽然我要菲格斯小心一点，但完全忘了叮咛他记得回来……

黎明前，天还初蒙之时，第一声炮击响起，隆隆声响和我床榻共鸣着。我的臀部像夹着尾巴似的不禁缩紧，一手抓住睡在我身旁妇女棉被下的手指。明白战事即将爆发，理应保持心理戒备，但其他人似乎无动于衷。隐约传来孩子的抽泣，妇女喃喃低声安抚："圣母马利亚，米迦勒天使，圣毕哲，请保佑我们。"有的妇女已下床走动，地板发出嘎吱声，有人小声说话，但似乎所有人都竖起耳朵，仔细聆听下方平原的交战。

我瞥见麦克弗森太太站在窗边，窗外天色逐渐发白，她折着被子，脸色因恐惧而苍白，传来的轰隆声让她闭上双眼、微微颤抖。我原以为大家无动于衷，但看来并非如此。这些妇女对下山的秘密通道、拂晓出击与攻其不备的战略或许一无所知，但她们更明白，自己的丈夫与儿子此刻正面对着炮弹与火枪，而且英军人数是我方的四倍。

即使在承平时期，预言也是一项危险的工作，而且我觉得这些妇女完全不会相信我对战事的预测，所以我能做的就是让她们有事可忙。我脑海中闪过一个画面，升起的太阳照在红发上，使拥有闪耀红发的大人成了最明显的目标。第二个画面紧接其后，一个门牙微凸的男孩带着一把偷来的刀子，双眼晶亮，以参战为荣。然后我难受地闭上眼睛，微微哽咽。我只能尽其所能让自己有事可忙。

"各位！我们昨天已经做了不少事，但还有更多事情要做。我们需要煮开水，用大锅烧水、奶油锅来浸洗，能进食的伤患我们就准备麦片粥，不能的就替他们准备牛奶。包扎伤口要准备牛脂和蒜头[1]，木条可以用作夹板，还有瓶罐、水壶、杯子、汤匙、缝针和坚韧的缝线。麦克弗森太太，可否麻烦你……"

---

① 牛脂可制成药膏，蒜头水具有消毒杀菌的功效。

我对这场战役所知不多，只知道苏格兰军应该会得胜，詹姆斯党人军队死伤“轻微”。从年代久远、斑驳泛黄的教科书纸页，我再次忆起那零碎的信息：“……詹姆斯党胜利，只有三十人伤亡。”

在医护领域，任何受伤都算伤亡，而随着烈日穿透海上雾气高升的正午时分，我们小屋中的伤患早已远超过三十人。我想书里说的应该是“死亡”。战役中得胜的一方凯旋，没受伤的人扶着受伤的同袍，慢慢地回到村里。

奇怪的是，王子殿下命令先救战场上的英军，还要悉心照料。“这些人是我父王的子民，我要他们受到良好照料。”他口气十分坚决，把“父”这个字说得特别大声。他似乎忘了刚为他打下胜仗的高地人也是他父王的子民。

听到王子殿下这番话，我对詹妮小声说：“看看这对圣父圣子的行径，高地军最好祈祷圣神[①]不要在今天降临吧。”

麦克弗森太太听到这番不敬的嘲讽，露出惊骇的表情，但詹妮却笑了。

盖尔语的欢呼呐喊盖过伤患微弱的呻吟声。这些伤患有些躺在旧步枪绑成的临时担架上，其他多半则只靠着朋友搀扶。有些伤患自己跌跌撞撞走进来，眉飞色舞，陶醉在高昂的士气里。他们支持的信念获得光荣胜利，伤口的疼痛似乎也无关紧要了。尽管他们身上负伤必须来这里治疗，打胜仗还是让他们乐陶陶的，屋里热闹又兴奋。

“老天爷，你有没有看到他们跑得多快？就像被猫追的老鼠，夹着尾巴逃跑！”一个伤患说，似乎忘了自己左臂从指节到肩膀都遭火药灼伤。

---

① 天主教有“圣父、圣子、圣神”三位一体的概念，这里克莱尔用圣父、圣子比拟查理父子，希望不要再有个“圣神”出现，做出让人不能忍耐的行径。

“而且一群人还丢了尾巴！”他的朋友接了一句，哈哈大笑。

并非所有人都沉浸在欢乐中，还有三三两两的高地人，抑郁地走过山丘，抬着朋友静止的身体，苏格兰披肩末端盖着那张苍白虚无的脸，由上天照看。

对我挑选来的助手而言，这是第一场试练，而她们也像战场上的战士一样挺身面对挑战。她们一开始畏缩不前、牢骚抱怨，变得很难相处，然后迫于情势，终于带着无穷的精力投入战斗。但她们嘴上还是抱怨个没完。

麦克默多太太又带回另一个满满的水瓶，挂在墙上指定的位置，然后弯身翻找放置蜂蜜水瓶的桶子。年迈的麦克默多先生是特拉嫩特村的渔夫,受征召为军队效力。她是这班助手中负责管水的人,在伤患间穿梭，催促他们尽量喝蜂蜜水，然后再巡视一次患者，并负责收拾两三个喝完的瓶子。

“如果不要给他们喝那么多水，他们就不会尿那么多了。”她已经抱怨不止一次了。

我再三耐心解释：“他们需要水，可以维持血压、补充流失的液体、避免休克……”我也不客气地说：“你想想，因为我们这样的照顾，死亡的人数不多吧？”麦克默多太太不断质疑和抱怨，耗掉我大半的耐心。她嘴里的牙齿一颗不剩，在她原本严厉的面容上，又增加一股悲伤的感觉，好像在说：“一切都没了，何必多费事？”

“嗯。”她应了一声便沉默不语。既然她不再埋怨，拿着水回去巡视病人，就暂时当她认同我吧！

我走出屋外，除了想离开麦克默多太太，也想远离屋里的气味。屋内飘荡着烟雾、热气、身体污浊的异味，让我有点头晕。街上满满都是人，喝醉了在庆祝，从战场上搜刮了不少战利品，收获颇丰。一群穿红色格子花呢的麦吉利夫雷族人，把英军大炮像危险的野兽一样五花大绑，然后拉着到处跑。大炮的点火孔与炮口雕刻着伏卧的野狼，这奇妙的雕饰让大炮更像一头野兽了。我想，这大概是柯普将军的一座展示品。

有个小小的黑色身影跨坐在大炮口，头发像奶瓶刷一样竖起。我一认出他来，先是闭起眼睛感谢上苍，接着睁开眼睛沿街道急忙往前走去，把他从大炮上抓下来。

“臭小子！你竟然偷偷溜掉？要不是我忙到焦头烂额，一定好好赏你几个耳光！”我气急败坏地用力摇晃着他，然后紧紧抱住他。

他叫道：“夫人，夫人？”眼睛在午后的阳光下傻气地眨着。

我这才明白我刚刚说的他一句都没听进去。“你还好吗？”我缓和下来轻声问道。

他脸上闪过疑惑的表情，脸蛋上尽是泥巴和火药的痕迹。他点点头，满是污垢的脸上露出茫然的微笑。

“夫人，我杀了一个英国兵。”

“是吗？”我不确定该庆祝还是该安抚，毕竟他只有十岁。

他皱起眉头，脸拧成一团，似乎非常努力想记起一件事。

“我猜我杀了他。他倒在地上，我用刀子刺他。”他迷惑地看着我，好像我可以告诉他真相。

“来吧，菲格斯。我找点吃的给你，再找地方让你睡觉，其他事情别想了。”我说道。

“是，夫人。”他顺从地跟在我身边，脚步蹒跚，没多久我就发现他差点一头栽倒在地。我吃力地拉他起来，然后拖着他朝教堂附近的小屋走去，我把医院治疗中心设在那儿。我本来想先喂他吃点东西，但才走到那间小屋（奥沙利文差点就要把装载军用物资的马车安排在这里），他已经快走不动了。

我于是带他进屋，让他蜷缩在一张箱型床上睡觉。这间小屋由一位妇女负责，主要照顾那些忙于照料伤患的妇女留在家中的孩子。把菲格斯留在这儿再好不过了。

到了下午三点多，小屋里已经挤了三十多人，两个女助手忙得不可开交。这屋子一般只住一家五到六口人，现在挤得那些还能站的人都踩到躺的人的苏格兰披肩上了。我从小屋另一端看出去，受指挥官征召的牧师宅邸那里，军官来来去去。我不时注意那扇半开半掩、破旧的门，但进去报告伤亡人数或接受祝贺的人里面，一直没有詹米的身影。

我不断告诉自己伤患中也没有詹米，又力图驱离这萦绕心头的忧虑。我早就忙到没有时间去山坡上的小帐篷探查，死者都放在那里，整齐地排成一列列，好像仍等着最后的检查。但詹米一定不会在那里。

我告诉自己，绝对不会……

门打开，詹米走了进来。

当他的身影映入眼帘，我双膝一软，只得伸手扶住小屋的木质壁炉。他也正在找我，眼睛快速在房里逡巡，当他看到我时，眼睛亮了起来，俊美的脸上绽放着令我屏息的笑容。詹米看起来狼狈不堪，身上有火药熏黑的污痕和飞溅的血迹，那双赤脚沾满泥浆，浑身都脏透了。但他完好无缺地站在我面前，我别无所求了。

一个躺在地板上的伤患大声向詹米问好，引开詹米的视线。尽管乔治·麦克卢尔的耳朵只剩一丝血肉相连，还是抬头对着他的长官微笑。詹米也向下对着乔治微笑，然后很快视线拉回到我身上。

“感谢老天。”詹米湛蓝的双眼与我相视时，我们用眼神对彼此倾诉着。

我们只有这一眼的交流，接着伤患陆续涌进，村里身强力壮的人都受了征召，加入照顾伤患的行列。洛奇尔的兄弟阿契·卡梅隆是医生，他在小屋之间奔忙，名义上是负责人，实际上也四处帮了一点忙。

我要求将所有拉里堡的弗雷泽族人都先送到我的小屋，进行伤患评估分类，快速判断伤势严重程度，让还能行动的到街上另一间小屋，交由詹妮处理；生命垂危的则送到阿契在教堂的主治疗区。我认为阿契能胜任派发鸦片酊的任务，而且教堂环境也能给伤患一些安慰。

我尽力处理重伤患者，骨折的到隔壁，由麦金托什军团的两位军医上夹板及绷带。非致命的胸伤则让患者尽可能舒适地靠墙半坐，好让他们能顺畅呼吸。因为没有氧气或外科治疗器材，其他的我也爱莫能助。我无法治疗的头部重创伤患则送到教堂，与病危伤患在一起。如果阿契也无法让他们好转，至少交到上帝手中也比较好。

最糟糕的是肢体缺损及腹部创伤，因为无法消毒，我只能在治疗不同伤患时，勤加洗手，同时逼我的助手也这么做（只要他们还由我直接监督），并确保我们使用的敷料都先经过煮沸。毫无疑问，即使我曾说明洗手、消毒的重要，我知道其他小屋里的人会觉得这是浪费时间，一定会跳过这些程序。我心知肚明，如果我无法让天使医院的修女及医生相信世界上有细菌，那我也不可能说服这群苏格兰家庭主妇以及兼做兽医的军医。

有些患者伤势是能够治疗的，但可能死于感染，对他们我不准自己多想。我可以用干净的双手和绷带造福拉里堡的患者，也许再多加几个人，其他的我不用期待太多。在遥远的法国战场上，我学会一句名言："你无法拯救世界，但如果动作快一点，你可以救眼前的这个人。"

詹米站在门口评估状况，然后动身协助那些粗重的工作，搬运伤患、抬起装热水的大锅，到特拉嫩特广场井里打桶干净的水。我不再担忧挂念他，甚至因为忙着处理一连串的工作与杂务而差点忘了他。伤检分类中心往往非常像屠宰场，这里也不例外。地上因为人来人往而满是尘土，只要能吸收血水和其他液体，这样的地面其实还不坏，但那些已经吸饱水的地变得很泥泞，走起来有点危险。

盛满沸水的大锅在火上扬起一阵阵水蒸气，工作本来就热，如今更热了。每个人都汗流浃背，医疗人员因为工作浑身湿黏，伤患则因为害怕与久候不耐，满身臭汗。下方战场的烟霾传到村中街道上，从敞开的大门飘进来，让人双眼刺痛。刚用沸水烫过的亚麻布，原本挂在火边的晾鲭鱼架上滴水，结果都给这股烟雾染脏了。伤患像浪涛一波又一波涌进小屋，每一波新的伤患都让大家忙得晕头转向。我们拼命挣扎，不至于被潮水般的工作击倒，等待这波势头过去，再勉力撑起身子，打起精神收拾残余的一片狼藉。

当然，即使最忙乱的时候，还是有几段间歇期。到了下午接近傍晚，伤患零星地进来，我们才得以歇脚步入稳定的程序，看护留下来的伤患。虽然还是忙，但至少可以松一口气，停步环顾四周的状况。

我站在敞开的门边，呼吸海面吹来的新鲜空气，这时詹米走了进来，抱了一捆柴火。他把柴火放在壁炉地上,走到我身旁,一只手环住我的肩。汗水沿着他的脸颊流下，我拉起围裙一角为他拭去汗珠。

"你去过其他小屋了？"我问道。

他点头，呼吸渐渐缓下来。他脸上布满火药的黑垢和血渍的斑点，但我看出他脸色苍白。

"去了。战场上还有人在搜索战利品,但仍有很多人下落不明。不过，我们拉里堡的伤患都在这儿，不会在其他地方。"他对屋子另一端三名伤患点头示意。那三个人都来自拉里堡，在壁炉附近或躺或坐在一块儿，和其他苏格兰人你一言我一语地开玩笑。屋里几个受伤的英国兵不发一语躺在门附近，自成一区，只担心落入敌手后暗淡的未来。

詹米看着那三个拉里堡的人，问道 :"他们还好吧？"

我点头 :"乔治 · 麦克卢尔可能会少只耳朵，我还不确定。不过，情况不坏，他们会没事的。"

"很好。"他疲倦地笑了笑，用苏格兰披肩的一角抹抹热烫的脸。他的披肩草草裹着身子，不像平常那样整齐地披在肩上。也许是为了活动方便，但是披肩裹在身上一定很热。

他转身准备离开，伸手取了门钩上的一个水瓶。

"别拿那瓶！"我说。

"为什么？"他疑惑地问道,接着摇摇广口瓶,发出隐约的哗哗声,"这瓶是满的。"

“我知道。那瓶是尿壶。”我说。

“哇！”詹米转而用两根指头捏着瓶子，想换另一瓶，但我阻止他。

“没关系，拿去外面倒掉，然后用这瓶装水。”我递给他另一个看起来一模一样灰色的粗陶瓶。“小心别搞混了。”我提醒他。

“嗯。”他露出苏格兰人特有的表情应道，接着朝门口转身。

这时，我终于清楚地看到他的背，叫道：“等等！那是什么？”

“什么？”詹米也吓了一跳，回过头看着自己背后。

“这个！”在苏格兰披肩上方，有个泥泞的印子印在他脏兮兮的上衣上，那是一个清晰的图形，我碰了一下，不可置信地喊道：“是马蹄印！”

他耸耸肩说：“喔，那个呀！”

“你被马儿踩到了？”

“哎，它不是故意的。马儿不喜欢踩人，我想它会觉得脚下软软的。”詹米此时还为马儿叫屈。

我抓住詹米的一只袖子，不让他溜掉：“就算是吧！站好，告诉我究竟发生了什么事？”

詹米不太情愿：“不重要啦，肋骨感觉没断，只是有点小瘀青。”

“最好是！”我挖苦他，手已经揭开他背上脏污的上衣，看到一枚马蹄痕的弧线清清楚楚地印在他背上，就在腰部上方。“老天爷，连马的脚指甲都一清二楚。”我触碰那块蹄印，他不由自主地缩了一下。

詹米解释，当时有个龙骑兵骑着马突然冲出来。一般高地人习惯了毛茸茸的高地小马，对其他的马种都很陌生，所以会认为英军骑兵的马都受过训练，会用马蹄踢人、会张嘴咬人。由于担心被马攻击，高地人多会钻到马肚子下，用剑、镰刀和斧头恶狠狠地砍马肚和马腿。

“但你当时觉得他们不是要攻击你？”

“当然不是，外乡人。他想逃，但两边都被挡住了，所以只能从我身上跳过去。”詹米有点不安。

詹米从骑兵眼里看出想逃的龙骑兵决定让马儿跳过去。一眨眼间，龙骑兵用马刺一踢马的侧腹，詹米立刻伸手护着头飞身扑倒。

“空气从我肺里给挤了出来，我感觉马蹄重重踩在身上，但不会痛……那时候不痛。”詹米把手探到背后，心不在焉地揉了揉那块印子，轻皱着脸。

“好吧！从那之后你小便了吗？”我放下上衣问道。詹米错愕地注视着我，仿佛我脑子突然失常了。

“四英担重的马踩在你的肾脏上，我想知道你小便里有没有血。”我不耐烦地解释道，毕竟还有伤患在等我。

他恍然大悟：“原来如此。不过，我也不知道。”

“那好，我们来确定一下。”我走向放在角落的大药箱，并从中翻找出从天使医院带来的验尿小玻璃杯。

“装满以后拿回来给我。”我递给他，转身走向壁炉处理那一大锅煮沸的亚麻布。

我往后看，发现他表情古怪地打量着玻璃杯。

“老兄，要帮忙吗？”一个大块头英国兵躺在地铺上，笑嘻嘻地抬头看着詹米。

詹米满是污垢的脸上，洁白的牙齿闪烁。“好啊！”他倾身向前，把杯子递给英国人，“拿去，我瞄准的时候帮我拿着。”这个英国人旁边响起一阵嘻嘻哈哈的笑声，暂时忘了自己的痛苦。

英国人愣了一下，伸出大掌握住脆弱的玻璃杯。这个英国兵臀部吃了一记子弹碎片，握得不是很稳，唇上开始冒汗，但还是微笑着。

“你站在那儿，六便士赌你射不进。”英国兵挪动杯子，把杯子放在离詹米光脚丫约四英尺的地板上。

詹米若有所思地往下看，一手摩挲下巴，好像在测量距离。这时我正帮一个伤患包扎手臂，因为这场闹剧的吸引，他已经不再痛苦呻吟。

“乖乖，这个距离确实不容易。要赌六便士？哎，看在钱的分上，值得试试看！”詹米故意加重苏格兰口音，原本微微斜挑的眼睛一笑之下，眯得像猫眼一样。

“老兄，我赢定了。”英国兵呼吸沉重，但还是笑嘻嘻地说。

“两便士银币赌站着的老兄赢！”壁炉角落有个麦克唐纳的族人大叫。

另一个外套反穿以作为俘虏标记的英国兵，这时也手忙脚乱地摸索外套下摆，找口袋的开口。

“哈！一包烟草赌他办不到！”他耀武扬威地举着一个烟草小布袋大喊。

叫嚷声此起彼落，有的要加入打赌，有的叫骂粗话。詹米蹲低，装模作样地估计自己和玻璃杯的距离。

“好了。”詹米终于开口，站起身、挺直胸膛，“你准备好了吗？”

躺在地上的那个英国兵嘻嘻地笑：“嗯，准备好了，老兄。”

“好，那就来吧！”

屋里全都静了下来，大家都在期待，有人支起手肘观看，忘了身体的痛楚，也忘了彼此是敌人。

詹米环顾室内一圈，对拉里堡的人扬了下头，然后慢慢拉起苏格兰裙的下摆，手伸进去。他专注地皱着眉，胡乱摸索，然后脸上露出一丝疑惑的神情。

詹米说：“我出门的时候它还在啊？”屋内爆出一阵狂笑。

玩笑开得成功，詹米也笑着把苏格兰裙往上掀一点，握住他清晰可见的“武器”，小心瞄准。他眯起眼睛，膝盖微弯，手握得更紧。

什么都没有。

“他射不出来！”有个英国兵得意扬扬地呼喊。

“他的火药湿掉了！”另一个英国兵大叫消遣道。

“枪里没子弹啊，老兄？”趴在地上的英国兵嘲笑詹米。

詹米一脸疑惑地觑着他的“武器”，屋里又掀起一片怪叫和嘘声，然后詹米露出恍然大悟的表情。

“哈！枪膛空了，就这样而已嘛！”詹米帅气地把手伸向墙上的一排罐子，对我扬起一边的眉毛问着，看我一点头，就拿下一罐水，对着张开的嘴倒。水溅出下巴泼到衣服上，他喝着水，喉结剧烈地上下起伏。

“呼！”詹米放下罐子，用袖子抹去脸上的水滴，向观众一鞠躬。

“好，来吧！”詹米开始把手往下伸，但见了我的表情之后，手也停在半空中。他看不到背后敞开的门，也不知道谁站在那儿，不过屋里突然一片静默，让他明白状况有变，所有赌注都不算数了。

查理王子殿下低头穿过门楣走进小屋。为了前来探视伤患，他特别穿了深紫色的马裤与搭配的袜子，洁白无瑕的上衣，还有显然是为了表示与军队休戚与共而穿的卡梅隆的花格子呢外套与背心。他肩上另外还围了苏格兰披肩，别上苏格兰烟水晶胸针，头发刚扑好粉，圣安德鲁勋章挂在胸前，闪闪发亮。

查理王子站在门口，姿态高贵地想用眼神激励他的手下，同时也显然挡到后面的人了。他缓缓举目四顾，看到眼前二十五个男人不舒服地挤在地上，医疗助手蹲在旁边，染血的绷带乱七八糟地丢在角落，药物和器材散放满桌，还有站在桌子后面的我。

王子殿下通常不太理会随军的妇女，不过礼仪的约束已经根深蒂固了，所以即便我裙子上有着血迹与呕吐物的污渍，头发还散开溜出头巾，朝各个方向竖起，他还是当我是个女士，朝我致意。

“弗雷泽夫人。”王子对我优雅地一鞠躬说道。

“殿下。”我屈膝回礼，心里希望他不会停留太久。

“夫人，非常感谢您代我们辛勤付出。”王子轻柔的意大利腔调比平常明显。

“谢谢您。请小心血渍，您脚边的地面很滑。”

王子小心绕过我说的那摊血，优美的嘴有点绷紧。门口通了，谢里丹、奥沙利文、巴莱里诺勋爵纷纷走进来，原本拥挤的小屋变得更挤。查理王子尽了该尽的礼节，便小心翼翼地在两床地铺中间蹲下来。

王子轻轻将手放在一个人的肩上。

“英勇的同袍，你叫什么名字？”

“吉尔伯特·门罗……呃嗯，殿下。”男子慌忙加上最后一句，敬畏地看着查理王子。

查理王子伸出精心修剪过指甲的手指触摸绷带和夹板，门罗右手仅存的部分就包在里面。

查理王子简单明了地说：“门罗，你的牺牲很了不起。我在此承诺，你的牺牲不会被遗忘。”王子的手抚过门罗长了络腮胡的脸颊，门罗高兴又不好意思，脸都红了。

我正在帮一个头皮受伤的人缝伤口，但还是能从眼角瞥到查理王子绕了小屋一圈。他走得很慢，一床床探视，无一遗漏，停下来问每个人的名字和家乡，表达感谢与关心，道贺或致哀。

这情景让所有人意想不到，无论英兵或高地兵都一片沉默，只能勉强低声回答殿下的问题。最后，查理王子终于直起身来，韧带发出清晰的咔咔声。他苏格兰披肩的一角沾上了泥巴，但他似乎没注意到。

“我向各位表达父王的祝福与谢意，各位今日的功绩，我们永志不忘。”躺在地上的士兵虽然没有心情欢呼，但有些人面带微笑，屋里响起一片低沉的道谢声。

查理王子正要转身离开，却看到詹米远远站在屋内的角落，怕谢里丹的靴子踩到他的光脚丫。殿下的表情顿时开朗起来，显得很高兴。

“老弟！我今天没见到你，还以为你遇到什么事了。”查理王子俊逸红润的脸上出现一抹责怪的表情，“你为什么没到牧师宅邸，和其他军官一起用餐？”

詹米微笑，恭敬地鞠躬：“我的手下都在这里，殿下。”

查理王子听了这句话扬起眉毛，张嘴似乎想说什么，此时巴莱里诺勋爵向前一步，在查理王子耳边悄声说了几句话。王子的表情突然变得十分担忧。

“这些话听听！”查理王子因为情绪激动搞混句法对詹米说道，“勋爵大人告诉我你不幸负伤！”詹米看起来有点狼狈，很快朝我看了一眼，想确认我有没有听到查理王子的话。他知道我一定听见了，又迅速看回王子的方向。

“不算什么，殿下，只是一点割伤。”

“让我看看。”这句话虽然浅白，但显然是道命令，詹米毫无异议地解下苏格兰披肩。

深色格子花呢内面几乎变成黑色，披肩下的上衣从腋窝到臀部都染红了，血液干涸的地方凝固成一块块褐色。

我先放下头部受伤的患者，上前处理他的伤势。我解开上衣，轻轻把伤处的衣服拉开。虽然流了很多血，但我知道伤势不会太严重，詹米还直挺挺地站着，血也止住了。

这是军刀划过的痕迹，斜斜掠过肋骨，詹米运气好，刀子割的是这个角度，要是再直一点，就会深深划入肋骨间的肋间肌了。詹米的伤口长约八英寸，皮开肉绽，因为没有继续施压，底下又开始渗出血来。这个伤口要缝很多针，但除了可能受感染，伤势并不是很严重。

我转身向王子殿下说明詹米的状况，但看到他脸上的表情，我错愕了。一瞬间，我以为那是“菜鸟的颤抖”，不习惯看到伤口和血的人都有这种现象，刚开始会很惊恐。战地救护站许多实习护士解开包扎时，常常看一眼就夺门而出，吐完再回来照顾伤患。尤其是在战场上受的伤，外观看起来通常特别骇人。

但王子殿下并不是因此流露出这样的表情。虽然他绝对算不上天生的战士，但十四岁时第一次在意大利的加埃塔作战，也曾负伤流血，像詹米一样。我认为查理王子并不是胆怯，尽管他水汪汪的棕色眼睛刚才一瞬间显露出震惊，但这股情绪现在已经退去。查理王子并不是因为血淋淋的伤口而心生畏惧。

站在查理王子面前的不是陌生的佃农或牧羊人，不是无名的子民——他们的本分就是为斯图亚特的目标奋战。站在他面前的是一位朋友。我想是詹米的伤口突然让他醒悟，这些血是因为他的号令而流，这些人是因为他的目标而负伤。如果这份理解就像刀剑，那么深深刺伤他是很自然的事。

他注视着詹米受伤的身侧，好长一段时间不发一语，而后才抬头看着詹米的双眼，后又低下头握住詹米的手。

“谢谢你。”查理王子低声说。

只有在这一刻，我想或许他原本能当个好国王。

根据王子殿下的命令，教堂后面的小斜坡上搭了个帐篷，为阵亡士兵提供最后的掩护。英国伤兵虽然医疗上受优待，但在这里待遇就和其他人一样，人一列列排着，布盖着脸，只能从服装辨别哪些是高地人。所有人在这里等待翌晨下葬。凯堡的麦克唐纳带来一个法国神父，神父疲倦地耷拉着肩膀，他脏污的高地苏格兰披肩上搭着紫色圣带，看起来很不相衬。他在帐篷里慢慢走，在每一具横卧的躯体脚边停下来，为之祈祷。

“主啊，求你赐给他们永远的安息，并以永恒的光辉照耀他们。”神父无意识地在胸前画十字，再走向下一具尸体。

今天稍早我看过帐篷，而且紧张地数过高地人的尸体。二十二具。我进入帐篷，发现现在人数攀升到二十六具。

第二十七具躺在教堂附近，即将走完旅程的最后一段。亚历山大·金凯德·弗雷泽的腹部和胸口伤痕累累，体内还有止不住的缓慢出血，他正缓缓地走向死亡。他被送进来时我看过他，他脸色惨白。整个下午他都一个人孤独地躺在战场上，身边尽是敌人的尸体，自己血液慢慢流失，渐渐死亡。

他努力想对我微笑，我用水浸湿他的唇，在唇上涂上牛脂。让他喝水等于是马上要他的命，因为液体会猛然流出他千疮百孔的肠子，产生致命的休克。我迟疑地评估该如何处理他严重的伤势，想着尽早让他解脱或许比较仁慈……但我后来放弃了，因为我知道他至少希望能见到神父，向神父告解。所以，我让他去教堂。在我照护生者时，贝宁神父在教堂照护垂死者。

詹米每半小时左右就去教堂看一下，金凯德撑了很长一段时间，尽管生命的实体逐渐消逝，他却仍紧抓不放。但詹米这次去了，迟迟没有回来，我知道挣扎现在终于结束了，于是去看看能否帮忙。

原本金凯德躺在窗边的一块地上，现在那儿没有人，只有一大块深色的污渍。金凯德也不在放死者的帐篷里，而且到处都找不到詹米。

最后我终于在教堂后的山丘上稍远的地方看到他们。詹米坐在石头上，金凯德的身体在他臂弯，金凯德的一头鬈发靠在他肩上，两只毛茸茸的腿垂落在一侧。詹米和金凯德就像他们身下的石头一样动也不动，仿佛失去生命般静止，虽然真正与世长辞的只有一个人。

我触摸金凯德那苍白无力的手，确定一下，然后把我的手放在那丰厚的棕发上。他的头发感觉还是如此生气蓬勃，多么不协调。男人不该没尝过女人的滋味就死去，但金凯德已经等不到了。

“詹米，他走了。”我轻声说道。

詹米好一阵子一动也不动，但后来也点点头，睁开双眼，仿佛不愿意面对这一夜的事实。

“我知道。我带他出来没多久，他就死了。但我不想让他走。”我抬着金凯德的肩膀，轻轻将他放在地上。地上青草翠绿，夜风卷起草茎环绕着他，轻轻吹过他的脸颊，欢迎他重回大地的怀抱。

我心里明白：“你不想让他死在屋里。”穹苍俯视我们，云朵惬意流转，许诺无尽的庇护。

他缓缓点头，然后跪在那具躯体边，亲吻他宽阔、苍白的额头。

“如果我是他，我也会希望有人为我这么做。”詹米轻声说。他拉起苏格兰披肩盖住那棕色的鬈发，用盖尔语低声说些我听不懂的话。

野战医院是容不下眼泪的，有太多太多事情要做，尽管我看了那么多伤痛与死亡，一整天我都没有掉过泪。但现在我不再强忍，即使只有一下也好。我把脸靠在詹米的肩膀上寻求力量，詹米轻轻拍我几下。我抬起头，抹去脸上的眼泪，看到詹米依然用干涩的双眼，盯着地上静静躺着的躯体。詹米感觉到我在看他，于是低头看我。

“他还活着、还有感觉的时候，我已经为他哭过了，外乡人。”他静静地说，“现在，屋子里状况怎么样？”

我吸吸鼻子，又擦了擦，挽着他走回小屋。“有个人需要你帮忙。”

“是谁？”

“哈米什 · 麦克白。”

詹米的脸几个小时来一直紧绷着，现在那张满是污渍的脸，终于放松了些。“他回来了？太好了。他情况严重吗？”

我翻了翻白眼 ：“等一下你就知道了。”

麦克白很受詹米信赖，他块头高大，一脸卷曲的棕色胡子，个性沉默。只要詹米喊他，他一定出现在身边，旅途上需要什么他都迅速去办。他话不多，但有时埋在胡子中的脸会缓缓绽放羞怯的笑容，就像一朵花在晚上绽放，罕见而灿烂。我知道自从他在战场上失踪，詹米尽管有其他琐事和压力，还是一直挂念着他。一天逐渐接近尾声，脱队的士兵一个个回来，我也一直注意有没有麦克白的身影。但夕阳下山，军营亮起了火堆，麦克白还是没回来，我也开始担心会在死者中发现他的身影。

但半小时前，他回到医疗站，行动缓慢，不过可以靠自己的力量行动。血迹顺着他的腿一直流至脚踝，他走路时小心翼翼，两腿叉开，但说什么也不愿意让一个“汝人”碰他，检查哪儿受伤了。

麦克白躺在提灯附近的毯子上，双手交握横放在大肚皮上，眼睛很有耐心地死盯着天花板的椽木。詹米在他身边跪下时，他眼睛转了过去，但其他地方都没动。我巧妙地躲在后面，让詹米宽阔的背遮住我。

“好了，麦克白，情况怎么样啊？”詹米一只手放在麦克白粗厚的手腕上，向他打招呼。

“没有大碍，大人，没有大碍。只是有点……”麦克白嗓音低沉，迟疑地说。

“这样，那我们来看看。”麦克白没有抵抗，让詹米掀开苏格兰披肩一角。我从詹米的手和身体中间的间隙偷看，明白了麦克白犹豫的原因。

他鼠蹊部上方遭人用剑或长矛刺入，再往下猛地扯了一道口子，阴囊一侧呈锯齿状裂开，一颗睾丸垂悬在外，光滑的粉红色外皮带着光泽，像剥开的水煮蛋。

詹米和其他人一看到伤口，脸上血色尽失，一个助手反射性地摸自己，想确定自己的是否还完好无缺。

伤口尽管看起来可怕，但睾丸本身看起来没有损伤，也没有大量出血。我碰碰詹米的肩膀，对他摇头，表示不管是否会影响男性心灵自尊，这伤势其实并不严重。詹米眼角余光瞄到我的动作，于是拍拍麦克白的膝盖。

“不严重啦，麦克白。别担心，你还是可以当爸爸的。”

麦克白眼光一直忧虑的低垂，听到这句话，抬眼望向他的长官：“大人，我担心的倒不是这个，我已经有六个孩子了。我担心的是我老婆，不知道她会怎么说，如果我不能……”周围响起一片哄堂大笑，麦克白顿时红透了脸。

詹米向后看我一眼，确定麦克白并无大碍后强忍住笑意，坚定地告诉他：“麦克白，那件事也不会有问题。”

“大人，谢谢你。”麦克白感恩地呼出一口气，完全信任长官的保证。

詹米语调轻快地继续说：“不过，伤口还是要缝。由谁来缝，你可以自己选。”

詹米手伸向打开的工具包，拿起我自己做的缝合针。我看过剃头手术师[①]素来用于缝合的工具，被那粗糙的品质吓坏了，于是自己找了最细的绣花针，用钳子夹着在酒精灯上加热，轻轻弯折成适当的半月形，做了三打缝合针，用来缝合严重的伤口。同样地，我也自己做了缝合用的肠线，制作过程麻烦又恶心，不过至少我能确保自己用的材料无菌。

詹米用粗笨的拇指和食指捏着一根细细的缝合针，看起来很好笑，他努力想把线头穿过针孔，都变成斗鸡眼了，更让人怀疑他会有任何缝合技巧。

詹米专注得舌尖都微吐出来了而不自知。他一边穿线，一边说："要么由我来缝，或者……"他一句话还没说完，不小心弄掉缝针，手忙脚乱地在麦克白的苏格兰披肩里翻找。找到以后，他得意地把针举在麦克白忧心忡忡的眼前，然后继续说下去："或者，由我妻子帮你缝。"詹米头一偏，我现身在大家面前。我尽力装着一副平静的模样，从詹米不太灵活的手里把针抽走，一次就把线干净利落地穿过针孔。麦克白棕色的眼睛慢慢从詹米的大爪子上，移到我灵巧的双手上。詹米还故意把有点扭曲的右手放在左手上，努力让自己的手看起来更笨拙。最后麦克白郁闷地叹口气往后一倒，嘴里咕哝着同意让"汝人"碰他的私密部位。

詹米好意地拍拍麦克白的肩膀，安慰道："甭担心，老兄，起码她照顾我那兄弟好一段时间，也从没把我给阉了。"旁边的伤患和助理大笑，詹米正要起身，但我先往他手里塞了一个小瓶。

"这是什么？"他问。

"酒精和水，消毒用的。如果他不想发烧、长脓包或出现其他毛病，就得清洗伤口。"我说。麦克白从受伤的地方走了很远才回来，伤口附近除了血迹，还有污垢和尘土。谷类酿造的酒精是强力的消毒剂，即使像我一样加入无菌蒸馏水，把浓度稀释一半，杀菌力还是很强。这依然

---

① 在中世纪欧洲，外科手术一般由剃头师傅执行，剃头手术师常负责在战时或战后照顾伤患。

是我对抗感染最有效的工具，即使助手抱怨、病患痛得大吼大叫，我还是坚决要用。

詹米看看酒精瓶，又看看裂开的伤口，耸耸肩。傍晚我帮他缝身侧的伤口时，他就尝过这个滋味了。

“呼，麦克白，幸好这是用在你身上。”詹米轻松地说道。他先把膝盖紧紧压在麦克白的腹部，然后把瓶里的液体泼在裸露的伤口上。

痛彻心扉的吼叫震得墙壁摇撼起来，麦克白就像被切断的蛇一样痛苦地扭着身子，等叫声平息，他也一脸惨绿。等我开始动手缝合他的伤处时，他即使觉得痛，也不吭一声了。这里多数的病人，就连伤势最严重的，在面对我们提供的这些简陋治疗时都表现得很坚强，麦克白也不例外。尽管羞得无以复加，他动也不动，眼睛死盯着提灯的灯芯。在我缝合期间，他连一条肌肉都没动。只是他的脸色反复地从青转白再涨红，泄露了他的情绪。最后，他的脸转成酱紫色。我缝合完成后，松垂的阴茎开始变得有点硬挺，拂过我的手。这下子证明麦克白相信詹米是有道理的，不过麦克白也狼狈得不得了。我一结束缝合，他就急忙把苏格兰裙往下一盖，跌跌撞撞地站起来，蹒跚着走进夜色，留下我对着缝合工具窃笑。

我在角落找到一个医材箱，背靠墙坐在上面。一阵抽痛从小腿往上蔓延，这是因为肌肉突然放松，神经起了反应。我脱掉鞋子，靠墙向后躺，因为站立而绷紧的肌肉放松，脊椎和脖子的抽痛缓和了些，让我觉得舒服许多。

在这样疲惫的状态下，每一寸皮肤似乎变得敏感。突然间，暂时不需要强迫身体工作了，身体残存的力量似乎将血液推向末梢，就好像肌肉已经愉快地休息了，但神经系统还在迟疑。我告诉自己：你现在暂时不用动了。

屋里空气温暖，响着呼吸声，不是打鼾那种健康的嘈杂声，而是有人因为呼吸会痛而浅短地喘气，还有人因为无人在旁，不再需要像个男子汉默默忍受疼痛，所以呻吟出声。

这间屋子里的人伤势都很重，但没有生命危险。然而，我知道死神会在夜里步入病房的走道，寻找降低防备的人，让他因为孤独与恐惧误入歧途，迈向死亡的小径。有些病人有妻子睡在身边，在晚上安慰他们，但这间屋子里的人都没有。

他们有我。如果我无法治愈他们，让他们不再疼痛，我至少可以让他们知道自己不是孤独的。有人站在这里，将他们与阴影隔绝。其他事我也许力有未逮，但我至少能待在这里陪伴他们——就只是陪伴。

我站起来，再次慢慢巡视，在每个地铺边停下来，低声说话或碰触、拉好被子、抚顺纠结的头发、按摩抽筋肢体的肿块。在这床喂一个人喝水，在那床帮一个人换包扎，看到有人姿势紧绷困窘，知道他需要上厕所，于是平静地递上尿壶让对方解放，我手中的陶罐变得越来越温暖、沉重。

我走到户外倒尿壶，逗留了一阵子，享受这凉爽的雨夜，让轻柔的水汽涤尽那些粗糙多毛的碰触，以及其他男人流汗的气味。

“你没怎么睡呢，外乡人。”路的那一方传来带着苏格兰腔的轻柔声音。那儿是另一间医疗小屋，军官住的神父宅邸则在另一个方向。

我不动声色地说：“你也没怎么睡啊！”我突然意识到，不知他有多久没睡了。

“昨晚我和军队一起，睡在野地里。”

“那你睡得可真舒服啊！”我夸张地消遣，他不禁笑了出来。在潮湿的野地里睡六个小时，接下来在战场上遭马匹践踏、刀剑割伤，天知道他还受了哪些伤。然后还要召集手下、集结伤患、照顾伤者、吊唁死亡的部属、侍奉王子。在这期间，我从没见他停下来吃喝或休息。

我也不念叨他了，更别提要求他和那些伤患一起躺着休息。他要陪伴那些人，这也是他的工作。

“还有其他人可以帮忙，外乡人。要不要我请阿契找人过来？”他温柔地说。

听起来很令人心动，但我没想太多就打消了这个念头，因为我怕一旦承认自己很疲倦，就再也动不了了。

我伸个懒腰，手撑在后腰上。

“不用了，我会撑到天亮，然后再找人接替。”我也说不上来，就觉得自己一定要陪他们度过今晚，天亮了，他们就安全了。詹米也不多说，只是环住我的肩，让我靠着他一会儿。我们在静默中分享彼此身上的力量。

詹米最后抽出手说：“那我和你待在一块儿，天亮前，我自己一个人睡不着。”

“拉里堡其他人怎么办？”

他转头望向小镇外围军队扎营的地方。“有默塔带着。”

我说：“那就不用担心了。”窗里透出的光，让我看到他的笑容。小屋外有条长凳，天气晴朗时主妇会坐在这里，处理鱼货或缝补衣物。我拉着他在我身边坐下，他靠着小屋的外墙，吐出一口气。他很明显累坏了，这副模样让我想到菲格斯，那孩子在打完仗后，也是一脸糊涂狼狈的样子。

我伸手按摩詹米的后颈，他闭着眼睛转向我，额头贴着我的额头。

“当时怎么样？情况如何？说给我听听。”我轻声问詹米，手指使劲，慢慢按摩他肩颈僵硬的肌肉。

他先是沉默，接着叹口气，开口说起来。一开始有点吞吞吐吐，后来说得顺了，似乎不吐不快。

“我们没生火，因为默里勋爵认为我们要在天亮前下山，不能让山下发现我们在移动，于是我们在黑暗中坐了一会儿。我们甚至不能说话，因为声音会传到山下的平原，所以我们就坐着。”

“然后我感觉有东西在黑暗中抓住我的大腿，吓得我胆汁都涌上来了。”詹米把指头伸进嘴里小心翼翼地揉着，“差点害得我把舌头咬断。”

虽然看不到他的脸，但我能感觉到他脸上的肌肉抽动，他笑着。

“是菲格斯吗？”

笑声像幽灵一样，飘荡在黑暗中。“就是菲格斯。那臭小子，一路爬过草丛，我还以为是蛇呢！他小声告诉我安德森的事，然后我就跟着他爬过草丛，带安德森去见默里勋爵。”

他的声音迟钝又恍惚，我的抚触蛊惑了他，让他开口。

“命令下来，我们要沿安德森说的小径移动，所有人都站起来，在黑暗中出发。”

那个晚上没有月亮，一片漆黑，也不像平常有云，可以将星光折射到地上。高地军在狭窄的小径上，跟着安德森静静前进，除了前面人移动的脚跟，看不到其他东西。大家穿过潮湿的草丛，每一步踏在小径上的足迹，都让小径变得更宽阔。

军队悄然无声，军令不用喊的，而由士兵一个传过一个。大刀和战斧裹在苏格兰披肩里，火药瓶塞在上衣里，贴着快速搏动的心脏。

一踏上坚实的土地，高地军依然保持安静，席地而坐，尽量把自己舒服地安顿下来。火还是不能生，他们吃手上的冷军粮，整顿好休息，裹在自己的苏格兰披肩里，眼里看着敌军的营火。

“我们可以听到他们在说话。”詹米闭着眼，后脑勺枕着双手、靠着屋子的外墙说着，“我听到有人在开玩笑、有人在和人要盐巴、有人在传皮酒囊，而且我知道几个小时后我可能会杀了对方，或对方会杀了我。这种感觉很奇怪。我忍不住会去想，这个声音的主人长什么样子？白天看到他，认得出来吗？”

然而，虽然即将到来的战争让人恐惧，还是不敌十足的倦意，那时“黑脸弗雷泽族”（因为他们脸上还留着黑炭的痕迹）和他们的头儿已经超过三十六小时没睡了。詹米捡了一捆草当枕头，苏格兰披肩塞在肩膀周围，与他的手下一起躺在波浪起伏的草丛中。

好几年前，他还在法国军队时，有位军士曾和这些年轻的佣兵说过该怎么在大战前一晚入眠。

“先安顿下来放松，反省自己，好好念一遍《悔罪经》。雨果神父说，如果你在战地这样做，即使没有神父听你忏悔，你的罪还是可以被赦免。既然睡着时不能作恶，醒来时你就已经蒙受天恩，也准备好把那些浑蛋杀个片甲不留。等着你的不是一场胜仗，就是极乐天堂，那还有什么好怕的？”

詹米虽然私底下觉得这番话逻辑有点问题，但不失为一个好建议。良心得到安慰能减轻灵魂的负担，一再重复的祷词也有安抚效果，让脑海不再想象可怕的画面，让自己镇静下来进入梦乡。詹米望着漆黑的天空，用意志力让僵硬的肩颈放松，投入大地的怀抱。星辰暗淡迷蒙，不如邻近英军营火来得光明。

詹米的思绪来到身边的手下，一个一个点名。比起自己的罪孽污秽，他们让詹米更内疚不安。罗斯、麦克默多、金凯德、肯特、麦克卢尔……他停了一下，感谢老天，至少自己的妻子和那孩子菲格斯还安全。他继续想着克莱尔，想沉浸在美好的记忆里，她坚定的微笑，环抱她美妙温暖、真实存在的躯体，当天下午和他吻别时，那火热的身躯紧紧抵着他。尽管詹米又累又倦，默里勋爵也在附近，詹米还是冲动地想扑到她身上，连衣服都不脱立刻占有她。真奇怪，战争迫在眉睫时，他总是充满对她的欲望，就像现在……

他还没默数完每个人，眼皮就已经合上了，好像是疲倦将他往下拉似的。想起克莱尔，他的下身微微抽紧。他努力想驱散欲火，继续还没结束的点名，像个牧羊人数着一群要带去宰的羊儿入睡。

但这场仗不会是场屠杀，他努力说服自己，想让自己安心。詹姆斯党只有轻微伤亡，如果克莱尔说得没错，会有三十人死亡。詹姆斯党军队有两千人，拉里堡的人成为三十人之一的概率非常小，对吧？

他裹在苏格兰披肩里微微打颤，极力摆脱那短暂却翻搅他五脏六腑的疑虑。“如果”克莱尔说得没错。他仍不免感到疑虑，尽管看到她在那受诅咒的巨石阵旁，她的面容因为恐惧而崩溃，金色的双眸惊恐地圆睁，身形轮廓逐渐模糊。而一样惊恐的他伸手攫住她往回拉，只能感觉手中她脆弱的手。也许他该让她回去属于她自己的地方。不，不是“也许”，他“应该”让她回去，但他把她拉了回来。他虽然给她机会选择，却不顾一切想她，是那股力量把她留在身边。她留了下来，给他机会去选择是否相信她。挺身行动，或转身逃离。他已经做出选择，而什么也阻止不了黎明降临。

他的心怦怦地跳，手腕、腹腔和下身的脉搏也附和着心脏快速跳动。詹米镇静不下来，于是继续点名，每一下心跳伴着一个人名。威利·麦克纳布、鲍比·麦克纳布、乔迪·麦克纳布……谢天谢地，幸好小拉比·麦克纳布安全在家……威尔·弗雷泽、尤恩·弗雷泽、乔夫瑞·麦克卢尔……他有没有打伤乔治及索利·麦克卢尔？詹米动了动身子，微微一笑，感觉肋骨边的疼痛逐渐消失。默塔，哎，强悍的老家伙……至少我用不着担心你。威廉·默里、鲁弗斯·默里、乔迪、华莱士、西蒙……

詹米总算闭着眼数完，把他们交托给黑暗的上苍，嘴里下意识地以法文低声念着祷词，沉沉睡去。

“上帝啊，我很抱歉……”

我到屋里巡视了一趟，换掉一个伤患腿上浸满血的敷料。血现在应该要止住了，却还是继续流，可能是因为营养不良，骨质脆弱。破晓前如果血仍然止不住，我就得找阿契或某个兼任兽医的手术师来，替他截肢、烧烙伤口。

想到这点，我就感到心情沉重，即使四肢健全要生活都很不容易了，遑论少了一条腿。我只能往好处想，在重新包扎的地方撒上一点明矾和硫黄。这些药物就算没有帮助，也不会有坏处，撒上去应该会痛，但我也爱莫能助。

我一边包扎那个人的腿，一边低声告诉他："这可能会有点灼热感。"

那人低声说："夫人，别担心，我会撑下去。"在烛光的映照下，他的汗水流过脸颊，闪闪发亮，但他依然对我微笑。

我拍拍他的肩，拂去遮住他眼睛的发丝，喂他喝水。"很好，一小时后我再来看看，希望你能忍过这段时间。"

他又说了一遍："我会撑下去。"

我走出屋外，以为詹米睡着了。他抱膝而坐，脸枕在手臂上，但他一听到我的脚步声便抬起头。我坐到他身边，他握着我的手。

"我在黎明听到大炮声，好担心你。"我想起屋里的那个人，他的腿就是大炮炸断的。

詹米温柔一笑："我也担心你，外乡人，我们都在为彼此担心。"

安静的高地军像一阵雾气，一次一步，通过一片海草。黑幕并未升起，但夜的感觉不同了。是了，是风的感觉不同，从海上吹向即将拂晓的寒冷陆地，还能听到遥远沙地上隐隐传来海浪的呼啸声。

尽管夜色不坠，光明已经到来，正好让詹米看到脚边有个人，再一步他就会踢到那人缩成一团的身体，跌个倒栽葱。

这么近碰上一个人，害得詹米吓得心脏狂跳，他蹲低好看个仔细。这人穿着英军的红外套，正在熟睡，还活着也没有受伤。詹米眯眼努力看着黑暗的四周，竖耳聆听有没有其他人熟睡的呼吸声，但只听到海浪声、草丛摆动声与风声，还有隐藏在士兵静默的咆哮中，那蹑足行进的沙沙声。

詹米匆匆回头，舔舔在潮湿空气中的干燥嘴唇。后面有人离他很近，他不能耽搁太久。下一个人的脚步可能不会这么小心，要是他叫出声来就糟了。

詹米把手探向短剑，但又迟疑了。战争是一回事，但他通常不愿意杀害熟睡中的敌人。对方看来只有一个人，离自己的军队有点距离。他不是哨兵，他们知道高地军就驻扎在山脊上，再怎么懒散的哨兵也不敢睡觉。或许这个士兵半夜想小解，体贴地走远了一点，完事后却在黑暗中迷失方向，所以就地倒下睡着了。

詹米湿淋淋的掌心几乎握不住滑溜的金属枪身。他在苏格兰披肩上抹抹手，然后站起身，抓住枪管，枪托划出一个弧度被托起，然后瞄准下方。一股冲击的力道猛力冲撞詹米的肩胛骨，对方那颗坚硬的头颅一动也不动。敲击的力道让地上的英兵四肢摊平，但他除了大大地呼了一口气，并未发出任何声音，现在他的四肢像破布一样摊开，趴在地上。

詹米手掌仍在刺痛，他再次弯下腰，摸索着对方的下巴探寻脉搏。詹米感觉到脉搏跳动，安心站起身来。此时背后传来一声模糊的叫喊，詹米立刻旋过身，火枪已经架在肩膀上，却发现枪管瞄准的是凯堡的麦克唐纳族人。

"老天爷！"对方一边用法语低声说，一边在胸前画十字。詹米气得咬牙，原来是凯堡一个该死的法国神父，受奥沙利文的指示，穿着像战士的上衣和苏格兰披肩。

"那位神父坚持要尽他的职责，为战场上的伤亡者行圣礼。奥沙利文之所以这样建议，是因为他认为如果英军在战场上抓到穿着神职长袍的神父，下手肯定毫不留情。"詹米最后批评了一句："至于穿成这样，英军会不会留情我是不知道，不过神父穿着彩格披肩实在愚蠢至极。"接着把脏兮兮的披肩往肩上拉高，晚上越来越凉了。神父除了穿着可笑，行动也不怎么聪明。他好不容易明白拿枪的是个苏格兰人，安心地嘘口气，张开嘴。詹米动作快，立刻捂住神父的嘴巴，免得他没头没脑地发出声音。

詹米在神父耳边低吼："神父，你在这里做什么？你应该待在部队后方！"

听到这句话，神父瞪大眼睛，原来这位上帝的使徒在黑暗中迷失方向，以为自己仍在部队后方，现在终于明白原来自己在高地军的前锋，双膝有点发软。

詹米回头一看，他也不敢把神父带回后方，在雾蒙蒙的黑夜里，他很可能撞上一个正在前进的高地兵，被误认成敌军而遭当场射杀。詹米抓住矮小神父的后领，用力往下压。

詹米在神父耳边小声说："躺在地上不要动，直到战争结束。"神父猛力点头，然后突然看到地上的英国士兵就躺在几英尺外的地方。他抬头畏惧地看着詹米，然后手伸向皮带，从其他人佩戴短剑的地方，摸索他携带的圣油和圣水瓶。

詹米气得翻白眼，激烈地比手画脚一阵，想告诉神父那人没死，不需要神父为他进行仪式。但神父看不懂詹米这些动作的意思，詹米只好弯腰，抓着神父的手指按在英兵的脖子上，用最简单的方法告诉他，这个英国兵并未阵亡。正当詹米做出这个可笑的动作时，一道声音划破雾气从背后传来，他被吓得僵住了。

"站住！谁在那里？"

"有水吗，外乡人？我说得口好干。"詹米问道。

"浑蛋！你怎么可以在这里打住！接下来呢？"我说。

"给我水，我就告诉你。"詹米笑道。

"好。"我递给他一罐水，看他灌进嘴里，"快告诉我接下来发生了什么事。"

詹米放下罐子，用袖子擦擦嘴。"接下来没有了。不然你觉得我该回答他什么？"他若无其事地对我嘻嘻笑，在我扇他耳光前灵巧地躲开。

"嘿！怎么可以对为国王陛下效忠、英勇负伤的将士这么无礼？"詹米佯怒道。

"受伤？詹米·弗雷泽，你要是再不说，我保证你会受更重的伤，让这剑伤一点也不够看！"

"怎么威胁我了？你讲的那首诗是怎么说的？'痛苦恼怒使她秀眉

紧蹙，汝为救死扶伤的天使’[①]……噢！”

“下次我会直接扭断你的耳朵。”我放开他的耳朵催促道，“快说！我等一下要回去了。”

詹米小心翼翼地揉揉耳朵，总算靠回墙上，继续讲他的故事。“总之我们照样蹲在原地，神父和我面面相觑，聆听着六英尺外哨兵的动静。那个人又说：‘谁在那里？’我在想我有没有办法看准时机站起来，在他从背后开枪射我之前，用短剑把他解决掉。不过他的同伴又该怎么办？毕竟我不能指望神父帮忙，除非我死了，他倒是可以帮我做最后的祷告。”

两个詹姆斯党人蹲在草丛里，陷入紧绷的静默之中，连动一动放开交握的手都不敢。

“拜托，你又看到什么啦？”好不容易另一个哨兵说话了，詹米感觉神父绷紧的手因汗湿而滑脱，原本压抑住的颤抖释放到全身。

“那里除了刺金雀花灌木丛，什么也没有，不用那么紧张，老兄。”第二个哨兵肯定地说。詹米听到手拍在肩上，也听到靴子踏在地上，那哨兵跺脚想让身体暖和起来。“这里到处都是该死的刺金雀花，黑暗中可能像你刚刚那样，被看成该死的高地人大军。”詹米觉得自己听到一股闷笑声，从他听力范围内山坡上的“刺金雀花灌木丛”中传来。

詹米望向山巅，星光逐渐暗淡，他判断再过十分钟就会出现第一道曙光。届时柯普将军的手下很快就会明白，高地军并不如他们所想的驻扎在行军一小时的另一方，高地军的前锋部队已经在他们面前。左边海岸的方向发出细微声响，习惯作战的人一定警觉到了。詹米想，一定有人被刺金雀花绊倒了。

“谁？怎么回事？”附近的哨兵出声警戒。

詹米想，看来神父要靠自己了。詹米起身，抽出大刀，大踏一个箭步就来到哨兵身边。在黑暗中只能看到一个形影，但这样已经够清楚了。

---

① 英国诗人沃尔特·司各特爵士（Walter Scott，1771—1832）所撰。

詹米站在原地，用尽全身的力气，冷酷无情的刀锋一挥而下，劈开了那哨兵的头颅。

“高地兵！”第二个哨兵尖叫，接着像从灌木中窜出的兔子，逃窜到逐渐消退的黑夜中。詹米还来不及把刀从血淋淋的头颅中抽出，他一脚踩在地上那哨兵的背上，用力一拔，那景象血肉模糊，骨头还发出刺耳的摩擦声，他只能咬牙忍受那恶心的感觉。

警报已经传遍英军部队上下，詹米听得到，也感觉得到。被叫醒的士兵一阵骚动，没头没脑地摸索武器，盲目地四处搜寻看不到的敌人。

克林兰诺的风笛手在右后方，还没有发出冲锋的信号。于是詹米继续前进，心脏快速跳动，左手臂因刚刚的砍杀还阵阵刺痛，肚子肌肉紧缩，眼睛努力瞪大要看穿逐渐稀薄的夜色，刚刚溅在脸上温暖的血液在寒风中变得又冷又黏。

詹米盯着眼前一片黑暗，像在寻找英国兵。他屈身向前，抱着膝盖。“我先是听到，然后也看得到了，那些英国兵，在地上扭动，像肉里的蛆。我还看到后方的人，乔治·麦克卢尔跟在我后面，华莱士、罗斯在另一边，我们还是一步一步走着，但越来越快，看着那些撒克逊佬在我们眼前溃不成军。”

右方传来一阵模糊的轰隆声，一门大炮开火了。不久后又传来另一声。这些炮声仿佛进攻信号，汹涌而来的高地军发出一波呐喊。

詹米闭着眼睛回忆：“风笛在这时响起，我忘了开枪，直到听到后面传来开枪声，才想起我把枪留在神父旁边的草丛里了。在那种情况下，你只能注意到四周环境的一小部分。”

“你听到一声呐喊，然后突然就跑起来。刚开始一两步跑不快，你松开皮带，苏格兰披肩披散开来，你连跑带跳，泥巴溅得满腿都是，湿冷的草黏在脚上，上衣下摆飞扬，不再贴着你的光屁股。风灌进上衣，鼓起肚子，又冲出衣袖……呐喊声领导着你，你也大喊起来，就像小时候从山坡上迎着风，一边叫一边往下冲，看看能不能乘着声音飞起来。”

高地军乘着自己的呐喊声冲入平原，突袭英军的滩地，让英军淹没在血淋淋的攻击与恐惧中。

“他们拔腿就跑，只有一个人正面迎击，整场战役中也就那么一个人。其他人我都是从背后追杀的。”詹米低声说着，抬起脏兮兮的手揉着纠结的五官，我可以感觉他内心深处的战栗。

他的声音轻得像耳语：“每件事……我都记得。每一次袭击，每一张脸。我面前躺了一个人，因为恐惧而尿湿裤子，马在嘶鸣……还有各种臭味，火药味、血腥味和我自己的汗臭味。每件事我都记得，但我好像站在别的地方看着，我的人似乎不在那里。”他头贴着膝盖抱膝而坐，此时睁开眼斜瞄着我，我发现他在颤抖。

“你懂吗？”他问道。

“我懂。”

虽然我不曾拿起刀剑作战，但经常以双手和意志力战斗。我必须撑过一片混乱的死亡场景，因为我别无选择。这确实会造成一种奇异的脱离感，意识似乎飘到身体上方，冷酷地判断指挥，让身体服从指令，直到危机解除。总是在危机结束后，身体才会开始颤抖。

而我的危机还没结束。我把斗篷从肩上解下，裹住詹米，然后走回小屋。

清晨来临，接班的人也到了，两位村妇与一位军医解除了我的重担。腿受伤的那人脸色发白，身体狂打颤，但血止住了。詹米挽着我的手带我离开，走在街道上。

奥沙利文一直为军用物资头痛，抢到马车后问题暂时解除，食物供给也还充足。我们吃得很快，还没尝到热麦片粥的味道就吞下肚，食物对我们来说就像呼吸，只是应付身体的营养需要。我感觉身体逐渐吸收了营养，终于有能力想到另一个迫切的需求——睡眠。

每间宅邸和小屋都躺满伤患，健康无恙的人都睡在野外。詹米本来可以和其他军官一起睡在牧师宅邸，但他拉着我的手，一起掉头走过小屋，往山上走去。我们走到村外零星散落的一片小树林中。

“走得有点远，不过我想你或许需要一点隐私。”他低头看我，向我道歉。

“是的，我需要。”从小我跟着兰姆叔叔做田野调查，睡在帐篷或泥屋里，虽然我那个年代的人可能觉得我成长的环境也不那么舒适，但我还是不习惯这里的风俗，一大群人紧挨着睡在一起。一群人无论吃饭、睡觉,甚至交欢,全都挤在丁点大的小屋里。屋内以燃烧泥炭来照明取暖，但空气中则弥漫着烧炭而升起的浓烟。只有洗澡不会一起，因为他们不洗澡。

詹米领着我，穿过一株巨大马栗树低垂的枝丫，来到一小片空地，地上铺满厚厚的白腊树、赤杨木和悬铃木落叶。太阳刚升起，树下仍有寒意，有些发黄的树叶边缘还结着细细的霜柱。

詹米用脚跟在地上的落叶堆中拨出一块凹地，然后站在凹地一头，手放在皮带扣环上，对我笑了笑。

“这件披肩穿的时候姿势不太雅观，不过非常好脱。”詹米拉松皮带，苏格兰披肩瞬间就落到他的脚踝边，身上只剩一件上衣，盖到他的大腿。詹米通常穿着军用的轻便型苏格兰裙，腰部有带扣，然后肩膀围上另一件苏格兰披肩。但现在他的苏格兰裙因为近战而扯破弄脏，所以他找了另一件旧的皮带型苏格兰披肩。这披肩是一整块长长的布，在腰部打褶，没有钉扣，只用皮带固定。

“你怎么钻进去的？”我好奇地问。

“先把它铺在地上，像这样。”詹米跪下，摊开披肩，盖在覆满落叶的凹地上，“然后每隔几英寸折一褶，躺上去，卷起来。”

我爆笑出声，接着也跪了下来，帮忙抚平这块厚重格子呢羊毛布的皱褶。“到时候我想看你示范，穿之前记得叫醒我。”

詹米温和地摇摇头，阳光筛过枝叶，在他头发上闪耀。“外乡人，我比你早起的机会，就像虫出现在鸡舍里的机会一样低。就算会再被马踩一次，我非睡到明天不可。”詹米小心地躺在树叶衬底的格子呢布上。

詹米伸出手唤道：“过来躺着，我们可以盖你的斗篷。”

虽然现在只有钉床可睡我也愿意，不过柔顺的羊毛布底下垫着树叶，就像床垫，躺起来格外舒服。我放松地紧偎着詹米，单单这样躺在一起就好幸福。

一开始有点冷，但我们的体温焐热了小窝，寒意很快退去。我们离村子好远，风吹来村里繁忙的声音，听起来稀稀拉拉。我昏昏欲睡，同时高兴地想，说不定真的要到明天，他们才会找到我们。

我前晚已经脱掉衬裙，把它撕成细条多做些绷带。所以，现在詹米和我之间只隔着裙子及上衣的薄薄布料。一堵坚实温暖的硬挺微微动了一下，顶着我的小腹。

我惊呼：“詹米，你应该已经累得半死了啊！”虽然疲倦，我还是被他逗乐了。詹米带着倦意笑着，伸出温暖的大手环住我的后腰，将我搂紧。

“不只是累得半死，外乡人，我早就累到奄奄一息了，但我那话儿好像傻到不晓得这件事。只要和你躺在一起，我就想你，我只想你。”

我摸索着詹米上衣的下摆，把上衣往上推，温柔地环抱他。他的腰腹部很温暖，但往下的硬挺又更加温暖灼热，在我的抚弄下发出丝缎般的光泽，随着每一拍的心跳猛烈搏动。

他轻哼一声，有些疼痛又带着满足，然后缓缓翻身仰躺，双腿稍微分开，我的斗篷半掩着他。

阳光洒在我们所躺的落叶堆，温暖的阳光让我的肩膀放松下来。早秋凉爽的空气加上彻底的倦意，让每样东西似乎都染上金色的光辉。我觉得懒洋洋的，心神飘荡，望着他炙人的阳刚在我指间微微发颤。所有的恐惧、疲倦，过去两天的喧嚣，正慢慢退却，只留下我们两人相依相偎。

蒙眬的倦意就像一把放大镜，放大着极微小的细节与感觉。在詹米皱成一团的上衣下，可以看到他剑伤疤痕的尾端结了黑色的痂，和平滑的肌肤形成对比。两三只苍蝇嗡嗡低飞，想过来一探究竟，我挥手撵走它们。寂静响彻耳际，远处镇上回荡的喧闹声盖住了枝叶间的呼吸。

我的脸颊贴着他，感受他坚硬、弧度优美的髋骨在肌肤下隆起。他鼠蹊的凹陷处，肌肤是透明的，蓝色的静脉分支精巧纤细。

詹米缓缓抬起手，如同树叶飘浮在空中，轻轻放在我头上。

“克莱尔，我需要你。我非常需要你。”詹米低语。

少了碍事的衬裙就容易多了，我觉得身体无意识地轻飘起来，拖曳着裙摆，沿着他火热的身躯往上移动，缓缓坐在他身上，像一朵云移到山巅，庇护他的需要。

詹米激动地合上眼，头往后仰，红铜色的头发散落在叶子上。但他伸出手轻柔地停在我臀线弧度上，稳稳扶住我的腰。

我也合上眼，感觉到詹米内心的形体奔腾，就像我感觉到身下的他一样深切而笃定。疲惫感阻挡了一切思绪与回忆，抛开一切外在的感受，只留下对彼此的感知。

詹米呢喃：“就要……来了。”我点头，明白他感受到我的回应。于是我抬起身躯，裙下的长腿加强加深了交缠的力道，蓄势而发。

一深，一浅，再深，再加深……一股战栗传遍他全身，也充塞我全身，仿佛水分从植物根部升起，足足输往叶片最边缘。他深深喘息着，直到缓缓入睡，像一盏灯渐渐转暗。

我躺在詹米身边，只来得及拉起沉重的斗篷盖在我俩身上，意识便一片昏暗。他温暖的种子在我腹中沉沉安顿，我把所有的重量全部交给大地，一起入眠。

CHAPTER 08
荷里路德宫

爱丁堡 1745 年 10 月

在普雷斯顿打了一场出色的胜仗后，查理王子带着手下凯旋，回到爱丁堡，沐浴在满溢的奉承中。查理王子接受众人吹捧时，手下的将军和族长则忙着召集手下，补充装备，准备面对接下来未知的挑战。

这场胜仗让查理王子大受鼓舞，他大放厥词扬言拿下斯特灵，挥军卡莱尔，然后向南推进直攻伦敦。我则在闲暇时间计算缝合针的数量、收集柳树皮，看到不用的酒精就收为己有，准备调制消毒剂之用。就在我检查药箱里新补充的药材时，一阵敲门声吓了我一跳。

“什么事？”我打开门问道。门外的信差是个男孩，比菲格斯大不了多少。他尽力想装出一脸恭敬的表情，却抑制不了天生的好奇心，眼睛往房里乱瞟，停在角落那只大药箱上，看得入迷。显然关于我的谣言已经传遍了荷里路德宫。

“弗雷泽夫人，王子殿下请您前去一趟。”男孩回答。他明亮的棕眼仔细打量着我，显然想找出恶魔附身的迹象，我外表正常似乎让他有点失望。

我说：“哦？好吧，殿下在哪里？”

“在晨间会客室，夫人，我带您去。”他转过身，突然想到什么，又折回来，在我关上门前叫道，“啊！有劳您带着药箱。”

他陪我走过长长的走道，前往皇宫的皇家侧楼。这位小随扈对这次的任务很得意，一脸沾沾自喜。显然有人指导过他皇家侍从应有的良好举止，但他脚步轻盈、充满活力的模样，透露出他做这份工作还没多久。

我心里好奇，查理王子找我究竟有什么事。虽然他看在詹米的面子上容忍我，但白娘子事件让他尴尬不安，非常不快。我不止一次看到他在我出现时，偷偷在胸前画十字，或以食指和小指快速比出山羊角的手势来避邪。他会让我帮他治病，那是万万不可能的。

沉重的大门上装饰着交错的木条，推开大门，进入空间不大的会客厅后，我觉得此行要帮查理王子治病的概率更低了。王子显然身体健康，倚着彩绘大键琴，一根手指断断续续奏着一支曲调。王子细嫩的皮肤上带着红晕，但这是出于兴奋而不是发烧。他抬起清澈的双眼殷殷地望着我。

“弗雷泽夫人！谢谢你这么快来！”王子今天早上打扮得比平常更华丽，戴了假发，穿着一件新的乳白色丝绸绣花背心。我想一定有什么事让王子心情如此激动，他只要情绪一激动，说话就颠三倒四的。

“蒙您召见是我的荣幸，殿下。”我端庄地说，行了个简短的屈膝礼。查理王子独自一人，这情况也不寻常。他真的要我帮他治病吗？他匆匆朝一张金色的锦缎椅比了一下，示意我坐下。椅子对面是另一张椅子，但王子在我面前走来走去，心神不宁无法安坐。

他突然开口：“我需要你帮忙。”

我有礼貌地应声：“请说。”会是淋病吗？我心中猜测，暗中打量王子。自从路易斯之后，我没听说他有别的女人，但话说回来，只要一次就可能染病。他双唇开开合合，欲言又止，最后还是松口了。

“有位头领，我是说，有位首领来找我。他也想投入我父王的志业，但还有点疑虑。”

“您指的是族长吗？”王子点点头，精心上卷的假发下，那双眉毛蹙了起来。

“没错，夫人，他当然支持我父王的主张……”

我喃喃地说：“哦，当然了。”

“……但他希望先和你说话，夫人，然后再决定是否带领手下追随我。”

听来他似乎觉得这件事难以置信，这时我才了解他双颊通红的原因，一来是觉得困惑，二来是在压抑怒气。

我也觉得困惑，脑海中第一个想到的是某位患了绝症的族长，要他追随王子的志业得先看我能不能施行奇迹把他治好。

“殿下确定他要先和我谈？”我肯定自己的名声还没传那么远。

查理王子冷冷地把头撇向我：“他是这么说的，夫人。”

“但我不认识任何族长，当然，格兰格瑞与洛奇尔除外。哦，还有克林兰诺和凯堡。但他们都已经在您麾下了，而且到底为什么……”

“他想你正认识他。”查理王子打断我，发脾气更让他语无伦次。他握紧拳头，显然竭力控制自己保持礼貌。“这很重要，非常重要，夫人。一定要说动他加入，所以我要求……我恳求你，请你说服他。”

我摸摸鼻子，若有所思地看着查理王子。又一个重要的决定，又一个机会让事情随我的选择改变，又一次，我茫然若失，不知道如何是好。

查理王子说得对，一定得说服族长带着人力物资加入詹姆斯党的志业。卡梅隆家族、数支麦克唐纳族，以及目前其他志士，加起来勉强达到两千人，里头还有一些三教九流、乌合之众，这些人素质之差大概没几个将军见识过。然而，这团素质参差不齐的军队也拿下了爱丁堡，在普雷斯顿大胜英军，而且很可能延续下去，势如破竹征战附近乡下地方。

我们无法阻止查理王子，或许就如詹米说的，要阻止灾难，唯一的办法就是尽力帮助查理王子。多一位强大的族长加入拥护者的行列，会大大增加其他人加入的机会。或许这将是个转折点，让詹姆斯党提升成一支真正的大军，真正有能力实现计划，进军英格兰。若果真如此，事态该死的究竟会如何发展呢？

我叹口气，不论要做什么决定，都得先见见这位神秘的族长。我低头看看自己的装束，确定这身打扮适合会见族长，这习惯大概是被王子传染的。我站起来，手臂挟着药箱。

我说 ：“我会尽力的，殿下。”

王子放松了紧握的拳头，露出啃过的指甲，眉头也舒展开了。

“啊，很好。来吧，我亲自带你见他去。”他转身朝较宽阔的午后会客室走去。

查理王子猛地推开门，把门口的守卫吓得向后一跳，查理王子一眼也不瞧就大步走过去。这个房间很长，墙上挂了壁毯，辽阔的房间另一端是一座巨大的大理石壁炉，框着荷兰的台夫特瓷砖[①]，白底上用蓝色与深紫红彩绘荷兰的乡间风景。壁炉前有一张小沙发，一位高大魁梧的男子，穿着高地服饰站在旁边。

如果房间没那么宽阔，这男子看来会是个庞然大物，他穿着苏格兰裙，像树干一样粗的腿上穿着格纹袜。不过，因为这房间很大，还有用石膏板装饰的挑高天花板，他的身形看起来就只和房间两端挂毯上的神话英雄差不多高大。

看到那身形巨大的访客，我一动也不动地站住了，我认出对方，非常震惊，同时感到难以置信。查理王子原本还继续往前走，现在有点不耐烦地回头望了一眼，示意我和他一起走到火炉边。我和那个大个子点头致意，然后慢慢绕过沙发，低头看着躺在沙发上的人。

他看到我，淡淡一笑，鸽灰色的眼里闪过一丝光芒，好像觉得有趣。

他看到我的表情，做出答复 ：“没错，我也完全没想到还会遇见你，也许有人会认为我们是命中注定。”他转头，手伸向个子高大的保镖兼

① 台夫特瓷砖是十六世纪荷兰著名的瓷砖工艺，主要风格为蓝色纹样衬白底，十七世纪传入英国。

仆人。

“安格斯，请拿杯白兰地给克莱尔夫人，她看到我太惊讶了，可能有点心绪不宁。”

这么说还真是太客气了，我想。我跌坐在一张八字脚椅上，接过安格斯拿给我的水晶酒杯。

科拉姆的眼睛没变，声音也没变，尽管年轻时一场病让他不良于行，但还是传达出领导麦肯锡家族三十年的威严。但除此之外，一切都恶化了，令人遗憾。他的黑发中密密掺杂着灰发，脸瘦得皮包骨，呈现刀割般锐利的轮廓，连原本宽阔的胸膛也凹陷了，强壮的肩膀驼了，整个人形销骨立。

科拉姆手上已经有杯半满的琥珀色液体，迎着火闪闪发光。他痛苦地撑起身坐好，嘲讽地举杯。

“你看起来过得很好……外甥媳。”我从眼角瞥见查理王子惊讶地张大了嘴。

“你看起来不怎么好。”我直截了当地说。

他面无表情地低头看着歪扭的弓形腿。一百年后，这个病会因为最著名的病人，取为图卢兹 · 劳特累克综合征[①]。

他说 :“是不好。不过，距离你上次看到我已经两年了，那时邓肯夫人认为我活不过两年。”

我啜了一口白兰地，喝出这是顶级的白兰地。查理王子非常不安。

我说 :“我想你不会把女巫的诅咒太当一回事。”

科拉姆优雅的嘴角一撇，笑了笑。尽管现在形容憔悴，但他过去像他兄弟杜格尔一样，容貌狂野而俊美，当他打开眼帘，眼中散发的力量

---

① 图卢兹 · 劳特累克综合征又称为致密成骨不全症，症状包括四肢短小如侏儒、全身性骨质密度增生硬化、易发生骨折等。著名法国印象派画家图卢兹 · 劳特累克便因此病所苦。

掩盖了身体的残缺。

“不，不是诅咒。我清楚记得她当时是在观察我，不是诅咒我。我见过的人里，没几个人的观察力比吉莉丝更敏锐，不过有个人例外。”他优雅地朝我点了个头，加强他所表达的意思。

“谢了。”我说。

科拉姆抬头看查理王子，查理王子听得满头雾水，目瞪口呆。“殿下，承蒙您允许我在此与弗雷泽夫人会面，不胜感谢。”科拉姆说道，同时微微鞠躬。他的遣词用字非常有礼，但语调很明显是要打发查理王子离开。查理王子这辈子还没让人打发离开过，这时涨红了脸，嘴巴张着忘了要闭上。等他回过神来，便收紧双唇，很快点个头，转身离开。

“我们也不需要守卫了。”我在他背后叫唤。查理王子双肩耸起，藏在假发发尾下的后颈红得通透。不过他还是做了个生硬的手势，门边的守卫惊讶地看我，就随查理王子出去了。

“好了。”科拉姆不满地瞥了眼门口，再把注意力转回我身上。

“我要求见你，因为我想向你道歉。”他开门见山地说。

我往后靠向椅背，满不在乎地把酒杯放在肚子上。

“哦，道歉？”他这句话出乎我的意料，但我还是竭尽嘲讽之能事，“你是说，你以巫术之名要烧死我，所以觉得不好意思？”我大方地摆摆手表示不用在意，“千万别这么想啊！”我瞪着他，“你要跟我道歉？”

科拉姆微微一笑，没有丝毫不自在的样子。“我想说道歉可能有点不恰当。”他开口。

“不恰当？因为你害我被抓起来扔进贼坑，三天没有像样的食物饮水？因为你害我被剥到衣不蔽体，在克兰斯穆尔所有人眼前受鞭刑？因为你害我只差一点，就要被塞进沥青桶用一堆干泥炭烧死？”我停下来，深吸了一口气，多了几分从容才开口，“就像你说的，道歉的确是很‘不恰当’。”

科拉姆脸上的笑容消失了。“我出口轻率，请你原谅。我无意嘲弄你。”

他轻声说。

我看着他，在他黑睫毛下的眼中，看不到任何开玩笑的意思。

我又深吸一口气，说:“我知道你无意嘲弄我。我知道你等一下会说，你也无意诬陷我用巫术，害我被捕。”科拉姆一双灰眼变得锐利 :“你知道这件事？”

“吉莉丝告诉我的。我们一起待在贼坑里，她告诉我你想处理掉的人是她，我只是运气不好。”

科拉姆突然变得非常疲倦。“确实如此。如果你在城堡里，我就能保护你了。你到底为什么会到村里？”

“有人告诉我吉莉丝生病了，要找我。”我简单回答。

“哦，有人告诉你？可以请问是谁吗？”科拉姆轻声说。

“莱里。”即使到现在，听到那女孩的名字我还是无法抑制一股怒气冲上心口。她嫉妒我嫁给詹米，想拆散我们，故意要害死我。一个十六岁的女孩会有这么深的恶意，真是可怕。即使到现在，我除了愤怒，又冷冷地暗自得意。我几乎没有意识到自己在想,詹米是我的了,只属于我,你永远、永远没办法把他从我身边抢走。

科拉姆若有所思地凝视着我涨红的双颊。“啊，我就想事情可能是这样。”他扬起一道浓眉，开口问，“如果只是道歉有点不恰当，你想报仇吗？”

“报仇？”我看起来一定是愣住了，科拉姆淡淡一笑，但没有开玩笑的意思。

“对。那小姑娘半年前结婚了，嫁给我手下一个次级地主，莫道尔的休 · 麦肯锡。如果你要惩罚那个姑娘，他会照我的吩咐去做。你想怎么做？”

我眨眨眼，这提议让我吃了一惊。科拉姆看起来不像急着要答案，他静静坐着，啜饮安格斯刚为他斟上的白兰地。他并没有看着我，但我起身走向窗户，想独处片刻。

这里的墙有五英尺厚，往前靠在深深的窗户凹台我可以完全藏起来。灿烂的阳光照亮我静止手臂上金色的汗毛，这让我想到潮湿、恶臭的贼坑，当时坑顶的开口射进一束阳光，让整个坑相较之下更像一个墓穴。

在坑里的第一天，我又冷又脏，吓得难以置信。第二天我发现吉莉丝真正的阴谋，以及科拉姆会如何处置她。我痛苦地打颤，越来越害怕。第三天我被拖去受审，我充满耻辱与恐惧地站在那里，秋天低垂的天空厚云罩顶。莱里的话触动了科拉姆的捕兽夹，那夹钳已经在我身边张开。

莱里，皮肤白皙、双眼湛蓝，脸庞圆润美丽，但她和理士城堡其他姑娘没什么不同。我想过她的事——和吉莉丝待在坑底时，我有很多时间想各种事。尽管我当时愤怒又害怕，而且现在依然很愤怒，但无论是当时或现在，我还是不认为她本性邪恶。

“老天爷，她那时不过才十六岁！”我内心惊道。

“够大了，可以嫁人了。”后方传来讥讽的声音，我才知道自己刚刚的想法脱口而出了。

我转过身，科拉姆依然坐在沙发上，粗短的腿盖着毯子，安格斯静静地站在旁边，垂着眼看着主人。我说：“没错，她想得到詹米，也许她以为自己爱詹米。”

城堡的院子里有人在操练，有喊叫和武器互击的叮当声。阳光反射在长剑和火枪的金属上，古代圆盾的黄铜铆钉上，还有詹米红铜色的头发上。微风吹起詹米的头发，他的脸因为操练红通通地流了汗。他举起一只手抹过脸，默塔面无表情不知说了什么，让他哈哈大笑。

或许我对莱里并不公平，一口咬定她对詹米的感情不如我。她只是不成熟所以欺负我泄愤，或是真的对詹米充满爱意而恨我，我无从得知。不论出于哪一个理由，她都没有得逞，我活了下来，而且詹米依然属于我。我看着詹米拉起苏格兰裙随意抓着屁股，阳光洒落，红铜色的汗毛让原本线条刚硬的大腿柔和了些。我笑了，走回科拉姆旁的位子。

“我接受你的道歉。”我说。

科拉姆点头，灰色眼神思索着：“你认为做人要慈悲，是吗？”

“我认为做人该公平。话说回来，我想你大老远从理士城堡跑来爱丁堡，应该不是专程来向我道歉的，这趟路一定非常辛苦。”

“哎，是很辛苦。”科拉姆背后的大个子安格斯原本一直默不作声，这时动了一下，大头倾向领主，证实了科拉姆的话。科拉姆察觉安格斯的动作，简单举了一下手，那手势在说：没事，我现在还好。

科拉姆说：“不，我不晓得你在爱丁堡，是殿下提到詹米，我才出此要求。”他脸上突然出现笑意，“殿下不是很喜欢你啊，克莱尔夫人，但我想你已经知道了？”

我装作没听见。“所以你真的想加入查理王子？”

科拉姆、杜格尔和詹米都有种能力，如果他们不想让人知道自己在想什么，就可以藏得很好。而在这三个人之中，无疑科拉姆的技巧最高。如果他不想说话，前院喷泉的石雕头像能透露的都比他还多。

他只说了句：“我来这儿见他。”

我坐了一会儿，想着有没有什么话我可以或应该可以帮查理王子说项。也许让詹米来说比较好，毕竟科拉姆虽然为差点不小心害死我而感到抱歉，但不代表他信任我。我在这里随行于查理王子身侧，确实代表我可能不是英国间谍，但也不代表完全没这个可能。

我还在心里独自盘算时，科拉姆突然放下白兰地杯，直直地望着我。

“你知道我从早上起喝了多少吗？”

“不知道。”我回答道。他的双手很稳，虽然因病而粗硬，但照护得很好。眼睑有点红，眼睛有点充血，但要说是因为饮酒，或许说是舟车劳顿也很合理。他并没有口齿不清，动作沉着从容，看得出判断力清晰。但我看过科拉姆喝酒，对他的酒量十分敬佩。

他挥挥手让安格斯收回手，俯身横过酒瓶。“半瓶，晚上之前我会喝完一瓶。”

所以他才要我带药箱来，我伸手去取放在地上的药箱。

我翻动箱里的瓶瓶罐罐。“如果你需要那么多白兰地，那么除了鸦片类药物，就没什么能帮上你了。我这里有些鸦片酊，不过我还可以给你……”

“我要的不是这个。”他威吓道，于是我住了嘴，抬起头来。如果他有办法隐藏自己的想法，他也可以充分展现出他的想法。

“要拿到鸦片酊很容易，城里有个药剂师在卖，还有罂粟糖浆，以及纯鸦片之类的东西。”

我合上小药箱，把手放在药箱上。所以他不想麻醉自己沉湎度日，不想让氏族的领导权悬置。如果他找我不是要寻求暂时的解脱，那他要的是什么？也许，是永远的解脱。我了解科拉姆，他可以头脑清晰、无情地规划如何置吉莉丝于死地，对自己自然也不会犹豫。

现在事情很清楚了，他来见查理王子，做最后的决定，判断是否让理士城堡的麦肯锡族加入詹姆斯党的志业。决定之后，就由杜格尔领导族人。然后……

“我记得自杀是不可饶恕的罪。”我说道。

科拉姆无动于衷地说：“我想是吧！如果在我决定的时间，依照我的目的，选择干净利落地死去，那至少也犯了傲慢的罪。不过，既然我大概从十九岁起，就不相信上帝的存在，我不觉得自己会为这宗罪受太多苦。”

房里一片安静，只听得到火炉的噼啪声，还有底下操练传来的模糊叫喊。我听得到科拉姆的呼吸，一种缓慢沉稳的啸声。

“为什么要问我？你说得没错，只要有钱，你就拿得到鸦片酊，而你也有钱。你一定也知道，鸦片酊服到一定的量会致死。说起来，要这样死很容易。”我开口道。

科拉姆摇摇头：“是太容易了。我一生很少依赖什么，但我希望自己头脑清醒。即使面对死亡，我也想保持清醒。至于舒服……”他在沙发上微微挪动身体，毫不掩饰身体的不适，“目前我已经够舒服了。”

他的下巴朝我的药箱指了指。“你和邓肯夫人一样懂得医药。我想或许你知道她用什么谋害了丈夫。那看起来作用很快、很有效，而且很得体。”他最后讥讽地加了一句。

“根据法庭判决，她用的是巫术。”我说完，心里默默接道：也根据你的计划，法庭判她死刑。“还是你不相信巫术？”

科拉姆笑了，爽朗的笑声回荡在阳光明媚的房里。“不相信上帝的人，对撒旦也不会有什么信心吧？”

我仍然踌躇，但科拉姆估算别人就像估算自己一样精明狡猾。他在请我帮忙前先请我原谅，而且让我心甘情愿地表明自己处事会公平——或者慈悲。而正如他所说，这种死法很得体。我打开药箱，拿出一小瓶我用来杀老鼠的氰化物。

他以正式的口吻，但眼中带着笑意说道：“非常感谢你，克莱尔夫人。就算詹米在克兰斯穆尔没有演那一场戏，证明你是无辜的，我也绝不认为你是女巫。从我们第一次见面至今，我还是不了解你是谁，或你为什么来这里，但我从不认为你是女巫。”他扬起一边的眉毛，“我想，或许你愿意告诉我你究竟是何方神圣吧？”

我迟疑了一下。一个人如果不信上帝、不信恶魔，那也不会相信我真实的来历。我轻轻捏了捏科拉姆的手指，然后放开。

我说：“还是叫我女巫吧，这最接近你能了解的东西了。”

第二天早上我往庭院走去，在楼梯上遇见巴莱里诺爵士。

他快活地打招呼：“喔，弗雷泽夫人！我正好在找你呢！”

我对他微笑，巴莱里诺爵士胖胖的，个性开朗，为荷里路德宫的生活注入了一股清新。

“如果不是发烧、痢疾、梅毒的话，可以等一会儿吗？我丈夫和他舅舅正要比剑，为昆塔纳的弗朗西斯科大人示范高地的剑术。”

“喔，真的吗？老实说，我也想看。我喜欢看俊挺的男子使剑，还有任何能让西班牙人开心的事，我都十分支持。”巴莱里诺退一步和我站到同一级阶梯，他的头在我肩膀的高度，兴致勃勃地点头。

“我也是。”由于詹米认为让菲格斯在荷里路德宫内传递殿下的消息太危险，现在詹米都亲自和殿下沟通。消息似乎很多，查理王子认为詹米是他的知己，尽管詹米贡献的人力与金钱不多，所有高地首领中却可说只有詹米一人获查理王子如此偏爱。

说到钱，查理王子有信心能获得西班牙菲利浦国王的赞助。菲利浦国王近来去函给詹姆斯王，信上消息令人鼓舞。至于弗朗西斯科大人，他虽然不是西班牙使节，不过确实是西班牙朝臣，可以向西班牙报告斯图亚特起事的情况。借此机会，查理王子或许便能说服高地氏族及外国君王加入他的阵营，让复辟成功。

我们走上荷里路德宫的庭院旁的走道，我开口问巴莱里诺：“你找我有什么事？”庭院中已经聚集了一小群观众，不过弗朗西斯科先生及两位要上场的剑士都尚未现身。

经我这一提醒，巴莱里诺爵士才想起来，摸索外套口袋。“喔！没什么大不了的，亲爱的夫人。我的信使从他在英格兰的亲戚那里拿到这个，我想你可能会觉得有趣。”

巴莱里诺爵士给我一小沓印刷粗糙的纸张。我认出那是沓传单，在小酒馆里广泛流传，或贴在村镇的门框、篱笆上，让风吹得啪啪作响。

其中一张写着：“查尔斯·爱德华·斯图亚特，世称小僭君。特此公告周知，此人行为败坏，为人凶险，已非法登陆苏格兰海岸，煽动当地人民暴乱，使无辜人民卷入不义战争之战火。”类似的内容洋洋洒洒，最后告诫读到此告示的无辜人民“务当竭力将此人送交其应得之审判”。告示顶端有个图像，我想本来要画的应该是查理王子，和本人不太像，不过看起来确实“行为败坏，为人凶险”，这大概就是这幅画的用意吧！

巴莱里诺从旁边和我一起看着这张告示说：“这张的内容很克制了，

其他有些内容充满各式各样的想象与诽谤。你看看这张，说的是我。”他一脸愉快地指着一张告示。

传单上是个骨瘦如柴的高地人，满面虬髯，浓眉高耸、怒目圆瞪，戴着一顶苏格兰无边帽。我斜眼看了看巴莱里诺爵士，他照着平常习惯，穿着品位出众的马裤和外套，衣料质地精细，但剪裁色彩低调，搭配他较为粗矮的身形。他盯着传单，若有所思地抚摸他圆润、胡子刮得干干净净的脸颊。

“这个嘛，络腮胡让我看起来比较英勇，对吧？虽然看起来比较上相，不过留胡子痒得要命，我可能受不了。”

我翻到下一张，差点失手把整沓传单掉在地上。

巴莱里诺爵士看了说：“你丈夫倒是画得比较像，詹米长得还真像英国人眼中的高地暴徒……抱歉，夫人，我无意冒犯。不过，他体格确实很高大，对吧？”

“是的。”我有气无力地说，仔细读传单上的指控。

“你八成不知道你丈夫有烤小孩来吃的习惯吧？我一直认为，他长这么高大，饮食上一定有什么特别之处。”巴莱里诺爵士哈哈大笑。

这位小个子伯爵玩世不恭的态度，让我心情稳定许多。看着这些可笑的指控与叙述，我自己都快笑出来了。不过，阅读传单的人很可能相信这些描述，我担心他们照单全收。人往往愿意甚至乐于相信最坏的事，而且事情越坏，他们越开心。

巴莱里诺打断了我的思绪，翻出倒数第二张传单：“我想这最后一张你肯定会有兴趣。”

标题昭然写着“斯图亚特的女巫”，上面一个长鼻子、瞳仁如针尖的女人正盯着我瞧，底下文字指控查理 · 斯图亚特召唤“黑暗力量”注入自己的叛乱。这女巫神通广大，除了让庄稼枯萎、乳牛的奶水干涸、让人失明，还能掌握男人的生死。查理身边有这样的人，表示他一定已经把灵魂卖给魔鬼。所以，告示最后总结：他将会“永远在地狱里燃烧”！

巴莱里诺说：“我想这一定是你，但我向你保证，亲爱的，画得一点也不像。”

“真有意思。”我把那沓告示还给他，忍住冲动不要把手往裙子上擦。我觉得有点不舒服，但还是朝巴莱里诺挤出一个笑容。他敏锐地看了我一眼，然后握了一下我的手肘，要我放心。

他说：“别烦恼，亲爱的。一旦陛下重回宝座，这一切荒唐的东西很快就会被人遗忘。在老百姓眼中，昨日的大恶棍就是明日的英雄，我已经看过一次又一次了。”

我喃喃地说：“Plus ça change，plus c'est la même chose.（沧海桑田，人事依旧）但要是詹姆斯国王陛下没有夺回宝座……”

巴莱里诺说出了我的想法：“如果我们的努力不幸失败，那除了这些宣传单，我们还有更该担心的事。”

“En garde.（就位）”一句法语宣布比剑正式开始，杜格尔摆出决斗的姿势，侧身面对敌手，执剑的手臂弯曲，剑身就位，深厚的手臂屈成优雅的弧形，手掌在腰边张开，表示没有暗藏匕首。

詹米与杜格尔双剑相交，发出金属低沉的叮当声。

“Je suis prest.”詹米和我四目交接，脸上闪过一丝促狭。詹米已经习惯决斗，他就像自己氏族的座右铭说的——Je suis prest（我准备好了）。

一瞬间我以为他还没准备好，杜格尔的剑猛地一个长刺，我不禁倒吸一口气。但动作刚起詹米就料到了，不等剑招使到，詹米就已经不在原地了。

他往旁一站，迅速使出一个敲击，这下拨刺让两把剑相持不下，在握把处交缠，但只僵持了一秒钟，两人解开剑往后一退，又重新绕圈，伺机攻击。

两剑敲击发出铿锵声，詹米使出三分位拨挡，旋即长刺，剑身离杜格尔臀部不到一英寸。杜格尔敏捷地往旁转身，绿色的苏格兰裙如火焰飞舞。杜格尔先拨挡、闪避，再迅速向上敲击，将詹米逼近的剑击退到一旁，然后往前踏一步，逼得詹米往后退。

我看到弗朗西斯科大人站在对面，和查理王子、谢里丹、老塔利巴丁，以及其他几人站在一起。弗朗西斯科那一小撮上了蜡的八字胡下，露出一个浅浅的微笑，但我无法分辨他是赞赏詹米和杜格尔的表现，或者只是另一个他惯常出现的傲慢表情。我没看到科拉姆，但这在预料之中，他平常就不喜欢在公开场合露面，更何况来爱丁堡这一路肯定让他体力透支了。

詹米和杜格尔这对甥舅对剑术都很有天分，也都是左撇子，这场比剑不仅展现了精湛的剑术，他们所使用的武器也极为罕见。因为两人根据法国决斗最严格的规则比试，但拿的既不是男士行头常见的轻剑，也不是士兵的军刀，而是挥舞着长达三英尺的苏格兰大刀，全用锻铁打成，扁平的刀锋足可以劈开整颗头颅。这把庞然大物身形不够高大的人还使不来，但他们挥起来却姿态优雅，神态里又带点玩味。

我看到查理王子在弗朗西斯科大人耳边低声说话，弗朗西斯科大人点点头，目光从未离开草皮环绕的庭院里的刀光剑影。詹米和杜格尔的身形相似，灵活程度也相当，两人一招一式都像要置对方于死地。詹米的剑术是杜格尔教的，两人也曾背对背、肩并肩地打了多次，对彼此招式的微妙之处都了然于心——至少我是这么希望。杜格尔两下长刺取得优势，逼得詹米向庭院边后退。詹米快步移到一边，一个敲击挡开杜格尔的剑身，反手从另一个方向斩下，剑锋快速划过杜格尔的右手衣袖，随着一声响亮的撕裂声，一条白色亚麻垂落，在微风中飘荡。

“打得好！”我转头看是谁在欢呼，发现基尔马诺克爵士站在我旁边。爵士三十出头，感觉很严肃，面无表情，正带着他儿子约翰尼在荷里路德宫做客，住在客房里。

约翰尼总是离他父亲不远，我环视附近，很快就看到约翰尼站在他父亲另一边，看比剑看得入神，嘴巴微张。我眼角瞥见远方柱子边有动静，原来是菲格斯，乌黑的双眼眨也不眨，死盯着约翰尼。我对菲格斯皱眉，狠狠瞪他。

约翰尼因为身为基尔马诺克爵士继承人而有点自负，对自己十二岁就能跟着父亲赴战场更是自得，常仗势对其他小伙子作威作福。这些小伙子若不是避开约翰尼，就是在等待时机，等约翰尼离开他父亲，失去保护。

菲格斯就属于第二类。约翰尼曾经轻蔑地说詹米是“苏格兰小地主”，菲格斯认为这是对詹米的侮辱——他想得也没错——从此和约翰尼结下梁子，几天前才在岩石庭院对约翰尼出手，却让詹米阻止了。詹米马上打了菲格斯一顿，然后告诉菲格斯，虽然对主人忠贞很好，自己也非常珍惜他的忠贞，不过愚蠢就不对了。

詹米轻摇菲格斯的肩膀，对他说：“那小伙子比你大两岁，比你重两英担，你打得满身伤，对我有什么帮助？有时战斗要不惜代价，但有时候要咬紧牙关等待时机。Ne pétez plus haut que votre cul，你说对吗？”

当时菲格斯点点头，用衣角擦干满是泪水的脸颊，但我不晓得詹米的话他听进去多少。我看着菲格斯机警的黑眼，现在他眼中满是仔细打量的眼神，我不喜欢。我想约翰尼如果稍微聪明点，就会知道应该站在他父亲和我中间。

詹米单膝半蹲，持剑凶狠地往上一捅，剑锋嗖地削过杜格尔耳边。杜格尔急忙后窜，愣了片刻，接着咧嘴露出白牙，剑身平放朝詹米头顶一敲，响亮地发出哐的一声。

广场上一片欢呼叫好，这场比武从优雅的法式击剑沦为高地斗殴，戏谑的玩笑把围观者都逗得乐坏了。

基尔马诺克爵士也听到这阵喝彩声，望着广场对面，满脸愠怒。

他语带讽刺地说："殿下的顾问都受召去见西班牙人、奥沙利文，还有那个老公子哥儿塔利巴丁。他能听得进去埃尔科爵士的建议吗？还是能听进巴莱里诺、洛奇尔或我的卑微建议呢？"

显然这是个反问句，他心里早有答案，所以我只是咕哝几声表示自己也有同感，眼睛依然盯着场上的两人。铿锵的金属撞击声在四周的石柱石地间震荡，几乎淹没了基尔马诺克的声音，但他已经打开了话匣子，无法再克制自己的不满。

他说："不，他听不进去！奥沙利文、奥布莱恩，还有那些爱尔兰人，他们一点风险都没有！就算发生最糟的情况，他们国籍不同，可以要求免予起诉。但我们呢？我们赌上了身家、荣誉，甚至自己的性命！可是他不把我们当回事，拿我们当一般的龙骑兵看待。昨天早上我和殿下问好，结果他竟然头抬得老高，从我旁边走过，好像我跟他问好有失礼节！"

基尔马诺克非常生气，这也情有可原。查理王子先是用自己的风采吸引人，拉拢对方为他的冒险贡献人力、金钱，之后却又对人视而不见，回头去找他的老顾问。而这些法国来的顾问大多认为苏格兰是一片不毛的荒地，苏格兰人都是野蛮人。

杜格尔惊呼一声，詹米放声大笑，原来杜格尔左边衣袖又被割得半垂下来，底下光滑的棕色皮肤倒是毫发无伤。

"我可要找你算账了，詹米小子。"杜格尔笑着说，汗珠从脸上流下。

詹米气喘吁吁地说："是吗，舅舅？你要怎么找我算账？"剑光一闪，杜格尔的毛皮袋毫发不差地从皮带上横空飞出，掉在石地上叮当作响。有东西在我眼角一闪，我立刻转头大喊："菲格斯！"

基尔马诺克往我看的方向转头，看到菲格斯。菲格斯手里拿着一根粗棍，装出一副若无其事的表情，要不是想到他可能做出坏事，我还真会笑出来。

基尔马诺克看了一眼，对我说："图瓦拉赫堡夫人，不要紧，有需要的话，我儿子会光荣地保护自己。"他看着约翰尼，眼里充满溺爱，然后又转回头去看比剑。我也转回头，但朝着约翰尼的方向竖起一只耳朵。我不是觉得菲格斯没有荣誉感，只是我知道菲格斯对荣誉的定义和基尔马诺克大不相同。

“行了！”杜格尔一声大吼，比试突然停了下来。王子一行人鼓掌，两人汗流浃背地对他们鞠躬，再上前接受祝贺，并介绍给弗朗西斯科大人。

石柱旁突然有个尖锐的声音大喊：“大人！可以表演‘抛物线’吗？”

詹米转身，因为这突如其来的打扰微微皱眉，但接着耸耸肩，笑着退后，站到庭院中央。“抛物线”是菲格斯替这个把戏取的名字。

詹米很快向殿下一鞠躬，抽出大刀，小心捏着刀尖，微微弯腰，接着使劲一抛，整把刀旋转着直射向天空。所有人都盯着大刀瞧，这把大刀有着筐形护腕握把，头尾不停轮番上下旋转，锻造的刀身在阳光下闪耀生辉。整把刀转个不停，似乎在空中停留了好一会儿，才猛然俯冲而下。

这个把戏的精髓是用劲往上抛，让它掉下来时刀尖朝下插入土中。詹米改良了这个把戏，直接站在下坠的弧形底下，在最后一刻才往后躲开，免得被刀插中。

“啊！”随着观众的大叫，刀直直插入詹米脚边。詹米弯腰把刀从草地上拔出来。这时我注意到，有两个观众不见了。

一个是十二岁的约翰尼·基尔马诺克大人，脸朝下趴在草地边，头上一个肿包，从柔细的棕发间露出来。第二个早就跑得不见人影，但我从背后的影子那里听到一句低声的话。

声音听起来很得意：“Ne pétez plus haut que votre cul.”（没那个屁股，就别吃那种泻药。）

这样的天气在十一月来说温暖得不寻常，无所不在的云层已经散开，短暂的秋日阳光暂时照亮阴沉沉的爱丁堡。我抓紧这难得的片刻温暖，到户外荷里路德宫后方的岩石庭园，两膝跪地，在地上搜索。几个高地人也在四处闲晃，带着自家酿的威士忌，用自己的方式享受阳光。他们看我在地上爬似乎觉得很有趣。

“夫人，你在找毛毛虫吗？”其中一人嚷着。

“不，怎么会找毛毛虫，一定是在找小精灵吧！”另一个人开玩笑。

“要找精灵，你的罐子里比我的岩石底下更容易找到！”我对他们嚷。

那人举起酒壶，闭起一眼，另一眼夸张地眯起望着酒壶深处。“只要酒壶里不是毛毛虫，我无所谓！”他答了这句，然后痛饮一口。

说真的，我在找的东西大概比毛毛虫更让他们摸不着头脑。我将一块大卵石往侧边推动几英寸，露出底下石头表面的橘褐色地衣。我用袖珍小刀轻轻刮了几下，数片这种奇特的地衣便落入我掌中，我再小心翼翼地将地衣抖入便宜的锡质鼻烟壶，让地衣加入我苦心搜集的宝贝之列。

爱丁堡民风开放、见多识广，深深影响了来到此地的高地人。若是在偏远的山村，人们看到我这种行为，就算不心怀敌意，也可能遭人猜忌狐疑，但在这里，他们只把我当个温和无害的怪人。我发现，高地人除了尊重我，也并不害怕我，这让我很高兴。

等他们知道我的丈夫是谁，甚至连我是英国人也不介意了。不论詹米在普雷斯顿潘斯战役中有什么英勇事迹，除了詹米自己告诉我的那部分，其他的我大概永远也不会知道，但不管那是什么样的功绩，一定是让苏格兰人大为折服，只要詹米走出荷里路德宫，到处都听得到有人喊着“红发詹米”，或打招呼致敬。

其实就在这时候，附近就有个高地人这样叫，引起我的注意。我抬起头看到红发詹米本人漫步穿过草地，一边在宫后密密麻麻的石头间张望，一边心不在焉地向对方挥挥手。

詹米看到我，表情开朗起来，走过草地，向我跪着的这一片造景岩石走来。

他说：“你在这里啊，可以和我来一下吗？也麻烦你带着那个小篮子。”

我站起来，拍拍膝上的干草，把小刮刀放入篮子。“好，要去哪里？”

“科拉姆差人来说想和我们谈谈，和我们两个。”

“在哪里？”我迈开步伐跟上他的脚步，沿着小路走去。

“在卡农盖特教堂。”

有意思，看来不管科拉姆要和我们说什么，他显然不希望私下见我们的事在荷里路德宫传开。

詹米也有相同的想法，所以才要我带上篮子。我手上提着篮子，和詹米挽着手通过爱丁堡城的皇家麦尔大道，就像要去买东西回家，或分发药品给驻扎在巷弄中的士兵与家人。

爱丁堡的主要大道越往前走，角度越陡。荷里路德宫庄严地坐落在大道底端，侧面嘎吱作响的修道院教堂穹顶，散发出一种巍峨稳固的假象，高傲地忽视耸然屹立的爱丁堡城堡。爱丁堡城堡高踞嶙峋的岩石山顶，在城堡和荷里路德宫之间，就是皇家麦尔大道，以大约四十五度的角度往上倾斜。我在詹米身边走得满脸通红、气喘吁吁，真不晓得科拉姆是怎么走过这四百四十码长的鹅卵石坡道，从宫里抵达教堂的。

我们在墓园里看到科拉姆，他坐在一张石凳上，让午后的阳光晒暖背脊，黑刺李手杖放在身边石凳上，两条弓形的短腿离地几英尺，悬在空中。他驼着背，低头沉思，远远看来就像侏儒，似乎原本就生长在这片人造的岩石庭院里，身边环绕着倾斜的石块与蔓延的地衣。我在一座历经风吹雨打的坟上看到一个绝佳的地衣标本，但想了想觉得还是别停下来比较好。

我们踩着草地，脚下无声，但离科拉姆尚远，他就已经抬起头。看来，至少他的感官一切正常。

我们走向科拉姆，附近莱姆树下有道阴影动了一下，安格斯的感官也没有问题。大个子安格斯看到是我们，又站回去默默守护主人，再次融入周遭景物。

科拉姆点头打招呼，示意我们坐在他旁边。现在和科拉姆近在触手可及的距离，尽管他双腿依旧扭曲，看起来却一点都不像地精，和科拉姆面对面，你看得出这个血肉之躯内是个大丈夫。

詹米让我坐在附近一块石头上，才在科拉姆指的地方坐下。大理石出奇地冰冷，寒意穿透我厚厚的裙子，我动了一下，发现自己坐在一块纪念碑上，上面雕着纠结别扭的骷髅头和交叉的大腿骨。我看到碑上面刻的墓志铭，咧嘴笑了。

马丁·埃金柏德长眠于此，
愿上帝怜悯我的灵魂，
我若是上帝，你为马丁·埃金柏德，
我也会怜悯你的灵魂。

詹米挑眉警告我别笑出来，然后转身面对科拉姆："舅舅，你要见我们？"

科拉姆开门见山地说："詹米，我问你一个问题。你把我当亲人看吗？"

詹米沉默了片刻，看着科拉姆的脸，然后微微一笑："你的眼睛和我母亲一模一样，我能否认吗？"

科拉姆看起来愣了片刻。他的眼睛是清澈柔和的灰色，像鸽子的翅膀，还有浓密的黑色睫毛。这双眼尽管美丽出众，也可以闪烁钢铁般冷酷的眼光，我忍不住又一次猜想詹米母亲的模样。

"你还记得你母亲？你还是个奶娃她就死了。"

詹米听到这句话嘴唇抽动一下，但仍平静地回答："那时我够大了。说到这个，我父亲房里有面穿衣镜，听说我有点像我母亲。"

科拉姆笑了一声。他凑近凝视詹米，灿烂的阳光让他微眯着眼。"岂止有点，小伙子，你毫无疑问是艾伦的儿子。首先是头发……"他随意向詹米的头发一指，詹米的头发微微闪耀着红褐、琥珀、栗棕与朱红，丰厚卷曲，夹杂红与金，变化万千。“还有那张嘴……”科拉姆自己扬起一边嘴角，仿佛不情愿地陷入回忆，“我每次都逗她，说她有张欧夜鹰的阔嘴。我常常说，如果你也有条黏答答的舌头，就可以像蛤蟆一样抓虫子了。”

詹米没料到会听到这几句话，笑了出来：“威利有一次和我说过。”詹米话才说完，丰润的嘴唇立刻紧闭。他很少谈到去世的哥哥，我想他应该从来没有在科拉姆面前提过威利。

科拉姆表现得像完全没注意到詹米脱口而出的这句话。“那时我写信给她，当时你哥还是小孩，因为天花夭折。自从她离开理士城堡，那是我第一次写信给她。”科拉姆心不在焉地看着旁边倾斜的石碑，一边说道。

“你是说，自从她嫁给我父亲后？”

科拉姆缓缓点头，眼睛仍然望着远处：“对。她大概比我大两岁，就像你姐姐和你一样。”深邃的灰眼转向盯着詹米，“我从来没见过你姐姐，你们关系好吗？”

詹米没说话，只微微点了点头，仔细观察科拉姆，好像想在那张历尽沧桑的脸孔中，找出谜题的解答。

科拉姆也点点头：“我和艾伦也是。我小时体弱多病，她常照料我。我记得自己躺在床上，阳光穿过她发间，她说故事给我听。”科拉姆优雅的嘴唇微微扬起一笑，“即使后来——后来我的腿第一次断了，她会在理士城堡跑上跑下，每天早晚都到我房间，告诉我她今天见了哪些人，说了什么。我们讨论对佃农和次级地主的看法，讨论事情该怎么安排。那时我已经娶妻，但利蒂希娅不想处理这些事情，她没什么兴趣。”科拉姆手一挥，表示对妻子的不满。

“我们私底下会谈——有时候加上杜格尔，有时只有我们两个——谈氏族的财产如何维系最好，氏族内的家系如何维持和平，可以和哪些氏族结盟，如何管理土地和林木……然后她就走了。”科拉姆低头看交叠在膝盖上宽大的双手，接着说，“没有请求离开，也没有留下道别的只言片语，就这么走了。我不时听说她的消息，但她本人从没有传来消息。”

“她没有回你的信？”我轻声问，不想打断他。科拉姆摇头，头依然低垂着：“那时她病了，她失去了一个孩子，又染上天花。也许她本来想晚点回，回信这种事很容易搁在一旁。”他不带笑意地笑了一下，然后表情松弛下来，显得一脸苍凉，“一年后的圣诞节，她就过世了。”

科拉姆直直看着詹米，詹米也坦然迎向他的目光：“后来你父亲写信告诉我，他要把你带去给杜格尔，希望你之后到理士城堡跟着我受教育，那时我有点惊讶。”

“那是我父母结婚时同意的，让我由杜格尔抚养，然后待在你身边一段时间。”风吹得落叶松枯枝哗哗作响，詹米和科拉姆不约而同耸肩抵抗突如其来的寒意，着实反映了他们一家人有多相像。

科拉姆见我发觉他俩做出相同动作而微笑时，也扬起唇角，会心一笑。

科拉姆对詹米说：“是啊！不过约定值不值得信赖，完全要看承诺的人是谁，我那时不了解你父亲。”

正当科拉姆开口想继续说下去，但似乎又重新斟酌了一下。墓园的寂静取代了谈话声，沉默填满了无言的空隙，仿佛刚才他们从未开口。

最后，詹米再度打破沉默。

詹米问：“您觉得我父亲是什么样的人？”我隐约感觉他的语调像好奇的小孩，因为年纪轻轻就失去父母，对父母只有年幼时的印象，所以想从其他线索认识自己的双亲。我了解这种冲动，我对父母有限的认识完全来自兰姆叔叔，我问他问题，但他的回答只有寥寥数语。兰姆叔叔并不擅长分析人的个性。

然而，科拉姆却是个中好手。

“你是说他的样子吗？”科拉姆仔细看着外甥，然后饶有兴趣地咕咴一声。

科拉姆脸上挂着有点勉强的笑容说道：“小子，照照镜子，你会看到一张像你母亲的脸，然后看到你父亲那双该死的弗雷泽猫眼回望你。”科拉姆伸个懒腰，换个姿势，在爬满地衣的石凳上舒展身体。科拉姆习惯性地紧抿双唇，不愿透露身体不适，我明白了为什么他的鼻与唇之间有深深的刻痕。

待科拉姆调整得舒服些，又继续说下去：“不过，回答你的问题，我不是很喜欢他，他也不是很喜欢我，但我很快就知道他是个正直的人。”科拉姆停顿了一下，接着非常轻声地说，“詹米，我知道你也一样。”

詹米表情没有改变，但眼皮微微颤动了一下，只有像我这样熟悉他的人，以及科拉姆这样观察入微的人，才察觉得到。

科拉姆长长叹了口气：“所以我才希望和你谈谈，小伙子。你知道，我得决定理士城堡的麦肯锡族是追随詹姆斯国王，还是追随乔治国王。也就是说，我该和认识的魔鬼打交道，还是和不认识的魔鬼打交道。但无论如何我必须下个决定。”科拉姆苦笑。

“杜格尔……”詹米刚开口，科拉姆手一挥打断他，不耐烦地说：“哎，得了，我知道杜格尔怎么想，我这两年都在担心这件事。不过，我才是理士城堡的当家堡主，事情由我决定，杜格尔会照我的话做。我想听你的意见，这些族人体内也流着和你相同的血。”

詹米抬头望，午后的阳光照在他脸上，他眼睛半合着，蔚蓝的眼中不透露一丝想法。

詹米说：“我人在这里，带着我的手下，这选择肯定很明显了吧？”

科拉姆再一次移动身子，偏头聚精会神地看着詹米，仿佛想从任何细微的声音或表情中捕捉线索。“是吗？一个人效忠有很多原因，而且通常和他们自己宣称的理由无关。我和洛奇尔及克林兰诺的氏族谈过，也和斯科特斯的安格斯及亚历克斯·麦克唐纳谈过，你觉得他们聚在这里，只是因为觉得詹姆斯·斯图亚特才是合法的国王吗？现在我想和你谈谈，为了你父亲的荣誉，请你说出实情。”

科拉姆看詹米仍在犹豫，就继续说下去，两眼急切地望着詹米。

“我不是为自己要求的，你也能看到，我操心这件事也不会太久了。我是为了哈米什问的，记得，他可是你的表弟。等他成年，若要有个氏族让他领导，我现在就得做出正确的决定。”

科拉姆不再说话，坐着不动，脸上常有的警惕表情消失了，灰色眼睛睁得大大的，等待、倾听着。詹米像科拉姆一样坐着不动，好像冻住了，像后方墓碑上大理石雕的天使。虽然詹米严肃坚毅、轮廓分明的脸上没有透露出半点痕迹，我晓得他现在心里左右为难。我们就曾遇到同样的情况，必须决定是否从拉里堡去追随查理王子。查理王子起事的成败悬在刀尖，如果理士城堡的麦肯锡这样的大族加入，可能会鼓励其他氏族也响应莽撞的小僭君的号召，让起事成功。但如果起事失败，理士城堡的麦肯锡一族可能也会步向灭亡。

最后，詹米缓慢慎重地把头转向我。他看着我，蓝色眼睛对上我的双眼。他的表情像是在说：你对这件事也有自己的看法。我该怎么做？

我感觉到科拉姆的双眼也盯着我，那双眼睛上方的浓眉提出疑问。但我心里想的是小哈米什，那个一头红发的十岁孩子，和詹米长相非常相似，仿佛是詹米的儿子而不是表弟。我心里也想，如果理士城堡的麦肯锡家族和查理王子在卡洛登一役战败，小哈米什和他的族人会面临什么样的命运。如果最后发生大屠杀，拉里堡的人可以仰赖詹米的保护，理士城堡的人却没有。但这件事不该由我决定。我耸耸肩，低下头。詹米深吸一口气，下定决心。

“舅舅，回理士城堡吧！让你的人也留在理士城堡。”詹米说。

科拉姆一动不动地坐了很久，直视着我。最后，他牵动嘴角，但不像是在微笑。

科拉姆对我说：“奈德·高恩去保你不被烧死的时候，我差点阻止了他。我很庆幸最后没这么做。”

“谢了。”我用和他一样的语气说。

他叹了口气，用长满老茧的手搓着后颈，好像领导的重担让脖子作痛。

科拉姆把手放下，无力地放在石凳上，放在他和詹米中间。“好吧，我会在早上觐见殿下，告诉他我的决定。詹米，谢谢你的建议。”他犹豫了一下，又加了一句，“愿上帝与你同在。”

詹米倾身向前，手放在科拉姆的手上，咧嘴露出一个甜美的微笑，一如他母亲的微笑，并说：“也愿上帝与你同在，舅舅。”

皇家麦尔大道挤满熙来攘往的人群，大家都想好好运用这短短几个小时温暖的天气。我们默默走着，穿过拥挤的人群，我的手深深藏在詹米的肘弯里。最后詹米摇了摇头，用盖尔语低声对自己嘟囔。

我不晓得他在说什么，但我能回应他心里的想法。“你做得对，换作是我，我也会这么做。无论最后发生什么事，至少能保麦肯锡一族平安。”

有个军官对詹米打招呼，詹米向对方点点头，推挤着走过满是人潮的“世界尽头”小巷。“或许吧！但其他人怎么办？麦克唐纳、麦吉利夫雷，还有其他已经参战的氏族怎么办？现在他们会不会失败？如果我鼓起勇气要科拉姆加入，他们本来可能会成功。”詹米摇头，脸上愁云密布，“没人知道，对吗？外乡人。”

“没错，大家都知道得不多，也可以说，大家都不能知道太多。但我们也无可奈何啊，不是吗？”我捏捏他的手臂，轻声说道。

他向我挤出半个笑容，紧紧把我的手揣在身侧。

“没错，外乡人，我觉得我们也不能做什么。现在话已经说出口，不能改变，所以也用不着担心了。麦肯锡不会牵连进来了。”

荷里路德宫的守卫是来自格兰格瑞的麦克唐纳族人。他认出詹米，点点头让我们进了庭院，几乎没抬头，又继续找身上的虱子。温暖的天气让虱子活跃，这些虱子离开裤裆和腋下的安乐窝，爬到上衣或格子花呢布这些危险地带，刚好让人捉住，被驱之大吉。

詹米面带微笑，用盖尔语对守卫说了几句话。那人笑了，从上衣捏起什么，弹给詹米。詹米假装抓住，仔细看着手上，仿佛真有那么一只虫，然后向我一眨眼，把它弹进嘴里。

我和基尔马诺克爵士一起踏入荷里路德宫的大画廊，我有礼地问候："呃，基尔马诺克爵士，令郎的头还好吗？"其实我不是很在乎这件事，但既然不能完全避开这个话题，而基尔马诺克爵士也不能在这儿当众痛骂我，或许在这里问比较好。

这个房间称为"大画廊"，算是名副其实。房间是长条形，有挑高天花板、两座巨大的壁炉、高耸的窗户，自从查理王子九月凯旋光临爱丁堡后，就常在这儿开办舞会或宴会。现在房里闪耀生辉，挤满爱丁堡上流阶层的名人，急着向王子输诚，因为看起来王子真有可能会打胜仗。贵客弗朗西斯科大人站在房间另一端，和查理王子站在一起。今天王子打扮成一副阴郁的西班牙风格，穿着宽大的深色马裤，松垮的大衣，甚至戴着一个小皱领。在现场年轻时尚的客人间，这身打扮似乎引起不少人私底下嘲笑他。

"弗雷泽夫人，他已经好多了。像他这种年纪的小伙子，头上被敲一记要不了多久就会复原的，虽然他的自尊心需要更长的时间来修复。"基尔马诺克爵士沉着气回答，最后还开了句玩笑，大嘴突然幽默一笑。

我对他微笑，很高兴看到他的笑容。"你不生气？"

他摇了摇头，低头看自己的脚有没有踩到我拽地的裙摆。"我一直想把基尔马诺克的继承人该学的事教给约翰尼，谦卑这一项我似乎教得很失败，也许你的仆人教得比我成功。"

"也许是因为你没有把他带到屋外揍一顿。"我心不在焉地说。

"什么？"

"噢，没什么。"我脸红地说，"你看，洛奇尔来了？我以为他病了。"跳舞时再说话会让我喘不过气，而基尔马诺克爵士似乎也不想聊天，于是我便环顾四周。查理王子今晚没有跳舞，虽然他跳得很好，爱丁堡年轻的仕女更是争相要吸引他的注意。今晚查理王子一心只想让他的贵客高兴。下午我看到一个酒桶滚进厨房，桶身烙着葡萄牙文商标，然后整晚弗朗西斯科大人的左手像变魔法似的，不停出现盛着红宝石般醇酒的玻璃杯。

我们跳舞的路径与詹米交错，穿过舞动的身影，经过一位威廉斯小姐身边。威廉斯小姐共有三位，三位看起来都差不多，都是年轻、棕发、清秀，而且全都"对这崇高的志业感到无比的兴趣，弗雷泽先生"。我对她们感到厌烦，但詹米施展了无比的耐心，和她们三人轮流跳舞，一遍一遍回答同样的傻问题。

詹米温柔地解释："这让她们有机会出来透透气啊，这几位可怜的小姐。而且她们的父亲是位富有的商人，殿下希望获得她们家的响应。"

这位威廉斯小姐看来彻底迷上詹米了，我不禁生气地想，詹米确实获得很大的响应。然后我的注意力移开了，我看到巴莱里诺正和默里勋爵的妻子跳舞。默里勋爵正和另一位威廉斯小姐跳舞，经过妻子身边时，默里勋爵和妻子交流深情的目光。想到我在意詹米和谁跳舞，我不禁有点惭愧。

科拉姆没出现在舞会上，这并不奇怪。不晓得舞会前科拉姆有没有机会和查理王子谈话，但很快我就认为应该没有。查理王子看起来活泼开朗，精力十足，不像刚听到坏消息的样子。

在房间另一头，我看到两位矮壮结实的人，两人穿着正式礼服，看来非常相似，感觉都十分不舒服也不习惯。其中一位是约翰·辛普森，格拉斯哥铸剑协会的会长，另一位是他儿子，也叫约翰·辛普森。他们本周稍早来访，献给殿下配有筐形护腕握把的大刀，这些刀品质精良，享誉全苏格兰。这两位工匠显然是受邀来让弗朗西斯科大人看看，表示斯图亚特的支持者遍及民间。

这两位工匠的胡须头发都相当浓密，原本是深色的，现在因长出灰发而微微斑白。老辛普森的头发看起来就像雪白的盐里掺杂了一点黑胡椒，而小辛普森的头发盖过太阳穴与脸颊上半部，像深色山丘的雪线附近结了一圈白雪。我看到老辛普森突然猛力戳了儿子背部一下，别有用意地朝一位威廉斯小姐的方向瞥去，这位小姐正由父亲陪着，在舞池边缘徘徊。

小辛普森狐疑地瞥了父亲一眼，接着耸耸肩，往前一站，向第三位威廉斯小姐伸出手臂，一鞠躬。

我看得兴味盎然，看他们踩着旋转舞步看得着迷，因为詹米之前遇过辛普森，他告诉我小辛普森的耳朵几乎听不到。

詹米得意地向我展示跟辛普森买的美丽刀剑，他说："我想应该是因为在锻炉前锤打铸剑的关系，小辛普森就像石头一样聋，只好让他父亲负责讲话，但小辛普森的观察力很好。"

我看到小辛普森那双锐利的黑眼睛迅速扫过舞池，仔细观察每对舞者之间的距离。他的脚步有点沉重，但每一个舞步节拍都对上了，跳得起码和我一样好。我闭上眼，感觉音乐的弹拨透过木质地板震动，从倚在地上的大提琴传出，我想他就是跟随这个节奏。然后我睁开眼睛，免得撞上别人。小提琴拉错了，发出尖锐刺耳的声音，我看到小辛普森缩了一下。看来，他或许还是能听到一些声音。

我和基尔马诺克随着舞者绕圈旋转，接近查理王子及弗朗西斯科大人，这两人正站在以瓷砖围绕装饰的巨大壁炉前，烘暖自己的燕尾服。没想到，查理王子竟然在弗朗西斯科大人背后对我皱眉，一只手偷偷示意要我离开。我们转身时，基尔马诺克看到了，他笑了一声。

"看来殿下不敢把你介绍给西班牙人！"他说道。

"真的？"我们旋身离开，我回头一望，查理王子已经开始谈天，一边说一边挥舞夸张的意大利手势。

"应该没错。"基尔马诺克跳舞技巧很好，我开始觉得比较放松，能够说话，不再一直担心绊到裙子。

“你看过那些可笑的传单吗？巴莱里诺拿给每个人看。”他问，看我点点头，又接下去，“我想殿下也看到了，那个西班牙人非常迷信，竟然会相信那些蠢话，真可笑。有点脑袋或有点教养的人都不会当真，但显然殿下认为还是小心为上。毕竟为了西班牙黄金，很多东西都可以牺牲。”牺牲的显然也包括基尔马诺克的自尊。查理王子对苏格兰伯爵和高地氏族首领的态度，依然像是对待围绕在他桌边的乞丐一样，尽管今晚他们总算还受邀参加庆祝活动，但无疑是为了给弗朗西斯科大人一个好印象。

“你注意到那些画像了吗？”我想换个话题，于是开口问。大画廊的墙上挂了上百幅的画，都是国王皇后的肖像，所有肖像都有一个惊人的相似处。

基尔马诺克看着查理王子和那个西班牙人，原本表情冷峻，听了我的话，开心地笑了：“喔，你说鼻子吗？是，我注意到了，你知道背后的由来吗？”

原来这些肖像都是出自同一位画家的手笔，画家名叫雅各布·德威特。查理二世要重建先祖的伟业，于是委托德威特画自己祖先的肖像，从苏格兰国王罗伯特·布鲁斯开始画起。

“这是为了让大家知道他来自古老的皇室血统，并且让肖像修复得尽善尽美。”基尔马诺克解释，嘴角带着苦笑，“不晓得詹姆斯国王重回宝座后，会不会进行类似的修复计划？”

基尔马诺克继续解释。总之，德威特画得飞快，每两个星期就完成一幅肖像，这样才能赶上国王要求的期限。问题是，德威特没办法知道查理王子的祖先实际上长什么样子，于是只要能找得到人，拖进他的工作室当模特儿，他就照那人的长相来画，然后每幅都画上同一个显眼的鼻子，让他们看来像同一个家族。

“这是查理国王本人。”基尔马诺克对一幅全身肖像点点头。画里的人穿着红色天鹅绒服装与插了华美羽饰的帽子，显得雍容华贵。基尔马诺克以审视的目光，往查理王子的方向看了一眼。查理王子满脸通红，显然他的贵客喝酒，他也殷勤地陪着喝。

“起码鼻子长得比较好看，他母亲是波兰人。”基尔马诺克喃喃地说，像在自言自语。

时间逐渐晚了，爱丁堡的名门世家喝酒跳舞还没尽兴，但银质大烛台上的烛光已逐渐摇曳、熄灭。弗朗西斯科大人可能不像查理王子那样习惯纵情豪饮，他已经酩酊大醉，打着瞌睡，脸垂到环形皱领上。

詹米领着最后一位威廉斯小姐到她父亲身边，启程回家。他脸上的表情明显松了一口气，来到我坐的那个角落。我在这儿找到一张椅子，展开的裙摆可以用来掩护，让我脱掉鞋子。希望我不用很快又得穿上鞋。

詹米在我旁边一个空位坐下来，用一条大大的白色手帕抹他通红的脸。旁边的小桌上有个托盘，里面放着几块剩下的蛋糕，他伸手越过我去拿。

“我快饿死了。跳舞让人食欲好得不得了，聊天更糟糕。”他说。他一口塞进整块蛋糕，咬两下，又拿了另一块。

我看到查理王子对着瘫成一团的西班牙贵客弯下腰，摇晃他的肩膀，对方没什么反应。西班牙特使的头往后仰，八字胡下垂，嘴巴半开。殿下站得摇摇晃晃，环顾四周想找人帮忙，但谢里丹和塔利巴丁两位都是老人家，而且已经睡着了，还相亲相爱地靠在一起，就像两个穿着蕾丝和天鹅绒服装的乡下老酒鬼。

“或许你最好去帮殿下一把。”我建议詹米。

“嗯。”詹米嘴里都是食物。

詹米打消继续吃的念头，囫囵吞下嘴里的蛋糕，但就在他起身前，我看到小辛普森很快已经发现情况，用手肘轻推了一下他父亲的肋骨。

老辛普森走向前，彬彬有礼地向查理王子鞠躬，呆滞无神的王子还来不及反应，老小两位辛普森就一人抓手腕，一人抓脚踝，使出打铁锻炼出的肌肉，把西班牙特使从座位上抬起来，抓着他往前走。西班牙特使在两人间轻轻摆动，好像猎人捕到的猎物。他们在大厅另一端走出门，消失了，摇摇晃晃的王子殿下在后面跟着。

随着这不太优雅的退场，舞会也结束了。

其他客人开始放松，准备动身离开，女士走进休息室拿披肩和斗篷，男士围成一个个小圈圈，不耐烦地互相抱怨，说女人总要花很长的时间才能打点妥当。

我们暂住在荷里路德宫，于是从画廊北端的另一扇门离开，穿过晨间与午后会客室，走到主楼梯。

楼梯与转角平台边的墙上挂着一幅幅壁毯，在烛光下朦朦胧胧，隐隐散发银色的光辉。就在壁毯下，高大的安格斯·莫荷矗立在那里，巨大的影子投射在墙上仿佛壁毯的影子，随烛光摇曳而闪烁不定。

“主人去世了。”他说。

“殿下说，或许这样也好。”詹米告诉我，口吻讽刺而苦涩。

他看我听了这句话震惊又困惑，补充说明：“因为杜格尔一直很乐意加入殿下的大军，现在科拉姆走了，杜格尔当家。所以，理士城堡的麦肯锡族会加入高地军，一起前进，无论等在前方的是不是胜利。”

悲伤和疲惫深深刻在詹米脸上，我走到他的背后，手放上他宽阔的肩膀，用手指按摩他肩膀与脖子的交界处，他没有拒绝，偶尔舒坦地低吟出声。我又让他低下头，趴在手臂上。詹米坐在我们房间的书桌前，成叠的信件与文件一摞摞整齐地堆叠在四周。除了文件还有一本小笔记本，红色摩洛哥皮装订，已磨损得厉害。这是科拉姆的日记，詹米从科拉姆房里拿来，希望从最近的记录找到证据，证明科拉姆决定不支持詹姆斯党的事业。

詹米面容冷峻地一边翻阅记载得密密麻麻的页面，一边说：“这不太可能动摇杜格尔的决定，但也没别的方法了。”

然而，科拉姆的日记里没有最后三天的记录，只有短短一条，显然是前天他从教堂回来后写的。“和詹米及他的妻子见面。终于和艾伦和好。”

这点对科拉姆当然很重要，对詹米，或许对艾伦也很重要。但要改变杜格尔参战的决定，用处不大。

过了一会儿，詹米坐直，转身面对我。他深沉的双眼满是忧郁，感觉已经听天由命。

“克莱尔，这代表现在我们必须全心全意为查理奉献了，我们别无选择，一定要努力帮他打赢。”

我喝了太多酒，口中干涩。我舔舔嘴巴，润湿嘴唇，才开口回答詹米：“我想是吧！可恶！为什么科拉姆就不能再多等一会儿？只要等到明天早上，就能和查理见面了！”

詹米不自然地一笑：“我想他也无能为力吧，外乡人。没人能决定自己何时离开人世。”

“但科拉姆就想自己决定。”我一直三心二意，不知道是否该告诉詹米我第一次和科拉姆在荷里路德宫见面时谈了些什么，但现在也不需要为科拉姆保守秘密了。

詹米知道科拉姆曾想自己结束生命，不敢置信地摇摇头，叹口气，肩膀也重重垂了下来。“克莱尔，我在想，这会不会是一个预兆？”他喃喃地说，有点自言自语。

“预兆？”

“现在科拉姆来不及在死前照自己的意思拒绝查理，这会不会是一个预兆，代表查理注定能赢得战争？”

我回想最后一次看到的科拉姆。死神降临时，他正坐在床上，手边一杯白兰地还没喝，然后一如他所愿，神志清醒地面对死亡。他的头往后仰，两眼圆睁，呆滞的双眼已经看不到背后的景色。他依旧紧抿着双唇，从鼻子到脸颊出现惯有的深深刻痕。一直与他如影随形的痛苦，陪伴他到最后一刻。

最后我说：“天晓得。”

詹米的声音从手臂间传出，听起来闷闷的。“是啊！真希望有人能晓得。”

CHAPTER 09

与魔鬼交易

鼻炎就像洒下阵阵冷雨的那片云，遮蔽了山丘上的爱丁堡城堡。雨水日夜不停地落在街道上，鹅卵石地面如果有片刻没沾上污水，很快就会被更多痰液溅上，每条巷弄的地面都因此黏腻湿滑，而且家家户户的壁炉都烧着柴火，屋内从腰部到天花板都充塞着呛人的烟雾。

户外的天气尽管阴冷湿寒，我还是在荷里路德宫的庭院与卡农盖特街[①]消磨了不少时间。与其在室内吸入满腔烧柴废气与充满细菌的空气，还不如淋得一脸雨。咳嗽和打喷嚏的声音此起彼落，还好王子殿下相当注重教养，让用力咳嗽的人知道自制，不把痰吐在抛光的苏格兰橡木地板上，而是吐在手帕上，或是铺了台夫特瓷砖的壁炉里。

每年这时节天色暗得早，我从最热闹的高街中央路段转身往回走，好在天黑前抵达荷里路德宫。我一点也不担心会在黑暗中遭到袭击，就算现在驻扎在城里的詹姆斯党军队还没有全都认识我，但因为他们对新鲜空气避之唯恐不及，所以全都待在屋里。

---

① 爱丁堡的最主要干道是皇家麦尔大道（Royal Mile），大道两端连接了荷里路德宫与爱丁堡城堡，依序分为六段，分别名为：修道院街（Abbey Strand）、卡农盖特街（Canongate）、高街（High Street）、劳恩市场路（Lawnmarket）、城堡丘路（Castlehill）、城堡广场路（Castle Esplanade）。

男人要是还能出门做生意，火速忙完就会赶紧钻进烟雾弥漫的詹妮哈小酒馆，舒服地紧挨在一块儿，里头尽管温暖却空气不流通，潮湿的羊毛、几天没洗的身体、威士忌与麦酒的气味，几乎压过火炉熏人的蒸汽。

我只担心在黑暗中滑倒，在湿滑的鹅卵石上跌断脚踝。城里只有守城人的提灯发出微弱的亮光，这些提灯又常在不同门口钻进钻出，灯光明明灭灭就像萤火虫，让人心烦意乱。有时这些提灯甚至一口气消失了半个小时，因为掌灯的人闪进卡农盖特街尾的“世界尽头”小巷里，灌下一杯救命的热麦酒。

我往卡农盖特教堂的方向看去，打量那里的微光，估算还有多久会天黑。运气好的话，我或许有时间去一趟霍先生的药店。霍先生的药店商品种类虽然不如雷蒙师傅在巴黎的店，但他卖的马栗及红榆树皮也是真材实料，想来薄荷或伏牛花籽，他多半也有货。每年这时候，他卖得最好的是樟脑球，本地人认为樟脑球是治感冒、鼻炎、结核病的灵药。我想，樟脑球治感冒的效果和现代的感冒药大概不相上下，但至少闻起来令人神清气爽。

尽管这段时间人人都鼻头红肿、一脸苍白，宫里一周还是举行好几晚的宴会，以表示爱丁堡的贵族竭诚热情欢迎王子殿下。再过两个小时，负责提灯的仆人就会陪同去舞会的主人出现在街上，让高街一片闪烁。

我叹了口气，想到了之前参加的另一场舞会，参加的男士个个打着喷嚏，用浓重的鼻音赞美女伴。或许我的购物清单上该加上大蒜，这里的人把大蒜放在银质香盒里，佩戴在颈上，认为可以祛病保健。我想，大蒜实际的作用应该是驱离染病的同伴，让他们保持一段安全距离，在我看来，这对预防感冒也有奇效。

查理王子的部队占领了爱丁堡，虽然没有围攻英国人，但至少把他们逼到山丘上的城堡。两方内部都有消息传出，但没有人能证实消息的可靠性。霍先生说，最近谣传坎伯兰公爵在珀斯南方集结部队，似乎很快就会向北进攻。对此我大感怀疑，因为就我记忆所及，坎伯兰公爵在一七四六年春天以前，几乎没有什么重要的活动，时机还没到，但我也很难忽视这则流言。

门口的哨兵一边咳嗽，一边向我点头，让我进门。守在走廊和楼梯口的守卫也是咳个不停，我经过他们身边时勉强克制冲动，才没对他们挥舞大蒜。我上楼走到午后会客室，没有人盘查，让我扬长而入。

殿下身边坐着詹米、埃涅阿斯·麦克唐纳、奥沙利文、殿下的秘书，以及一位性情乖僻却备受殿下青睐的男子弗朗西斯·汤森。他们大多红着鼻子猛打喷嚏，宽阔的壁炉架前满地是痰。我目光锐利地朝詹米一瞥，他无精打采、苍白无力地颓坐在椅子上。

在座的人都很习惯我到城里搜刮药材，也期待我搜集来的英军情报，所以这次也聚精会神地听我说。

等我说完，殿下优雅地向我致意，微笑着说："弗雷泽夫人，谢谢你的消息，我们真是不胜感激。有什么可以让我报答你，请不吝告诉我。"

我抓住机会说："的确有，我想带我丈夫回房休养。现在，马上！"

查理王子瞪大了眼睛，但很快收起错愕。埃涅阿斯就没克制住，突然爆出可疑的咳嗽，仿佛就快窒息。詹米苍白的脸突然涨成深红色打了个喷嚏，接着把脸埋在手帕里，手帕上方的蓝眼瞪着我。

查理王子勇敢地面对我的要求："噢……你的丈夫啊，呃……"他脸颊浮起淡淡的红晕。

我有点鲁莽地说道："他病了，想必您看得出来吧？我想让他上床休养。"

"喔，休养。"麦克唐纳喃喃自语。

我想出了比较客气的说辞："请原谅我丈夫暂时没办法服侍殿下，假使不让他充分休养，恐怕往后就无法继续侍奉您了。"

查理王子刚才有点慌张，现在已经镇定下来，现在看到詹米一脸狼狈尴尬，似乎觉得很有趣。

他看着詹米，詹米脸上青一阵白一阵。"这当然，我们甚为不愿夫人您说的情况发生。”查理王子朝我点头，“就照您的意思，夫人，亲爱的詹米不必再与我们为伴，直至他康复为止。您只管即刻带丈夫回房吧，并且……呃，为他施予任何……嗯，适当的治疗。”王子的嘴角牵动了一下，从口袋里掏出一条大手帕，学詹米把脸的下半部埋在手帕里，轻轻咳嗽。

“保重啊，殿下。您可能被弗雷泽先生传染了。”麦克唐纳的建议不知怎的听来有点讽刺。

“真希望我的身体有一半弗雷泽先生的不适啊！”汤森低声说，丝毫不掩盖那副讥讽的冷笑，这让他看起来活像鸡舍里的狐狸。

詹米的脸看起来就像颗冻坏的番茄那样惨红，他赶紧起身对王子行礼，简短地说：“感谢您，殿下。”然后便抓住我的手臂，往门口走去。

我们飞快走过休息室门口的守卫时，我对詹米大喊：“放手，我的手快被你扭断了。”

詹米低声说：“很好，等到只剩我们两个，我还要把你的脖子扭断。”但我看到他唇角的一抹笑意，就明白他这等粗暴也是配合演出。

等我们一进房，小心关上门，詹米便一把将我拉到怀里，脸颊抵着我的头，身体倚着门大笑起来。

“谢谢你，外乡人。”他喘着笑道。

“你不生气？你明白我无意让你难堪吧？”因为脸贴在他胸前，我的声音听起来有点模糊。

“不，我一点也不气。”詹米放开我说道，“老天，只要能让我离开殿下休息一下，就算你打算在宫里的大画廊放火烧我，我也不介意。我真是受够那群人了，而且身上每条肌肉都在痛。”他突然一阵猛咳，身子半摇晃地往门靠着稳住身体。

“你没事吧？”我踮起脚尖，摸他额头。他的皮肤十分烫手，他发烧我不惊讶，但这热度让我担心。

“你发烧了！”我责备道。

“哎，每个人都发烧了，外乡人，只是有些人烧得比较厉害，不是吗？”詹米跟我闹别扭。

詹米还有力气狡辩，让我放心不少。“别跟我辩，衣服脱掉！”眼见他笑嘻嘻地还想开口反驳，我先声夺人道，“不准说话！看你病成这样，除了先给你换上睡衣，我还不知道该怎么处置你。”

詹米边解开上衣，边逗着我：“是吗？你不觉得我先运动一下比较好吗？我记得你说过多运动多健康。”他的笑声突然转成一阵嘶哑的咳嗽，让他满脸通红，几乎喘不过气。上衣落地，他又冷得打哆嗦。

“这对你来说太过健康了，老兄。”我使劲把厚厚的羊毛睡衣套上他的头，让他自己扭身穿进去，我则帮他脱掉苏格兰裙、鞋子、袜子。“天啊，你的脚好冰！”

“你可以……帮我……取暖。”他牙齿直打颤，好不容易挤出这几个字。我领他上床，他也没有抗拒。

我用火钳夹起一块热砖，包在法兰绒里，塞在他脚下。现在他抖得说不出话来。

寒意很难受，但去得也快。我倒了一盆水，浸入一把薄荷与黑醋栗，这时他已经能躺好不再发抖了。

“那是什么？”我打开篮子里的另一个罐子时，他用鼻子嗅着狐疑地问道，“你不会要我喝吧？闻起来像风干太久的鸭子散发出的气味。”

“很接近了，这是混合樟脑的鹅脂，要拿来揉你的胸口。”我说。

“不要！”詹米一把抓起床罩，拉到下巴护着胸口。

“要。”我坚决地动手。我揉到一半，才发现有人正盯着我们。菲格斯站在床的另一个角落，津津有味地看着整个过程，鼻涕还流个不停。我退开顶着詹米肚子的膝盖，伸手拿手帕。

“你在这里做什么？”詹米一边质问，一边想把睡衣拉好。

这不友善的招呼没有吓到菲格斯，他忽视我递给他的手帕，用衣袖抹了鼻子，瞪大眼睛钦佩地看着敞开在眼前宽阔结实、隐隐发出光泽的胸肌。

“有个瘦巴巴的大人要我来拿一件包裹，他说包裹在您这儿。大人，是不是所有苏格兰人的胸口都这么多毛啊？”

“老天爷！我完全忘了包裹的事。等等，我自己拿给卡梅隆。”

詹米在床上挣扎着要起身，当鼻子一靠近胸口，便闻到我刚刚抹在他胸口的鹅脂。

“呃！”詹米扇着睡衣，想驱散那股挥之不去的味道，还生气地怒视着我，“我要怎么把这臭味弄掉，外乡人？要让我浑身死鹅味走出去吗？”

“没有，我要你静静躺在床上休养，否则你很快就会变成死鹅。”要比瞪眼，我的眼睛瞪得比他还大。

菲格斯要詹米放心：“大人，我可以帮你送。”

我注意到菲格斯双颊通红，双眼无神，于是用手摸他额头。“你也不准去。”

詹米讽刺道：“你该不会告诉我，菲格斯也发烧了吧？”

“没错。”

詹米一脸阴沉，同时又幸灾乐祸：“哈，这下轮到你了！看你喜不喜欢人家往你身上抹油。”

我忙了一阵子，终于好好帮菲格斯擦了一遍鹅脂，让他喝了药草茶，在壁炉前打地铺睡下来，然后往两个病人下巴下各塞一条干净手帕。

我仔细地在水盆里把手洗得干干净净，然后对他们说：“好了，我来把这个了不起的包裹送到卡梅隆先生那儿，你们就休息、喝热茶、休息、擤鼻涕、休息，照这个顺序循环。懂了吗，大兵？”

詹米通红的长鼻子在被单上方隐隐露出的鼻尖，跟着詹米摇头而摆动。他不以为然地对着天花板说：“你已经沉醉在权力中了，这样很没女人味！”

我吻了他发烫的额头，从挂钩上拿下斗篷。

“亲爱的，你真的很不了解女人呢！”

尤恩·卡梅隆在荷里路德宫负责情报操作。他的办公地点在西栋靠近厨房的一个小房间。看过他吃东西的胃口后，我怀疑把他安排在厨房附近是有原因的。从他苍白的脸看来，我想可能是绦虫惹的祸。他打开包裹，扫视里面的东西。

“没问题吗？”我问道，并努力克制自己不要习惯性加上“长官”两个字。

我的问题打断了他的思绪，让他吃了一惊，猛然抬起头来对着我眨眨眼睛。

“嗯？喔！”他回过神来，赶紧笑着道歉，“对不起，弗雷泽夫人，一时忘我让你站在那儿，我真失礼。是的，没问题……这很有意思。”他喃喃自语，然后突然又想起我的存在，“可以麻烦你告诉你丈夫吗？我想尽快和他讨论这包裹的事，我知道他现在不太舒服。”他小心避开我的眼睛说道。显然，埃涅阿斯八卦起来很有效率，已经把我和王子会面的情况告诉其他人了。

“他是不太舒服。”我无所谓地答道。我一点也不想让詹米下床，整晚坐着和卡梅隆与洛奇尔研究这些情报包裹，这和通宵与爱丁堡的女士跳舞一样惨。我想起那三位威廉斯小姐，更正自己：可能没那么惨。

我收拢斗篷准备离开，并说道：“等他好一点，一定会立刻找您讨论。我会转告他。”我的确会转告，不过要等到明天，或是后天。无论目前英国军队在哪里，我肯定他们不在爱丁堡方圆百里之内。

我很快回到卧室查看，那两块被子安稳地隆起动也不动，整个房间都是缓慢而稳定的呼吸声，听起来只有一点鼻塞。我放心地脱掉斗篷，走回客厅坐下来，替自己倒一杯加了白兰地药酒的祛寒热茶。

我慢慢啜饮，感觉一股热流注入胸口中央，舒适地蔓延到腹部，再循循向下流到脚趾。我刚才因为不想迂回穿梭于屋里永无止境的阶梯和转角，所以一口气穿过庭院，把脚趾给冻僵了。

我举杯到唇边，吸入带有苦味的香气，感觉白兰地的热气疏通了我的鼻子。我一边嗅闻一边想，爱丁堡城堡和荷里路德宫里流感肆虐，但究竟为什么我的鼻子依然畅通无阻？

事实上，我通过石阵后，除了产褥热，一次病也没生过。这很奇怪，以这里的卫生清洁条件，以及我们时常居住在十分拥挤的环境来看，我这次至少应该流个鼻涕才对。但我还是一如往常，令人受不了地健康。

显然我不是对所有疾病免疫，否则在巴黎时不会发烧。但常见的传染病呢？当然，我接种了疫苗，所以不会染上天花、伤寒、霍乱、黄热病等。这里不太可能有黄热病，但总之我不会染上。我放下杯子，透过衣袖抚着左手胳臂。接种疫苗的疤痕随时间已经淡了，但还是摸得出来，一个接近圆形的坑疤，直径大约半英寸。

我微微打了一个寒战后想起吉莉丝，然后又抛开这个念头，再次把思绪转回我的健康情况，以免想到这个被火烧死的女人，或想到科拉姆，那个把她送到火中的男人。

杯子差不多空了，我起身再倒一杯，思绪继续转着。或许是由于后天的免疫力？在护士训练课程中，我学到感冒是由无数的病毒引起的，每种病毒都不同，而且会不断变种。课程中老师解释，一旦接触到某种病毒，你就会对它免疫。你遇到不同的新病毒还是会着凉，但随着年纪越大，接触到新病毒的机会就越小。所以，老师说，儿童一年平均感冒六次，中年人只有两次，老年人要好几年才会感冒一次，这正是因为他们已经接触过大半常见的病毒，所以免疫了。

我想出一种可能。随着病毒和人类共同演进，或许有些免疫可以遗传？我知道通过胎盘或哺乳，许多疾病的抗体可以由母亲传给孩子，所以孩子暂时能对母亲得过的所有疾病免疫。也许我从来不感冒，是因为身上有祖先对十八世纪病毒的抗体？我要感谢过去两百年来我祖先得过的感冒？

我琢磨着这个有趣的想法，就站在房间中央喝着我的茶，忘了回座。这时传来轻轻的敲门声。

我因为思绪被打断而恼火，不耐烦地叹了口气。我懒得把杯子放下，就走到门边，准备答谢（然后赶走）那些来关心詹米健康的人。也许卡梅隆对文件中一段话不是很清楚，或者殿下认真考虑后，决定收回他大方的命令，转念要詹米出席舞会。他们想让詹米下床，先过我这关再说。

我打开门，招呼的话堵在我喉间……

那个站在门口的阴影，是乔纳森·兰德尔。

溢出的茶水泼洒到裙子上才让我回过神来，但兰德尔已经走进房间。他带着一贯轻蔑的眼神，上下打量着我，然后瞟了一眼紧闭的卧室房门。

“你一个人？”

“对！”

那双淡褐色的眼睛在我和卧房门间来回扫射，评估我说的是不是实话。从他的脸色来看，他健康状况不佳，加上营养不良、冬天长期待在室内而肤色苍白，但警觉的表情丝毫不减。他聪明而冷酷的个性收敛了一点，掩盖在冰冷的眼神下，但毫无疑问他的本性如故。

他突然下了决定，抓住我的手臂，另一只手捞起我放在旁边的斗篷。

“跟我来。”

就算他要把我大卸八块，我也不会出声让卧房的门打开。

直到我们走到外面走廊，我才觉得敢开口说话。在荷里路德宫里，军队人员住的区域没有守卫，但庭院巡逻很频繁。他要带我通过岩石庭院或侧门，一定会受盘查，更别提经过皇宫的大门了。所以，不管他想对我做什么，一定是在荷里路德宫的范围内能解决的事。

也许他想杀我，报复詹米伤了他？想到这点，我的胃肠一阵翻搅。我们迅速走过走廊，踏过墙上烛台投下的一圈圈烛光，我也尽可能仔细观察他。这一区的蜡烛并非用来装饰或表现气派，每支都很小而且彼此相隔很远，光线微弱，只是用来让访客认出回到自己房间的路。

他没有穿制服，而且似乎手无寸铁。他打扮朴实平凡，披着一件厚外套，穿着素色的短裤和长筒袜，头上没戴假发。要不是他笔挺的身形，加上略显傲慢而抬高的下巴，让人可以轻易猜出他的身份，他大可乔装成仆人，跟着一群群来参加舞会的人，溜进庭院。

我们从暗淡微光下走进明亮的地方，我警戒地看着他，心想："不会，他不是要杀我，尽管他钳着我的手臂像铁柱一样坚硬，但他没有带武器。就算他想勒死我，我也不会这么容易就范，我身高几乎和他一样，而且吃得比他有营养多了。"

他似乎察觉到我的想法，在走廊尽头停下来，拉我转身面对他，两手紧紧握住我手肘上方。

"我不会伤害你。"他声音虽低，但很坚定。

"但愿如此。"我口里说着，心里则评估如果在这儿尖叫，会不会有人听到。我知道楼梯底层有守卫，但那还隔着两道门、一层楼梯平台，以及一道长长的阶梯。

此时，我们也在这儿相持不下，他没办法把我带远，我也没办法唤人帮忙。走廊这头住的人不多，而且现在必定在另一栋楼里，不是参加舞会，就是在舞会上帮忙。

他不耐地开口："别傻了，如果要杀你，在这里动手安全多了，根本不必带你出宫。况且，如果真要伤害你——不管在里面或外面——我何必还带上你的斗篷？"他手上的斗篷不言而喻。

"我怎么可能了解你的企图？你带上我的斗篷又想做何用？"我嘴里这么说，但心里也觉得有道理。

"因为我希望你跟我到宫外，我想和你谈个交易，但绝对不能冒险被任何人听到。"他瞥了一眼走廊尽头的门。这扇门就像荷里路德宫其他的门一样，属于"十字与圣经"风格，上方四格门板构成十字，下方两片竖直的门板仿效打开的《圣经》。荷里路德宫以前是座修道院。

“你可以进教堂吗？我们在那里说话，不怕被打扰。”他说得没错，毗邻宫殿的教堂原本是修道院的一部分，荒废后好几年都没有整修，因此是守卫安全的死角。我有点犹豫，不晓得该怎么做。

“想清楚,女人！我为什么要冒这个险入宫？”他轻轻摇晃我的肩膀，然后放开我，站到一边。烛光从他背后照来，使他的五官在我眼中一片黑暗模糊。

问得好。一旦他变装离开城堡，就能在爱丁堡的街弄为所欲为了。他大可以潜伏在街道巷弄里，等我出门做例行的探险，就能在路上挟持我。他没有这样做，唯一的理由如同他所说，他必须和我说话，但不能让任何人发现。

他从我的表情中读出我心里的结论，于是稍微放松了肩膀，抖开斗篷，等我披上。

“我向你保证，谈完之后你会毫发无伤地离开。”

我想从他的表情中找出一些蛛丝马迹，但他瘦削、轮廓清晰的脸上什么表情都没有。他目光坚定，不透露一丝信息，我好像照镜子一般，看着自己的眼睛。

我手伸向斗篷说道：“好吧！”

我们走向幽暗的岩石庭院，路上经过一个岗哨，我只向他点个头。我有时会在晚上出去，到城里为急病患者出诊。守卫目光锐利地看着兰德尔。如果詹米无法陪我出门，通常是默塔陪我，但从兰德尔的打扮，没有人认得出他是英军的队长。兰德尔漠然回看守卫一眼，皇宫的大门在我们背后关上，我们便置身在漆黑寒冷的宫外。

之前下过雨，但风暴已经散去。狂风把厚厚的云层吹得一丝一丝，从头顶飞掠而过，又呼啸着把我的斗篷吹得翻飞，裙子紧贴我的腿。

“往这边。”他说。我紧抓着厚重的天鹅绒裙摆，低头迎风跟在他瘦削身影后，走过岩石庭院的道路。

我们来到地势较低的一头，停下来快速环顾四周，便迅速穿过草地来到教堂入口。

门倾斜半掩，这座建筑结构有问题，非常危险，所以已经废弃了好几年，也一直没有人花时间来修复。我边走边踢着路上的枯叶和垃圾，好清出一条路，从皇宫后院闪烁的月光下，钻进教堂的一片黑暗。

其实教堂也不全然漆黑一片。眼睛适应黑暗后，我看到大殿两侧有整列高大的支柱向前延伸，远方尽头巨大的窗户上有精细的石雕，玻璃大多不见了。

影子在黑暗中闪动，于是我知道他的去向。我拐个弯走近两根支柱之间，发现他站在一处凹洞附近。那儿原本是洗礼池，现在只在墙边留下了一座石台。两边墙上是驳杂的白斑，那是埋在教堂里的人的纪念碑。其他石碑平放，嵌在中央走道两侧的地板上，来往的脚步将碑上的姓名磨得模糊。

“好了，现在没有人会听到我们说话了。你要我做什么？”

“运用你的医术，还有在此事上展现谨慎的决断力，交换我知道的英军行动和计划情报。”

我太过惊愕,完全没料想到他开口所说的这番话。他该不会是想……

我毫不掩饰声音里的恐惧与讶异开口道：“你想找医生治病？你要我治？我知道你……呃……”我费了好大的力气，才勉强让自己清楚地把话说完，“你已经试过所有的疗法了？你看起来身体状况还不错。”至少从外表看起来是这样。我咬住下唇，克制自己不要变得歇斯底里。

“据了解，我能活下来算幸运了。”他冷酷地答道，“但你的观点值得商榷。”他把提灯放在墙壁凹陷处，那里原本的洗礼盆已经干涸。

他继续说：“我想，你问这个问题应该是出于医学上的好奇，而不是关切我个人的福祉。”提灯在他的腰部，照亮他肋骨以下的部位，他的头和肩膀则笼罩在黑暗里。他一手放在裤子腰带上，微微转向我。

“你想检查伤处，判断治疗有没有成效吗？”阴影遮住他的脸，但从他冰冷的声音听得出一丝恶毒。

我的语气和他一样冰冷："改天吧！如果需要治疗的不是你，那是谁？"

他迟疑了，但此刻想有所保留，为时已晚。

"我兄弟。"

我藏不住声音里的震惊："你兄弟？亚历山大？"

他冷冷地说："据我所知，我兄长威廉正在萨塞克斯管理家族财产，不需要人帮忙。所以没错，是我弟弟亚历山大。"

我张开双手扶住冰冷的石棺，稳住自己。

"把状况告诉我吧！"

这故事听起来很简单，也很悲伤。如果说故事的人不是兰德尔，我可能会很同情他。

亚历山大因为和玛丽往来，被桑德林汉姆公爵解除了职务，又因为身体太虚弱，无法胜任其他职位，最后只好向兄长求助。

兰德尔双脚交叉靠墙站着，说道："威廉寄给他两英镑，还写了一封信殷殷告诫。我想威廉也很诚恳，但他没办法让亚历山大回萨塞克斯，因为威廉的妻子有点……怎么说？极端？对宗教有点极端。"他的声音中带着幽默，我突然间对他产生好感。也许在不同的情况下，他就像弗兰克，那个长相神似他的第五代孙？

想到弗兰克，我的思绪散乱漏拍，没听到他的下一句话。

"对不起，你刚刚说什么？"我右手手指紧抓着左手的金戒指。弗兰克已经不在，我不能再想他了。

"我说，我在城堡附近找了一个房间让亚历山大住下来，这样我可以照顾他，因为我的收入不够为他请个适合的仆人。"

但高地军占领了爱丁堡，他要照顾亚历山大十分困难，所以过去一个月亚历山大几乎都是自力更生，只有一个临时帮佣偶尔前去打扫。亚历山大原本就健康不佳，再加上天寒地冻、饮食不良、环境恶劣，他病得更重，现在更是岌岌可危，迫使兰德尔不得不找我帮忙。为了要我帮他，他只得背叛自己效忠的国王。听完，我从石匾前转过身来问他：“为什么找我？”

我的问题让他有点意外。

“因为你的身份。如果我要出卖自己的灵魂，不就是要找上黑暗力量吗？”他的双唇微弯，挂着自我解嘲的笑容。

“你真的认为我拥有黑暗的力量？”显然他是。他很会嘲弄人，但在他的提议背后，是认真的。

他靠着石头窗台，在黑暗中挪动了一下身体。“除了你在巴黎发生的事，我让你离开温特沃斯监狱时，你也亲口告诉过我。”

他静静地说：“我大错特错，不该让你活着离开那儿，你太危险了。但我别无选择，为了得到他，代价是让你活命。而且从我得到的来看，更高的代价我都愿意付。”

我下意识地发出轻嘘，虽然立刻掩住，但他已经听到了。他半坐在窗台上，一边臀部倚着石头，一条长腿向下抵着，保持平衡。月光从翻飞的云层间射出，透过破碎的窗口照在他背后。在暗淡微光下，他头转过一半，黑暗抹去他唇边冷酷的线条，我可能又一次误认他，像以前一样，误以为他是我爱过的人……以为他是弗兰克。

但是由于我的选择，我辜负了弗兰克，他永远不会出世了。“追讨罪孽自父及子……你要消灭他，使他的根干枯，枝叶凋谢，他的名不再被以色列的支派认识。”我心底响起这段经文。

轻快的声音从阴影中响起：“他告诉你了？他有没有告诉你我们之间的一切？我和他，在温特沃斯的那个小房间？”我又惊又怒，但注意到他严守詹米的禁令，没有一次提到他的名字。他说的是“他”，完全没有提到“詹米”。这个名字是属于我的。

我咬牙切齿，勉强从齿缝间挤出这句话：“他说了一切。”

他轻轻发出类似叹息的声音。“我们之间有种联系，我和你，不管你喜不喜欢这个想法。我也不喜欢，但我承认的确有这回事。你像我一样，知道他肌肤的触感——火热，好像他身体里有一团火，对不对？你知道他汗水的气味，他大腿上蓬乱的汗毛，你知道他出神忘我，最后一刻喊出的声音。我也知道。”

“别说了，住口！”我吼道。他不理我，靠着背，若有所思地仿佛自言自语。一股怒意冲上来，我才明白他为什么提这些。原来，他这么说并不是为了激怒我，他只是无法抗拒一股冲动，想谈论心爱的人，想将回忆说出口，再次细细重温往事。毕竟，除了我，他能和谁用这种方式谈论詹米？

“我要走了！”我大叫，转身要走。

我后方响起一个平静的声音：“你要离开吗？我可以把霍利将军交到你手中，或者你要让他打败苏格兰军队，任你选。”

我当下很想冲动反驳：霍利将军算什么！但想到荷里路德宫里驻扎的苏格兰族长——基尔马诺克、巴莱里诺和洛奇尔，就在修道院墙壁的另一边，只离我们几米。我又想到詹米，想到几千名苏格兰军。奋不顾身只为赢得战事，我这样值得吗？这是否又是一个转折点，又是一个关键的抉择？如果我不想再听下去，拒绝兰德尔的提议，接下来又会如何？

我终于缓缓转身，对他说：“如果你一定要说，那就说吧！”他似乎对我的愤怒无动于衷，也不担心我拒绝。在黑暗的教堂中，他的声音平稳冷静，一如讲道的牧师。

“说起来，你从他身上得到的，有我得到的多吗？”他侧头，离开阴影，清楚地露出他鲜明狡黠的五官轮廓。一束光线从侧面打到他脸上，照亮那双浅棕色的眼眸，仿佛倏忽一瞥，看到了躲在树丛后的野兽。

他带着胜利的语气，轻声说道：“我占有他的方式，你永远没办法做到。你是女人，尽管你是女巫也不可能了解。我占有他男人的精髓，我们互相掠夺，我了解他，他也了解我。我和他透过鲜血，彼此羁绊。”

我将身体交托予你，让你我合而为一……

我声音颤抖地说 :“你求助的方式还真奇怪！”我双手紧揪着裙子，冰冷的布料在我手中揉成一团。

“是吗？我觉得你最好能明白，夫人，我不需要你同情，也不要你怜悯，像男人要女人可怜那样，我希望你来是为了亚历山大。”一绺乌黑的头发垂下他的前额，他用手一拂。

“我希望这只是一个交易，你提供服务，我付出代价。夫人，请你明白，我对你的感觉，就像你对我的一样。”

这话让我十分惊愕，我正努力想回应他时，他又说下去 :“你和我联系在一起，通过一个男人的身体，也就是他的身体。我不希望因为我弟弟的身体，再和你有这种联系。我请你治疗我弟弟的身体，但不希望他的灵魂也落入你的手里。好了，告诉我，这个酬劳你可以接受吗？”

我转身，走在回音阵阵的中殿中央，全身抖得厉害，脚步有点不稳，脚下的石头震动，我也跟着摇晃。废弃的祭坛上方耸立着巨大的窗户，在惨白的流云映衬下一片深沉，昏暗的月光照亮我的道路。

我走到中殿末端尽可能离他远一点，然后停下来，手支着墙。这里太暗了，我看不出手底下的大理石板上头雕的字，但可以感觉到冰凉、清晰的雕刻线条。石板上雕了一个小骷髅头，以及两根交叉的大腿骨，这是基督教版本的海盗骷髅图案。我低下头，额头抵着骷髅头，那骷髅头感觉就像真的骨头一样光滑。

我闭上眼睛，等那股恶心厌恶的感觉消失，等太阳穴激烈的跳动缓和下来。

我告诉自己这些不重要，不管他是谁，不管他说了什么。

“你和我联系在一起，通过一个男人的身体。”没错，但不是通过詹米的身体。不是詹米！对他、对我，我都一定要坚持这点。的确，你这混账占有过他，但我又把他带回来，从你的阴影里拯救出来。你再也别想纠缠他！尽管如此，汗水从我的肋骨流淌而下，我的信心淹没在抽泣声里。

就因为失去弗兰克，所以我必须付出这个代价？一个人的不幸损失，能换回上千人的性命作为补偿吗？

右边祭坛一片黑压压的阴影，我诚心希望有某种存在，可以让我寻求答案。但在荷里路德宫，我孤身一人。幽魂深藏不露，在石墙石地里沉默不语。

我努力不去想兰德尔。如果请求我的不是他，是其他人，我会去吗？除此之外，也必须考虑亚历山大。兰德尔说："我希望你来是为了亚历山大。"我当然是。不管我怎么治疗，难道只因为开口求我的人是兰德尔，我就不管了？

沉思许久，我终于挺起身，站直我疲惫的身子，汗湿的手沿着骷髅头的弧线滑下。我觉得全身无力，脖子酸痛、头脑昏沉，仿佛爱丁堡的瘟疫最后还是攫住我了。

他依然站在那儿，在阴暗湿冷的地方耐心等候。

"好。可以。"我猝然开口，并走近让他听清楚，"我明天上午过去。在哪里？"

"拉迪沃克巷，你知道那儿吗？"他说。

"知道。"爱丁堡不大，中心就一条高街，两旁接着昏暗的小巷弄。拉迪沃克是其中一条破旧的小巷。

"我会在那儿等你，届时会告诉你我所知道的内部信息。"他说完便滑下窗台站好，向前迈了一步后站住，等我先走。我发现他不想经过我身边，走到门口。

我勉强一笑说道："你怕我？怕我把你变成蟾蜍？"

他冷静地打量我："不，我不怕你，毕竟你不能两者兼得。你在温特沃斯的时候恐吓我，说我哪天会死。既然这样，现在你就不可能威胁到我。如果我会死在明年四月，现在你就没办法害我，不是吗？"

如果这时我手上有一把刀，可能一时冲动下，就会向他证明他错得离谱。但预言沉重地压在我心上，上千名苏格兰人的性命也落在我肩上。

我不能动他。

“我和你保持距离，纯粹是不想碰到你。”

我笑了，这次是真的。“杰克队长，这件事我倒十分同情你。”说完我便转身走出教堂，不理会他是否跟上。

他会履行承诺，对此我毫不怀疑。在温特沃斯他为了遵守诺言，已经放过我一次。他话一旦出口，必定信守，兰德尔可是个“绅士”。

詹米曾问我：“我把身体给了兰德尔，你有什么感觉？”

我说：“愤怒，恶心，恐惧。”

我抵着客厅的门，这些感觉再次涌上来。壁炉的火熄了，房间很冷。樟脑鹅脂的味道闻起来很刺鼻。房里很安静，只听到床上沉重粗豪的呼吸声。风吹过六英尺高的围墙，隐隐呼啸。

我跪在炉边重新生火。火已经彻底熄灭，我推入烧了一半的木柴，刷开灰烬，接着在壁炉中央一小堆柴火间引燃火种。荷里路德宫烧木柴，不烧泥炭，真可惜，泥炭不会那么容易熄灭。

我的手颤抖着，几次弄掉打火石的盒子后，终于顺利把火生起。我对自己说，都是因为太冷，房间太冷了我才会这样。

“他有没有告诉你我们之间的一切？”兰德尔嘲讽的声音在耳边响起。

“我该知道的他都说了。”我自言自语，拿引火纸卷靠近火苗，将火焰散播到几个地方，最后燃起六个小火点。接着，我一枝一枝放入细枝，推进火焰，直到细枝着火燃烧。等小火点烧旺，我拿来背后的粗枝，小心放入火焰中央。这粗枝是松木，色泽微绿，木材裂缝处流出一点树汁，正烧得冒着泡，结成金黄色的小珠子。

这小珠子如果随着时光结晶凝固，就会变成一粒琥珀，如宝石般坚硬恒久。现在突然受热，它灼热放光，然后啪的一声炸成小小的火花，在瞬间消失了。

“我该知道的他都说了。”我低声说。菲格斯的地铺是空的，他一定是冷得醒来，于是爬起来找一个温暖的避风港。

他缩成一团躺在詹米床上，黑发和红发并列在枕头上，嘴巴微张，安详地一起打鼾。看到这幅景象，我忍不住微笑，但我也不想自己睡在地上。

“起来。”我低声对菲格斯说，把他推到床沿，让他滚到我的怀里。对一个十岁男孩来说，他的骨架轻盈纤细，但还是十分沉重。我轻松地把他抱到地铺,塞进被窝,他从头到尾都没醒来。接着我回到詹米的床边。

我慢慢脱下衣服，站在床边低头看他。詹米翻身侧睡，因为寒冷蜷缩起来。他的睫毛长而卷翘，颜色是深红铜色，末端接近黑色，但根部又是淡淡的金色，尽管他鼻子又长又直，嘴唇与下巴线条坚毅，这对睫毛却让他看起来纯真无邪，感觉格外奇特。

我只穿着衬裙，爬进被窝躺在他身边，依偎着他宽大温暖的背，贴着他的羊毛睡衣。他动了一下又咳嗽起来，我把手放上他身侧臀部的位置安抚他。他移动身子，身体往后缩到我怀里，轻叹一声醒了过来。我搂着他的腰，手指触到他胯下的柔软处。尽管他睡得很熟，我知道我能让他兴奋，只要轻轻抚弄，他就会变得刚强坚挺。

不过，我不想打扰他休养，所以只是轻轻拍着他的肚子。他伸出大手笨拙地拍拍我的大腿，作为回应。

“我爱你。”他半梦半醒，喃喃自语。

“我知道。”我说。我抱着他，沉沉入睡。

CHAPTER 10

亲族羁绊

这儿不算贫民窟，但也相去不远了。我小心翼翼跨过一大摊污水，这是楼上从窗户直接把夜壶倒下来的污物，恐怕要等下一场大雨才能冲刷干净。

兰德尔一把抓住我的胳膊，我才没滑倒在泥泞的鹅卵石上。但他一碰我，我就全身僵硬，而他也立刻抽回了手。

兰德尔见我盯着摇摇欲坠的门柱，辩解道：“我租不起更好的房子，但屋里其实没那么糟。”

是没那么糟，屋内经过一番布置，至少还算舒服。房里有大水盆，有水罐，一张厚实坚固的桌子上摆了面包、乳酪和一瓶酒，床上有羽绒睡垫和几床厚厚的棉被。

床上的人因为剧烈咳嗽而发热，把棉被掀开了。他满脸通红，咳嗽的力道把坚固的床架震得摇摇晃晃。

我走到窗边，不顾兰德尔阻止，一把推开窗户。冷空气灌进这令人窒息的房间，把没梳洗的身体、肮脏的床单、满溢的夜壶发出的臭味吹散不少。

亚历山大咳嗽渐缓，涨红的脸色逐渐恢复苍白。他的嘴唇带点暗蓝，胸膛剧烈起伏着，想努力把呼吸缓和下来。

我环顾房间，没看到适合的工具，便打开医药箱，抽出一张僵硬的羊皮纸，纸的边缘有点磨损，但还可以用。我坐在床边，面带微笑要他放心，一切交给我。

他努力压抑，尽量不在说话时咳嗽：“真谢谢你……愿意……过来……”

我说：“你很快就会好起来，不要说话，也不要忍咳，我得听听你咳嗽的声音。”

他的上衣已经解开，我掀了开来，看到他胸膛凹陷得十分严重，几乎是皮包骨，从腹部到锁骨的肋骨根根分明。他向来羸弱，但去年这场病让他更形消瘦。

我把羊皮纸卷起来，一端靠在他的胸口，另一端凑上我的耳朵。这具听诊器固然粗陋，但效果绝佳。

我要他深呼吸，好让我听诊各个部位。我甚至不必叫他咳出来，可怜的孩子。

“请你趴着。”我拉起他的上衣继续听诊，轻拍他的背部，听听两边肺部的共鸣声。他裸露的身体摸起来又湿又冷。

“好了，请翻身躺好，现在放轻松。放心，这一点都不痛。”我一边安慰他，一边检查他的眼白，看到他脖子的淋巴腺肿胀，舌头长满厚厚的舌苔，扁桃腺也发炎了。

我拍拍他的肩膀说道：“你有点黏膜炎，我会泡点药草帮你治咳嗽。同时……”我一脸厌恶，用脚尖指着床底下有盖的瓷壶，看着门口那个背脊挺得笔直、像参加阅兵的人。

我朝兰德尔命令道：“把这拿去倒掉。”他怒目回视，但还是上前弯腰拿起夜壶。

一看兰德尔走向窗边，我厉声说道：“不要从窗户倒！拿到楼下。”他看也不看我，就转身离开。

门关上后，亚历山大短促地吸了一口气，微笑望着我。他脸色苍白，淡棕色的眼睛发亮，皮肤近乎透明，简直像绷在头骨上。

“趁乔纳森回来前快告诉我吧！我得了什么病？”

他乌黑的头发因咳嗽而蓬乱，我勉强压下心底涌上的情绪，轻轻为他梳拢头发。我不想告诉他，但他显然已经知道了。“你得了黏膜炎，还有肺结核，也就是肺痨。”

“还有呢？”

我直直望着他的眼睛说：“还有心力衰竭。”

他一只手轻轻放在心口。“我有预感……自己是得了那一类的病。我的心脏有时会在胸口直跳……就像一只小鸟。”

我不忍看他的胸口费力地起伏，轻轻帮他扣上衣扣，绑好领口系带。他苍白而修长的手抓住我。

“我还有多少时间？”他的语气很轻，听起来几乎是漫不经心，好像只是有点好奇。

“不知道，真的，我没有办法预估。”

“但没多久了。”他补充道。

“对，没多久了。也许几个月，但大概可以肯定不到一年。”

“那你能……让我不再咳嗽吗？”

我伸手拿医药箱。“可以，至少这点我做得到。还有心悸的问题，我会帮你开点毛地黄精。”我拿出那一小包干燥毛地黄叶，泡开要一点时间。

我没看他，嘴里说：“你哥哥，要不要我跟他说……”

“不用。”他语气很肯定，扬起一边嘴角，看起来如此像弗兰克，令我鼻头一酸。

“不用，我想他已经知道了。我们一直……很清楚对方的事。”

我直直盯着他看：“你很清楚吗？”

他没有避开我的视线，但笑得很虚弱。他轻声说：“是的，我了解他。这不重要。”

我心想："不重要吗？或许对你来说并不重要。"我害怕表情泄露了自己的想法，急忙转过身去，点燃我带来的小酒精灯。

他在我背后轻声说："他是我哥哥。"我深吸一口气，稳住双手好测量药材的分量。

我说："是的，至少他是好哥哥。"

我们在普雷斯顿潘斯大败柯普将军的消息传开后，人力与财务支援源源不断地从北方汇入。有时援助甚至突然出现，艾尔利伯爵的长子奥格维勋爵就带来他父亲手下的六百名佃农，亚平的斯图尔特族也从阿伯丁和班夫郡带来了四百人。皮茨莱戈勋爵只身率领大部分高地骑兵，这群东北郡县的骑士和侍从都骑着好马，武器精良，相较之下，有些氏族杂牌军带的武器就比较简陋，有的是祖先一七一五年起事留下的阔刀，有的是生锈的斧头，还有不久前才用来清牛舍的农用铁叉。

他们虽是杂牌军，依旧不容小觑。我一边想着，一边走过这群男人身边。他们围在磨刀师傅旁边，满不在乎地看他磨利短剑、剃刀、大镰刀。英格兰兵碰上他们，可能不会立刻被刺死，但会得破伤风，最后的下场大概也是死路一条。

戈登公爵的弟弟路易斯·戈登爵士已经来到荷里路德宫，向查理王子宣誓效忠，告诉查理王子整个戈登氏族极其有望归入他麾下。但从亲吻王子的手表示顺服，到实际提供人手，这之间还有很长的路要走。

至于苏格兰低地，虽然也欣然恭贺查理王子打了胜仗，却奇怪地不愿派人支援。目前斯图亚特的军队几乎都由高地军组成，以后应该也不会改变。不过，低地人也不是完全靠不住，默里爵士告诉我，他们从南方自治市征收到丰富的物资，有了这批粮食、货品及金钱，军队粮饷充足，或许能士气高昂一段时间。

爵士对詹米说："我们光是在格拉斯哥就募到五千五百英镑，虽然和法国及西班牙承诺的援助相比，这不过是微薄的零头，但我不会小看这些钱，特别是法国至今除了讲讲表面话，还没拿出允诺的资金。”

詹米心知肚明，法国的承诺根本靠不住，但此刻也只能点头不语。

我走进房间，詹米问我 :“褐发美人，今天有没有新发现? ”他将羽毛笔插回墨水瓶，搁下面前写到一半的文件。

我点头拉下头上的兜帽时，静电发出噼啪声。“据说霍利将军在南部组织骑兵队，下令组八个军团。”

詹米哼了一声。高地兵都讨厌骑兵，这实在不是好消息。他心不在焉地揉揉背，他背上那块在普雷斯顿潘斯一役得到的马蹄瘀伤还在，但颜色已经淡了。

“我会告诉卡梅隆上校。你觉得这个谣言可信吗，外乡人? ”詹米说完，下意识地回头张望，以确认四下无人。他现在只在私下唤我“外乡人”，在人前都会叫我“克莱尔”。

我答道 :“和保险箱一样可靠。呃，我的意思是，消息非常可信。”

这消息并不是谣言，而是兰德尔提供的最新情报。我照顾他弟弟，他坚持要还我人情债，这消息就是他刚支付的分期款。

詹米当然知道我去探望亚历山大，也知道他病了。不过，他并不晓得每周我会与兰德尔至少见面一次，就为了听听南方又往爱丁堡城堡送入什么消息。这件事我永远不会让詹米知道。

兰德尔有时也会到亚历山大的房间跟我碰面。有时我在冬季暮色中返家，踏在皇家麦尔大道湿滑的鹅卵石上时也会特别留意脚步，免得巷口突然出现一个穿着褐色家常服的笔直身影出声叫我，或在迷雾中听到背后传来冷静的嗓音。那真是令人心神不宁，就像弗兰克的幽魂在身后如影随形。

其实他大可在亚历山大的屋里留封信给我，这样容易得多。但他不愿意写下只言片语，而我也能了解他的顾虑。留下的信件一旦被发现，即使上面没有签名，也会连累到他，甚至牵连亚历山大。爱丁堡有许多外地人、投入詹姆斯旗下的志愿者、凑热闹的各方人马、法国和西班牙的外国使节，还有许多间谍密探。只有英国驻军不会出现在街上，他们依然驻守在爱丁堡城堡里。只要没有人听到兰德尔跟我说了什么，就没有人会认出他的身份，即使有人看到我们碰面，也不会觉得奇怪。他也很谨慎，几乎没什么人发现我们。

对我来说这也是好事，否则我还要想办法销毁信件。虽然我不认为詹米认得出兰德尔的字迹，但要解释为什么我会定时收到情报，就势必得说谎。最好让他以为这些都是我每天出门办事听到的消息。

当然，我把兰德尔提供的敌情混入其他流言中，詹米可能会质疑或不采纳这些情报。不过，即使我相信兰德尔是出于真诚所提供（如果他还有真诚可言），也不表示他的情报一定正确，还是不要全然相信的好。

我转达霍利将军正在征兵的情报，心里怀着一贯的隐约内疚。虽然我相信夫妻必须对彼此坦诚，但在某些事情上也无须诚实过头，更没有必要让詹米为了这种事受折磨。

我又说了几则消息：“坎伯兰公爵还在等他的部队从佛兰德斯回来，围攻斯特林城堡仍没进展。”

詹米咕哝一声，潦草写了些字。“这部分我知道，汤森两天前送了一份文件给默里勋爵。虽然勋爵掌握了城镇，但殿下坚持要挖壕沟，既浪费人力也浪费时间。根本不需要壕沟，隔着一段距离用大炮轰就好，然后再快速拿下城堡。”

“那他们为什么要挖壕沟？”

詹米心烦意乱地挥挥手，依旧埋头写信，耳根因为心有不满而涨红。“就因为意大利军攻占范拉诺城堡时挖了壕沟，而殿下又只看过那场围攻，所以攻城当然要挖壕沟，是吧？”

“哎，是啊！”我故意用盖尔语腔回答。

我逗得他抬头看我，斜挑的眼睛笑得眯了起来。

“你这句盖尔语模仿得不赖，外乡人。你还会说什么？”

“用盖尔语说主祷文，这样你满意吗？”我答道。

“不满意。”詹米把吸墨沙撒在信上吸墨时说道，接着站起身亲吻我，伸手拿外套，“不过，有晚餐吃就够了。一起来吧，外乡人，我们去找家可口、舒服的小酒馆，我可以教你很多私房话，这些字正在我脑海里打转呢！”

斯特林城堡终于攻下。代价很高，占守的可能性不大，好处也不多。尽管如此，查理王子仍为攻下城堡而乐不可支，甚至乐昏了头。

“我终于说服默里了，他根本就是又蠢又呆！”查理王子皱眉打断会议，然后想起自己打了一场胜仗，不可一世地说道，“但我还是胜利了。这个礼拜我们就进军英格兰，收复我父王所有的失地！”

聚集在晨间会客室的苏格兰氏族族长看了彼此一眼，房里一片咳嗽声，许多人纷纷变换姿势。大家对这个提议似乎不是非常热衷。

基尔马诺克小心翼翼地开口：“呃，殿下，或许可以想得更周全一点？”

每一个人都努力说服查理王子。他们说，苏格兰的一草一木都属于查理王子了，北方支持者依旧前仆后继地加入，但南方的支持似乎不是那么踊跃。而且苏格兰领主也了解，高地人尽管骁勇善战、忠心耿耿，但他们也得耕田。土地需要翻动，春天才能播种；牛羊需要照料，才能好好过冬。因此，许多苏格兰士兵会抗拒在冬天深入南方。

查理王子很坚持：“这些人不都是我的臣民吗？那他们不就该听从我的旨意吗？你们一派胡言。”讨论原本到此结束，但查理王子出乎意料又开口了。

他先对皮茨莱戈勋爵尖刻地说了几句话，突然转身朝詹米挥手，倔强的长下巴看起来柔和了些。“等等，詹姆斯！我可以私下和你说几句话吗？”

我不觉得查理王子有意邀我加入谈话，但我也不想离开，所以等詹姆斯党的贵族和氏族族长交头接耳地一一走开，我就舒舒服服地坐到一张金色锦缎椅子上。

查理王子朝着关上的门轻蔑地打了个响指。“哈，这些人，个个都是老太婆！等着瞧吧！路易王、菲利浦王也一样。我会需要他们帮助？你们全都等着瞧吧！”他苍白、光洁的手指轻碰了一下胸口上方，丝绸外套下隐隐透出一个方型的东西。查理王子随身带着路易斯的小塑像，我之前也见过。

詹米喃喃地说：“愿殿下旗开得胜，不过……”

“啊，谢谢你，詹姆斯老弟！至少还有你相信我！”查理王子一手搭上詹米肩膀，亲切地抓了抓他的肩头说道，“到时候我们进军英格兰接受臣民欢呼，你却不在我身边陪伴，我会很孤单。”

“我不在你身边？”詹米看来愣住了。

“亲爱的朋友，你职责在身，牺牲很大。我知道你高贵的心多么渴望光荣的战斗，但我需要你执行另一项任务。”

“我？”詹米说。

“什么任务？”我脱口问道。

查理王子刻意朝我投来不快的眼神，然后才转身面对詹米，又恢复温和友善的表情。

“詹姆斯，这任务至关重大，而且只有你办得到。确实有大批人马涌入我的麾下，但我们也不能因此松懈。天神眷顾，你的亲戚麦肯锡已经决定助我一臂之力，但你还有另一边的家族，对吧？”

“不。”恐惧已爬上詹米的脸。

查理王子最后在詹米肩膀用力一抓，转身面对詹米，开心地说：“你会听命，你会向北走，回到祖传之地，召集弗雷泽族的男丁，把他们带来给我！”

CHAPTER 11

狐狸的老巢

“你和你爷爷熟吗？”我边说边挥开一只搞错季节的马蝇，这只马蝇似乎无法决定究竟是要拿我还是拿马儿当晚餐。

詹米摇了摇头：“没有。我听说他像个可怕的老怪物，不过你不必怕他，我会陪在你身边。”他微笑地看着我用披肩尾端挥打马蝇。

“我不怕脾气暴躁的老先生，在我那个时代我见多了。他们大部分都心地善良，我想你爷爷大概也是这样。”我对他说。

“他不是。他真的就是个可怕的老怪物，你如果露出害怕的样子，他还会变本加厉，就像嗅到鲜血的野兽，你懂吗？”詹米若有所思地回答。

我举目向前望，远方的山丘赫然出现，博福特城堡便藏在后方。马蝇趁我闪神，猛然掠过我左耳，我尖叫一声，向旁闪避，身下的坐骑因为这突如其来的动作吃了一惊，吓得倒退。

“嘿！停！”詹米放掉自己的缰绳，往侧边一扑，抓住我的缰绳。比起我的马，詹米的坐骑受过更好的训练，虽然在詹米这突然一动下打了个响鼻，倒也配合，只是扇耳朵的态度盛气凌人。

詹米用膝盖抵住坐骑，牵着我的马，拉到一边。

“好了。”听到马蝇嗡嗡作响，詹米又眯起眼睛，盯着马蝇曲折的飞行路径，“让它停下来，外乡人，我来抓它。”詹米扬起手等着，在阳光下微眯着眼睛。

我有点紧张，像尊雕像坐着一动也不敢动，在来势不善的嗡嗡声下微微恍惚。马蝇沉重的身体看起来飞得很缓慢，懒洋洋地在马耳和我的耳朵间飞来飞去。马耳朵猛烈抽动，对它的愤怒我完全感同身受。

“詹米，那东西如果停在我耳朵上，我会……”

“嘘！”他身体前倾等着，左手虚握像蓄势待发的猎豹，“再等一下，我就快要抓到了。”

就在这时候，我看到一个黑色斑点停在詹米的肩膀上。是另一只马蝇，想找地方晒太阳。我再次开口：“詹米……”

“嘘！”詹米两掌一合，成功抓到惊扰我们的马蝇。就在下一秒，停在他衣领上的那只马蝇把毒牙刺进他的脖子。

苏格兰氏族依循古老的传统打斗，对战略、战术和机智嗤之以鼻，攻击的方法非常单纯。只要看到敌人在攻击范围内，就会把苏格兰披肩一抛，抽出腰上的剑，用最高的音量放声嘶吼，冲向敌人。盖尔族的这种嘶吼往往攻无不克，大部分的敌人看到浑身毛茸茸的大个子光着手脚，像报丧女妖尖叫着向自己冲来，往往吓破了胆，拔腿就逃。

詹米的马尽管受过良好训练，但猝不及防听到最正统、最出色的盖尔族嘶吼从耳后两英尺的地方以超高分贝袭来，还是吓破了胆，耳朵往后贴，撒腿暴冲，像是后头有鬼追着。

我和我的坐骑吓呆了，只能站在路边观赏这精彩的苏格兰马术表演。詹米踩不到马镫，也抓不到缰绳，被马突然这么一冲，差点就飞出了马鞍，只能紧抓住马鬃。詹米所到之处都刮起一阵旋风，他的苏格兰披肩随之狂舞，马这时已完全陷入惊慌，这面飒飒飘扬的彩色格纹披肩吓得它又加速冲刺。

詹米一手紧缠着马鬃，努力坐直，两条长腿夹住马身，铁马蹬在马肚下摆荡。他背后扬起一阵风，风中飘着断断续续的盖尔语，即使我对盖尔语所知甚少，也明白那有多不堪入耳。

后方响起一阵缓缓的马蹄声，我转过头，看到默塔领着驮马，越过我们刚走下来的小山丘。他照常小心地骑到我身边，从容不迫地停下马，抬手遮阳向前望，刚好看到詹米和他发狂的坐骑消失在下一座山头。

“有马蝇。”我向默塔解释。

默塔像往常一样冷冰冰地说 ：“詹米是不至于这么急着把你丢在这里，自个儿冲去见他爷爷 ；虽说他就算带着妻子，受到的对待也不会有什么不同。”

默塔牵起缰绳，脚一踢，他的小马心不甘情不愿地动身，驮马温顺地跟在后面。我的坐骑看到同伴来了，又暂时不必担心马蝇，也快活地迈开步伐。

我好奇地问 ：“就算妻子是英格兰人也一样吗？”虽然我所知不多，但也知道洛瓦特勋爵和英格兰人向来称不上和睦。

“管你是英格兰、法国还是荷兰的都一样。老狐狸不关心你，他只想拿那小子的肝脏当早餐。”

“这话是什么意思？”我盯着这脾气执拗的弗雷泽族人，他的苏格兰披肩和上衣松松垮垮地搭在身上，看起来就像身上的包袱。很奇怪，无论衣服多新、缝制得多精细，只要让默塔穿上，看起来就像刚从垃圾堆捡回来的一样。

“詹米和洛瓦特勋爵关系如何？”

默塔精明的小黑眼朝我瞟了一眼，转头往博福特城堡看去，耸了耸肩，像是听天由命，又像心里有预感。

“毫无往来，直到现在。那小子这辈子从没和他爷爷说过话。”

“可是，如果你从来没有见过他，怎么知道这么多他的事？”

至少，我知道之前詹米为什么不太想向爷爷求助了。詹米骑着马回来，马看起来变乖了，詹米则是有点烦躁的样子。默塔若有所思地看了一下詹米，提议自己先带驮马到博福特城堡，让我和詹米在路边吃午餐。

詹米吃了燕麦饼、喝了麦酒，恢复了精神，终于和我说起他爷爷。原来洛瓦特勋爵不同意他儿子布莱恩跟艾伦结婚，不肯祝福新人，而且从儿子结婚后就和儿孙断绝往来，至今已有三十多年。

詹米边嚼着嘴里的乳酪边说：“不过我听过很多他的事，他这人会给人留下深刻印象。”

“我听到的也是这样。”巴黎来的詹姆斯党人塔利巴丁老先生就曾经口无遮拦地向我透露了许多这位弗雷泽族族长的事。我想，就算勋爵对詹米的父亲布莱恩不闻不问，布莱恩大概也不会为此难过。我这样告诉詹米，他也点点头。

“是呀！我记得我父亲对那老头虽称不上不敬，但也没什么好话，他能不提就不提。”詹米搔搔脖子，马蝇叮咬过的伤口开始红肿。天气奇热，詹米取下苏格兰披肩，铺着让我坐下。他们花了点钱，让我们这群代表团在拜访弗雷泽族领主时看来更高贵体面。詹米穿了新的苏格兰裙，是系扣带的军服款式，与苏格兰披肩分开。扣带苏格兰裙虽然不像旧裙子那样可以层层裹着抵挡坏天气，但赶时间的时候穿起来就快多了。

詹米若有所思地说：“有时我想，是不是因为老西蒙对我父亲的态度，我父亲才成为那样的父亲。当然，我那时没有感觉，但男人通常很少对儿子表达感情。”

“你一定想了很多吧！”我将另一瓶麦酒递给他，他接过去，冲着我笑，笑得比微弱的秋阳还温暖，让我舍不得移开目光。

“我曾想过，若有了自己的孩子，我会成为什么样的父亲。回头想想，我父亲就是最好的榜样。不过从他所说还有默塔告诉我的来看，我父亲和我爷爷一点也不像。所以，我想我父亲一定打定主意，有机会的话，他绝对要和自己的父亲完全不一样。”

我微微叹气，放下手中的乳酪。“詹米，你真的觉得我们可以……”

“一定可以。我知道一定可以，外乡人，你也知道。你生来就是要当母亲的，我当然也不打算让其他人当你孩子的父亲。”

“嗯，我也不想。”

他笑了，抬起我的下巴吻我，我热切地回吻，一边伸手拂去他唇边胡楂里的面包屑。

“你是不是应该刮个胡子？第一次见爷爷，表示一点敬意。”

詹米不经意地说：“我以前就看过他一次，他也看过我。至于他对我现在的长相有什么看法，我才不管，他最好接受。”

“但默塔说你从来没和他碰过面。”

他拍拍前襟的面包屑，微微皱眉，似乎在考虑要和我说多少。最后他耸耸肩，双手交握枕在脑后，躺在金雀花灌木的树荫下，盯着天空。

“像你说的，我们从没碰过面，应该说不算真的碰面，那时是这样的……”

詹米十七岁时，准备起航前往法国，到巴黎大学完成学业，并进一步开拓眼界，学点书上没教的事。

他朝前面山丘一扬头，远方水平线上有一抹灰，那就是马里湾。“我从布尤利港出发。我也可以从其他港口出发，最有可能就是因弗内斯镇。但票是我父亲订的，他订了布尤利港。那时他骑马陪我去，可以说是为我送行，看我走向世界。”

詹米的父亲婚后很少离开拉里堡，那天他俩骑在路上，他父亲开心地指着许多地方，说他小时候、青年时期在何处打过猎，又到什么地方游历过。

“但越靠近博福特城堡，他就越沉默。一路上他没提过我爷爷，我也知道最好不要问，但我知道他要我从布尤利港出发是有原因的。”

一群小麻雀一步步谨慎地靠过来，在矮灌木间神出鬼没，一嗅出危险就冲回安全的地方。詹米拿出剩下的面包，精准地扔到麻雀中间。麻雀猝不及防，像霰弹炸开般一哄而散。

“它们会回来的。”詹米抬起下巴，朝那群四散的小鸟点了点，抬起一只手臂横过脸前，好像要挡挡阳光。他继续说：“后来，城堡那里传来马蹄声，我们转过身，看到一群人从山上下来，六个人骑马拉着一辆马车，其中一人举着洛瓦特的旗帜，所以我知道爷爷在那群人里。我很快转向我父亲，看他有什么举动，但他只是笑了笑，捏捏我的肩膀说：‘小伙子，我们上船吧！’

“我沿着海岸走去，感觉到爷爷的眼光停在我身上。我的头发和身高明白表示我身上流着麦肯锡的血液。我很庆幸自己穿了最好的衣服，看起来不至于像乞丐。我没有左右张望，只是尽量抬头挺胸，很高兴自己比旁边最高的人还高出半个头。我父亲走在旁边，像刚才那样一言不发，也不四处打量，但我感觉得到，他很高兴有我这个儿子。”

他扬起一边嘴角，对我笑了笑。“我知道自己在他身边表现得很好。之后我不敢说，外乡人，但我很高兴那天没有让他丢脸。”

他双手环抱膝盖，定定地注视前方，仿佛在重温码头边的情景。

“我们上船，和船主碰了面，然后站在栏杆旁边，随口闲聊。两个人都很小心不去看博福特城堡的人，他们正在卸货，骑师则站在岸边。然后，船长下令起航，我和父亲吻别，他越过栏杆，跳下船到码头上，走到马旁。他上了马才回头，那时船已经开到港口了。

“我挥手，父亲也挥手，然后他转身，领着我的马回拉里堡。那时博福特城堡的人也掉头要回去了。我看到爷爷领着一群人直挺挺地坐在马鞍上。他们就这样骑着，双方相距约二十码，骑上了山丘，越过山顶，消失在我眼前。两边都没人朝另一方骑去，一副对方并不存在的样子。”

他转头看着路的尽头，好像要从博福特城堡的方向寻找生命的迹象。

他轻声说：“我对上他的眼睛，就那一次。我等到父亲上马，才壮起胆子转头去看洛瓦特勋爵。我想让他知道，我们不会求他什么，我不怕他。”他唇角牵起一抹笑意，“不过，我那时的确害怕了。”

我把手放上他手背，抚着他指关节的凹陷处。“他有没有看见你？”

他轻哼一声。

“有啊！我想，从我骑下山丘，一直到船驶离港口，他的目光都没离开过我，就像钻孔机一样钻进我的背里。我看他的时候，他一双浓眉下的黑眼还是直直地盯着我。”

詹米陷入沉默，仍然看着城堡，直到我轻轻戳他一下。“那时他看你的目光如何？”

詹米的目光从远处地平线上的乌云移到我脸上，向来的温和表情已经从唇畔与眸底消失无踪。

“像石头一样冷酷，外乡人。像石头一样冷酷。”

我们很幸运，从爱丁堡一路来到这里，天气都很温暖。

“好天气不会持续太久。看到那里的云层了吗？今晚云层就会袭上陆地。”詹米眯眼看着前方的大海，嗅嗅空气，然后把苏格兰披肩搭上肩膀，“闻到了吗？风雨就要来了。”

虽然我用鼻子预测气象的本事还很差，但我似乎真的闻到了一场风雨：空气变得潮湿，干燥石楠与松脂的气味益发鲜明，夹杂了远方岸边海草淡淡的潮湿气味。

“不晓得我们的人回到拉里堡没有。”我说道。

詹米摇摇头：“我想还没有。他们距离比较近，但都得用走的，而且把他们安顿好上路也很花时间。”詹米踩着马镫站起来，举手遮阳，望着远方的云团。“希望只是一场雨，否则他们就麻烦了。不管怎样，这场风雨不会太大，也许不会影响到南边那么远的地方。”

起风了，我抓紧肩头温暖的苏格兰连裙披肩。这几天天气都很温暖，我原本以为是好兆头，希望这不是假象。

在荷里路德宫，詹米收到查理王子的命令后，整晚都坐在窗边。到了早上，他先去觐见查理王子，告诉查理王子他会和我、默塔一起前往布尤利，代殿下向洛瓦特勋爵致意，并请勋爵兑现承诺，派遣人手并提供资助。

接着，他又找铁匠罗斯到我们房里，向罗斯下达命令。他声音很低，我坐在火炉边都听不清楚，只看到铁匠魁梧的肩膀耸了起来，后来又振作起来，像是意会到詹米的话很重要。

高地军行进时纪律散漫，就像一群乌合之众，几乎称不上“纵队”。在某一天行进途中，拉里堡的人将一个个脱队，走进路旁的灌木丛，像是要休息或方便一下。但他们不会回到大军里，而是悄悄离开，各自想方法到集合地点，和拉里堡的其他人会合。等人都到齐了，再跟着铁匠罗斯回到家乡。

詹米事先跟我讨论过这个计划。“我想，要过一段时间，才会有人注意到他们不见了，说不定根本不会有人注意。现在部队里有许多人逃走，尤恩告诉我，光是上礼拜他的军团就丢了二十人。现在是冬天，男人必须处理家事，还要准备春天的播种。无论如何，即使他们发现有人离开，也不会腾出人手去追。”

“那你放弃了吗，詹米？”当时我把手放在他的手臂上问他。他疲倦地用手搓揉脸蛋，然后才回答。

“我不知道，外乡人。或许已经太迟，或许还来得及，我看不出来。冬天都要到了却还要南下，真是太愚蠢了。浪费时间攻击斯特林城堡更是愚蠢。但查理王子还没打过败仗，也还有一些族长响应他的号召，像目前的麦肯锡族，还有跟着麦肯锡一起加入的其他氏族。他现在的人手是在普雷斯顿时的两倍。这代表什么？”他沮丧地猛一挥手。

“我不知道。他们所向无敌，英国人也很惊慌。你知道，你看过那些传单。”他苦笑，“我们把小孩烤来吃，强夺民女。”他厌恶地哼了哼。虽然高地军不乏偷窃与反抗等罪行，但强暴闻所未闻。

詹米叹口气，短促又愤懑。“卡梅隆听到消息，说乔治国王怕王子的军队会闪电攻下伦敦，已经准备好随时逃跑。”他说得没错，卡梅隆的消息是我从兰德尔那儿听来的。“还有基尔马诺克、卡梅隆、洛奇尔、巴莱里诺，以及杜格尔带领的麦肯锡族，王子的军队都齐了。如果洛瓦特信守承诺，派遣人手——老天爷，说不定人数真的够。天啊，如果我们真的进军伦敦……”他垂头丧气，又突然挺起胸膛，好像要努力挣脱勒住他的上衣。

他斩钉截铁地说：“但我不能冒这个险。我不能跑到布尤利，却把我的手下留在那儿，任人摆布。如果我留在那里率领他们，那是另一回事，但要我待在几百公里外的布尤利，任查理王子或杜格尔把他们推上战场打英国兵，门都没有！”

所以有了这番安排。届时拉里堡的男人会开小差（包括菲格斯在内，他激烈抗议，但遭到驳回），神不知鬼不觉地离开，然后回家。等我们在布尤利办完事，回去向查理王子复命，也过了好一段时间，够我们看清事态了。

那时詹米解释：“所以我才要默塔一起来，如果情势还不错，我会派他回拉里堡召大家回来。”詹米阴霾的表情闪过一丝笑意，“别看默塔在马上貌不惊人，其实他的骑术非常了得，快得像闪电。”

我想，现在默塔离闪电还远得很，不过话说回来，目前也没什么急事。他现在的速度甚至比平常还慢，我们登上山丘时，我看到他在山丘脚下勒马等我们赶上他，而此刻他已经下马，盯着驮马的马鞍看。

“有什么问题吗？”詹米作势要下马，但默塔愤愤地挥手，要他留在马上。

“没事没事，甭麻烦，不过断了条绑带，走你们的。”

詹米只是点点头，就策马走开，我也跟了上去。

我手朝默塔的方向一比，对詹米说：“他今天心情好像不太好？”我们越接近布尤利，默塔就越暴躁易怒，“要去见洛瓦特勋爵，他好像不是很开心？”

詹米笑了，向后一瞥，那个小小的深色人影正弯腰专心编接绳子。“对啊，默塔和老西蒙不对盘，他和我父亲交情深厚，和我母亲也是。”詹米嘴角浮起一抹笑意，“他不喜欢洛瓦特勋爵那样对待我父母，也看不惯他那几次婚姻。默塔的祖母是爱尔兰人，但母亲是普丽姆罗丝·坎贝尔的亲戚。”詹米说道，好像这样解释就一清二楚了。

我一脸茫然地问：“谁是普丽姆罗丝？”

“噢。”詹米抓抓鼻子，想着怎么开口。渐强的海风吹动他的头发，少许发丝从发带中松脱，几缕宝石红的头发在脸上翻飞扑动。“她是洛瓦特的第三任妻子。现在应该还是，虽然她之前离家出走，在娘家住了几年。”

我低声说：“洛瓦特很受女性欢迎，是吗？”

詹米哼了一声。“或许吧！他第一任妻子是有钱的遗孀，他半夜从床上把她劫走，当场就和她结婚，然后直接和她上床。不过，她后来也爱上了他，所以也许他不是那么糟。”詹米最后补充了一句。

我轻佻地说：“他肯定在床上有过人之处，我猜这是家族遗传。”

他有点错愕地看着我,最后又化成一抹羞怯的笑容。“有没有都一样，她的女仆告发他，他成为罪犯，不得不逃到法国。”

强迫结婚和放逐？我努力克制自己，免得脱口说出他们一家人确实很像，虽然私底下我相信詹米不会追随爷爷的脚步再娶其他妻子。一个妻子对老西蒙来说显然不够。

詹米继续说道：“他到罗马去觐见詹姆斯国王，宣誓效忠斯图亚特王朝，然后一个转身，直奔正在法国访问的英格兰国王——奥兰治的威廉。他先得到詹姆斯的承诺，答应一复辟就赐予他头衔与庄园，然后又让威廉国王赦免他，让他回到苏格兰。天晓得他是怎么办到的。”

现在轮到我扬起眉毛，显然他的魅力不只对异性有用。

老西蒙继续游历，后来又回法国侦查詹姆斯党的动静，结果事迹败露，被扔进监狱，但他逃了出来，回到苏格兰。一七一五年，他借狩猎聚会之名在马尔高地聚集氏族，然后让英王相信他凭一己之力压制了之后的詹姆斯党起事。

我听得入迷。“这老头真的很不老实！不过我想他那时应该还不老，大概四十几岁吧？”之前我听说洛瓦特勋爵现年七十几岁，本来还以为他已年老体衰、老态龙钟，不过听了这些故事，我的想法立刻改变。

詹米平心静气地说：“从各种消息来看，我爷爷连螺旋楼梯都有办法躲在后面。”他挥挥手，不再谈他爷爷的个性，重拾之前的话题，“总之，后来他又娶了玛格丽特，格兰特家族的女儿。玛格丽特去世后，我爷爷又娶了普丽姆罗丝，那时她大概十八岁。”

我同情地问：“老西蒙给的好处，够让坎贝尔家的人强迫女儿嫁给他吗？”

“当然不够，外乡人。”他停顿一下，把头发从脸上拨到耳后，“他知道她不可能下嫁，就算他富可敌国也一样，更何况他并不富裕。于是他寄了封信给她，说她母亲在爱丁堡病了，住在某间宅邸。”

年轻貌美的坎贝尔小姐赶到爱丁堡，没看到母亲，出现的却是狡诈的老西蒙。他告诉她，这宅邸是声名狼藉的淫窝，她若想保住名声，唯一的办法就是立刻嫁给他。

我冷笑道：“她一定很傻，才会相信这种威胁。”

詹米辩称：“她当时年纪还很轻，老西蒙的威胁也不是空穴来风，要是她拒绝，他会马上毁了她的名声。总而言之，她嫁给了他，但悔恨不已。”

我忙着在脑海里盘算。詹米刚刚说，普丽姆罗丝几年前才嫁给他爷爷，那么……“谁是你祖母？洛瓦特夫人还是玛格丽特？”我好奇地问。

那对高高的颧骨因风吹日晒而干裂，现在却突然痛苦地涨红。

“都不是。”他扭头，眼睛紧盯着前方的博福特城堡，紧抿双唇。

最后他终于开口：“我父亲是私生子，虽然获得承认，但还是私生子。我祖母是城堡的女佣。”他像一把剑笔直地坐在鞍上，两手紧抓缰绳，指节泛白。

我好像也无法多说什么。他用力咽了咽，喉咙中明显有东西在滚动。

“我之前应该先告诉你，对不起。”他生硬地说。

我伸手摸他手臂，那硬得像铁。“不要紧，詹米，我根本不在乎。”

但我知道不管说什么都于事无补。

他终于开口，眼睛依然盯着前方。

“……可是我在乎。”

马里湾吹来的新鲜空气不断拂过山丘上的苍郁松林，发出沙沙声。这里地形很奇特，结合了山坡与海岸。我们走过一条狭长的道路，两边尽是赤杨木、落叶松及白桦树，但越接近巍然耸立的博福特城堡，越觉得每件事物都飘散着泥巴与海草的腥臭。

博福特城堡的人知道我们会来，门口穿着苏格兰裙、手持斧头的哨兵没有盘查就让我们通过，眼神带着好奇，但没有敌意。詹米像君王一样挺直背坐在马鞍上，经过某个哨兵时，他一点头，那哨兵也对他点头。我有种奇异的感觉，仿佛我们是挥着停战的白旗进城的，但休战会持续多久就不知道了。我们进入博福特城堡的庭院，一样没人盘查。博福特城堡的主建筑用当地石头砌成，以城堡来说不大，但气势宏伟。比起我在南方看到的一些城堡，这里的防护并不森严，但看起来依然能抵御一定的攻击。外墙基底每隔一段距离就是宽阔的枪垛，堡内的高楼有道稳固的开口朝向庭院。

院里养了几匹小高地马，马儿把头探出木栅门嘶鸣，欢迎我们的坐骑。墙边堆了几捆刚刚才从马厩的小马身上卸下来的包裹。

詹米冷冷地看着四周，发现墙角的包裹。“洛瓦特勋爵请了几个人来和我们见面。我想应该是亲戚,至少他们一开始会很友善。”他耸耸肩。

“你怎么知道？”

他滑下马，伸手扶我下来。“他们把剑和行李留在了一起。”

有个马夫从马厩走出来招呼，双手在马裤上擦了擦，接过詹米的缰绳。

“呃,现在要做什么？”我悄声对詹米说。没看到女主人或管家出来，不像两年前到理士城堡，有爽朗可靠的菲茨吉本斯夫人出面欢迎我们。

几个马夫和在马厩工作的小伙子不时偷看我们几眼，但手上的事也没停下来。还有几名仆人也是边瞄着我们，边扛着几篮待洗衣物、几包泥炭，还有城堡生活必备的各种笨重什物穿过院子。一名结实健壮的仆人提着两只五加仑的铜水壶，累得满头大汗。我看了很高兴，博福特城堡的待客之道或许有待加强，不过肯定有浴缸可以洗澡。

詹米站在庭院中央，双臂交叉，像个房地产买家在怀疑排水系统有问题。

“现在我们就是等了，外乡人。哨兵应该已经去通报，要么有人来迎接……要么没人会来。”

“希望他们赶快决定，我饿了，也想梳洗一下。”

詹米俯视我，浅浅一笑：“你是该梳洗了，你鼻子上有一块黑垢，头发里都是起绒草的刺。”他看我神情沮丧地把手伸向头发，又说：“没关系，不用拔，看起来很漂亮，像故意插上去的。”

我当然不是故意的，不过我还是放下手，悄悄走向附近的水槽检查仪容，然后掬起冷水，看看可不可以多少清理一下。

对老西蒙来说，现在局势很微妙。我一边想，一边俯身靠近水面，检查脸部倒影上的斑点，看哪个真的是黑垢，哪个只是漂浮在水面的稻草。

一方面，詹米是斯图亚特派遣的正式使者，而洛瓦特曾承诺支持斯图亚特家族的大业，无论这承诺是真心诚意或是不实的口惠，他都有义务欢迎王子的代表，即便只是表面上客套。另一方面，这位代表却是非婚生子的后代，即使他并未声明要脱离家族，也不能算是洛瓦特的重要成员。我现在对高地家族世仇还算了解，知道这种不愉快的感觉不太可能随时间烟消云散。

我用沾湿的手轻抚闭起的双眼，又滑过额角，抚平零散的发丝。大体上，我认为洛瓦特勋爵不会让我们一直站在庭院中，但他可能会让我们站上一段时间，好让我们明白他还没决定要怎么招待我们。

之后的事就不得而知了。最有可能接待我们的是弗朗西丝夫人，詹米的姑母，据塔利巴丁说，她自从丈夫过世就回到娘家打理家务。或者，勋爵也可能把我们当成外交使节，而非家族成员，那么，我想他可能会亲自出面接待，旁边跟着整列穿着制服的秘书、护卫及仆人。

看起来最后一个选择最有可能，毕竟他身边不会随时都有穿着正式的随行人员，召集必要人员需要一点时间。想到伯爵会突然隆重现身，我想，还是别把杂草留在头上吧，于是我又向水槽弯下腰。

就在这时候，马槽后的走道响起了脚步声，一个敞开上衣、裤子也没扣好的矮胖老人用手肘挤开一匹胖嘟嘟的栗色母马，不耐烦地啧了一声，跨进了庭院。尽管他上了年纪，但背部依然笔挺，肩膀几乎和詹米一样宽。他站在马槽边，扫视庭院，仿佛在找人。他的目光掠过我，然后又突然转回来盯着，显然吓了一跳。他走上前，暴躁地扬起脸，灰白的短胡子像豪猪的刚毛一样竖起来。

他问我："你这女人是谁？"

"克莱尔·弗雷泽。呃，我是说，我是图瓦拉赫堡夫人。"我先报上名字，后来才想到要端出身份。我恢复冷静，抹掉脸颊上的水珠，反问道："你这家伙又是谁？"

一只大手从后面牢牢抓住我，无奈的声音从我头上响起："外乡人，这位是我的爷爷。爵爷，这位是我妻子。"

洛瓦特勋爵冷酷的蓝眼睛瞪着我。"啊？我是听说你娶了个英国女人。"他的语调明显透露了从詹米选中的妻子来看，就可以证实这名素未谋面的孙子有多糟糕。

他朝我扬起一道厚厚的灰眉，又把锐利的目光转向詹米。"看来你和你父亲一样没脑袋。"

我看到詹米的手微微动了一下，他正在克制自己不要握紧拳头，并用平静的口吻说："至少我娶老婆不用靠强暴或耍诡计。"

他爷爷哼了一声，对詹米的侮辱充耳不闻。我似乎看到他布满皱纹的嘴角动了一下，但不太确定。

“你买来的货看起来不怎么样！不过，比起欺骗布莱恩的那个麦肯锡淫妇，这个看起来没那么贵。如果这个外地女人没给你带来什么好处，至少看起来不会花你太多钱。”洛瓦特勋爵那双神似詹米的斜挑蓝眼正打量着我，风尘仆仆的连身长裙、没缝好的下摆、绽开的缝线、溅了污泥的裙子，他都一一看在眼里。

我感觉到詹米微微颤抖，但不确定他是生气还是要忍住笑意。

我对勋爵亲切笑道：“谢谢，我食量也不大，不过我可能要用点水，只用水不用肥皂，肥皂太贵了。”

这一次我肯定詹米颤抖的原因了。

勋爵说:“我知道了。我会派一个女仆带你们到房间，也会给你肥皂。晚饭前我们和你在图书室碰面，孙子。”他对詹米补上最后一句，转身消失在拱廊下。

我问：“我们是指谁？”

詹米回答：“我想是勋爵的继承人小西蒙，可能还有一两位偶然来访的表亲。从庭院的马看来，我猜可能还有几位次级地主。如果洛瓦特要派人加入斯图亚特的部队，可能要问问次级地主和佃农的意见吧！”

一小时后我们跟着仆人走过走廊，詹米低声和我说：“你有没有看过鸡舍的小虫，旁边围着一群鸡？那小虫就是我，或者该说是我们。现在你得跟紧一点。”

弗雷泽家族的人的确都聚集在一起，我们进入图书室时，有二十多人四散坐在房里。

詹米被正式引见给大家，同时他也代表斯图亚特王朝发表正式声明，首先代表查理王子与詹姆斯国王向洛瓦特勋爵致意，并吁请勋爵不吝协助。对此勋爵也做了简短答复，口才流畅动人但意思模棱两可。礼仪结束后，也有人带着我认识大家，气氛顿时轻松起来。

詹米和一位格雷厄姆先生谈天，他是洛瓦特勋爵的表亲，而我身边则有几位高地绅士轮流致上欢迎之意。次级地主看我的眼神有所保留，但都很有礼貌，只有一位除外。

小西蒙的身形就像他父亲一样矮胖，只不过年轻了将近五十岁。他先上前执起我的手欠身，挺起身后就打量着我，眼神有点粗鲁无礼。

他问 ：“你就是詹米的妻子？那我可以叫你侄媳喽？”他的眼睛就跟洛瓦特勋爵及詹米的一样，斜斜往上挑，但瞳孔是褐色，像混浊的泥水。年纪和詹米差不多，显然比我小几岁。

“呵呵。”他陶醉在自己的机智里咯咯笑，我也礼貌地笑了笑，想收回手，但他不放，反而快活地笑了，又打量我一次。

他说 ：“久仰大名，您在高地这里颇有名气呢，夫人。”

“您客气了。”我不动声色地想把手抽回，但他的手反而握得更紧，几乎抓痛了我。

“哪儿的话，我听说您颇受丈夫的手下欢迎啊！”他笑意更深，眼睛眯成一条暗褐色的狭缝。

“听说他们称你 neo-geimnidh meala，意思是‘蜜唇夫人’。”他看我不懂这句盖尔语，一脸困惑，于是帮我翻译。

“谢谢……”我才吐出几个字，詹米的拳头已经狠狠冲上小西蒙的下巴。小西蒙撞上点心桌，桌上甜食四散，汤匙在抛光地板上甩得老远，发出响亮的铿锵声。

詹米打扮得像绅士，却是个不折不扣的打架能手。小西蒙跪坐起来，双拳紧握，愣在那里。詹米站在旁边俯视着他，双拳虚握，虽然静立不动，却比挑明的挑衅更可怕。

詹米平静地说 ：“没错，她盖尔语懂得不多。现在你已经向大家证明这点了，请向我妻子道歉，否则我会把你的牙齿打断，让你一颗一颗吞下去。”小西蒙对詹米怒目而视，然后斜瞥了他父亲一眼。他父亲微微颔首，看来对这件插曲有点不耐烦。小西蒙的黑发散了开来，像树苔一样垂挂在脸上。他防备地看着詹米,但又掺杂了戏谑与尊敬,令人玩味。他用手背抹了抹嘴,恭敬地向我一鞠躬,仍然跪着。

"请原谅我,弗雷泽夫人,抱歉冒犯了你。"

我才客气地点头回应,詹米就拉我走向走廊。快到门口时,我确认四下无人,便扯了扯他的袖子要他走慢点,问他:"Neo-geimnidh meala 到底是什么意思?"他看着我,仿佛刚刚一直魂不守舍,这才留意到我。

"啊?意思是蜜唇。差不多是这个意思。"

"但是……"

"但不是指你嘴巴的唇,外乡人。"詹米勉强说出口。

"什么!他……"我气得打算转身回到图书室,但詹米抓紧我的手臂。

他附在我耳边低声说:"哎哎,别担心,外乡人,他们只是在试探我,没事。"

詹米挺起肩膀回到图书室,仿佛要回去战斗,我则被交给小西蒙的妹妹弗朗西丝夫人。我希望詹米不要再对他的亲戚动手,尽管弗雷泽家人不像麦肯锡人那么高大,但戒心很强,任谁想在太岁头上动土,下场都不会太好。

弗朗西丝夫人年纪很轻,大概二十二岁,她似乎对我又害怕又好奇,好像如果不一直端上茶和甜点来安抚我,我马上会暴跳如雷。我尽量表现得乖巧可人,一段时间后她终于比较放松,坦白告诉我她从未遇见过英国女人,于是我推测,"英国女人"是充满异国风情的危险物种。

我很小心地不做出吓人的举动,过了一会儿,她轻松了些,羞怯地把我介绍给她的儿子,一个三岁左右、健壮的小家伙,被满脸严肃的女佣照顾得很干净,干净到不自然。

我向弗朗西丝及她妹妹艾琳谈到詹妮与她的家人,她们从没见过面。说到一半,突然听到外面走廊砰的一声,还有人大喊。我跳了起来,跑到客厅门口,刚好看到石廊上有个人影纠结在一堆衣服里,正挣扎着要站起来。图书室厚重的大门打开，矮胖的老西蒙站在门口，像只丑恶的癞蛤蟆。

老西蒙说："下次再这样，我就更不客气了，姑娘。"他的语气平静，并不特别凶恶。缠在一团布里的人影抬起头，我看到一张有棱有角、奇异而美丽的脸庞，深沉的眼睛睁得大大的，颧骨上的红斑逐渐加深。她看到我，但视而不见，只是站起来，一言不发快步离开。她个子很高，非常瘦削，走路时拄着拐杖，姿势微跛但很优雅。她的影子随着她消失在石阶下。

老西蒙背着光，图书室的炉火在他后方。我站在那里盯着他，他感觉到我的视线，转过头来看我。奇特的蓝眼睛定定地注视着我，像蓝宝石一样冰冷。

"晚安。"他说完，关上门。

我站在原地，茫然地看着那扇深色的木门。

我问背后的弗朗西丝："刚刚是怎么回事？"

她紧张地舔舔嘴唇说："没事，我们走吧！"

她把我拉开，但我决心找詹米问清楚图书室里发生了什么事。

我们站在今晚的睡房里，詹米拍拍带路小用人的头，亲切地让他离开。

我一屁股坐在床上，无助地看着四周。

我问："现在我们该怎么办？"晚餐平淡地结束，但我不时感觉到洛瓦特勋爵的目光停在我身上。

詹米耸耸肩，脱下上衣。"外乡人，我知道才怪。他们问我高地军的情况、部队的状况、对殿下的计划有何了解，我一一说了，他们又问我一次。我爷爷不相信有人会老实地告诉他答案，他以为每个人都和他一样，喜欢耍心机，做事考量这，考量那。"

他摇了摇头，把上衣扔到我旁边的床上。

“对高地军的状况，他无法分辨我是不是说谎。因为，如果我想让他派军加入斯图亚特旗下，我会美化实际状况。但如果我不在意他派不派兵，那么我应该会说出实情。除非他看清我的立场，否则他无论如何都不会派兵。”

我疑惑地问：“那他要怎么知道你是不是说了实话？”

“他有一位先知。”他随口答道，仿佛先知是普通的家具，高地城堡都有一件。就我所知，高地城堡的确都有一位先知。

我好奇地在床上坐起来：“真的吗？就是被他推到走廊上，长相很奇特的女人吗？”

詹米说：“她叫玛斯丽，一出生就有灵视，但并不是无所不知——又或许只是不愿意说。当时她很明显看到某件事，但她只是摇头说自己没看到，我爷爷就失去了耐性，出手打她。”

“该死的老家伙！”我很愤慨。

“他的确不是护花使者的料。”詹米回答。

他倒了一盆水，用手捧水洗脸。我倒抽一口气，他吓了一跳，抬起头来，水流下他的脸庞。

“怎么了？”

我指着他说：“你的肚子……”他胸骨与苏格兰裙之间有一大块新瘀伤，像一朵丑陋的巨花绽放在他平滑的皮肤上。

他低头看了看，说：“噢，这个啊！”语气毫不在意，继续梳洗。

“没错，这个。怎么回事？”我走过去仔细看。

“没什么，我下午讲话急躁了点，我爷爷就让小西蒙给我一点教训，让我学会尊重。”他的声音透过毛巾传出来，有点模糊。

“所以他叫两个弗雷泽家的小弟抓住你，然后一拳打在你肚子上？”我感觉有点不舒服。

他把毛巾一丢，拿起睡衣。“你觉得要两个人来抓我？真是小看我了。”他笑嘻嘻地把头探出睡衣，“其实那时候有三个人，一个在后面，掐住我的脖子。”

“詹米！”

他笑了，上床拉好被子，又后悔地摇摇头。“真不知道你身上有什么魔力，外乡人，我总是想在你面前卖弄。总有一天，我会为了取悦你，害死我自己。”他叹了口气，隔着羊毛上衣小心翼翼摸了摸肚子，“这只是演戏，外乡人，不用担心。”

“演戏！老天爷，詹米！”

“你有没有看过外来的狗想加入狗群？狗群里的狗会嗅它、咬它的腿、低吼，看这只狗会退缩或吼回来。有时候它们会互咬，有时候不会，但最后狗群里每只狗都看出新狗的地位，还有谁是老大。老西蒙只是要我知道谁是这群狗的老大，就这样。”

“那你知道了吗？”我躺下，等他上床。他拿起蜡烛望着我，对我一笑。烛光映着他的眼瞳，闪烁蓝色的光芒。

“汪！”他说，然后吹熄蜡烛。

接下来两周，除了晚上，我很少见到詹米。白天他总是陪着洛瓦特勋爵狩猎或骑马。洛瓦特虽然上了年纪，精力依旧旺盛。詹米也会陪洛瓦特在图书室喝酒，因为这只老狐狸正慢慢得出结论，准备制订计划。

我大部分的时间都和弗朗西丝夫人及其他女眷在一起。如果令人敬畏的父亲不在旁边，她就比较敢表达自己的想法，而且她确实聪明又有趣。她负责管理城堡的事务与成员，但是父亲一出现，她就会缩到一边，很少抬起眼睛，说话也很小声。我想这不能怪她。

我们待了两个礼拜之后，有一天我和弗朗西丝及艾琳坐在客厅，詹米来找我，说洛瓦特勋爵想见我。

老西蒙朝墙角桌上的玻璃酒瓶漫不经心地挥挥手，便在椅子上坐下。这张椅子由胡桃木雕成，椅面宽大，还有织工精细的蓝色天鹅绒坐垫。这张椅子很适合他矮胖的身材，仿佛为他量身打造。我心想，不知道这张椅子是特别定制，还是他坐久了，逐渐变成椅子的形状。

我倒了一杯波特酒，在角落静静坐下，听老西蒙再一次要詹米说明查理王子现在的状况和未来的形势。

于是在这个星期里，第二十次，詹米耐心地说明军队的数目、指挥统率的架构——如果还有架构可言，还有他们手中的武器数量与状态——大部分很糟，以及路易斯·戈登或法夸尔森加入查理王子的可能性、普雷斯顿潘斯一役后格兰格瑞族的意见、卡梅隆族掌握的英军动向及推测、何以查理王子决定向南进军，诸如此类。我发现自己手上拿着杯子就要打起瞌睡，便赶紧动一动，打起精神，幸好没把深红的酒液洒在裙子上。

“……而且默里勋爵跟基尔马诺克勋爵都认为，殿下最好拔军回高地过冬。”詹米打了个大大的哈欠，下了结论。老西蒙让詹米坐的那张椅子椅背很窄，坐起来拘束又不舒服，于是他站起来伸懒腰，身影在覆盖石墙的淡色帷幕上闪动。

“那你自己又是怎么想的？”老西蒙往后靠上椅背，眼睛半闭，但眼底闪烁着精光。壁炉柴火熊熊，烧得明亮。大厅的火原本被弗朗西丝给熄了，还盖着泥炭，但洛瓦特勋爵又叫人重新点燃，而且用的是木柴，不是泥炭。燃烧的木头散发出强烈的松脂味，夹杂着更浓厚的烟味。

詹米的影子在墙上打得高大，他烦躁地转身，不想再坐下。小小的图书室局促而黑暗，窗帘都已经拉上。科拉姆曾在开阔、晴朗的教堂墓园问詹米同一个问题，现在的景色与当时大异其趣，情势也已不同。查理王子不像过去广受氏族族长爱戴，反而自认君权神授，要众族长听命于他。但问题的本质并未改变，依旧黑暗而难以捉摸，像悬在头上的阴影。

“我已经说过十几遍了。”詹米突然开口，不耐烦地动动肩膀，仿佛外套的肩膀太紧。

“没错，你说过，但这一次我想听实话。”老人在坐垫上挪了挪，坐得更舒服些，双手交叉放在腹部。

“是吗？”詹米迸出笑声，转身靠在桌子上，双手撑在背后，面对他爷爷。虽然两人的姿势与身形不同，但彼此间有股张力带出两人间难以捉摸的神似。一个高大，一个矮胖，但两人都强壮、固执，决心在这场对峙中占上风。

“我不是你的亲族、你的族长吗？我可以要你宣示忠诚，对吧？”这就是重点了。科拉姆熟知自己身体上的弱势，所以很清楚怎么抓住对方的弱点，让人就范。老西蒙即使年长却强悍如昔，习惯用更直接的方法达到目的。我从詹米脸上的苦笑可以看出他也在比较科拉姆与他爷爷，一个是呼唤，一个是下令。

“是吗？我不记得曾对你宣誓过。”

西蒙像老年人一样，有几根特别长的粗硬眉毛，现在这几根眉毛正在火光下颤动，不晓得是因为愤怒还是觉得有意思。“宣誓？难道你血管里流的不是弗雷泽的血？”

詹米嘴角斜了斜，挖苦道：“人家说，聪明的孩子才能看清自己的爹，不是吗？我只知道我母亲是麦肯锡族人。”

老西蒙血气上冲，脸色暗红，眉毛皱成一团，然后张嘴大笑。他笑到不得不站起来弯下腰，唾沫四溅且咳个不停。他乐到一只手不停拍着椅子，另一只手伸进嘴里，掏出假牙。

“噗！”他口沫横飞，咻咻喘气，脸上沾满眼泪和唾沫，手在椅子旁的小桌子乱摸，最后把假牙放到蛋糕盘上，接着用粗糙的手指捏起亚麻餐巾擦脸，一边擦还一边发出闷笑。

他终于口齿不清地开口：“天啊，小伙纸，把威士忌给我。”

詹米眉一挑，拿起他后方桌上的酒瓶，递给他爷爷。老西蒙接过来，拔起酒塞咕嘟灌下一大口，省掉用玻璃杯的麻烦。

“你觉得你不是弗雷泽族的？哈！”老西蒙放下酒瓶，大吐一口气，再次往后靠，肚子快速起伏，努力喘过气来，又伸出一根瘦骨嶙峋的手指，指着詹米。

老西蒙平静下来，咳了好几次，再次擦了擦脸。“你父亲永远离开博福特城堡的前一天，就站债你站的位置，说出一模一样的话。你知道，我曾经想宣称艾伦的孩子不是布莱恩的，好竹止他们结婚。”

“我知道。”詹米又靠回桌子上，眯起眼打量他爷爷。

洛瓦特勋爵哼了一声。“我和兹已的孩子不是处得很好，不过我了解兹已的俄子，也了解我的孙子。”他尖厉地补上最后那一句，“说起来要当奸夫淫妇，应该没人比我行。”

詹米纹丝不动，而我的眼睛忍不住一直想从老人的身上挪开。我盯着他放在一边的假牙，那是染色的山毛榉做的，湿湿地发亮，还沾满蛋糕屑。幸好洛瓦特勋爵没有注意到我的眼神。

洛瓦特勋爵换上严肃的口吻 :“好了，言归正传。理士城堡的杜格尔已经宣示效忠查理王子，你是不是要跟我说，杜格尔宅是你的竹长？你已经对杜格尔宣誓了？”

“不是。我没有对任何人宣过誓。”

“连查理都没有？”这老人家反应很快，猛地抛出这个问题，像猫扑老鼠一样，我几乎可以看到他甩动尾巴。他看着詹米，眼皮满是皱纹，眼眶深陷，斜挑的眼睛闪闪发光。

詹米的眼睛盯着跳动的火苗，影子在背后的墙上一动也不动。

“他没要求我这么做。”这倒是真的。查理王子不必要求詹米宣誓，他已经把詹米的名字写在结盟书上了。不过我知道，没有承诺查理王子这件事，对詹米来说很重要。如果有一天詹米不得不背叛查理王子，至少他不是背叛宣誓效忠的对象。即使全世界都认为詹米已经对查理王子宣誓，那倒是无所谓。

西蒙又哼了一声。没了假牙，他的鼻子和下巴几乎连在一起，脸的下半部短了一截，看起来很奇怪。

西蒙平静地说 :“那就没什么可以煮碍你向我宣誓了，因为我系你宗族的族长。”西蒙甩动的尾巴比较不明显了，但还是在那儿。我几乎能听到他脑中的念头正踩着肉垫在优雅地踱步。如果詹米没有对查理王子宣誓，而是效忠洛瓦特，那洛瓦特的权力就会增加，而且还可以分到拉里堡的收入，声称这是族长应得的一份，所以财富也会增加。公爵的职衔似乎离洛瓦特更近了，那职衔正穿透迷雾，散发光芒。

詹米轻快地说："但我并不想对你宣誓。不过这只是个小问题，对吧？"他眼睛眯得更细，眼角现出了皱纹。

洛瓦特的眼睛几乎闭起来，缓缓地摇头："呣。小伙子，你系你父亲生的，你们都像奇头一样顽固，也一样蠢。我找就该知道了，布莱恩和那个淫妇生下来的都系蠢猪。"

詹米走向前，拿起盘子上的山毛榉假牙，不客气地说："你最好把这个装回去，老家伙，你说什么我一个字也听不懂。"

洛瓦特张大嘴虚情假意地笑了笑，下颌仅存的几枚断齿露出黄黄的牙根。

他说："听不懂？那交易你听得懂吗？"他很快看我一眼，把我当成另一枚可以下注的筹码，"你宣系，交换你妻纸的名誉，怎么样？"

詹米大笑，一手还拿着假牙。他不屑地往后一靠，手放在桌上："来这套？你想在我面前强逼她吗，爷爷？来啊，等你们结束，我会叫弗朗西丝姑姑来收拾残局。"

洛瓦特从容不迫，仔细打量詹米。"小伙子，不是我来。"他转头看我，没有牙齿的嘴角一撇，露出微笑，"挥然我和更糟的来过。"他深沉的眼中有股冷酷的恶意，让我想拉起斗篷，遮住胸口保护自己，可惜我没穿斗篷。

"詹米，博福特城堡有多少人？里面又有多少人想好好照顾你的英国小姑娘？你不可能全天保护她。"

詹米慢慢站直身子，墙上高大的影子也做出相同的动作。他低头看着爷爷，面无表情。

詹米轻声说："我想我不必担心，爷爷。我妻子是很罕见的女人，你知道，她是女巫，是白娘子，就像阿丽斯特夫人。”

我从未听过阿丽斯特夫人，但洛瓦特显然听过。他猛一转头盯着我，双眼圆睁，既震惊又防备，张大了嘴，但还没来得及说话，詹米又接下去，流畅的口吻中潜藏着明显的恶意。

他津津有味地说 ：“若男子与她有不神圣的结合，私处会像冻伤的苹果一样迸裂凋萎，而灵魂将永远在地狱中燃烧。”他对爷爷咧嘴，手一丢，“就像这样。”山毛榉假牙啪的一声落入火中，立刻吱吱作响。

CHAPTER 12

先知的诅咒

低地苏格兰人大多在两百年前改信了长老教会，有些高地氏族也跟随他们的脚步，但弗雷泽与麦肯锡等氏族则依然保有天主教信仰。弗雷泽家族和法国天主教渊源深厚，信仰尤其坚定。

博福特城堡有一座小礼拜堂，洛瓦特伯爵和家人在此祈祷礼拜，但这个家族的人依然葬在破旧的布尤利修道院，户外的圣坛石板地上平放着许多厚厚的墓碑，洛瓦特族人就长眠在墓碑下。

这里安详寂静，尽管天气寒冷，风势疾劲，我偶尔还是会来走走。我后来知道，阿丽斯特夫人是传说中的“白衣女子”、疗愈者，苏格兰版的白娘子。我不晓得老西蒙的威胁是不是认真的，或詹米把我比作阿丽斯特夫人是不是就能阻止恶人施暴，但我想在弗雷泽家族的墓园，应该没有人会来打扰我。

图书室那一幕过后几天，有个下午我走过修道院倾颓外墙的裂口，第一次发现这儿除了我，还有其他人。之前我在洛瓦特图书室外看过的高个子女人也在这里，她靠着一座红色砂岩坟墓，双臂环抱身体取暖，修长的腿伸直如鹳鸟。

我作势要转身离开，但她一看到我，就示意我上前。

“您是图瓦拉赫堡夫人吧？”她有副轻柔的高地口音，虽是在发问，语气没有一丝不确定。

“我是。你是……玛斯丽？”

她微微一笑，显得容光焕发。她的五官很有魅力，有点不对称，就像莫迪利亚尼的画，长长的黑发松垂在肩上，年纪轻轻就已夹杂了几缕白丝。先知？看起来不太像。

她嘴角一弯，笑容更深：“是，我有灵视。”

我问：“你也会读心术，对吗？”

她笑了，声音消失在吹过断壁残垣的呼啸狂风中。

“不会，但我能从表情判断，而且……”

“而且我想什么都会写在脸上，我知道。”我叹了口气说。

我们并肩站了一会儿，看着夹雪的细雨扑在砂岩和墓园蔓生的焦褐色野草上。

玛斯丽突然说：“不过我听他们说，你是白衣女子。”我感觉到她目不转睛地看着我，但不像一般人听到我是白衣女子后那么紧张。

“他们确实这么说。”

她不再说话，只是低头看着脚，她穿着羊毛袜子与皮革凉鞋，双脚看来修长优雅。我的脚包得更严实，但脚趾已经越来越麻，她的脚趾一定冻僵了。

我问她：“你在这儿做什么？”天气好的时候，这个修道院优美而宁静，但在寒冬冷风夹杂着雨雪时，就不是适合休憩的地方了。

“我来这里想事情。”她浅浅一笑，但显然心事重重。不管她在想什么，一定不是愉快的事。

我两手一推，身体往上撑，坐在她旁边的墓上，开口问她：“想什么事情？”墓盖上雕了一位骑士，胸口紧抱着一柄苏格兰大刀，剑柄和心脏交叉成十字形，整体已经严重磨损。

“我想知道为什么！”她突然大喊，瘦削的脸上蓦然浮现怒意。

“什么为什么？”

“为什么！为什么我可以预见未来，却什么都做不到，什么也改变不了、阻止不了？这种天赋有什么用？这根本不是天赋，是诅咒！可是我什么都没做，为什么要受到这种诅咒！”

她回头恶狠狠地瞪着墓盖上雕的托马斯·弗雷泽，他安详地穿着盔甲，交叉的双手紧紧握着剑柄。

“你这该死的老头！说不定这是你的诅咒，你和你的该死的家族！你想过吗？”她突然转身问我，眉毛高高挑起，愤怒的棕色眼睛里闪动着激烈的光芒。

“你有没有想过，也许你并不是因为自己的宿命而成为这种人？也许根本不关你的事，是因为其他人的宿命，你才有灵视，还因此受尽折磨。你想过吗？”

我缓缓地说：“我不知道。不过经你一说，或许吧！你一定会不停想，为什么是自己，但我从来没有满意的答案。你觉得你有灵视，是对弗雷泽家的诅咒？让他们预知死期？这想法真可怕。”

“的确很可怕。”她无奈地同意，靠在红色砂岩石棺上，望着雨雪飘过残壁的顶端。

她突然问：“你觉得呢？我该告诉他吗？”

我吓了一跳：“谁？洛瓦特勋爵吗？”

“是呀，告诉勋爵大人。他问我看到了什么，我跟他说没有，他就打我。其实他看我的表情，就知道我看到了，但我不肯说。不说出我看到的，是我仅有的权力。”她洁白纤长的手指从斗篷下露出来，焦躁地捻着潮湿的斗篷。

“总是有可能，对不对？我的预言有可能改变事情，以前就偶尔发生过。我告诉拉克兰·吉本斯，我看到他女婿全身包着海草，鳗鱼从他的上衣游过。拉克兰听进去了，他直接走出去，在他女婿船上打了个洞。”她想起往事，笑了起来，“老天，当时可起了好大一场骚动！不过隔一个礼拜，暴风雨来了，淹死三个人，拉克兰则好好在家中补船。我后来再看到他，他身上的衣服就是干的，缠住头发的海草也不见了。”

我轻声说：“所以有时候，确实可以改变。”

“有时候可以。”她点点头说，眼睛还是盯着地面。她脚边长眠的是莎拉·弗雷泽夫人，墓碑顶有一颗骷髅头和两根交叉的腿骨，碑上刻着拉丁铭文：Hodie mihi cras tibi，Sic transit gloria mundi（今天是我，明日换你。世间一切美好，都将归于尘土）。

“有时候不行。如果我看到一个人包着裹尸布，表示他就要生病了，但我也爱莫能助。”

“也许吧！”我看着自己摊放在身侧石头上的手。如果没有药物、没有仪器、没有医学知识，那么没错，得了病他就难逃一死。但如果附近有懂治疗的人，有治疗的草药器材……或许玛斯丽看到的疾病阴影，其实是实际的症状，像高烧或疹子，而这些症状平常看不到？然后只是因为缺乏医疗器材，所以看见症状就代表死亡？我永远也不会知道。

我转向她说：“我们永远也不会明白，我们也说不准。我们知道其他人不知道的事，但没办法解释原因或方法。但我们就是有这种能力——你说对了，这是种诅咒。但如果你事先知道，或许就可以阻止伤害……你觉得预知会伤害别人吗？”

她摇摇头说道：“我不知道。如果你知道自己快死了，会不会采取行动？还有，你只会采取善良的行动吗？还是你会孤注一掷，伤害你的敌人？如果你没有预知能力，这种伤害本来不会发生，对吧？”

“天晓得。”我们沉默不语，看着雨雪转为雪片，狂风卷起一阵雪花，吹过修道院毁坏的雕花窗格。

玛斯丽又忽然开口：“有时我能感觉到东西，不过我可以隔绝它，不去看它。那天洛瓦特勋爵的事就是这样，我知道有东西，但我努力不看。可是勋爵命令我看，还要我念占卜咒，让幻影更清晰。我照他说的做了。”她抬头望着耸立在前方的修道院石墙，墙壁夹杂着赭色、白色与红色，石砖间的泥浆已经破碎崩落。她的斗篷兜帽在她抬头时滑落，带有白丝的黑发从她背后倾泻而下，在风中飘荡。

“他站在炉火前，那是白天，看得很清楚。有个人站在他后面，像棵树一样动也不动，黑影罩着那人的脸。然后一把斧头的阴影落在勋爵的脸上。”

玛斯丽语调平静，但我的背脊依然窜起一股寒气。后来她叹口气，向我转过身。

“好吧，我会告诉勋爵，让他自己采取行动。这对他而言是好是坏，我也无法控制。勋爵必须自己选择——愿主耶稣保佑他。”

玛斯丽转身要走，我滑下墓石，踩在莎拉夫人的坟墓石板上。

“玛斯丽！”我喊她，她转过头来看我，双瞳幽黑一如遮蔽坟墓的阴影。

“嗯？”

“玛斯丽，你看我，能看到什么？”我两手垂放身侧，望着她，等她回答。

她注视着我，视线由上到下，从我身体后方游移到身旁两侧，最后淡淡一笑，点点头。

“什么都没有，只有你，夫人。”她轻声说，转身走下树林间的小径，留我一个人在风雪中。

是好是坏，我控制不了。因为除了预知，我没有其他能力，既无法让人听从我的意志，也无法阻止别人照自己的意志行事。我只有孤身一人。

我抖落斗篷上的积雪，转身跟着玛斯丽走下小径。我和她有同样苦涩的认知，知道我们都只有孤身一人。一个人的力量改变不了什么。

在接下来两三个礼拜，老西蒙的态度一如往昔，但我想玛斯丽已经告诉老西蒙她看到的幻象了。老西蒙之前正准备召集手下的次级地主与佃农，但突然打退堂鼓，说这件事其实也没那么急。这种优柔寡断的态度让小西蒙很不高兴，他正急着上战场取得辉煌功绩。

“这件事不急。”这句话老西蒙已经说了十几次。他拿起一块燕麦饼，闻一闻，又放下来。“毕竟还是等春天播完种比较好。”

“春天还没到，他们可能就打到伦敦了！如果你不去，就让我带人加入殿下！”小西蒙愤怒地看着坐在桌子对面的父亲，伸手去拿奶油。

洛瓦特勋爵哼了一声，说：“你有魔鬼的急性，怎么就没有魔鬼的一半判断力？不能学着等等吗？”

小西蒙喊道：“我们已经等太久了！卡梅隆、麦克唐纳、麦吉利夫雷——他们第一时间就加入了！难道我们要到最后一刻才出兵，然后在克林兰诺和格兰格瑞面前屈居下风？到时想当公爵，门都没有了！”

洛瓦特的大嘴表情丰富，即使年纪大了，还保有一些幽默与性感的痕迹。不过现在他的嘴看起来既不幽默，也不性感，他只是紧紧抿着嘴，冷淡地打量他的儿子。

他开口：“仓促成婚，后悔终身。选错妻子还可以休了，选错领主就糟了。”

小西蒙哼了一声，看着詹米，要詹米帮忙讲几句话。他原本对詹米怀有猜忌与敌意，但在过去两个月，由于詹米显然精通兵法，因此他也勉强对詹米多了几分尊重。

小西蒙正要开口，老西蒙就打断他：“詹米说什么我很清楚，我整天都在听他说。什么时候拿主意，由我决定。总之记清楚了，小子，如果宣布参战的时机到了，等一等不会有损失。”

“等一等看谁赢了。”詹米低声说，一边用一小块面包认真地抹着盘子。老西蒙表情严厉，但显然决定不搭理他。

小西蒙没注意到他父亲的不悦，固执地继续说：“你已经答应斯图亚特了，该不会不守信用吧？这样别人对你的信用会怎么说？”

老西蒙平静地回答：“就和他们一七一五年起事时说的一样。这些说三道四的人不是死了、破产了，就是流落法国变成乞丐，而我还好端端地在这儿。”

“可是……”小西蒙面红耳赤，他和父亲谈论这类话题都是这种结果。

伯爵厉声说：“够了！”他紧抿着唇，不以为然地瞪着儿子，一边摇头，“老天爷，有时我真希望布莱恩还没死，他笨归笨，至少知道什么时候该住嘴。”

小西蒙和詹米气得满脸通红，但两人谨慎地看了对方一眼，就低头专心用餐了。

洛瓦特勋爵的视线从儿子身上移开，看到我望着他，大吼道：“你又在看什么？”

我坦率地说：“看你，你看起来不太好。”即使以七十几岁老人的标准，他看起来都不太健康。虽然他只有中等身高，又因为上了年纪有点驼背、变胖，但原本体格结实，衣服下鼓起的胸膛和圆润的水桶腰感觉健康壮硕。但近来他变得肌肉松垂，皮肤下的肉体似乎缩水了，眼眶下布满皱褶的眼袋也变得暗沉，皮肤看起来苍白虚弱。

他哼了一声：“当然啦，睡不好，醒来也不得安宁，难怪我看起来不像新郎官那样满脸春光。”

小西蒙趁机反击，恶劣地开玩笑：“您看起来很像新郎啊，像刚度完蜜月被榨干的新郎。”

“西蒙！”弗朗西丝夫人叱了一声。但桌旁的人一个个都在窃笑，连洛瓦特勋爵自己的嘴角也微微牵动了一下。

勋爵接话：“是吗？小子，告诉你，我还宁可是这个原因！”他在座位上不自在地动了动，把侍者端上来的煮萝卜推开，伸手拿酒杯，举到鼻子前嗅嗅，又郁闷地放下。

勋爵冷冷地对我说：“盯着人看很失礼，还是说英国人对礼貌有不同标准？”

我有点脸红，但没有移开视线。“我只是在想，你除了没胃口，不想喝东西，还有其他症状吗？”

“想证明自己还有些价值吗？”洛瓦特向后一靠，双手交叠放在大肚子上，像只老青蛙。“我孙子说你是治疗师，白娘子？”他朝詹米瞥去不怀好意的一眼，但詹米视若无睹，继续用餐。洛瓦特嘀咕一声，斜眼望着我，表情有点嘲讽。

“我不喝酒，是因为我无法小便，我也不希望自己像猪一样膀胱爆炸。我睡不好，是因为我一个晚上起来十几次拿夜壶，却常白拿。所以你觉得这是怎么回事，阿丽斯特夫人？”

弗朗西丝夫人低声说：“父亲大人，说真的，我觉得您不该……”

“可能是膀胱感染，但我觉得听起来像前列腺炎。”我回答，并举起酒杯喝了一大口，先细细品味，再让酒滑下喉咙。我放下酒杯，端庄贤淑地对勋爵笑了笑。

“是吗？请问那又是什么病？”勋爵挑眉说道。

我像魔术师变戏法一样，卷起袖子，举起手，动动手指。我先举起左手食指，对他说明：“男性的前列腺环绕着尿道，而尿道是膀胱排尿的管道。”我屈起右手，两指成圈，绕着左手食指，当作解说图，“如果前列腺发炎或肥大，也就是所谓的前列腺炎，就会把尿道夹住，截断尿流。”我收紧右手的圈圈，夹住左手食指，“年纪大的男人常有这毛病，懂了吗？”

弗朗西丝夫人本来想让勋爵谈些适合晚餐的话题，却没成功，现在正和妹妹激动地窃窃私语，两人看我的眼神比平常更加怀疑。

洛瓦特勋爵兴致盎然地看着我的小小表演。“我懂了。”他眯起斜挑的猫眼，若有所思地看着我的手指，“如果你对这个毛病这么了解，那你知道怎么解决吗？”

我皱着眉头回想。年轻的士兵很少得前列腺炎，我从未真正见过这种病例，更不要说治疗了。不过，我在医学课本上读过，也记得治疗方法，因为课本上前列腺炎的章节图文并茂，护士生看了都嘻嘻哈哈，觉得可怕又有趣，读起来格外用心。

我说：“除了手术以外，只有两条路可以走。一是在阴茎里插入金属管，通到膀胱，撑开尿道……”我一边说，一边将食指捅过缩起来的圈圈，“或者可以按摩前列腺，消除肿胀。而且要经由肛门按摩。”我最后补充一句说明。

我听到身旁传来一阵轻轻的呛咳，抬眼看看詹米。他眼睛仍盯着盘子，不过一阵潮红从领口逐渐蔓延到脸上，耳尖更是火烧般通红，身体还微微颤抖。我环视桌子一圈，发现许多人盯着我，看起来吓呆了。弗朗西丝夫人、艾琳和其他女士除了瞪着我，脸上还表情各异，有好奇，也有嫌恶，而在场所有男士都一脸反感与害怕。

唯一例外的是洛瓦特勋爵，他微合着双眼，若有所思地揉着下巴。

他说:“这两个选择都很糟，不是老二插根管子，就是后面捅根手指，是吗？”

我高雅地向他微微一笑 :“应该是两三根，而且要反复进行。”

“这样啊！”洛瓦特勋爵唇边露出跟我一样的微笑，缓缓抬起蔚蓝色的眼睛，紧盯我的双眼，目光中除了嘲讽，还有一丝挑战。他婉转地说:“听起来……很有趣啊！”斜挑的眼睛将目光落到我的手上，打量着。

他开口 :“你的手很美，保养得很好，洁白又修长，是吧？”

詹米刷的一声把自己的双手收到桌下，站起身来，俯下身，面孔离勋爵只有一英寸。

“如果您需要这种服务，就让我来照顾您吧！”詹米把宽厚的大掌摊到桌上，每根长长的指头大概有枪管那么粗。“虽然要我把手指伸到您的老屁眼里不是什么舒服的事，不过为了表现孝心，我还是勉为其难，免得一泡尿胀破您的膀胱，您说是吧？”

弗朗西丝夫人闷笑出声。

洛瓦特勋爵极其不悦地打量孙子，慢慢从座位上站起来。

“不用麻烦了，我会请个女仆来做。”他简要地说，然后向大家一挥手，示意我们继续用餐，离开大厅前还停下来，端详一名端着野鸡肉进来的年轻女仆。那女孩瞪大双眼，侧身从勋爵旁边走过。

勋爵离开后，餐桌陷入死寂。小西蒙张着嘴巴目瞪口呆地看着我，然后看看詹米，闭上嘴，接着清了清嗓子。

“请把盐递过来，谢谢。”他说。

“……老朽年老体衰，无法亲往服侍殿下，甚憾。谨遣犬子，以示赤诚。等等，改成‘崇敬’……谨遣犬子，以示崇敬。”洛瓦特勋爵顿了顿，皱眉看着天花板。

洛瓦特勋爵开口问秘书：“吉迪恩，我们该送什么？要看起来昂贵，但其实算不上什么，让我可以说区区薄礼，微不足道。”

吉迪恩叹了口气，用手帕擦擦脸。他是个个头粗壮的中年男子，头发稀疏，脸颊圆润通红，显然吃不消卧室里的熊熊炉火。

“您从马尔伯爵那儿得来的戒指？”吉迪恩随口建议。一滴汗顺着他的双下巴滴到信上，他用袖子偷偷吸干。

勋爵说：“看起来不够贵，而且有太多政治暗示。”勋爵一边想，一边用脏兮兮的手指在床单上轻敲。

我想，老西蒙做得十分彻底。他穿着最好的睡衣，在床上撑着坐起身，药品摆了一桌，私人医生孟席斯在一旁照料，这位矮小的医生一直用怀疑的眼光瞄着我。我想，勋爵完全信不过小西蒙的想象力，才精心策划了这幅场景，让小西蒙见到查理王子的时候，可以照现场的样子传达洛瓦特勋爵是如何年老体衰。

“哈，有了。我们送黄金和纯银制的野餐套装，看起来既昂贵又无关痛痒，不会让人觉得是种政治上的支持。”勋爵满意地说，而后又补充道，“反正那汤匙也有凹痕了。”他对秘书说：“好了，我们继续，‘诚如殿下所知……’”

我和詹米互看一眼，他偷偷微笑回应。

一个礼拜前，那场重要晚餐结束后我和詹米回房换衣服，他告诉我：“我觉得你让勋爵如愿以偿了，外乡人。”

我问 :“他有什么愿望？调戏女仆吗？”

詹米面不改色地说 :“他一直想托病闪避，你正好给了他理由像往常一样当墙头草。如果他的病名听起来很严重，他就可以名正言顺地卧病在床，不会有人怪他没和手下一起出现在战场。另一方面，他派继承人去打仗，斯图亚特会赞扬他信守承诺。但如果出了差错，老狐狸也可以对英军说，派兵是小西蒙的主意，与他无关。”

洛瓦特勋爵呼唤着我，把我从回忆中拉回。“姑娘，可以请你告诉吉迪恩‘前列腺炎’怎么写吗？”他又告诉吉迪恩，“笨蛋，写清楚点，别让殿下看错了。”

于是我慢慢念给吉迪恩听。接着，我站到勋爵床边，问道 :“今天早上还好吧？”

勋爵望着我，露出一口假牙笑嘻嘻地说道 :“非常感谢你，我的病情大大好转了。想看我小便吗？”

我十分礼貌地答道 :“先不用，谢谢。”

这天是十二月中旬，天气清朗冷冽，我们离开布尤利，准备回去和查理王子及高地军会合。查理王子独排众议，无视天气、常识与手下指挥官的劝阻，执意往南推进到英格兰。不过到了德比，他手下指挥官的意见占了上风，高地首领不愿继续前进，于是高地军往北撤退。查理王子来了一封急件，催我们立刻往南和他会合，“切勿耽搁”。小西蒙穿着深红色的格子花呢，一副氏族族长的模样骑在一列小队前方，有马骑的人跟着他，其他人则走在后面。

我们和小西蒙一起骑在小队前方，直到抵达科马尔。届时我们将分道扬镳，小西蒙和弗雷泽家族的部队前往爱丁堡，詹米表面上先护送我回拉里堡，之后再回爱丁堡。实际上，他当然不会回去，不过这就与小西蒙无关了。

近午时分，我从路旁的小树林间钻出来，看到等得不耐烦的詹米。

为了让上路的人打起精神，大家会喝热麦酒。我意外地发现，热麦酒不仅适合早上喝，对膀胱也有显著的影响。

詹米咕哝着说："女人，不过撒个尿，也要这么久？麻烦得要命，和我爷爷没两样！"

我犀利地说："下次你可以一起来看一下，或许会有更好的建议。"

詹米哼了一声，转头去看小队鱼贯通过，他脸上却挂着微笑。今天早上清澈晴朗，每个人都精神振奋，不过詹米精神特别好。这也难怪，我们要回家了。我明白詹米不会骗自己一切顺利，这场战争还是要付出代价。但即使我们阻止不了查理王子，至少我们可以解救身旁的人，也就是拉里堡。这点事我们还做得到。

我瞟了一眼族人迤逦的队伍。

"两百人，真壮观。"

詹米伸手提起缰绳，心不在焉地纠正我："一百七十人。"

我好奇地问："你确定？洛瓦特勋爵说他要派两百人，我听到他吩咐要这样写。"

"他没派这么多人。"詹米上了马鞍，站在马蹬上，指着底下的山坡，远方画有弗雷泽家徽雄鹿头的旗帜在队伍前方飘扬。

"我在等你的时候数了数，上面那里西蒙旁边有三十个骑兵，五十名当地的巡守队，他们拿着大刀与小圆盾，腰上挂着镰刀、铁锤的佃农有九十人。"

我嘲讽地说："你爷爷想夸大派出的人手啊！"

詹米皱眉："不过他们到爱丁堡会登入军册，我最好看一下。"

我静静地跟上去。我想自己身下的坐骑大概有二十岁了，只能沉稳地踱着慢步。詹米的坐骑则浮躁不安，远比不上多纳斯。查理王子想骑着多纳斯公开露面，因此詹米把那匹大公马留在了爱丁堡，也免得落入老西蒙贪婪的手里。

从我面前上演的这场好戏看来，詹米对爷爷的判断无误。我看到詹米先是骑在小西蒙的书记员旁边，接着两人陷入激烈的争辩，最后詹米从鞍上侧身一把抓住书记员的缰绳，把他的马拽离路边，来到泥泞小径上，书记员满脸怒气。

詹米和书记员下了马，两人面对面站着大吵。小西蒙见二人起了争执，示意纵队继续前进，自己则拉着马加入争吵。三人一阵你来我往，我发现小西蒙恼怒地涨红脸，书记员一副愁眉苦脸的表情，詹米的手势则有点激烈。

这场哑剧让我看得入迷。只见书记员无奈地耸耸肩，解开鞍带，拿出几张羊皮纸。詹米一把抢过，食指沿着一行行文字快速扫读。然后他抓出其中一张朝小西蒙挥舞，其他的全飘落到地上。小西蒙吓了一跳，拿了那张纸凝神细瞧，然后抬起头，一脸困惑。詹米一把夺回，用力把坚韧的羊皮纸对半撕开，叠起再撕一次，然后把碎片塞进自己的苏格兰毛皮袋里。

我勒住马，这小马趁着短暂休息时间，嗅了嗅附近几株干瘦的草木。小西蒙转身朝马走去，后颈赤红，我想自己最好还是别挡路。詹米策马向我奔来，红发像旗帜在风中飘扬，嘴唇紧抿，明亮的双瞳闪着怒火。

他怒吼道："该死的臭老头。"

"他怎么了？"

"他把我的人马列入他的名单，宣称他们也属于弗雷泽军团。可恶的老臭虫！"詹米回望来时的小径，一脸无奈，"可惜我们已经走这么远了，来不及回去教训那戴假牙的老浑蛋。"

我很想继续听詹米对老西蒙的精彩批评，但还是先打住问道："为什么？他想让自己看起来出了更多力？"

詹米点头，怒气微微从他脸颊上退去。"这就是他，不花一分力借刀杀人。不只这样，那只卑鄙的老蜘蛛还想把我的地要回去。自从我父母结婚，他被迫让出那块地之后，他就一直想夺回去。他打着如意算盘，一旦他成了因弗内斯公爵，就可以声称拉里堡一直属于他，我只是他的佃农，证据就是这支氏族军队里有拉里堡的人马。”

“他真的能为所欲为？”我疑惑地问。

詹米吐出长长一口气，温热的水汽从鼻孔喷出，像火龙一样。接着他一声冷笑，拍拍腰上的毛皮袋。

“现在他不能了。”

从布尤利到拉里堡需要两天，前提是天气好、马匹健壮、路面干燥，而且除了吃喝睡以外，不多作耽搁。而实际上，出了布尤利约十公里，有匹马就瘸了，刮风、下雪、冻雨又轮着来，泥泞的地面冻出一块块湿滑的冰，如此这般，我们花了几乎一星期才终于走到往拉里堡农舍的最后一道山坡路，一路又冷、又累、又饿，浑身脏兮兮的。

我们独自回来，就只有我们两人。我们遣默塔和小西蒙、博福特城堡的士兵一起回爱丁堡，评估高地军队目前的局面。

宅邸耸然矗立，洁白一如覆满冬雪的田野，四周是几栋外屋。我第一次看到这栋宅邸时的情绪，至今依然鲜明。的确，我第一次看到这栋房子不是透过阵阵冰冷的飞雪，而是在明媚的秋日，但即使在那时，屋子看起来就已经是温馨的避风港。现在楼下的窗户透出温暖的灯光，在天色渐灰时发出昏黄柔和的光芒，屋子便显得更宁静而强大。

我跟着詹米走进前门，闻到令人垂涎欲滴的烤肉味、刚出炉的面包香，那股温馨的感觉又更浓了。

詹米幸福地闭上眼睛，深深吸入那股香味。“晚餐！天啊，我饿到能吃下一匹马。”融化的雪水从他的斗篷下摆滴落，在木头地板上滴出一圈水渍。

我解开披风的系绳，拨掉发上的融雪。“我也以为最后得煮匹马来吃，你在科琴米尔买的那匹劣马，只能一瘸一拐地走。”

我们的声音穿过门厅，楼上一扇门打开，接着传来一阵小小的脚步奔跑声，还有高兴的叫声，小詹米发现了他的舅舅。

两人团聚时的喧闹声引来家里其他人的注意，不知不觉中，詹妮、小婴儿、玛格、伊恩、克鲁克太太，还有几个女仆都涌入门厅，团团围起，欢迎拥抱着我们。

“詹米，真高兴你回来了！”詹妮踮起脚尖亲吻詹米，第三遍说出这句话，“我们听到军队的消息，担心你们要好几个月才能回家。”

伊恩说：“你们带人回来了吗，还是只是回来看看？”

“带人回来？”哄着玛格的詹米听到伊恩这番话，一时忘了怀中的小女孩。玛格扯了扯詹米的头发，要他注意自己，他轻啄她一下，便将她交给我。

詹米问伊恩：“这话是什么意思？拉里堡的人应该一个月前就全回来了才对。有人没回来？”

我抱紧小玛格，看着伊恩脸上的笑容慢慢退去，一股不祥的预感弥漫我全身。

伊恩缓缓地说：“詹米，没有人回来。他们和你一起离开之后，就再也没出现过了。”他看着詹米的脸，瘦长和气的脸上也突然浮现同样严峻的神情。

这时门外庭院突然传来一声喊叫。詹米急忙转身到门边，推开门，身子往外探进风雪。

我站在詹米背后，看到风雪中有人策马急奔而来。视野太差，我看不清马上人的脸，但那瘦小结实的身影像猴子般攀在马鞍上，绝不可能认错。詹米说他“快如闪电”，确实。只花一星期就从布尤利到爱丁堡，紧接着回到拉里堡，不是真正坚忍的人绝对办不到，来者正是默塔。我们用不着玛斯丽的预言天赋也知道，他带来的必定是噩耗。

CHAPTER 13

最新情报

詹米脸色铁青，盛怒下甩上荷里路德宫晨间会客室的门，把尤恩·卡梅隆吓得跳起来，打翻了桌上的墨水瓶。桌子另一边坐着小西蒙，看着詹米气急败坏，只是扬了扬粗黑的浓眉。

“可恶！怎么回事啊你？”尤恩匆忙掏着袖子找手帕，想擦干在桌面晕开的墨汁，“呃，早安，弗雷泽夫人。”他见到我跟在詹米后面进门，急忙向我致意。

詹米开门见山问道：“殿下在哪里？”

“斯特林城堡。”尤恩放弃找手帕了，开口问道，“有没有布，詹米？”

“有的话我会拿来勒死你。”詹米发现查理王子不在宫里，稍微放松了点，但嘴角还是紧紧绷着，“你为什么把我的手下关在托博瑟监狱？我刚刚去看过了，那地方连猪圈都不如！你为什么不帮点忙？”

詹米的话让尤恩涨红了脸，但他清澈的棕色眼睛紧盯着詹米的眼睛。“我试过了，我说这其中一定有误会——没错，我们发现那三十人时，他们离军队已经有十英里了，说是误会还真勉强！话说回来，依殿下目前的兵力，还是少不了他们。所以殿下才开恩，没有下令当场全都绞死。”尤恩一惊魂甫定，怒气就升了上来，“老天爷，战时逃兵可是叛国罪！”

“是吗？”詹米怀疑道，一面对小西蒙点头致意，一面推了张椅子给我，然后自己找位子坐下，“尤恩，那你下令绞死你那二十个逃回家的手下了吗？还是现在已经变成四十人了？”

尤恩的脸更红了，垂下眼睛，专心揪着小西蒙递给他的布擦拭桌上的墨汁，低声开口：“至少我那些手下没有被当场逮到。”他抬起瘦削的脸看着詹米，认真建议道：“去斯特林找殿下吧！殿下非常生气，但毕竟你是因为殿下的命令才去布尤利的，所以才没能看管他们，不是吗？詹米，殿下把你当朋友，说不定会原谅他们，你可以为他们求情。”

尤恩拿着沾满墨水的布，犹豫不决地看了看，然后喃喃告退说要把布拿出去，显然急着摆脱詹米。

詹米瘫坐在椅子上，咬牙切齿地喘着气，眼睛凝视着墙上的斯图亚特纹章刺绣挂毯，右手的两只手指敲着桌子，陷入苦思。自从默塔把消息带到拉里堡后，他就一直这样。默塔回报，詹米的三十个手下在潜逃途中遭到拘捕，现在正关在爱丁堡恶名昭彰的托博瑟监狱等着处死。

就我来看，我也不觉得查理王子会处决詹米的手下。就如尤恩所说，高地军损失不起一兵一卒。查理王子坚持挥兵英格兰，不单糜师耗饷，英格兰地方的人民也未如他所期待支持他。更何况，在詹米派外交涉时处死他的人马，不仅犯了政治忌讳，在私人情谊上也缺乏道义，他再昏庸也不至如此。

如尤恩所言，查理王子终究会赦免詹米手下，这点詹米也明白，但即使如此，他仍惴惴不安，因为在这场情势越发不利的战事中，他不仅未能让自己的人安然抽身，还将他们推进苏格兰最恶名昭彰的监狱，烙上懦夫的印记，判处可耻的绞刑。

不仅如此，眼下詹米还必须忍着不冲入阴暗污秽的牢房救人，而是动身前往斯特林，思索如何向查理王子低头求情，难怪他此刻如坐针毡。

小西蒙也默不作声，皱眉思索，宽阔的前额挤满皱纹。他突然开口：“我和你一起去见殿下。”

詹米讶异地看着他，然后眯起眼睛：“你要和我去？为什么？”

小西蒙似笑非笑地答道："毕竟我们是亲戚。难不成你觉得我会像父亲一样，把你的人占为己有？"

"你会吗？"

"如果我觉得这样对我有好处，可能会。不过，我觉得这样只会带来麻烦，我可不想和麦肯锡家对着干，也不想和你对着干，我的侄子。"小西蒙笑道。"拉里堡尽管很富庶，但离布尤利太远，想据为己有也不容易，不管出兵还是上法庭，都有难缠的仗要打。我跟父亲说过，但他根本听不进去。"小西蒙坦言。

小西蒙摇摇头，整整腰下的剑带。"加入殿下大军的好处应该更多，等陛下复辟，肯定有不少油水可捞。但想打胜仗，每个能作战的兵马都得上场才行。我和你一起去。"他坚定地又说了一次。

"多谢,西蒙。你一起来会有帮助的。"詹米点头,脸上缓缓浮现微笑。

"好说。你也可以找杜格尔一起，他现在人在爱丁堡。"小西蒙点头。

"杜格尔？找他没什么不好，可是……"詹米疑惑地扬起眉毛。

小西蒙懒洋洋地靠在椅子上，面带嘲讽地看着詹米："没什么不好？你难道没听说，现在杜格尔可是查理王子身边的红人啊！"

"为什么？他做了什么？"我问道。杜格尔带了两百五十名士兵加入斯图亚特，但出更多人手的族长也不少。

"一万英镑。"小西蒙玩味地咀嚼这几个字，"白花花的钱，整整一万英镑,由杜格尔的双手恭敬地献上,不赖吧！"小西蒙实事求是地说，从椅子上坐直，"卡梅隆告诉我，查理王子已经把西班牙的赞助款花得一毛不剩。他原本期盼英格兰人民响应，但到头来收到的钱也少得可怜。杜格尔的一万英镑拿来买武器食物，至少可以撑几个礼拜，运气好的话，到时会有更丰沛的法国资金。"路易王终于体会到，他的表亲查理王子的鲁莽行动可以彻底分散英军的注意，于是勉强挤出一点钱给查理王子，不过仍要等上好长一段时间。

我注视着詹米，他的表情和我一样困惑：杜格尔究竟从何处生出这一万英镑。突然间，我想起许久前曾听过这笔金额。就是在克兰斯穆尔的贼窟，我在坑里度过漫漫的三天三夜，等待女巫罪名的审判。

我惊呼出声："吉莉丝！"我想起那场对话，在幽黑的泥泞坑洞里如何听到吉莉丝的声音从黑暗中传来。我一阵发冷，会客室炉火温暖，我却拉紧斗篷紧裹住自己。

当时，吉莉丝自豪地说："我挪用了近一万英镑，用来资助詹姆斯党的志业。对于起事,我知道自己出了一份力。"她巧妙伪造前夫的签名，侵占了这笔钱。她的丈夫曾是地方的财政官，后来遭她毒杀。

我大叫："是她偷的，她偷了这笔钱给杜格尔，或者是杜格尔从她那儿拿到的。"想到吉莉丝，一股寒战沿着我的手臂向上蹿。她被控施行巫术，在一株花楸树的枝丫下遭火刑处死，但在那之前她已产下杜格尔的孩子。我激动地站起身，在炉火前来回踱步。

"那个混账！两年前他在巴黎就是干这件事的！"我说。

"什么事？"詹米皱眉看着我，小西蒙则瞠目结舌。

"他去拜访查理王子，确认他是否真开始计划起事。也许那时他承诺要给钱——吉莉丝的这笔钱，因此鼓动了查理王子潜回苏格兰。但那时科拉姆还活着，他不能公然动用这笔钱，科拉姆会过问。他太诚实，不习惯用偷来的钱，不管是谁偷的都一样。"

"我明白了。"詹米若有所思，慢慢说道，"现在科拉姆死了，杜格尔成了王子的亲信。"

小西蒙插嘴："像我说的，这对你有好处，去找他吧！这个时间他应该在'世界尽头'小巷。"我们说的人他不认识,提的事他也一知半解，他因此开始不耐烦。

我忧心忡忡地问詹米："你觉得他会帮你向王子求情吗？"杜格尔曾当了詹米一段时间的养父，但关系一直时紧时缓。或许他不想帮懦夫和逃兵说话，以免失去王子刚对他产生的好感。

小狐狸西蒙的历练虽不及父亲，但血液里仍带着父亲的机敏。他扬起那双浓重的黑眉："杜格尔还想并吞拉里堡，不是吗？如果他认定我和父亲打算收回拉里堡，就会比较愿意帮你救人，对吧？等战争结束，如果他想拿下拉里堡，应付你会比应付我们还要轻松。"他点点头，欣然咬着上唇，琢磨着情势的演变。

"我先去找他，拿一份父亲写的名单在他面前炫耀，之后你再加入，告诉他，你宁可死也不愿让我把你的人收归旗下，然后我们所有人一起去斯特林。"他朝詹米露出奸诈的笑容。

"真是兵不厌诈。"我说。

"什么？"两人一惊，抬起头盯着我。

"没什么。我说，看你们的样子，果然是一家人。"

詹米和小西蒙一起骑马前去斯特林找查理王子，我则留在爱丁堡。然而，在这种情况下我也不能留在荷里路德宫，于是在卡农盖特街的小巷找了间客房住下，虽然房间又小又冷，但我待在房里的时间也不多。

托博瑟监狱倒是不拦阻访客探监，于是我和菲格斯每天都到监狱送点小贿赂，请守卫让我带点食物和药品给拉里堡的人。照理说，我不能和囚犯交谈，但只要打点妥当，狱方也就睁只眼闭只眼，让我单独与铁匠罗斯谈了两三次。

我第一次探视罗斯时，他说："都是我的错，夫人，我应该聪明一点，让他们三三两两地走，不该所有人一起走。我那时太担心有些人会走丢，因为大部分的人从来没离开过家。"

"别自责，你们只是运气不好。别担心，詹米已经前往斯特林找王子了，他很快就会让你们离开这里。"我要他放心。

罗斯点点头，疲惫地将一绺头发往后拨。几个月前他还是个魁梧、健壮的工匠，如今浑身又脏又臭、蓬头垢面，还瘦了不少。他对我挤出微笑，谢谢我带食物来。

"夫人送什么我们都吃，比狱方配给我们那一丁点馊水好太多了。"

罗斯说完，又犹豫了一下才问我："能不能……张罗几张毯子，夫人？我本来没想求这个，只是有四个兄弟浑身发冷，而且……"

"我来想办法。"我不假思索道。

我走出监狱，心想到底该怎么弄到毯子。尽管部队主力已南下入侵英格兰，但爱丁堡仍有军队占领，士兵、贵族、食客不断来来去去，物资已开始短缺。我或许能找到毛毯和保暖衣物，不过这些东西所费不赀，而我只剩十先令了。

爱丁堡有位沃特福德先生，他过去曾管理拉里堡的生意和投资，不过詹米担心银行资产可能会遭国王扣押，已在几个月前把所有资金换成黄金，一部分送往法国请杰拉德保管，其他的藏在农庄。别说我，即使詹米本人在这儿都拿不到黄金。

我站在鹅卵石步道上思考，任行人左推右挤。虽然我没有现金，但还是有几样值钱的东西。雷蒙在巴黎给了我一条水晶，水晶本身没有特别的价值，但黄金底座和链子就值钱了。我的结婚戒指——不，即使只是暂时卖出，我也舍不得。但珍珠的话……结婚那天詹米送我一串珍珠项链，我把手伸进口袋，确定项链是否还安然缝在我裙子的接缝里。

项链还在，那些精巧、不规则的淡水珍珠摸起来坚硬又光滑，虽然不如东方珍珠昂贵，但做工精致，珍珠之间还隔着黄金的镂空小串珠。这条项链是詹米母亲的遗物，用来照顾詹米的手下，她应该也很乐意吧！

我坚定地说："五镑，这项链值十镑，如果我有时间走到上面另一家店，还可以拿到六镑！"我不知道这是真还是假，总之我伸出手，像是要从柜台上把项链拿回来。当铺老板塞缪尔斯先生快速伸出手压住项链，从他殷切的态度来看，我应该开六镑的。

老板说："那三镑十先令吧，开这价钱，我家人都要没饭吃了，但看在您这样的淑女分上……"

店门上的铃铛响起，我背后的店门打开了，当铺陈旧磨损的地板上响起犹豫的脚步声。

“打扰了。”我听到一个女孩的声音，顿时忘了珍珠项链，猛地转过身，看到当铺铃铛的影子落在玛丽·霍金斯的脸上。一年过去，她不但长高了，也长胖了，仪态添了些成熟庄严，但依然很年轻。她眨眨眼，然后高兴地尖叫着扑过来，紧紧抱住我，衣服上的毛领搔着我的鼻子。

我终于从她的怀抱中脱身，问道：“你在这儿做什么？”

“我姑姑住在这里。还、还是你要问我为什么出现在这儿？”她手指比向塞缪尔斯先生狭窄幽暗的小店。

“这件事我也想知道，不过等一下再说。”我转向当铺老板说，“四镑六先令，不然我就走出去。快，我得走了。”

塞缪尔斯先生嘴里嘟囔着，手伸到柜台下拿钱箱，我转身面对玛丽。“我要买些毯子，要不要和我一起去？”

她往外看了一眼，门口有个穿制服的小仆人，显然在等她。“好，之后你再和我一起去。克莱尔，见到你真是太高兴了！”

我们走下山坡时，玛丽向我透露：“他送了封信给我，亚历山大送的。有个朋友帮他转交给我。”她提到亚历山大的名字时，脸上闪闪发光，但也微微皱着眉。

“我发现亚历山大在爱丁堡，就要、要爸爸让我来看米尔德里德姑姑。”她恨恨地接下去说，“他不反对我来，巴黎的事情发生之后，他看、看到我就生气。他很高兴我离开他家。”

我问：“所以你见过亚历山大了？”自从上次和他相见之后，我就没再听过他的消息，也不知道他是如何鼓起勇气写信给玛丽的。

“见过了。他没有要我来，我自己要……来的。”她叛逆地扬起下巴，但继续开口时有点颤抖，“他、他本来也不会写信给我，但他觉得自己快、快死了，他想让我知道……”我手臂环上她的肩头，很快带她转入一条小巷，远离拥挤的人潮。

“没关系。”我无奈地拍拍她，知道自己也帮不上忙，“你来了，也见了他，就已足够。”

她点点头，说不出话，擤着鼻子，最后才口齿不清地说：“对，我们曾经度过……两个月。我一直告、告诉自己，我已经比大多数人幸运了，度过幸福的两个月……但我们错过了太多该、该共度的时光，而且……我们在一起的时间太短了。克莱尔，太短了！”

“确实太短，这样的爱，一生都不够。”我内心忽然一阵刺痛，想知道詹米在哪里，想知道他的状况。

玛丽镇静下来，抓紧我的袖子。“克莱尔，你能陪我去看看他吗？我知道你也爱莫能助……”她极力压抑着颤抖，“但也许你可以……帮点忙。”她见我望向那个呆头呆脑站在巷子外的小男仆，简单解释道：“我付钱请他保密。我姑姑以为我每天下午是去、去散步。你愿意陪我吗？”

“当然了。”我望向高耸建筑物间的缝隙，判断太阳在城外山丘的哪个位置。再有一小时就天黑了，托博瑟监狱潮湿的石墙入夜后会更冰冷，我想在这之前把毯子送进监狱。我立刻做了决定，转身朝向菲格斯，他一直待在我身边好奇地看着玛丽。菲格斯原本跟着拉里堡的人被捕，但他是法国公民，逃过了牢狱之灾，只是他一人在爱丁堡举目无亲，只好重操扒手旧业。我发现他也会固定到托博瑟附近闲逛，买一点食物给狱中的同袍。

我把钱包交给菲格斯说：“拿着这笔钱去找默塔。告诉他，尽量多买几张毯子，确保毯子送到托博瑟监狱守卫那儿。我已经买通守卫了，但还是留几先令，以防万一。”

“可是夫人，我答应过大人，不会让你自己一人……”菲格斯不肯。

“大人不在，我做主。快去，菲格斯。”

他的目光从我身上扫过，瞥向玛丽，掂量后确定玛丽不会对我造成威胁，于是耸耸肩离开，嘴里用法文嘀咕着女人很顽固之类的话。

和我上次来的情况相比，亚历山大的小房间已大大不同。首先，房间变干净了，每一个平面都擦得亮晶晶的。还有，橱里放了食物，床上有羽绒被，还有许多抚慰病人的小东西。在途中，玛丽提到她一直悄悄典当母亲的珠宝，希望尽己所能让亚历山大过得舒适。

但发挥作用的不是那些东西，而是“人”。玛丽一进门，亚历山大就像烛光一样亮了起来，驱散了憔悴的病容。

“亲爱的，我带克莱尔来了。”玛丽把斗篷往椅子上一丢，随即跪在亚历山大身边，执起他细瘦、爬满蓝色静脉的手。

“你好，弗雷泽夫人。谢谢你先前的帮忙，很高兴再看到你。”亚历山大向我微笑的声音既虚又喘。

“我也是。”我对他笑了笑，不自觉注意到他的脉搏快速颤动，在喉咙下浮现，皮肤也变得透明。他淡褐色的眼神晶亮、目光温柔，展现着他仅存的生命力。

我今天没有带着药，但还是仔细检查着，再让玛丽帮他盖好被子，舒舒服服地躺下。检查花了他一些力气，累得他嘴唇微微发青。

我忍着不说出连我都很担心的病况，只告诉他明天会带药来，帮他入睡。我的安慰他几乎都没听进去，一心一意只注视着玛丽。玛丽焦急地坐在他旁边，握着他的手。她瞟了一眼窗外将暗的天色，我便明白她在担心什么了：她得在天黑前赶回姑姑家。

“那我走了。”我告诉亚历山大，识趣地留一些宝贵的时间给两人独处。

亚历山大的目光从我身上扫向玛丽，然后又感激地对我微笑。

“上帝保佑你，弗雷泽夫人。”他说。

“明天见。”我转身离开，心里也期盼明天真有机会能过来。

拉里堡的人被捕时，武器自然也被没收了，接下来几天我四处奔走，软硬兼施，尽可能找回那些兵器，需要时甚至恐吓威逼撒娇贿赂全使上。我典当了杰拉德送我当临别赠礼的两只胸针，买足食物让拉里堡的人吃得和一般士兵一样好——虽然高地兵的伙食也不怎么样。

我说服守卫让我进到监牢诊治他们的疾病，从坏血病与冬季常见的营养不良，以及皮肤发炎疼痛、冻疮、关节炎到各种呼吸系统疾病都有。

我四处登门走访还留在爱丁堡的族长及贵族（这些人也所剩无几了），希望在詹米没能说服殿下之前，他们可以伸出援手。我不觉得詹米会失败，不过有备无患。

白天除了这些活动，我也腾出时间每天去看亚历山大。我刻意挑早上去，才不会占去他和玛丽相处的时间。他睡得很少，也睡不好，早上往往疲倦无力、不想说话，但总是面带微笑欢迎我。我会替他准备清淡的薄荷与薰衣草茶，并滴上几滴罂粟糖浆，通常这能让他睡上几小时，这样下午玛丽来访时他就会有精神。

除了玛丽，我在亚历山大的住处没看过其他客人，因此有天早上我上楼听到屋里有人时，吃了一惊。

我照着约定的习惯，短促地敲了一下门，就开门进去。兰德尔正坐在他弟弟亚历山大的床边，身着队长的红驼二色制服。他见我进门，便起身行礼，依旧精准而冷漠。

“夫人。”他致意。

“队长。”我答道。然后我们别扭地站在房间中央盯着对方，谁也不愿再往前一步。

“翰……”亚历山大嘶哑的声音从床上传来，唤着兰德尔的小名，语气有哄劝也有指使，兰德尔烦躁地耸耸肩。

“我弟弟要我带点消息给你。”兰德尔说完，嘴唇紧闭。他今天早上没戴假发，黑发束起的外貌和亚历山大非常相似。脸色苍白、身体虚弱的亚历山大，看起来就像兰德尔的幽灵。

亚历山大侧卧起身，看着我说道：“你和弗雷泽先生一直对玛丽很好,对我也很好。我知道翰和你的协议……”他脸上浮起淡淡的红晕，“但我也知道，你和丈夫在巴黎帮玛丽很多忙。我想，应该告诉你翰昨天从爱丁堡带来的消息。”屋内的炉火让他嘴唇干燥龟裂，他舔舔嘴唇。

兰德尔嫌恶地看着我，但他信守承诺。“就像我之前和你说的，霍利将军已经取代了柯普将军的位置。霍利没什么领导天分，只是对自己的手下有种盲目的信心，至于他这种信心，是不是比柯普的大炮有用……”他不耐地耸耸肩，“无论如何，霍利将军已经收到指示，要往北进军，收复斯特林城堡。”

“是吗？你知道他有多少军队吗？”我问道。

兰德尔点点头。“目前他麾下有八千人，其中一千三百人是骑兵。还有六千名雇佣兵会加入，霍利每天都望眼欲穿。”他皱眉思考道，“我听说坎贝尔氏族的族长也会派一千人加入霍利将军，但我不知道这些消息可不可靠，苏格兰人做事很难预料。”

“我明白了。”这消息很重要，现在高地军有六七千人，在霍利的援军抵达前还有可能打赢，但佣兵和坎贝尔的人一抵达，就万事皆休了。更别提高地军的作战技巧比较适合进攻，不适合防守。这消息最好立刻传给默里勋爵。

兰德尔的声音将我从沉思中唤回。“告辞了，夫人。”他的声音一如以往冷漠，对我鞠躬后离开，俊秀冷硬的面孔上看不到一丝人情。

“谢谢你，我非常感激。”我对亚历山大说道，等兰德尔走下那道蜿蜒的楼梯再离开。

亚历山大点点头，眼睛下的黑眼圈很明显，晚上大概又没睡好。“不客气。可以留点药给我吗？下次再见到你，可能要一段时间吧？”

我停下脚步，没想到他认为我会自己去斯特林。我身体里每一根神经的确都在催促我动身，但我还要照顾留在托博瑟监狱的人。

“我不确定，不过，我会留些药给你。”

我慢慢走回寄宿处，一边思索着。如果要马上把情报带给詹米，派默塔去最快。詹米一定会相信我写的便笺，但是他有办法仅凭一张便笺，就说服默里勋爵、珀斯公爵，或其他的军队指挥官吗？

我不能告诉他消息来源，如此一来，即便一般人认为女人写的字具有不可思议的力量，但身为指挥官，会愿意相信一封女人所写的、毫无根据的信吗？这让我想到玛斯丽，不禁打了一阵冷战。她说过：“这是一种诅咒。没错，但我们有什么选择？不说出我看到的，是我仅有的权力。”我也有这种权力，但行使这权力的风险很大，我不敢贸然尝试。

我意外发现房门是开的，里头传出乒乒乓乓的声音。我一直把收回来的武器藏在床下，床底放满了，就把各种刀剑叠在壁炉旁，现在除了菲格斯打地铺的一小块空间，房间地板全堆满了东西。

我站在楼梯上，望进门内，看到的景象让我大吃一惊：房内挤满了人，默塔正站在床上，负责把武器分派下去——那都是我们拉里堡的人。

“夫人！”这声呼喊让我转身，发现菲格斯就站在身边眉飞色舞地抬头看我，蜡黄的脸上笑嘻嘻的，一排牙齿整整齐齐。

“夫人！很棒吧！大人让大家获释了！今天早上有个信差带了释放令来，还要我们马上到斯特林和大人会合！”

我笑着搂住他。“太棒了，菲格斯。”几个男人注意到我，也纷纷转身对我微笑，拉拉其他人的袖子，小房间里的气氛既兴奋又激昂。默塔坐在床边，就像坐在菌伞上的侏儒国王，一看见我嘴角便上扬，这一笑让他换了一张脸，几乎让人认不出来。

“默塔先生会带大家去斯特林吗？”菲格斯分到一把短剑，正在练习把剑从剑鞘里拔出、收回。

我迎上默塔的眼睛，摇了摇头。我想，如果詹妮·卡梅隆都可以带领弟弟的手下到格伦芬南，那我也可以带领丈夫的兵马到斯特林。我要亲自传达，绝不让默里勋爵和王子殿下轻忽我的情报。

“不，我来。”我说。

CHAPTER 14

福尔柯克之战

黑暗中，我能感觉到身边有人和我一同前进。我旁边是个风笛手，他腋下夹着风袋嘎吱出声，单音管的轮廓则从他肩头探出。风笛手每走一步，风袋和低音管随之晃动，看起来就像背着一只无力挣扎的小动物。

我认得他，他叫赖比瑞恩·麦克兰。在斯特林，氏族的风笛手会轮流在黎明吹奏，迈着整齐的步伐在营地巡行，让单音管哀泣般的音色在薄弱的营帐间震荡，唤醒所有人迎向新一天的战斗。

在傍晚，风笛手也会出来吹奏，漫步踱过军营场地。营中的人都会停下手边的事聆听，此时正值夕阳余晖渐渐从帆布营帐上淡去，各种声音也逐渐沉寂。苏格兰高地风笛曲的音调高亢，如泣如诉，从月中唤出暮色。曲声歇止之时，夜色已然降临。

无论晨昏，麦克兰吹奏时都紧闭双眼，踩着坚定步伐，手肘紧夹风袋，手指在音管上灵活飞跃着。尽管天冷，有时我还是会在傍晚坐着，让乐音穿透我的心灵。麦克兰无视周遭的一切，身体带动脚跟行进吹奏着，透过音管倾泻出属于他的乐章。

风笛大致有两种：一种是小的爱尔兰风笛，多用于室内演奏；另一种是大的北方风笛，多用于室外吹奏，特别是用于军队里的起床号、召集氏族、行军间激励战斗士气等。麦克兰吹奏的就是北方风笛。

一天傍晚他奏完，我站起身子。他挤出风袋最后剩余的一点空气，让风笛发出渐弱的呜咽声，随后朝守卫点个头，便穿过斯特林城堡的大门进来。此时我走过去和他并肩走着。

他向我招呼道："晚安，夫人。"他的声音很柔和，眼睛虽然张开了，但尚未走出音乐施下的魔咒，眼神仍然迷蒙。

"晚安，麦克兰。我想知道，为什么你吹奏时总是紧闭着眼睛？"

他挠挠头笑着答道："夫人，我想大概是因为教我风笛的是我失明的祖父。每次吹奏时我总是能看见他，看到我们在海岸边散步，他的胡子在风中飞扬。他得紧闭着失明的双眼，抵挡风沙造成的刺痛。他可以从笛音碰到悬崖岩石，再反折到他身上的声音，判断自己走到哪里。"

我问："原来，你就像是看着祖父，对着悬崖和大海吹奏那样啊！你是哪里人，麦克兰？"他说话的腔调低沉而独特，跟一般高地人有点不同。

他答道："我从昔德兰群岛[①]来的，夫人，离这儿很远。"他说"昔德兰"时，发音听起来很像"切德兰"。等我们一同走到宾客营区分别前，他再次微笑行礼，"不过，若真要说来，我想您应该来自更遥远的地方，夫人。"

"你说的一点都没错。晚安了，麦克兰。"我说道。

我忆起数天前麦克兰说到自己闭眼吹奏的样子，此刻他在这一片黑暗中应该也畅行无阻吧！一行人再怎么极力保持安静，走动声音仍旧嘈杂。然而，无论他们造成的回声多大，都会被呼号的风声吞没。这晚月黑风高，天空云层稀薄，冰冷的冻雨降下，刺痛我的脸颊。

高地军分成十至二十人的小队分散前进，地面颠簸不平，仿佛地上

---

① 昔德兰群岛（Shetlands），位于英国领土的最北端，由一百多个小岛组成，主岛距苏格兰本土两百余公里，十五世纪之后才划入苏格兰领土。

不时会突然冒出几座小丘，又好像落叶松与赤杨木树林会在暗夜里行走。他们没有轻忽我的情报，因为尤恩的探子也报告了霍利将军的行动，苏格兰军已经上路，正在斯特林城堡南方某处，准备会一会霍利的军队。

詹米已经不再要求我回去。我答应过不会插手，而且如果战争开打，军医自然必须随时待命。我见詹米突然抬头，猜想他应该是巡视着手下兵马和前方的路况。他骑着高壮的多纳斯，即使在黑暗中也非常醒目。他举起一只手臂，两道比较矮小的人影从队伍中脱队，来到詹米的马镫旁。他们低声交谈了片刻，然后詹米在马鞍上坐直，向我转头。

“侦察兵说我们被发现了，英军守卫已经快速前往卡伦德堡警告霍利将军。我们不能再等了，我会带手下绕路赶过杜格尔的部队，到福尔柯克丘的另一侧。杜格尔的部队从西方进攻，我们从后方夹击。山丘上左手边有一座苏格兰教堂，离这里四百多码，你就待在那儿别轻举妄动。外乡人，快去！”他在黑暗中摸到我的手臂，轻捏了一下。

“我一脱身就会去找你，或是派默塔去。如果出了事就进教堂寻求庇护，好吗？”

“别担心。”我答道。我的双唇是冰冷的，真希望我的声音听起来不会跟我的心情一样不安。我把已到嘴边的“小心点”硬生生咽了回去，只是用手轻轻滑过他刚硬的脸颊，拨开额前像鹿毛般冰冷滑顺的头发。

我提起缰绳，驱驶坐骑左转并缓步前进，而后方的人从我身边不断推进，马儿因而烦躁不安地甩头喷气。我用詹米的方法，猛地往上扯着缰绳，让它专注移动。我回头望着詹米，但他已消失在夜色中，提醒我要加紧脚步在黑暗中找到教堂。

小小的教堂筑了石墙，屋顶铺了茅草，像一只瑟缩的动物蹲伏在山丘的浅洼地中，让我觉得分外亲昵。这里看得到英军的营火，火焰透过冻雨闪着辉光。远方传来叫喊声——是英军或苏格兰军，我无法分辨。

然后风笛声响起，暴风雨中隐约传来骇人的吼叫。刺耳突兀的怒号从山丘顶各处响起，仿佛来自地狱。我可以想见风笛手正吹鼓了风袋，胸口因换气快速起伏，发青的嘴唇牢牢含着音管，冰冷僵硬的手指摸索着，努力奏出连贯的曲调。

风袋是皮革制的，外面包覆着苏格兰花呢，我几乎能感觉到风袋顽强抵抗，不愿让人吹饱，然后突然活了起来，一如风笛手的第三个肺，吐纳着风笛手的气息与身边族人的呐喊。

现在，喊声响彻天际，随风向改变一波波传到我耳边。风也卷来阵阵雨雪，教堂没有门廊可遮风挡雨，山丘边也没有树能阻绝风势。我的马转身低下头，迎着风，粗糙的鬃毛和着冰雪猛烈拍打我的脸。

教堂不只为我阻挡英军，也能抵挡暴风雨。我推开门，吃力地拉着缰辔，领着马儿进门。

教堂里黑漆漆的，只有祭坛上方的一扇羊皮窗，在黑暗中发出一方微光。和外头的天气相比，教堂里十分暖和，隐约的一股汗酸味让教堂显得非常窒闷。教堂里没有座椅，不会绊到马匹，除了墙上嵌了一座小神龛以及原本的祭坛，教堂里空无一物。马儿闻到人的气味，神经紧绷，但还不至于烦躁不安。我一边注意马，一边走回门口，探出头去。

没人晓得福尔柯克丘的战况。此起彼伏的炮火在黑暗中闪烁，我听到金属敲击声，偶尔传来大炮零星而微弱的沉闷轰击声。有人受伤发出惨叫，声音如风笛般尖锐刺耳，与战士操着盖尔语的嘶吼声大不相同。接着风向又变了，我什么也听不到，又或者本以为自己听到什么，但其实只是风在厉声嘶吼。

我没有看过普林斯顿潘斯的战斗。我习惯了大军带着坦克和迫击炮的缓慢战斗，忽略了小部队带着轻型武器、近身激战时，战况如此瞬息多变。

第一个警告是近在咫尺处传来的呼喊。“Tulach Ard！”伴着风声呼啸而至。我一直等到他们上山，才听到这句麦肯锡族开战时呼喊的口号，意思是高大的山丘。杜格尔部队中有些人被逼着朝教堂这个方向退过来。我缩颈进屋，但我虚掩着门好方便观战。

一小群人逃到山上来，从他们的声音和样子判断，应该是高地人。

他们身旁飘扬着苏格兰披肩、须髯、头发，看起来像一团乌云欺近青翠的山坡，乘着风往山上迅速奔来。

第一个人撞进门里，我赶紧跳回教堂。教堂里一片黑暗，我看不到他的脸，但认得出他的声音。他一头往我的马撞了上去。

“天啊！”

“威利！威利·库尔特！”我大喊。

“他妈的见鬼了！是谁！”

我还来不及回答，门又被人撞开，两道黑色的身影冲进小教堂。他们闯进来的声响惊动了我的马，使得它腾起前蹄，放声嘶鸣。闯进来的人也被马鸣吓得大声惊叫，显然他们没料到教堂里竟然有人。

又有几个人挤进来，场面更加混乱，我放弃安抚马儿的打算，挤到教堂后半部，缩在祭坛和墙壁之间的一块小空间，静待情况稳定。

直到黑暗中一声大喊，盖过其他人的惊呼，事情才算有了解决的迹象。

“安静！”这声不容置疑的怒吼让所有人都安静下来，等混乱尘埃落定，连马也安静下来，退到角落一边生气嘶叫，仿佛发着牢骚。

那专横的声音接着说：“我是理士城堡的杜格尔。还有谁在这里？”

旁边响起一个如释重负的声音说道：“杜格尔，我是乔迪，这里还有我弟弟，我们还带着鲁珀特，他受伤了。老天，我刚刚以为这里闹鬼！”

另一个我不熟悉的声音说：“我是阿兹缪尔的戈登·麦克劳德。”

另一个声音说：“还有金诺克的尤恩·卡梅隆。这是谁的马？”

“我的。”我小心翼翼从祭坛后面侧身而出。我的声音引起一阵骚乱，但杜格尔提高音量压过噪声，大家再度安静下来。

“安静，该死的你们这些人！克莱尔·弗雷泽，是你吗？”

“是我，不是女王，不用紧张。威利·库尔特也在，至少刚刚是。没人有打火匣吗？”我有点焦躁。

杜格尔说：“不能点火！英军追来肯定会看到这间教堂，但如果他们没注意，可不能点火引他们来。”

“好吧！鲁珀特，你能说话吗？出点声我才知道你在哪儿。”我咬着嘴唇说道。我不知道在黑暗中能帮什么忙，现在这种情况我甚至没办法够到我的医药箱。不过，我也不能让他躺在地上失血而亡。

教堂另一边传来可怕的咳嗽声，接着带着嘶哑的声音说道：“姑娘，在这儿。”然后又咳。

我摸黑走去，一面焦急地低声咒骂。光是听咳嗽里带着泡沫声，我就明白状况不妙，就算有医药箱也无济于事了。我在黑暗中蹲伏着屈身前进，双臂往四面八方摸索着，以确定周遭事物。

我先是碰到温暖的身体，接着一只大手抓住了我。这一定就是鲁珀特了，我听到他呼吸声有如巨雷，还隐隐带着咻咻声。

“我就在这儿。”我一边说，一边轻拍着他，希望让他舒坦一点。我拍的部位显然让他极为“舒坦”，因为他喘着气咯咯笑出来，接着拱起臀部，抓着我的手掌用力抵住他的身躯。

“姑娘，继续继续，这样我就会忘记枪伤的痛了。”他话还没说完，我已用力把手抽了回来。

“再说吧！”我面不改色，把手往上挪，掠过他的身体寻找头部的位置。我摸到又厚又硬的胡须，于是把手伸到那丛茂密的胡子下，探着他颈上的脉搏。他的脉搏又快又浅，但依然相当规律，他的额头因流汗而湿滑，皮肤则很湿黏。我的手扫到他鼻尖，摸起来冰冰的，应该是因为户外的冰冷空气。

鲁珀特一边喘气，一边挤出一串笑声：“可惜我不是狗，不然冷冷的鼻子……是个好迹象。”

“如果你闭上尊口，会是更好的迹象。子弹打到哪里？不，不要说话，抓着我的手放在伤口上……鲁珀特·麦肯锡，如果你胆敢把我的手放在别的地方，你就像狗一样死在这里好了，我会很高兴摆脱你。”我故作轻松地说道。

他宽阔的胸膛传来憋住笑意的阵阵颤动，接着把我的手缓缓带到苏格兰披肩下，我用另一只手掀开碍事的布料。

“好，找到了。”我低声说道。他的上衣有一小道裂缝，边缘浸满鲜血而湿答答的。我两手用力撕开裂缝，手指轻抚而过的皮肤随之布满疙瘩，然后终于摸到子弹射入的小孔。鲁珀特是个彪形大汉，和他魁梧的身形相比，伤口显得特别小。

“子弹穿出来了吗？”我轻声问道。教堂里很安静，只有角落的马仍躁动不安。门关上了，外头的交战声还听得见，但声音四散开来，完全无法判断他们的方位。

“没有。”他回道，接着又咳。我感觉他的手向嘴边移去，于是抓起他苏格兰披肩一角接上去。我的眼睛已经适应了黑暗，但只看得出面前地上有一团隆起的黑影，不过有时候用摸就够了——鲁珀特胸膛上的伤口血流得不多，但我拿着披肩接住他嘴角的手，却突然感受到一股湿热。

子弹至少射穿了他一片肺叶，也可能射穿了两片，他的胸腔里灌满了鲜血。这种状态下他可以撑过几个小时，如果一边肺部功能正常，或许可以撑到一天。如果心包膜已经缺损，那他会走得更快。只有手术救得了他，但这种手术我也无能为力。

我感觉有个带着正常呼吸声的温暖躯体，从我背后靠近。我向后伸手，他紧紧抓住了我，是杜格尔。

他走到我身旁，一只手放在仰躺的鲁珀特身上。

“怎么样，兄弟？你能走吗？”杜格尔轻声问道。我另一只手还握在鲁珀特手里，我感觉到他摇摇手，以此回答杜格尔的问题。我们背后的人开始窃窃私语。

杜格尔的手放在我肩上问道：“你需要什么？小药箱？箱子在马那儿吗？”药箱里已经没有东西可以治疗鲁珀特了，但我还来不及告诉杜格尔，他已经先站了起来。

祭坛突然发出响亮的嘎吱声。周遭的人立即噤声，接着一阵快速移动，纷纷抄起刚放下的武器。又是一阵撕裂声，窗上的油皮裂开来，灌进一阵清新的冷空气和点点纷飞的雪花。

“外乡人！克莱尔！你在吗？”窗口边传来的声音让我站起身，一时忘了鲁珀特。

“詹米！”身边所有人都松了一口气，叮叮当当放下刀剑和小圆盾。詹米的头和宽阔肩膀遮住了窗外射进的一束微光，接着他轻轻跳下祭坛，光线从洞开的窗里照进来，映出他的身影。

“谁在这里？杜格尔，是你吗？”詹米环顾四周轻声问道。

“是，是我，小伙子，还有你妻子和其他几个人。附近有没有英国浑蛋？”

詹米笑了一声：“不然你想我为什么从窗户进来？山脚下大概有二十个英国兵。”

杜格尔喉底发出怒吼：“我敢说就是那几个浑蛋，切断我们和部队主力的联系。”

“没错。”詹米转身用盖尔语对我的马说，“小美人儿，你没事吧？”马在一片混乱中听到熟悉的声音，抬起鼻子大声嘶鸣，回应詹米。

杜格尔恶狠狠地叱责马：“嘘，你这笨蛋！想被发现吗？”

“反正英国兵也不会吊死它，你就别白费唇舌了。而且外面泥泞的斜坡上全是你们的脚印，要发现你们根本用不着耳朵，有眼睛就够了。”詹米说道。

杜格尔朝窗外望了一眼，但詹米已经在摇头。

“没用的，杜格尔。英军主力往南去了，乔治·默里勋爵去会他们，但我们交手的那几个英国兵还留在这边。有一群人追我追到山上，我躲到另一边，匍匐穿过草丛，爬到教堂，但我猜他们还在搜寻上面的山坡。”詹米朝我伸出手，我抓住了他的手。他的手因为爬过草丛又湿又冷，但只要能握着他的手和他在一起，我别无所求了。

杜格尔问 :“爬过来？那你打算怎么出去？”

我感觉詹米耸了耸肩。他朝我的马一歪头 :“我本来想冲出来，骑马往山下跑 ；他们应该没想到我还有马。这样可以制造骚乱，让克莱尔逃走。”

杜格尔哼了一声 :“然后他们会像摘颗熟透的苹果，轻松把你从马上扯下来。”

詹米不动声色地说 :“无所谓。但我倒看不出你们这一大群人要怎么溜走而不被发现。”

这时墙边的鲁珀特仿佛要呼应詹米的话，呻吟了一声。杜格尔和我立刻伏在鲁珀特身旁，詹米则缓缓蹲下。

鲁珀特还活着，但情况不太乐观。他双手冰凉，呼吸中带着咻咻的喘气声。

“杜格尔！”鲁珀特嘶声说道。

“我在这里。别动，兄弟，你很快就没事的。”杜格尔立即脱下自己的披肩，折成枕头塞在鲁珀特的颈肩下。鲁珀特头部垫高后，呼吸顺畅多了，但我摸到他胡子下方有一块潮湿的血迹。鲁珀特只剩一点力气，他伸出一只手，抓住杜格尔的手臂。

鲁珀特气喘吁吁地说 :“反正……他们一定会找到我们……点个火吧！让我看看你的脸，杜格尔。”

我离杜格尔很近，感觉到鲁珀特这番话让他一震。杜格尔突然把头转向我，漆黑中他当然看不到我的脸。他低声向后方下了一道命令，接着传来一阵窸窣声和低语声，有人砍了一束茅草，拧成火把，用打火石点燃。火把烧得很快，但光线足以让我检查伤势，其他人则忙着从屋顶圆柱削下长条木片，准备着能燃烧更久的火把。

鲁珀特脸色如鱼肚般苍白，蓬乱的头发浸满汗水，丰厚的下唇仍隐隐可见一抹血痕，光滑的黑胡子上也是血迹斑斑。我再次倾身检查他的脉搏，他对我微微一笑。他的脉搏更浅，速度极快，偶尔出现不规则的节奏。我拂开他脸上的头发，他轻触我的手致谢。

杜格尔碰碰我的手肘，于是转身面向鲁珀特。曾经有个人遭野猪攻击，受了致命伤，我们也曾面对同样的情境。那时他问我 ：“他能活下来吗？”而今，他的表情透露出他也忆起同样的事，眼中再次闪着一样的疑问，这次却充满恐惧，害怕听到我的答案。鲁珀特是杜格尔最亲密的朋友，骑马、作战都在他的右手边，就像伊恩之于詹米一样。

这一次我没有回答，鲁珀特帮我回答了。“杜格尔。”杜格尔着急地朝鲁珀特弯下身，鲁珀特笑了。他闭上眼睛一会儿，尽量深呼吸，为最后一刻积蓄力量。

“杜格尔。”他睁开眼睛，又喊了一遍，“你不用为我难过，兄弟。”

在火光映照下，杜格尔的脸颊抽动了一下。他想告诉鲁珀特他不会死，但话只到嘴边又咽了下去。

“我是族长，不准你命令我，我偏要为你难过。”杜格尔颤抖着挤出微笑，拾起鲁珀特的手紧紧握住。

鲁珀特一边喘息，淡淡轻笑，接着又是咳嗽和咒骂声。

鲁珀特咳完继续说 ：“好吧，就让你为我难过，杜格尔，我很高兴。不过，你要等我死了才能难过吧？兄弟，我不要死在陌生人手里，我要你帮我了结这痛苦。”

杜格尔一脸惊愕，詹米和我也没有料到他竟如此打算。

“鲁珀特……”杜格尔无助地开口，但鲁珀特打断他，握紧杜格尔的手轻轻摇晃。

“你的确是我的族长，兄弟，这是你的责任。来吧，现在就动手，我痛得难受，杜格尔。我想现在就了结。”鲁珀特的目光不安地扫视，看到我时亮了起来。“姑娘，可不可以握着我的手送我一程？拜托你了。”他低声说道。

除此之外，我也再不能为他做什么。我缓缓伸出手，一切如梦一场，我执起鲁珀特毛茸茸的大手，紧紧握住，仿佛要将自己的温度透进那逐渐冰冷的掌心。

鲁珀特呻吟一声，身体微微侧向一边，望向坐在他头旁边的詹米，气喘吁吁地说："当初她应该嫁给我才对，小伙子。"

他闭起一只眼睛，用力挤眉弄眼："小畜生，好好努力吧！替我好好待她。"

那双黑色的双眸转回我身上，脸上漾出最后的笑容。

他轻声说："别了，美人。"

杜格尔的短剑已对准他胸骨下方直直下刀。鲁珀特魁梧的身体一阵抽搐，转向一侧，猛烈咳出仅存的空气与血水，以及最后痛苦的号叫，但这哀号同时也发自杜格尔。

杜格尔因为痛彻心扉而全身僵硬，闭着双眼，双手紧握短剑的剑柄。接着詹米起身，扶着杜格尔肩膀将他转过身来，嘴里用盖尔语喃喃说着。詹米朝我望了一眼，我点点头张开双手，接着詹米便将杜格尔轻轻推向我。我搂着杜格尔，他哭了。

詹米脸上布满泪痕，背后也传来其他人的叹息与啜泣。至少现在他们是为鲁珀特掉泪，不是为自己哭泣。如果英国兵抓到我们，所有人都会因为谋反被判绞刑。我们此刻哀悼的只有鲁珀特，而他已经在朋友的围绕中，安详上路。

今晚冬夜漫长，英军没有攻来。我们一起挤在一堵墙边，盖着苏格兰披肩和斗篷等待。我靠着詹米的肩膀，断断续续打着瞌睡。我的另一边是杜格尔，他蜷着身子不发一语。我想杜格尔和詹米都没睡，彻夜看守鲁珀特的尸体。鲁珀特身上覆着自己的苏格兰披肩，静静躺在教堂的另一边，在生死鸿沟的另一边。

我们交谈不多，但我知道他们想着什么。他们想的和我一样，也就是英国兵是否已经离开，与英军主力在山下的卡伦德堡重新集结；或者还守在屋外，等黎明来临再行动，免得有人借黑夜掩护而逃脱。

第一道曙光降临，情势也随之明朗。

“喂，教堂里的人，出来！自己投降！”

山坡下传来一声响亮的叫喊，带着英国口音。教堂里一阵骚动，原本在角落打瞌睡的马也猛地抬头，吃惊地打着响鼻。詹米和杜格尔互看一眼，仿佛商议好了，两人起身昂然而立，肩并肩站在紧闭的大门后。詹米一甩头，我接到信号便跑到教堂后面，躲在祭坛后。

外头又传来喊声，却只得到沉默回应。詹米从腰带抽出燧发枪，检查弹药，动作从容，仿佛时间还很充裕。他单膝跪下，架好枪，对着门口，瞄准头部的高度。

乔迪和威利把守后面的窗口，抽出剑，枪也上了膛。但教堂后方的山丘坡度非常陡，山坡和教堂墙壁间的距离，只能让单人勉强通行，所以攻击比较可能来自教堂前方。

我听到踩在泥泞上的脚步声逼近门口，还听到随身武器微弱的撞击声。声音隔着一段距离停了下来，呼喊声再次传来，比刚才更近，也更清楚。

“奉乔治国王陛下之名，出来投降！我知道你们在里面！”

詹米开火。

小教堂内的回音震耳欲聋。这声音从外面听起来一定也很惊人，我听到滑溜的脚步慌忙后退，伴随低声的咒骂。子弹在门上轰出一个小洞，杜格尔悄悄侧身挨近，从小洞向外觑。

他低声说：“可恶，好多人。”

詹米瞥了我一眼，然后抿住嘴唇，专心给手枪重新填弹。苏格兰人显然不打算投降，而由于教堂入口易守难攻，英军显然也不打算强攻。他们该不会打算饿死我们吧？高地军队一定会派人出来找前晚战场的伤兵，在英军拿到大炮轰炸教堂前，如果高地救兵先抵达这里，我们就有机会得救。

很可惜，外面有个人脑子很灵光。脚步声再次传来，然后是一道沉稳威严的命令。

那声音说："给你们一分钟出来投降，否则我们就放火烧茅草。"

我充满恐惧地向上瞟了一眼。教堂的墙壁是石头砌的，但屋顶是茅草搭的，即使被雪水沾湿，也会很快烧起来，等大火熊熊烧起，烈焰与燃烧的余烬就会从天而降，吞噬我们。我想到昨晚茅草卷成的火把烧得有多快，烧焦的残余物还留在鲁珀特罩了披肩的尸体旁，在灰暗的曙光中如同不祥的征兆。

我尖叫出声："该死的王八蛋！这里是教堂！教堂是神圣的庇护所，你没听过吗？"外头传来尖锐的嗓音："是谁？里面那是英国女人吗？"

"对！"杜格尔大叫，跳到门口，一脚踢开大门，对下方的英军咆哮，"没错！我们俘虏了一位英国夫人！你敢烧屋顶，她就和我们同归于尽！"

山脚下爆出一片喧哗，教堂里也是一阵骚动。詹米转身，绷着脸看杜格尔说："搞什么……"

杜格尔咬牙回应："这是唯一的机会，用她来换我们的自由！如果他们以为她是人质，就不会伤害她。等我们脱身，再把她抢回来！"

我从藏身处走到詹米身旁，抓住他的袖子急切地说："就照他说的做吧！他说得对，这是唯一的机会！"

詹米无可奈何地看着我，脸上愤怒和恐惧交杂，进退两难的情势让他感到苦涩。

见他露出苦笑，我回应道："毕竟，我是个英国女人。"

他轻抚我的脸，惆怅地笑道："对，你说得对，褐发美人，但你是我的英国女人。"他挺起胸膛转向杜格尔，深吸口气后，终于点头。

詹米一手抓了抓头发，一边动着脑筋："好吧！告诉他们，她是昨晚我们在福尔柯克的路上掳来的。"

杜格尔点头，也不等下一句，就急急出了教堂门口，作为休战信号的白手帕高举过头。詹米转向我，皱着眉头，看了教堂门口一眼。那儿听得到英国口音的说话声，但听不出他们说了什么。

"我不知道你要怎么和他们说，克莱尔，也许你最好假装吓到不能说话，这样比编故事更好，要是他们知道你的身份……”詹米突然停顿，一只手用力抹过额头。如果他们知道我的身份，我会被押送到伦敦，扔进伦敦塔，然后迅速处死。虽然传单大肆编派我是“斯图亚特的女巫”，但就我所知，还没有人知道我这女巫其实是英国人。

“别担心。”我说完就发现这句话有多蠢，但也想不出更好的安慰。我抓着他的手，感觉脉搏在他手腕快速跳动。“他们还没搞清楚我是谁之前，你就会救我回去了。你觉得他们会带我去卡伦德堡吗？”

詹米点点头，冷静下来：“我觉得会。一等到入夜，你就想办法独自待在窗边，那时我会去救你。”

没时间了，杜格尔急急进门，小心地在背后关上门。

他看着我，又看向詹米。“解决了，我们交出女人，他们就让我们离开，不会追上来。我们得带着马，你知道，要载鲁珀特。”他略带歉意地看着我。

“没关系。”我看着门口，门上子弹穿过的小洞，与鲁珀特的伤口一样大小。我口干舌燥，于是用力咽口唾沫。我像是布谷鸟的蛋，就要下在别人的巢里。我们三人在门口犹豫了一阵，没有人愿意踏出最后一步。

“我该……走了。”我试图止住声音和手脚的颤抖，“否则他们会纳闷为什么我还不出来。”

詹米闭上眼深呼吸，然后走向我，看着我说道：“外乡人，你最好晕过去，或许这样比较容易。”他俯下身，把我抱在怀里，杜格尔拉着门，让我们出去。

我耳边听到詹米怦怦的心跳声，在他怀里，我感觉到他也颤抖着。一直待在窒闷的教堂里闻着汗水、鲜血、火药和马粪的气味，现在清晨凛冽的空气袭来，我反而难以呼吸。我紧挨着詹米瑟瑟发抖。他的手在我的膝盖和肩膀下收紧，像一个坚定的承诺，承诺永不放手。

“神啊！”他才低声说完，我们已经来到英军面前。有人尖锐提问，詹米含糊回答，犹豫不决地松开手把我放在地上，然后他嗖嗖的脚步声响起，穿过湿漉漉的草地后消失。我孤身一人，被交到陌生人手上。

CHAPTER 15

意外迭生

我弯身靠近火堆，伸手取暖，看到自己握着缰绳的双手污秽不堪。这时一个念头闪过脑海：走这一段路去溪边洗手，值得吗？在没有抽水马桶或自来水的年代，想按照现代的卫生标准生活，实在是麻烦多于好处。我尖酸刻薄地想，这时代的人就是因为又脏又无知，难怪常常生病死掉。

想到自己可能因为肮脏而生病死掉，我还是拖着疲惫的身躯站起来，走向营地边的小溪。小溪旁满是泥泞，我的鞋子还深陷进泥地中。我洗净了脏手，脚却湿了。等我吃力地走回火堆，发现罗博特姆下士正等着我，手上拿了一碗炖菜。

他拉拉前额头发（这是这个时代的男人致意的方式），把碗端给我时说道："夫人，队长说您辛苦了，这碗炖菜聊表慰劳之意。他还想告诉您，明天会抵达塔维斯托克，那儿有一家客栈。"罗博特姆下士犹豫一下，朴实的中年圆脸上露出忧虑，又接了一句，"夫人，队长说很抱歉没地方可以住，但我们搭了一顶帐篷让您今晚有地方睡。帐篷很简陋，不过可以挡雨。"

我极力表现得谦和有礼。"请帮我向队长致谢。"然后更亲切地加一句，“也谢谢你了。”我很清楚，梅因沃林队长只觉得我是个累赘，根本不会多花心思帮我想晚上睡哪里。这顶帐篷是用一块简单的帆布仔细搭在树枝上，完全是出自罗博特姆下士的好意。

罗博特姆下士走后，我独自坐着，慢慢嚼着烧焦的马铃薯和多筋的牛肉。我在溪边发现一片晚生的田芥菜，菜叶边缘有点萎黄，但我还是摘了一把放在口袋里。口袋里还有当天稍早停下来休息时，我摘的一点杜松子。芥菜叶已经老了，味道很苦，但我咬几口马铃薯，吃几口芥菜叶，努力把菜吞下去。吃完炖菜我掏出杜松子，每颗只咬几下，免得呛到，然后把嚼不动、没味道的果实连着种子整颗吞下去。杜松子的油脂有一股辛香，从喉底冲上来，呛得我流眼泪，却也涤尽了舌头上油腻与烧焦的气味。加上芥菜，或许能让我免于坏血病的侵扰。

我曾费心收集了许多干燥的蕨类卷芽、玫瑰果、苹果干和莳萝籽放在大的药箱中，以免漫长的冬季营养不良。希望詹米记得吃。

我把额头搁在膝上。应该没有人看我，我在想念詹米的时候，不想让人看见。

在福尔柯克山丘上，我极力拖延昏迷的时间，但不久有个英国龙骑兵拿着随身酒壶，想把白兰地灌进我喉咙叫醒我。“拯救”我的英军完全不知该如何处置我，于是决定带我到卡伦德堡，交给霍利将军的手下。

到这一步为止，一切都按计划进行。但一小时后，情势却严重偏离预定计划。我坐在休息室里听他们在我旁边讨论，我很快了解，原本我以为昨晚发生了一场大战，结果只不过是英军支队去和主力部队会合的路上，遇到杜格尔的军队，发生的一场小冲突。英军主力部队现在正在福尔柯克山丘集结，准备迎击来袭的高地军。我以为我经历了那场战争，但事实上，那场战争根本还没发生！

霍利将军本人正负责监督军队集结，由于没人知道该拿我怎么办，于是他们决定写封信描述营救我的经过，由一位年轻的二等兵护送我到坎贝尔上校在克斯的临时总部。这个二等兵叫多布斯，身材矮胖、为人古怪，他非常尽忠职守、力求表现，令人心烦。一路上我试了好几次，总是无法摆脱他。

等我们抵达克斯，才发现坎贝尔上校不在，他已经被征召到利文斯顿去了。

我对护送我的卫兵说："看吧，坎贝尔上校一定没时间，也不会想和我说话，而且我也没什么好告诉他的。我干脆就在这镇上找地方住下，安排一下怎么继续前往爱丁堡，这样岂不更好？"我对英军的说辞，和我两年前告诉科拉姆的差不多，因为我也想不到更好的说法。我说我刚丧夫，从牛津来，想到苏格兰找亲戚，结果遇到苏格兰高地土匪，被他们劫走。

多布斯摇头，固执地红了脸，他应该不到二十岁，脑子也不太灵光，不过一旦下定决心，谁也劝不动。

他说："比彻姆夫人，不行，我得把你安全送到上校那儿，否则布莱索队长会要我的命。"我用娘家姓氏作别名，所以他这样称呼我。

于是我们又骑着两匹糟糕至极的劣马，动身前往利文斯顿。多布斯终于不再紧盯着我，但是我的处境并没有好转，反而被关在利文斯顿一幢房子的楼顶，还得和上校再说一遍我的遭遇。这位上校名叫戈登·麦克利什·坎贝尔，是低地苏格兰人，指挥乔治国王的一个军团。

"我明白了。"他的语气听起来完全不明白。上校个子不高，面相狡猾，头顶微秃，红发从鬓角处往后梳。他把眼睛眯得更细，低头看着摊在记录本上皱巴巴的那封信。

上校把一对半圆形眼镜架在鼻子上，凝神细看信纸道："信上说，绑架你的人中，有一个是弗雷泽族人，非常高大，红发。对吗？"

"对。"我回答，心想他不知想到了什么。

上校头一歪，眼镜滑下鼻梁，他眼神锐利，从眼镜上方盯着我。"在福尔柯克附近救了你的军队写了这封信，说他们记得绑架你的人中，有个人正是恶名昭彰的高地族长'红发詹米'。好了，比彻姆夫人，我知道被绑架的时候，你很……心烦，可以这么说吧？”说到“心烦”两字，他牵动一下嘴角，但不是在微笑。“你可能没有心思仔细观察，但不晓得你是否听到其他人如何称呼那个高地人？”

“听到了，他们叫他詹米。”我不觉得这样说会有什么问题，我看过的传单已经写得很清楚，詹米支持斯图亚特的事业。詹米投入福尔柯克之役，英军可能会对这点感兴趣，但不太可能让他罪上加罪。

詹米说过：“他们没办法把我吊死两次。”一次就绰绰有余了。我瞟了一眼窗外，半小时前天就黑了，下方街道上士兵提着闪烁的提灯，在街上来回巡逻。詹米这时应该在卡伦德堡，寻找我守候的那扇窗口。

突然我起了个荒唐的念头，觉得詹米已经想办法查出我的行踪，跟着我到了这里，守在下方街道，就等我在窗前现身。

我倏地起身，走到窗前。街道上空空荡荡，只有个卖腌鲱鱼的坐在凳子上，提灯放在脚边，等客人上门。他当然不是詹米，他不可能找到我。斯图亚特营中没有一个人知道我在哪儿，我孤身一人。我慌了起来，一掌拍向玻璃，不管会不会把玻璃打破。

后方传来上校的声音，尖锐又紧张：“比彻姆夫人！你还好吗？”

我紧闭双唇，不让嘴唇颤抖，又深呼吸几次。玻璃起雾，雾气遮蔽了下方的街道。我恢复表面的平静，转身面对上校。

我说：“我很好。如果你问完，我想离开了。”

“是吗？嗯。”他看着我，脸上的表情有点像是怀疑，然后毅然摇摇头，告诉我，“你留在这里过夜，明天一早，我会把你送到南边。”

我惊愕地脱口而出：“南边！要命的去南边干吗？”

他高高挑起狐狸毛般的双眉，诧异地张大嘴巴。然后他轻轻摇头，闭上嘴巴，只张开一条缝，吐出接下来的话：“上头有令，只要得到高地罪犯红发詹米·弗雷泽的消息，或找到他的同伙，一律往南送。”

“但我不是他的同伙！”我说。除非结婚也算一种结伙。

坎贝尔上校充耳不闻，转身走回办公桌，翻找一沓文件。“找到了，到时候由梅因沃林队长护送你，他会在黎明时来这里接你。”他摇摇一只形状像小妖精的银铃，门打开，二等传令兵探出头，脸上带着询问的表情。“加维，带夫人回住处，把她的门锁上。”他转向我，敷衍地欠个身，“比彻姆夫人，我不认为我们会再见面。好好休息，一路顺风。”

事情就这样成了定局。

我不知道顺风的速度有多快，但应该比梅因沃林队长的小队速度要快。梅因沃林队长负责看管一列补给马车，运往拉纳克。等货物与赶马车的人到了拉纳克，队长继续和其他队员南下，运交非机要文件。我显然属于“非紧急情报”那一类，因为无论目的地在哪里，我已经上路一周多，却仍看不出是否到达目的地。

“南边”是指伦敦吗？我猜了上千次，但梅因沃林队长不曾透露蛛丝马迹。

我抬起头，发现火堆的另一端有个龙骑兵盯着我。我毫不闪避地迎视，直到他满脸通红目光垂下落到手里的碗为止。我习惯了这种目光，虽然大多数不像他这么直接。

这种目光打从一开始就跟着我了，当时送我到利文斯顿的年轻二等兵就这样盯着我，带着一点尴尬与隔阂。过了一段时间我才了解，英军对我充满疏离的态度，不是因为怀疑我，而是出自轻蔑与恐惧，还混杂了一丝怜悯，以及对公务的责任心。

对他们而言，我不仅遭贪婪、野蛮的苏格兰人掳走，更只身与这群野蛮男人共处一室。对一般的英国人来说，这群人“和野蛮的禽兽差不多，抢劫、强盗，无恶不作”，像我这样的英国女人在这群禽兽身边过了一晚，不可能还是完璧之身。

我沮丧地想，当时詹米抱着昏倒的我走出来，或许让整场戏容易多了，但也加深了他们认为苏格兰人迫害了我的印象。原来“营救”我的小队长巨细靡遗写了一封信，所以后来每个接管我的人——或许还有每个他们交谈过的人——都对这件事一清二楚。我在巴黎得到的教训，让我明白流言蜚语的扩散力。

罗博特姆下士一定明白我的遭遇，但仍对我十分和善，不像其他士兵，我偶尔会无意间在他们脸上看到奸诈盘算的表情。下次我睡前祷告，一定会在祈祷中加入罗博特姆下士的名字。

我站起来，拍拍斗篷，走向帐篷。罗博特姆下士也跟着起身，谨慎地在火堆旁走动，并在同袍旁边找好背对着我帐篷入口的地方坐下。当大家各自解散，他会在与我隔着一段距离又能听到我呼叫的地方待下。过去三晚，无论睡在客栈或野地里，他都是这样做的。

三天前，我曾打算逃跑。梅因沃林队长很清楚我是被迫失去行动自由的。虽然他不喜欢我这个累赘，但仍尽忠职守，派了两个守卫看管我，白天则骑马走在我身侧。

到了晚上，看守会松懈许多。队长显然认为我不可能在隆冬时节徒步穿越荒野。他的推测没有错，我对这种自杀行为一点也不感兴趣。

不过，某晚我终于决定要逃走。我们经过一个小村庄，又继续走了两个小时之后就停下来扎营过夜。我盘算着自己就算靠步行，也能在天亮之前循原路走回那个村庄。村里有一座小酿酒厂，有些四轮马车会从酒厂载着酒桶前往附近的小镇。酒厂的院子里堆满酒桶，我研判可以先躲进那儿，再和第一班马车一起离开。

所以，我等到整个营区都安静下来，士兵裹着毯子在火堆边打鼾时，便蹑手蹑脚地钻出毯子，小心把毯子放在柳树丛边，穿过低垂的柳枝。除了风的沙沙声，没听到其他声音。

走出树丛后，我听到后方有声响，原本以为那也是风的沙沙声，没想到有只手钳住了我的肩膀。

“嘘，你不想让队长知道你未经许可擅自离营吧？”我没有尖叫，因为我已经吓得说不出话了。这士兵个子较高，由于他特别注重自己的黄色鬈发，所以队友唤他“洁西”来取笑他。他对我笑，我则有点迟疑地挤出笑容。

他的目光往下停在我胸部时，叹了口气，接着盯着我的眼睛，向我走近，我则立即倒退三步。

他懒洋洋地笑着哄我说："哎哟，宝贝，这对你来说应该不算什么吧？反正你都尝过啦，就再来一次嘛！况且我还是英国人，不是肮脏的苏格兰人。"

"把手拿开，洁西。这位夫人已经够可怜了。"洁西后面的一帘柳叶中，罗博特姆下士一声不响地现身。

洁西狠狠瞪着罗博特姆下士，脑中转了一圈坏主意，想想又觉得不妥，于是一言不发，转身消失在柳叶中。下士默默等我拾起掉落的斗篷，然后带着我回营。他拿了自己的毯子让我躺下，然后披着另一张毯子在离我约六英尺的地方像印第安人般坐着。那天晚上，不管我何时醒来，都看到他还坐在那里，两眼茫茫凝视着火堆。

我们到了塔维斯托克的客栈，但我并没有足够的时间在客栈内梳洗。当天中午抵达村子时，梅因沃林队长便立刻动身送文件。不到一小时他就回来了，要我去取自己的斗篷。

我茫然问道："为什么？我们要去哪儿？"

队长冷冷看我一眼说："去贝尔赫斯庄园。"

这听起来有趣多了。我抬头环视，几个士兵坐在地上掷骰子赌博，火堆边睡着一只满身跳蚤的流浪狗，空气中则是浓浓的啤酒花味。

贝尔赫斯庄园坐拥天然美景，但建造者却视若无睹，坚持背对那片开阔的草原，面对荒凉隐蔽的悬崖。

这座庄园的马车道又直又短，一点也不像法式庄园优美的弧形门径。倒是入口处立了两座石柱，上头很实际地刻着庄园主人的家徽。马儿嗒嗒走过石柱旁，我盯着家徽，想认出这究竟是什么图案。是猫吗？还是豹？这只动物昂首蹲伏，爪子抓着百合。看起来很眼熟，但究竟是谁的家徽?

门口附近长草堆边有阵骚动，一个衣衫破烂驼着背的人，匆匆躲到阴暗处避开马蹄，这时我看到一对淡蓝色的眼睛瞥了我一眼。这个乞丐也让我感觉似曾相识，也许只是我的幻觉，或许只要不像英军的东西都会引起我的注意吧！

护送的队伍停在前院，只有我和梅因沃林队长下马。队长敲门时，我还在思索着门的另一边究竟会是谁。

“比彻姆夫人？”一位貌似管家的人开门问道，脸上表情似乎预知了来者是谁。他想得没错。

“我是。呃，请问这是谁的房子？”我一边问，一边瞧着房内阴郁的门厅，有张脸望向我，眼睛如惊愕的小鹿般瞪大着。

那是玛丽·霍金斯。

玛丽吃惊张嘴的同时，我也使尽全力放声尖叫。管家冷不防吓了一跳向后退，绊到一张小沙发椅，像保龄球瓶一样翻倒。外面士兵也吓得惊叫着跑上来。

我拎着裙摆像报丧女妖一样大声尖叫：“老鼠！有老鼠！”接着便往客厅跑。

我这么歇斯底里地叫着，玛丽也跟着尖叫。我猛然冲向她，把她挤到客厅一个角落，抓住她肩膀。

我迅速在她耳边低声说：“不要告诉别人我是谁，一个字都别说！否则我小命不保！”我本来还觉得自己大惊小怪，但话一说完，才发觉此言不虚。若有人知道我是红发詹米之妻，我的处境会非常危险。

玛丽茫然点了头，房间另一边的门就打开了，一个男人走进来。

“玛丽，这恐怖的噪声是怎么回事？”他身材圆润，下巴线条坚毅，双唇紧抿，显然他是个不惜胁迫他人而得以随心所欲度日的人。

玛丽紧张得结巴：“没、没事，爸爸，只是有老、老鼠。”

男爵闭眼深吸口气，试图表现出耐心十足的样子，接着睁开眼睛，看着自己的女儿。

他命令玛丽:“再说一遍，孩子，流畅一点。我不许你这样咕咕哝哝。深呼吸，稳住。好了，再说一遍。”玛丽照着父亲的话做了，她吸了好大一口气，连胸口绑的胸衣束带都绷紧。她手指绞着裙子的绸缎，试着镇定下来。

“有、有只老鼠，爸爸。老鼠吓到这位弗……这位夫人了。”

这次表现算是差强人意。男爵走上前打量我。

“这位女士，请问你又是谁？”

找不到那只神秘老鼠的梅因沃林队长终于进门，突然出现在我身旁，将我介绍给大家，并呈上坎贝尔上校的字条。

“看来你要由公爵大人看管了，夫人，至少暂时是这样。”男爵将字条交给一旁的管家，接过管家从架上拿来的帽子。

“很可惜刚见面我就要匆匆离开了，比彻姆夫人。”男爵往后头看了看，那里有道短短的楼梯从大厅旁岔出去。管家已经恢复神色，上了楼梯，把那脏兮兮的字条托在铜盘上。“我看沃米斯利已经去通知公爵了。我该走了，不然会错过邮件马车。夫人，就此告别。”

他转向玛丽，说 :“再见，玛丽，记得要……好吧，再见啦！”他的嘴角上扬，露出慈父的微笑。

玛丽眼睛看着地上，低声说道 :“再见，爸爸。”我轮流看了他们两人一眼，玛丽究竟在这里做什么？看来她就住在这里，而这栋屋子的主人应该和她有亲戚关系。

“比彻姆夫人？公爵大人请您现在去见他。”一个矮胖的男仆在我旁边，对我行礼。

我转身跟着仆人走去，玛丽紧紧抓住我的袖子，想开口说话 :“可、可、可是……”此刻情势紧张，我没有耐心听她说完，于是敷衍地笑笑，拍拍她的手。

“好，好，别担心，没事的。”我说。

“可、可是，他是……”

这时男仆一鞠躬，推开走廊尽头的一扇门。房内的灯光照射在满室奢华的织锦与光滑的木制家具上。我看到一张椅子侧着，椅背上绣了家徽。刚刚外头的那个石雕家徽有些磨损，这个就清楚多了。

这是一头昂首蹲立的猎豹，爪子里抓着一束百合花，还是番红花？椅子上坐着一个人，他站起身，我警觉起来。他转过身来，影子投落在光洁的门槛上。玛丽终于痛苦地说出她想说的话，她的声音与男仆的介绍同时响起。

她说：“是我的教、教、教父！”

男仆说：“这位是桑德林汉姆公爵大人。”

公爵惊讶地张大嘴：“你是……比彻姆夫人？”

我无力地说道：“呃，这样称呼也可以……”

客厅的门在我背后关上，房里只剩下我和公爵大人。我关门前看了玛丽一眼，她站在走廊上，眼睛瞪得像盘子一样大，嘴巴像金鱼嘴巴一样无声地一开一合。

窗户两侧放着巨大的中国风陶瓶，窗前搁着嵌花桌。壁炉台上摆着一座风情万种的青铜维纳斯雕像，旁边有两只镶金边的瓷碗，镀银烛台上插着蜂蜡制的蜡烛，正燃着烛光。地上铺着内面起绒的地毯，看得出是质料很好的波斯制品，几乎盖满了地板，角落还放着一架大键琴。房里剩下的一点空间，则摆着镶嵌家具和几件雕塑。

我神色自若地说：“您这儿布置得很出色啊！”公爵一直站在火炉前，双手在燕尾服外套后方交握。他看着我，宽阔、红润的脸庞上充满兴味，但带着戒心。

“过奖，夫人大驾光临，令寒舍蓬荜生辉。”公爵胸膛宽阔，却用尖锐的男高音说话。兴味终究盖过戒心，他笑了，笑得直率又亲切。

“您为什么自称姓比彻姆？这该不会刚好是您的真名吧？”他问。

我脱口道出实情：“这是我娘家的姓。”

“您是法国人？”公爵扬起两道浓密的金色眉毛。

“不是，我是英国人。我总不能用弗雷泽这个姓吧？”

“我懂了。”公爵依旧扬着眉，他对一张双人小织锦椅扬了扬头，请我坐下。椅子的雕饰繁复，就像房里其他家具一样高雅精致，足以纳入美术馆收藏。我把湿透的长裙拉好，尽量保持优雅，不管裙子上的泥块与马毛，一屁股坐上华贵的锦缎椅。

公爵脸上依然挂着淡淡的微笑，在炉火前来回踱步，一边打量我。一股暖意与舒适感在我酸痛的腿上蔓延开来。脚边就是疲惫的深渊，我努力抵抗着不让自己跌进去。此刻情势诡谲，可不是卸下防备的时候。

公爵突然问：“你到底是什么身份？是英国人质、狂热的詹姆斯党人，还是法国间谍？”

我用两根手指头按摩酸痛的眉心，正解是“以上皆非”，但这么说对我的处境于事无补。

“这屋子陈设高雅，相较之下，招呼客人却怠慢了点。”我极力摆出傲慢的姿态，即使在这种情况下并不容易。不过，路易斯传授给我的高傲贵妇典范，多少有点效果。

公爵就像只蝙蝠听到笑话，叽叽尖声高笑起来：“请原谅，夫人。你说得对，我应该等你用过茶点再请教才是，我真是太不周到了。”

他摇铃召唤男仆，低声吩咐几句，然后站在炉火前平心静气地等托盘端来。我坐着不发一语，偶尔环视房间，或是偷看一下公爵。我们都没兴趣闲聊，尽管公爵和蔼可亲，但我们都清楚，这只是暂时停火。

我想知道原因。别人常常好奇我是谁，这我不惊讶。但我比较想知道公爵的角色是什么，或他认为我的角色是什么。他之前遇过我两次，当时我是弗雷泽夫人，拉里堡堡主之妻。现在，我出现在他家门口，冒充英国人质，自称比彻姆夫人，刚被人从一群苏格兰詹姆斯党人中救出，不管是谁都会对我的身份充满好奇，但他对我的态度远不只是单纯的好奇。

茶来了，还配上司康饼与蛋糕。公爵拿起自己的杯子，扬眉示意我用另一杯，我们就这样默默喝茶。我听到房子另一头有闷闷的撞击声，似乎正在锤打钉子。公爵放下杯子，与茶碟碰出轻响，暗示我们重新回到敌对状态。

公爵以米老鼠般的声音搭配威严的表情说道：“好，那么开始吧，弗雷泽夫人——我可以这样称呼吧？谢谢。首先我想说，我对你已经十分了解，不过还想了解得更清楚。请不要迟疑，老老实实回答我的问题。我承认，要杀你确实非常不容易，但我相信终究可以办到。”他朝我微微行礼，笑容依然挂在嘴角。

我动也不动地凝视着他，但不是因为我天生沉着，纯粹只是过于惊愣。我仿效路易斯的另一个招牌动作，先是诧异地扬眉，啜一口茶后，从容地用绣上姓名字母的餐巾轻轻印了印嘴角。

“公爵大人，也许您会觉得我很傻，但小女完全不明白您所说的。”我客气地答道。

“是吗，夫人？”

那双灵活的蓝色小眼睛眨也不眨，伸手拿起托盘上的镀银铃摇了一下。

门立刻打开，这个高瘦的男人一定是一直待在门边等候召唤。他穿着高阶仆役的暗色制服与上好的亚麻上衣，来到公爵身边，深深一鞠躬。

“听候大人差遣。”他的英语带有明显的法国口音，五官也是法国脸孔：长鼻子、一脸苍白、薄唇紧抿，一对耳朵像小翅膀从头两侧探出来，耳尖很红。他抬起头看到我，瘦削的脸霎时失去血色，不由自主后退一步。

桑德林汉姆公爵不高兴地皱着眉，然后把目光转向我问道：“你不认得他了？”

我才想摇头，那男子贴在裤腿旁的右手突然动了一下，悄悄弯下中指和无名指，以食指和小指对着我，那是山羊角的避邪手势。下一秒，我便看到他的虎口边的小小黑痣，更加印证了我的猜想，这下我明白了。

毫无疑问，在巴黎时，穿着圆点上衣攻击我和玛丽的，就是这个人，而且这显然是公爵的杰作。

“你这该死的王八蛋！”我破口骂道。我愤怒地起身撞倒了茶几，随手拿起最近的雪花石膏雕刻烟草罐，用力朝那人的头猛扔过去，他转身逃窜，沉重的烟草罐差了几寸，在门框上砸得粉碎。

我追着他，门砰的一声重重关上，我停下脚步喘气。我双手叉腰，瞪着桑德林汉姆公爵。

“他是谁？”我质问道。

公爵平静地说：“我的贴身男仆，名字叫艾伯特·丹东，他是个好人，喜欢戴领巾、穿长筒袜，可惜就是和这些法国人一样心浮气躁，也迷信过头了。”公爵不以为然地对紧闭的房门皱了皱眉，“这些天主教徒真的很讨厌，又是圣人又擦香水，而且什么都信。”

虽然我的心脏仍贴着紧身胸衣的鲸骨怦怦跳，不过呼吸逐渐缓和了下来。我费力地深吸一口气：“你这龌龊、恶心、无耻的……变态！”

公爵不耐烦地点头：“好，好，你说的我都承认，还有更多你没提到呢！不过，这件事我的确运气不怎么好。”

“运气不好？你对这件事的看法就是运气不好？”我走到双人椅旁坐下，步伐有点不稳，激动得双手发抖，只好紧握双手，藏到裙子下。

“夫人，我运气不好的事可多了！”他姿态优雅地张开双手说道，“想想看。我要丹东去解决你，他和同伙想先找点乐子，这也无可厚非，但是他们莫名其妙发现你是什么女巫，手脚就慌了，逃跑前还玷污了我的教女。我费心帮她安排的婚事全都告吹，想想事情有多讽刺！”

他每句话都让我惊讶，我不知道该先反驳哪一句，但其中有一句特别刺耳。

“解决我？什么意思？你是说你真的想杀了我？”眼前一片天旋地

转，我只能猛灌一大口茶，但此举的镇定效果欠佳。

桑德林汉姆公爵快活地说道："是的，我一直努力想让你明白这点。夫人，要不要来杯雪利酒？"

我仔细看了他一会儿。他刚才说想杀我，现在又说要倒酒给我？"白兰地，斟满一点。"

他尖细的嗓音又咯咯笑起来，走到餐具柜边时，转头又说了一句："兰德尔队长说你是个非常有趣的女人，对他来说，这可是绝无仅有的恭维。女人总喜欢缠着他，但我想是因为他的外貌，而不是他的癖好。"

我接过他递来的白兰地。"所以乔纳森·兰德尔的确为你工作。"我看着他倒了两杯酒，确定里头就只有白兰地，我迫不及待猛灌一大口。

公爵跟着我喝下一大口，辛辣的酒气让他眨了眨眼睛。"当然，好的工具往往危险，但不需要因噎废食嘛，只要事先预防就好了。"

"危险？你到底多了解兰德尔？"我好奇地问道。

公爵哧哧地笑："夫人，我对他可说是了如指掌，大概比你懂多了。雇用这种人，要有手段才行。钱只能用来贿赂，而不是用来控制人。"

"不像勒索那么好用？"我冷冷说道。

他往后一靠，双手在圆鼓鼓的肚子上交握，无动于衷地看着我。"所以你认为我们彼此勒索？"他摇摇头，些许鼻烟灰末飘下，沾上他的丝绸背心，"不，夫人。一方面，我们身份地位不同，这种传闻只可能在某些圈子里影响我的名声，我其实不需要太担心。但对兰德尔队长来说，军队非常不认同这种不自然的癖好，甚至往往因此将当事人处死。他根本动不了我，真的。"尽管他有三层下巴，他还是努力把头侧向一边。

"我能控制兰德尔，靠的不是财富也不是威胁。他服侍我，是因为我能给他想要的东西。"公爵说道，水汪汪的蓝色小眼睛在眼眶里闪闪发亮。

我打量他肥厚臃肿的眼眶，毫不掩饰地露出嫌恶的表情，公爵大人笑得发颤。

公爵说 :“不，不是你想的那样，队长不像我，他的口味稍微精致高雅一点。”

“那你到底给他什么？”

公爵低声说 :“虐待，我任他恣意施虐。不过，你早知道了，对吧？最起码你丈夫知道。”

光坐在他附近我都觉得污秽，我站起身来，想离他远一点。雪花石膏烟罐的碎片散落一地，我漫不经心地踢中一块，碎片弹跳起来，打转着飞进双人座椅下，让我想起了刚刚在这里的丹东。

我很犹豫，不知道该不该问他为何计划谋杀我。但此时不说，更待何时？

我转身面对他问道 :“你为什么想杀我？”我迅速扫了一眼桌上的物品，万一他还想杀我，我可以拿个东西抵御。

他似乎没打算亲自动手，反而费力弯下腰捡起那只奇迹般完整无损的茶壶，放回立直的茶几上。

公爵平静地说 :“这在当时算是个权宜之计。我知道你和你丈夫想阻碍某件和我有关的事。我本来想除掉你丈夫，但他和苏格兰两个有权有势的家庭关系密切，动他太危险了。”

我脑中灵光乍现，像在放烟火。“你想除掉他？难道是你派水手到巴黎袭击詹米？”

公爵随便点点头 :“这手段有点粗糙，不过最简单。但后来杜格尔在巴黎现身，我开始怀疑你丈夫究竟是不是效忠斯图亚特，我无法确定他的立场。”

我才想知道公爵的立场呢！他这番话说得奇怪，听起来好像他私底下其实是个詹姆斯党人。倘若真是如此，那他保密的功夫真是到家了。

公爵轻手轻脚地盖上茶壶盖，继续说 :“然后，你和路易王的友谊与日俱增。就算你丈夫和银行家没谈成功，只要你高抬贵手不管闲事，路易原本可能送来查理王子需要的东西。”

他把手上的司康饼凑近眼前，皱着眉，弹掉上头的几丝细线，又决定抵抗诱惑，把司康饼丢回桌上。

公爵边回忆边说道："等我弄清楚实际情况，我便让他获赦，努力引诱他回苏格兰。要让他获赦，我可是花了不少钱，但终究是白花了！"

"但后来我想到你丈夫对你一往情深，真是感人。"公爵唇边露出令人生厌的假笑，"我猜，如果你遭遇不幸，他可能心神不宁，没心思顾及原本的计划，这样我就不必杀他，免得引起不必要的轩然大波。"

我忽然想到什么，转头看着房间角落的大键琴。琴架上放着几张乐谱，上面的字迹优美清晰。"待殿下踏上苏格兰，即有五万英镑。"签名处写了"S"，显然是桑德林汉姆（Sandringham）的缩写。

公爵愉快地笑了："夫人，你真的非常聪慧。一定是你猜出来的，至少我听说你丈夫对音乐不拿手。"

"其实不是我猜出来的。"我从大键琴前转身答道。桌子这边没有拆信刀或钝器这种有用的东西。我忽然匆忙拿起花瓶，把脸埋在一大束温室花朵中，闭上双眼，感觉冰凉的花瓣轻触我突然热烫的双颊。我不敢抬头，生怕公爵察觉我脸上表情有异。

因为在公爵的背后，我看到了一个圆形、外表如皮革的东西，形状像南瓜，裹着绿色天鹅绒窗帘，就像公爵的异国风艺术品。我睁开眼睛，透过花瓣小心偷看，有张嘴咧着不整齐的牙齿对我笑，就像万圣节南瓜提灯的笑容。

我感到既惊恐又充满安慰。我对门口那个乞丐的直觉没错，那是修·门罗，当詹米还是高地逃犯时就有的老朋友。修·门罗当过校长，在海上被土耳其人掳走，遭到拷打而成了残废，沦为乞丐与盗猎人，另外还是出色的间谍。我听说他是高地军的间谍，但没想到他因为间谍行动到了这么南边的地方。

他像鸟儿一样在二楼窗外，攀着常春藤等多久了？我不敢对门罗多作表示，只能死死盯着公爵肩膀的上方一点，看似冷漠地凝视空中。

公爵充满兴趣地看着我。“真的吗？该不会是格斯特曼吧？我不觉得他有那么机灵。”

“你觉得我机灵？真是太抬举我了。”我把鼻子埋在花丛里，心不在焉地对一朵芍药说话。

门罗放开常春藤一会儿，一只手出现在我的视线内。阿拉伯人抓走门罗时，割了他的舌头，所以他会用手语。他先是目不转睛地盯着我，慎重地先向我一指，然后再指他自己，最后往旁边一指。宽大的手掌翘起，拇指和食指做成一双跑步的腿，向东边跑去。他又眨了个眼，握拳致意，然后就消失了。

我终于放松下来，接着深呼吸，恢复平静。我打了个喷嚏，把花放下来。

“所以你是詹姆斯党人？”

公爵和蔼地回答：“不一定。重点是，夫人，你是吗？”公爵从容地脱下假发，抓抓只剩稀疏金发的头顶，再戴回假发，“在巴黎时，你想阻止詹姆斯国王夺回宝座。失败以后，现在你和你丈夫似乎十分忠诚地支持殿下。为什么？”他蓝色的小眼睛现在看起来不是很热衷，但当初他可是十分热衷于暗杀我。

自从我意识到身在桑德林汉姆公爵的屋檐下，我就不断回想弗兰克和韦克菲尔德牧师对桑德林汉姆的讨论。他是詹姆斯党人吗？就我记忆所及，历史的评价（也就是弗兰克和牧师的评判）尚无定论。我也不敢妄加臆测。

“我不认为我该告诉你。”我缓缓开口道。

公爵扬起一边的金色眉毛，从口袋里拿出一个小珐琅盒，撮出一点盒里的东西。“夫人，你确定这样做好吗？我随时都可以把丹东叫来。”

我直截了当地说：“丹东一丁点都不敢靠近我。”趁他张口结舌之际，我匆忙接道，“另外，你也不会碰我，就那档事来说。况且，如果你这么想知道我站在哪一方，那么你找出答案前也不能杀我了，对吧？”

公爵被一小撮鼻烟呛得猛咳，用力捶打穿着绣花背心的胸口。他大肆打着喷嚏，口沫横飞，我站起身，轻蔑地冷冷瞪着他。

“这样吓唬就能逼我开口？没用的。”我不知哪来的信心。

桑德林汉姆用手帕轻轻擦拭眼角的泪。最后，他深吸一口气，从噘起的厚唇吐出一口气，眼睛紧盯着我。

他从容说道：“很好，我想仆人已经把你的房间整理好了，我请女仆来带你回房。”

我看着他的表情一定很傻，因为他费力从椅子上站起时，挂着嘲弄的讥笑。“从某种程度来说，你到底是什么身份，或你知道什么信息，都不重要。我让你住在这里，是因为你有一项很重要的特质。”

“什么？”

公爵顿了一下，伸手拿摇铃，微微一笑。

“你是红发詹米的妻子，他很爱你对吧，夫人？”

以拘留室来说，这房间还不坏。房间长宽各三十英尺，装饰的奢华程度，只有楼下的客厅才比得上。小平台上放着一张天篷床，蓬顶装饰着鸵鸟羽毛，从四个角落探出，床边垂坠着花缎帏幔，一对花色相配的锦缎椅放在大壁炉前，看起来十分舒适。

陪我前来的婢女放下带来的水盆和水罐，匆匆点起准备好的炉火。男仆把罩着盖子、放着晚餐的托盘摆在门边的桌上，然后面无表情地站在走廊上。我本来打算趁人不注意冲出走廊，这下计划也给破坏了。我沮丧地想，反正冲出去也没什么用，等我在走廊上转过第一个弯，就会在屋子里彻底迷路，这该死的房子像白金汉宫一样大。

女仆出去前优雅地行个屈膝礼，对我说：“公爵大人希望您住得舒适，夫人。”

我没好气地回答：“当然了。”

她离开把门关上时，发出砰的一声，令人心情更加沉重。钥匙转动发出的刺耳声响，似乎刮去覆盖我裸露神经的最后一点保护。

宽敞的房里寒意袭人，我冷得发颤，抱住双臂走到壁炉边，坐在一张椅子上，然后深深陷入。我有一股冲动，想趁自己独处时，好好发泄一下情绪。但另一方面，我又担心如果让压抑的情绪释放出来，就再也收不回去了。我紧闭双眼，感受眼前跳动的红色火光，希望让自己冷静下来。

毕竟，我现在还没有危险，修 · 门罗正要去找詹米。即使经过这周的移动，导致詹米失去我的消息，门罗也会找到他，指引正确的方向。门罗认识这四个教区中每个佃农锅匠，走遍每户农舍庄园，他无声的信息将会透过消息与流言网络快速散播，就像风吹着云朵越过山岭一样快。但前提是，他已经从攀爬的常春藤上下来，安全离开公爵的势力范围，没被逮到。

我安慰自己："别傻了，他可是专业的盗猎人，怎么可能被逮到。"话音从装饰华丽的白色石膏天花板弹回，给了我一点支持。我继续说着，好听听自己的声音："这样一来，詹米就会到这里来。"

我突然意识到：没错，等詹米来了，桑德林汉姆公爵的手下正恭候大驾。公爵强调，我是红发詹米的妻子，这就是我最重要的特质。我是诱饵。

"我是诱饵！"我坐挺身子大喊，想到他们竟然这样羞辱我，我大感愤怒，但也感谢这股怒气驱散了恐惧。我趁此怒意自我振作，于是站起身来大步走动，思索着下次见到公爵要送他什么新称谓。正当我琢磨着"鬼鬼祟祟的屁精"这个词，外头传来压低的叫嚷声，分散了我的注意力。

我推开窗口沉重的天鹅绒窗帘，发现公爵所言不假，窗口密密实实地交错钉满粗大的木条，连想伸出一只手臂都很困难，但我还是可以看到外面。

薄暮降临，园林树下的阴影漆黑如墨，喊叫声就是从那里传来的。

马厩也传来喊声，两三个人拿着点燃的火把出现在那里。

小小的黑色身影朝树林跑去，手上松木火把的火焰向后飘动，在湿冷的风里闪耀着橘红色的火光。他们跑到园林边，这时一小团模糊的人影出现，一个翻滚跳到屋前的草皮上。地面潮湿，草皮也因冬天而枯黄，这人滚落地面的力道在地上留下一道深长的黑沟。

我踮起脚尖，抓着木条，头顶住木条想看得更清楚些。天色已完全暗了，底下有场骚动，借着火炬的光，只能偶尔看到挥舞的四肢。

我一颗心快跳出来了，但还是努力咽了口唾沫，告诉自己他不可能是詹米，他不可能来得这么快，不可能是现在，也不会是一个人——他应该不会自己一个人来吧？现在一群人围着一个人攻击，那人跪在地上，缩成一团黑影，公爵的猎场看守人和马夫抡起拳头和棍棒，往他身上不停地招呼。

直到那缩成一团的人影摊平在地，呐喊声便停止，零星有人又补上几拳，这帮仆役才向后退开。他们交谈了几句，但我的位置太高，听不见谈话内容。接着两个人弯身把地上的人拉起来，挟在腋下。我在三楼，看着他们从我窗下走过，往屋子后方走去，借着火光，我看到一双脚穿着凉鞋拖在地上，肮脏的衬衣给扯得稀烂。他不是詹米。

一路上有个马夫蹦蹦跳跳的，得意地拿着一条皮带上厚厚的皮革钱包。我的距离太远，听不到皮带上小金属物碰撞的叮当声，但这些小金属物在火光下闪闪发亮。一阵恐惧与绝望涌上来，我双臂发软。

这些金属物有硬币、纽扣，还有流浪乞丐的铅制小徽章，这个徽章是种许可，让乞丐可以在特定的教区行乞。修·门罗曾受土耳其人虐待，为了照顾他，教会颁赠他四个行乞徽章。他不是詹米，他是修·门罗。

我颤抖得厉害，几乎要站不住，但还是跑到门口，使尽全力捶打房门。

我大声尖叫：“放我出去！我要见公爵！听到没有，放我出去！”

不管我怎么捶打喊叫，外面都没反应，我又冲回窗边。楼下的景象现在非常祥和，一个小男孩拿着火把站在园丁旁边，看园丁跪在草坪周围，轻柔地将打斗过程中铲起的草皮换成新的。

“喂！”我吼道。窗户给木条挡住，不能向外推开；我跑到房间另一边，抄起一座沉重的银烛台，奔回窗边，砸碎一块玻璃，不顾碎片飞散。

“救命啊！喂，下面的！告诉公爵我要见他！我现在就要见他！救命啊！”下面有个人好像转头望向我，但另外两个人仍继续工作，没有人朝房子走来，好像只是听到鸟儿夜啼，划破了他们身周的暮色。

我跑回门边，捶门呐喊，又跑回窗边，然后再跑回门边。我呐喊、哀求、威吓，直到喉咙嘶哑，我捶着坚硬的房门，直到拳头红肿瘀青。但是一个人也没有，听起来这栋宽阔的房子里好像只有我一人。走廊的寂静深不可测，一如屋外的黑夜，一如阒静的坟堆。我的恐惧溃堤，最后跪倒在门边，痛哭失声。

我醒来，身体又冷又僵硬，脑袋抽痛，同时感到有个宽大结实的东西在地板上推我。敞开的沉重大门夹到我的大腿，夹在门与地板间的空隙，我醒过来，痛得动了一下。

“噢！”我笨拙地翻身，挣扎着用手和膝盖撑起身，头发垂在脸上。

“克莱尔！请……请小声点！你受伤了吗？”玛丽在我身边跪下，她穿的细麻布长袍上了浆，沙沙作响。门在她背后关上，我听到上方传来上锁的声音。

我茫然地说：“对……我是说，没有，我没事。但是修·门罗……”我赶紧住嘴，摇摇头想清醒一点，“玛丽，你在这里做什么？”

她低声说：“我买通管家让我进来。你说话一定要那么大声吗？”

我用正常的音量说：“没关系，门那么厚，除非里面有足球比赛，不然外面也听不到。”

“什么比赛？”

“没事。”虽然我的眼皮又湿又肿，脑袋抽痛像有人在里面打鼓，但神志已经逐渐清醒。我撑着站起来，摇摇晃晃走到水盆旁，在脸上泼点冷水。

“买通管家？不过我们还是被锁在里面吧？我听到钥匙转动的声音。”我一边用毛巾擦干脸，一边问道。

房里光线昏暗，玛丽看起来脸色苍白。昨晚我睡在地板上时，蜡烛已经燃尽熄灭，现在除了壁炉余烬深红色的光芒，房里没有别的光线。玛丽咬着嘴唇。

“我只能做到这样了，吉布森太太很怕公爵怪罪下来，所以不敢给我钥匙。她只答应把我和你锁在里面,然后早上让我出来。我想你可……可能想有人陪。”她怯怯地补了最后一句。

我说：“呃……谢谢，你真好。”我从抽屉里拿出一支新的蜡烛，走到壁炉前点燃。蜡烛熔化淌下蜡油，凝聚在烛台上，我不管会不会弄坏桌子的凹雕花纹，就在桌上倒了一小摊蜡油，把新的蜡烛立在桌上。

“克莱尔，你、你惹上麻烦了吗？”玛丽说。

我咬住嘴唇，免得回答得太轻率。毕竟她才十七岁，她不了解男人，或许更不懂政治。

“对，可能还是很大的麻烦。”我的大脑开始转着，就算要逃跑时玛丽帮不上忙，但至少我可以向她打听她的教父，还有屋子里发生了什么事，“你听到刚才外面树林边的嘈杂声了吗？”她摇摇头，身体颤抖着，因为房间很大，炉火的热度还没传到床边，就已经消散了。

“没有，但我听到厨房女仆说，猎场看守人在园林捉到一个盗猎人。这里好冷，我们可以到床上吗？”

她爬过床罩，缩在床单边的枕垫下。她的屁股浑圆匀称，在白色睡衣下看起来像个小孩子。

我说：“他不是盗猎人，其实说他是盗猎人也没错，不过他也是我的朋友，正要去找詹米，告诉他我在这儿。你知道看守人抓到他以后发生了什么事吗？”

玛丽转过身，浮现在床帷阴影中的面孔苍白而模糊。即使昏暗，我都能看见她深色的双瞳陡地放大。

“噢，克莱尔！太遗憾了！”

我耐不住性子回道：“我也很遗憾。你知道那个盗猎人在哪儿吗？”如果修·门罗被监禁在马厩之类能接近的地方，或许还有一丝微薄的希望，让玛丽想办法在早上放走他。

玛丽嘴唇颤抖，说话断断续续，相较之下她平常的口吃还比较好懂。我早该察觉不对劲，当她好不容易把话说完，这句话就像一把射出的匕首，刺穿我的心脏。

“他、他们把、把、把他吊死了，吊在园、园林大、大门口。”

过了好一段时间，我才回过神来注意到身边的事。震惊、悲伤、恐惧、希望破灭就像洪水席卷而来，完全淹没了我。我隐约意识到玛丽的小手怯生生地拍着我的肩膀，问我要不要手帕、要不要喝水，但我还是像球一样蜷缩成一团，浑身颤抖说不出话来，痛苦绝望像拳头一样揪住我的胃，我在等它慢慢放松。最后，我榨干了恐惧，或许也榨干了自己，然后无神地睁开眼睛。

“没事的。”我试图振作坐起身来，粗鲁地用袖子擦鼻子。我接过玛丽递上来的毛巾，擦干眼睛。玛丽担心地俯视我，我伸出手，捏捏她的手安慰她。“真的，没事了。很高兴你在这里。”我突然想到一件事，扔下毛巾，好奇地看着她，“话说回来，你为什么在这栋房子里？”

她目光低垂，红着脸，扯着床罩。“你知道，公、公爵是我的教父。”

“对，我听说了，不过不知怎的，我觉得他好像特别喜欢你陪在他身边。”

听我这么说，她微微一笑。“不、不是。但他……我是说公爵他，他帮我找了另一个丈、丈夫。”她努力想说出“丈夫”这个词，红了脸颊，“爸爸带我到这里来见他。”

从她的态度来看，我觉得不应该立刻向她道贺。我问：“你认识那个人吗？”

结果玛丽只知道他的名字。他叫艾萨克森，是伦敦的进口商，公务繁忙，无法远道至爱丁堡看望未婚妻，但同意到贝尔赫斯来，如果各方都满意的话，就在这里举行婚礼。

我从床头桌上拿起一只银背发梳，心不在焉地整理头发。所以，公爵无法和法国贵族结为同盟，现在打算把教女卖给一个有钱的犹太人。

玛丽勉强挤出微笑说：“我有新嫁妆喔，四十三件刺绣衬裙，其中两件绣的是金……金线。”她突然停下来，紧抿双唇，低头茫然凝视自己空虚的左手。我把手覆在她手上。

我试着鼓励她：“或许他人不错。”

“我怕、怕的就是这样。”她低头往下看，避开我询问的目光，放在腿上的两手绞在一块儿。

她的脸皱在一块儿。“他们没有告诉艾萨克森先生巴、巴黎的事，还说我也不能告诉他。他们找了一个可怕的老妇人，告诉我新、新婚之夜要怎么做，假装是我的第一次，但是我……克莱尔，我该怎么办？还有亚历山大……我没告诉他，我说不出口！我真是懦弱，我连再、再见都没说！”串串泪珠滑下她的脸颊。

她扑到我怀里，我拍拍她的背，努力安慰她，让我稍微忘了自己的悲伤。她好不容易慢慢平静下来，并坐起身、打嗝，喝了点水。

“你决定接受？”我问道。

她抬头看着我，睫毛卷翘而湿润。“我别无选择。”

“可是……”我才张口，但又止住。

她说得没错。她年纪轻，又是女性，没有金钱人脉，没有人会帮她，除了顺从父亲和教父的期望嫁给艾萨克森先生这位来自伦敦的陌生人，她别无选择。

我们两人心情沉重，对托盘上的食物都没有胃口，于是钻进被窝让自己暖和起来。玛丽宣泄完情绪，精疲力竭，几分钟之内就睡熟了，而我虽然一样疲惫，却无法入睡，心里在为门罗哀悼、为詹米担心，同时对公爵感到好奇。

床单冰冷，我的脚冻得像冰块。我不愿再想这些痛苦悲惨的事，所以把脑子转到桑德林汉姆公爵身上。他在这件事上扮演什么角色？

从所有迹象来看，他是詹姆斯党人，他自己也承认愿意杀人，或者买凶杀人，好让查理王子获得需要的援助，到苏格兰来闯荡。音乐密码就是个证据，表明承诺提供资助，最后促成查理王子在八月起航的人，就是公爵本人。

一定有些支持詹姆斯党的人，必须煞费苦心地隐瞒自己是詹姆斯党人。谋反是重罪，这么做并不奇怪。如果公爵支持起事，事情却失败，那他的损失必定比很多人惨重得多。

不过，我还是很难相信桑德林汉姆公爵会热切支持斯图亚特王朝。从他对丹东的意见来看，公爵并不支持天主教君主。而且假使真要支持，为什么等这么久，等到查理王子现在急需资金援助时才伸手相助？而且为什么要等查理王子踏上苏格兰才帮他？

对公爵的行为，我想到两种可能原因。两种原因都不怎么高尚，不过都符合他的性格。

有可能他其实是詹姆斯党人，愿意支持讨厌的天主教国王，支持斯图亚特王朝复辟，换取日后的利益。我看得出来，公爵的字典里没有“原则”这两个字，“好处”一词他倒是滚瓜烂熟。他可能想等查理王子到英格兰再资助他，把钱留给高地大军打最后的关键一仗，推进伦敦。熟悉查理王子的人都知道，不可以一下子给他太多钱，这是常识。

或者，公爵在资助斯图亚特的事业之前，想确定他们确实有些金钱后盾。毕竟为起事出力，不等于要一个人只手撑起整队大军。

从另一方面来看，公爵对援助开出这样的条件，也许出自其他原因，而且这个原因阴险得多。要求詹姆斯党军队踏上英格兰，才给予资金，可以确保查理王子会和手下将领继续斗争，驳回越来越多的反对意见，拖着心不甘情不愿、七零八落的大军南下，越走越远，远离可以提供屏障庇护的崎岖山区。

如果公爵帮助斯图亚特王朝复辟能得到好处，那帮助汉诺威王朝，将查理王子诱骗到对方掌中，再把查理王子和他的手下出卖给英国军队，又能换来什么好处？

历史一直没能查清公爵的真正立场，这点也让我觉得纳闷，公爵迟早必须表明自己的真正意图。当然，上次詹姆斯党叛乱时，老狐狸洛瓦特勋爵也玩了两面手法，既迎合了汉诺威王朝，同时又保住斯图亚特王朝对自己的好感。有一段时间，詹米自己也这么做。或许在皇室政权动荡不安的时候，要隐瞒自己真正效忠的对象，也不是那么困难。

寒意爬上我的双腿，我烦躁地动动脚，两只小腿互搓，觉得皮肤好像麻了。比起干燥的树枝，双腿的摩擦力显然小得多，因为不管我怎么摩挲小腿，都感觉不到丝毫暖意。

我躺着无法成眠，坐卧不安又浑身冰冷，突然察觉身边有个微小、有节奏的哔啵声。我侧头倾听，又用一只手肘支起身体，疑惑地盯着玛丽。她侧身缩成一团，娇嫩的肌肤在熟睡中变得红润，让她看起来就像一朵盛开的温室花朵，拇指紧紧塞在她粉红色的柔软唇瓣间。我看到她的下唇在动，微微吸吮，动作轻得几乎细不可辨。

我哭笑不得，最后，我只是轻轻拉出她的拇指，把她柔弱的手放在她怀里，接着吹熄蜡烛，偎近玛丽。

不知道是这小动作带有的纯真，让我想起多年前的信任与安全感，还是玛丽温暖的身体带给我一股单纯的舒适，又或者仅仅因为恐惧和悲伤已经消耗殆尽，我的脚逐渐温暖，最后我终于放松，沉入梦乡。

我裹在温暖的棉被里，睡得深沉安详。因此，我在这平稳、恬静的昏昏沉睡中被人猛然一推，受的惊吓比平常大得多。炉火熄了，屋里像马车夫的帽子一样昏暗，但既不平稳也不恬静了。某个沉重的物体突然落在床上，打到我的手臂，而且显然正想杀死玛丽。

我身下的床一阵起伏，床垫陡然翘起，床架因为我身旁的打斗挣扎而剧烈震动。痛苦的哼叫与低声吓骂在身旁响起，一只手臂拼命挥舞，打到我的眼睛——我想那是玛丽的手。

我慌忙滚下床，在平台阶梯绊了一下，便摔倒在地。床上挣扎的声音更大，一阵可怕尖锐的嘶喊声响起，我猜是玛丽被人勒住，正试图发出尖叫。

一个低沉的男音突然吃惊地咒骂一声，床上被褥又是一阵乱扯，尖叫声突然停了。我匆匆找到桌上的打火石，点火燃起蜡烛。摇曳的烛焰逐渐平稳，照亮前方的人影，从刚才那精神饱满的盖尔语咒骂声中，我已经猜到来者何人。玛丽全身除了一双疯狂挣扎的手，其他都看不见，脸被闷在枕头下，身体被我那高大、焦躁的丈夫压住。尽管他身形大占优势，似乎还是死命用尽了全力。

他一心想制服玛丽，没有抬头看刚点燃的蜡烛，继续努力要抓住玛丽的双手，同时用枕头使劲压住她的脸。看到这副奇景，我抑制大笑的冲动，放下蜡烛，隔着床探过身子，拍了拍他的肩膀。

“詹米？”我问道。

“吓！”他像条鲑鱼扭身跳起，弹下床蹲伏在地，短剑抽出一半。直到确认是我，他才放松下来，闭上眼睛。“老天爷，外乡人！以后不准这样吓我，知道吗？”

玛丽已经挣脱枕头，现在正直挺挺地坐在床上，双眼圆瞪，气急败坏。詹米对玛丽解释：“我没有恶意，我以为你是我妻子。”接着，他故意大步绕过床，搂住我的双肩用力吻我，像是安慰自己终于找对人了。我热情回吻他，感受他充满胡楂的粗糙脸颊在我脸上摩挲，闻到他身上散发温暖、强烈的气味，那气味结合了潮湿的亚麻和羊毛，以及一股浓烈的男人汗水味，令我陶醉。

他终于放开手对我说：“穿好衣服，这该死的房子到处都是仆人，楼下简直像蚁窝。”

我四望寻找乱扔的连身长裙，一边问他："你怎么进来的？"

他不耐烦地说："当然是从门口进来的。在这里。"他从椅背上抓起我的连身长裙，扔给我。的确，厚重的房门敞开，一大串钥匙插在锁上。

我开口问："不过，你又是怎么……"

詹米粗鲁地答道："等等再说。"他见玛丽正下床来，便说道："小姑娘，你最好回床上，地板很冷。"

"我和你们一起去。"层层衣物闷住玛丽的声音，直到她的头探出连身长裙领口，头发蓬乱，她一脸执拗，看起来心意坚决。

詹米怒视着她说："你休想。"我发现他脸颊上多了几道破皮的新抓痕。不过，等詹米看到玛丽颤动的嘴唇，他便努力克制住脾气，开口安慰她："小姑娘，事情会顺利过去。我们离开时会锁门，到了早上你就告诉大家发生了什么事，没人会怪你。"

玛丽充耳不闻，匆匆穿上拖鞋跑向门口。

"嘿！你要去哪里？"詹米大惊，一个急转身要追她，但来不及阻止她跑出门。玛丽站在门口走廊外，像头鹿一样静止不动。

她激动地说："我要和你们一起去！如果你们不带我去，我就沿着走廊跑，大声尖叫。你试试看！"

詹米盯着她，头发映着烛光闪着红铜光泽，血液冲上面颊，显然在天人交战。他知道我们必须保持安静，又有股冲动想徒手勒死她，以免她鬼叫。玛丽瞪回去，一手抓起裙子，准备开始跑。我穿好衣鞋，戳戳他的肋骨，分散了他的注意力。

"带着她，走吧！"我果断地说。

他看了我一眼，和他看玛丽的眼神一模一样，但只迟疑了一下子，就点个头，拉着我的手臂，我们三个人匆匆离开，踏进寒冷阴暗的走廊。

房里既死气沉沉，同时又充满声音。我们脚下的木板嘎吱作响，衣服像狂风吹过树叶簌簌响，墙壁似乎随着木板的沉降而呼吸起伏，走廊下窸窣难辨的声响表示有动物躲在底下的神秘藏身处。而整栋庞大、昏暗的房子本身却笼罩在一片可怕的死寂中，深深沉浸在不能惊扰的睡眠里。

玛丽抓紧我的胳臂，我们一起蹑手蹑脚跟着詹米走过走廊。詹米贴着墙壁前进，行动迅速又安静。

我们经过一道门，我听到门的另一侧响起了轻轻的脚步声。詹米也听到了，他平贴着墙，示意我和玛丽走前面。壁面的灰泥透过我紧贴着墙面的掌心，传来一股寒意。门慢慢打开，探出一颗头，头上蓬松戴着白色头巾女帽，朝我们的反方向往走廊看去。

那人悄声说："谁？是你吗，艾伯特？"一丝冷汗流下我的脊椎。这个女仆显然正等着公爵的贴身男仆丹东来相会，这男人可真不辱法国人风流的美名啊！

我觉得詹米这全副武装的高地人，应该无法冒充女仆缺席的情人。我感到詹米在我旁边十分紧绷，正努力克制自己去攻击女人。下一秒这女仆就会转过来，看到詹米，放声尖叫，然后整间屋子将被她唤醒。

我从墙后走出来。

我带着歉意对她说："呃，抱歉，是我。"

那女仆大惊失色，我一个箭步走向前去，让她面对我，詹米仍然在她背后。

我笑道："对不起吓到你了，我睡不着，想喝点热牛奶。请问厨房是往这边走吗？"

这女仆二十出头，身材丰满，呆愣地张着嘴。从露出的牙齿来看，她显然不是很注重口腔卫生，真令人难过。幸好这女仆不是带我到房间的那一个，她应该不知道我不是客人，而是被人关在房里。

我开门见山地说："我来这里做客。"接着我把握"进攻就是最佳防守"的要领，以责怪的眼神瞪她。

我质问道："你刚在喊谁？艾伯特？公爵大人知道你晚上在房间招

待男人吗？”这几句话似乎戳到她的痛处，女仆脸色发白、双膝落地，抓着我的裙子。她太担心丑闻曝光，忘了冷静下来想想，为什么一个客人凌晨会在走廊徘徊，不但穿着连身长裙和鞋子，还披着旅行斗篷。

“夫人！求求您不要告诉公爵大人！我看得出您有一副好心肠，一定不想看见我被解雇吧？可怜可怜我吧，夫人，我家里还有六个兄弟姐妹要养，而且我……”

我拍拍她的肩膀安慰道：“好了，好了，别担心，我不会告诉公爵，只要你回床上，然后……”女仆仍滔滔不绝想证明自己的清白，我用和小孩或精神病患说话的语调，小心哄她回到房内。

我当着女仆的面关上门，瘫靠在门上。詹米一脸笑容，从阴影中浮现在我面前，他只是拍拍我的头向我致意，然后又抓着我的胳臂，催我走过走廊。玛丽在楼梯平台的窗前等着，窗外月光偶然穿破飘忽的云层，射进屋内，照得玛丽的睡袍荧荧发亮。看来有场风雨正在酝酿，不晓得对我们的逃跑是好是坏。

詹米走到楼梯平台，玛丽抓住了他的苏格兰披肩。

她低声说：“嘘！有人来了！”

确实有人，我听到微弱的脚步声从下方传来，一片苍白的烛光点亮了楼梯井。我和玛丽焦急地四处张望，但我们藏无可藏。这后面的楼梯是给仆人走的，头梯平台就是一方简单的地板，既没有家具遮挡，也没有垂挂的布幔躲藏。

詹米叹口气，示意我和玛丽回到刚才的走廊上，然后拔出短剑，镇静地守在平台阴暗的角落。

玛丽忐忑不安，手指和我紧紧缠绕。詹米的枪挂在皮带上，但显然不能在屋里开枪，而那个仆人也会想到这点，所以用枪不会有效，非得用刀才行。想到那个倒霉的仆人，我的胃一阵痉挛，他就要和一个九十五公斤、严阵以待的苏格兰人，以及他手上的黑碳钢短剑正面交锋。

我正打量着自己的衣服，或许可以牺牲一件衬裙来绑那个仆人。这时候，那仆人低着头手拿烛台进入我的视线。他一头中分黑发，发油味甜腻呛鼻，立刻让我忆起黑暗的巴黎街头，以及面具下那张无情的薄唇。

我认出他就是丹东，倒抽一口气，他忽然抬头张望，离楼梯平台只差一步。眨眼间，他被人从脖子后方拎起，猛力朝平台墙边摔去，力道之大连手上的烛台都飞了出去。

玛丽也见过他。

她吓得忘了要低声说话，也忘了口吃，大声嚷叫："就是他！在巴黎的那个人！"

詹米一只肌肉发达的前臂横压过丹东胸口，把无力挣扎的他钉在墙上。窗外云朵飘忽，光线忽明忽灭，照得丹东的脸时隐时现，看得出他面无血色。紧接着詹米把刀锋压在丹东喉咙上，丹东的脸色霎时全白了。

我踏上平台，不确定詹米要做什么，也不知道该叫詹米做什么。丹东看到我时，发出被人扼住脖子的呻吟，还想在胸前画十字。他惊恐地瞪大眼，低声喊道："白娘子！"

詹米突然用力，抓住丹东的头发猛地往后一拽，他的头砰地撞上墙壁镶板。

"你这个人渣！你该庆幸我没有时间慢慢折磨你。"詹米轻柔的语气里充满致命的威胁。语毕，他把丹东的头向后一拽，丹东不由自主地吞口水，喉结滚动，一边惊恐地盯着我。

詹米咬着牙说道："你口里的'白娘子'是我的妻子！她的脸，将是你临死前的最后一幕！"

詹米的短剑猛力划破丹东的喉咙，一片暗色的血帘喷涌而出，溅上詹米的上衣。楼梯平台上忽然弥漫着死亡的恶臭，瘫在地上的人形发出喘鸣，还有液体汩汩流出的声音，时间似乎就此凝结。

后方的声音终于让我回过神来，原来玛丽在走廊上吐了起来。我脑中第一个念头是：早上仆人有得清理了。第二个念头：詹米怎么样了？我借着转瞬即逝的月光看到詹米的脸，他脸上溅满血滴，蓬乱的发梢也滴着血，喘着粗气，看起来也不怎么冷静。

我转向玛丽，看见她背后走廊深处，有道光从敞开的门缝漏出来，有人要来查看这噪声的来源了。我抓住玛丽睡袍下摆，把她的嘴大力一抹，然后抓住她的手臂，拉着她走向平台。

“快！我们走吧！”我说道。詹米原本茫然地望着丹东的尸体，此时也摇摇头恢复神志，转身朝楼梯走。

詹米似乎知道该怎么走，毫不迟疑地领着我们穿过昏暗的走廊。玛丽跌跌撞撞地跟在我身边，不停喘气，呼吸声大到听起来像引擎声。

在餐具室门口，詹米忽然停下，低低吹了声口哨。立刻有人回应，门荡开来，室内一片漆黑，里面有几个模糊的人影，其中一位脱离黑暗靠上来，詹米和他咕哝了几句，这位不知是人是鬼的仁兄，便伸手抓住玛丽，把她拉进阴影。迎面吹来一股阴凉的穿堂风，我明白前面某处有扇门开着。

詹米手搭着我的肩膀，领着我避开障碍，穿过黑暗的餐具室及一间较小的房间，感觉似乎是某种杂物间。我的小腿胫骨撞到东西，痛得叫出声，又咬紧嘴唇忍住咒骂。

终于，我们来到自由的夜空下，风攫住我的斗篷，迅速卷起，将它吹得像个鼓胀的气球。在黑暗的屋子里，穿越令人神经紧绷的小道后，现在我觉得好像快长出翅膀，飞上云霄了。

我身边的人似乎也都松了一口气，周围响起低沉的交谈与压低的欢笑声，但詹米很快嘘了一声要大家安静。这群人一次一个，迅速奔过屋前的空地，在舞动的月光下成为飘忽的影子。詹米站在我身边，看着他们消失在园林树丛里。

“默塔呢？”等最后一个手下离开，詹米皱着眉头喃喃说道，仿佛自言自语，又自问自答，“应该是去找修·门罗了。外乡人，你知道修·门罗在哪里吗？”

我咽了咽口水，感觉刺骨的冷风钻进斗篷，重获自由的喜悦因为想起门罗的死而荡然无存。

“我知道。”我尽量简单交代这个坏消息。詹米沾满血迹的脸颊上面色凝重，我说完后，他的表情像石头般冷酷僵硬。

后方响起一串问句：“你们想整晚都呆站在这儿，还是干脆敲响警钟，让那些家伙知道上哪里逮人？”

默塔从我们身旁的阴影中现身，像幽灵一样安静。詹米看到他，表情稍微放松了些。默塔腋下夹着一捆布包，布上有暗沉的斑斑血迹，大概是厨房里拿来的一只带骨大腿肉。他的另一边腋下挟着大火腿，脖子上还挂了一串香肠，更证实了我的猜想。

詹米皱起鼻子，淡淡一笑。“老兄，你闻起来像屠夫，能不能别走到哪儿都想着吃？”

默塔侧着头，看着浑身溅满血迹的詹米。

“闻起来像屠夫，总比看起来像屠夫好。小伙子，可以走了吧？”

穿过园林的路上黑暗又阴森，高耸的树木彼此相隔甚远，中间种了小树，在明暗不定的月光下，小树的形状会突然变得像凶狠的猎场看守人。终于，云层越积越厚，满月也比较少露脸，这变化让人欣喜。等我们到达园林另一端，雨也降了下来。

有三个人带着马留下来。玛丽已经上马，坐在詹米一名手下身前。她对于要跨骑在马上显然很不自在，一直想把睡袍塞到大腿下，努力隐藏她有大腿这件事。

我骑马的经验比较丰富，但沉重的裙摆还是惹来我的咒骂。我提起裙子，詹米伸出手让我一蹬，我的手掌熟练地在马背上一压，上了马。马因为我这一推喷着响鼻，耳朵后倒。

我不怎么同情地说：“抱歉了伙计，我这下还不算什么，等他上马你就知道了。”

我环视四周，看看“他”在哪里，发现他站在树下，手放在一个约十四岁的陌生男孩肩上。

我看到乔迪 · 保罗 · 弗雷泽正在旁边忙着系马的肚带，于是倾过身去问他："那是谁？"

"他啊！"乔迪瞟了男孩一眼，然后皱眉继续和不合作的肚带奋斗，"他叫尤恩 · 吉布森，是门罗继子中年纪最大的一个。公爵手下的猎场看守人抓到门罗时，他好像和门罗在一起，不过他逃了，我们在猎场边发现他，他就带我们到了这里。"乔迪没必要地又拽了一下，喜滋滋地看着肚带，好像在对肚带发出挑衅，看它敢不敢说什么。

接着乔迪抬头看我，突然问："你知道那孩子的父亲在哪儿吗？"

我点点头，答案想必在我脸上写得一清二楚，因为乔迪转过头去看那男孩。詹米抱着男孩，紧紧将他搂在胸口，拍着他的背。我们又看着詹米将孩子从胸前拉开，两手搭在男孩肩上，凝视男孩的脸，说了几句话。我听不到詹米说什么，但过了一会儿，男孩站直身子，点点头。詹米也点头，最后拍了一下男孩的肩，领男孩转身走向一匹马，马上的乔治 · 麦克卢尔向男孩伸出手。詹米低头大步走向我们，寒风呼啸、冷雨飞溅，他的苏格兰披肩尾端在背后飒飒飘荡。

乔迪一口唾沫吐在地上，说："可怜的小家伙。"他没指明是谁，随即也上了马。

我们骑到园林东南方角落附近就停住，马匹又是踩蹄、又是挣扎。两个人掉头回去，消失在树林里。好不容易等他们回来，前后应该不超过二十分钟，感觉却有两倍时间长。

回来时他们两人合骑一匹马，另一匹载着弯成弓状的长条物，那是修 · 门罗的尸体，裹在弗雷泽家族的苏格兰披肩里，横挂在马鞍上。马群都不喜欢尸体，载着尸体的马从我身旁经过时，我的马猝然抬头，鼻翼贲张。詹米一扯缰绳，生气地用盖尔语骂了声，马才老实下来。

我感觉詹米在我背后，站在马镫上，向后望着，仿佛在计算留下来的伙伴人数。然后他的手环上我的腰，我们出发，向北前行。

我们骑了一整夜，只停了几次稍事休息。一次休息时，我和詹米站在七叶树下，詹米伸手要拥抱我，却突然停下来。

我面带微笑说：“怎么回事？在你手下面前不敢吻自己的妻子吗？”

他否认，接着吻了我，然后退后一步微笑。“不是，我只是一时间担心你会尖叫然后抓我的脸。”他小心翼翼地摸了摸玛丽在他脸颊上留下的抓痕。

我笑着说：“没想到‘我’会这样欢迎你吧？”

他笑着说：“哎，其实那在我预料之中。”他从默塔偷来的香肠那儿拔了两条，递了一条给我。我不记得上次吃东西是何时了，但想必过了很久，因为尽管我怕食物中毒，还是抗拒不了肥美的香肠。

“你以为我才一个星期就认不出你了吗？”

詹米摇摇头，依然面带微笑，咽下一口香肠：“不，我进屋要找你的时候，我多少知道你在哪里，从窗口的木条就看得出来。”他扬起一边眉毛补充道：“从窗上钉的木条来看，公爵大人对你印象一定很差。”

“是糟透了，没错，继续。”我赶快带过，不想再提公爵。

詹米再咬一口，熟练地把食物塞到嘴里，说着：“我知道你的房间，但还需要钥匙，对吧？”

我说：“对，你刚刚正说到那儿。”

他草草嚼了几下便吞下肚。“我是从管家那里拿到钥匙的，不过过程不是太顺利。”詹米轻轻揉了揉腰带下方的部位，“从那女人的样子看来，她之前就在床上被人吵醒过几次，而且对方都是草草了事。”

我想象那副景象，觉得很好笑。“我敢说你走进去的时候，她一定觉得你是一块十分珍稀、令人精神为之一振的小鲜肉吧！”

“我非常怀疑，外乡人。她像报丧女妖一样尖叫，拿膝盖撞了我的下身，趁我扶腰呻吟时，又扑上来用烛台敲我的脑袋。”

“你怎么办？”

“我狠狠地揍了她一拳——我自觉这相当不绅士，然后把她绑起来，再拿条毛巾塞进她嘴里，让她无法再破口大骂，接着搜她的房间，找到钥匙。”

“干得好。”我突然想到，“不过你怎么知道管家睡在哪里？”

他平静地说：“我不知道，洗衣女工告诉我的。我告诉她我是谁，威胁说如果不告诉我管家在哪儿，就要把她开肠剖肚，叉起来烤。”他对我苦笑了一下，“我不是告诉过你，外乡人，有时候被当成野蛮人也有好处，我敢说现在他们都见识到红发詹米了。”

“就算他们之前不知道，现在也知道了。”我在昏暗的光线下尽可能仔细打量他，“洗衣女工呢？”

詹米回忆道：“她扯我头发，还被她连根拔起了好几撮。告诉你，外乡人，要是有天我得换工作，我可不会把袭击女人当职业，这样讨生活太累人了。”

快天亮时冻雨下得很大，但我们还是又骑了一会儿，然后尤恩·吉布森迟疑地勒住小马，笨拙地站在马镫上四顾，接着示意我们骑上左边山坡。

天色太暗了，我们无法骑马上山，只好下来牵着马，拖着泥泞的脚步，穿过石楠丛和花岗岩，沿着几乎看不见的崎岖小路，一步步艰难地前进。等我们走到山顶，停下来喘口气，黎明已经降临，天色发白。浓重的云层掩盖了地平线，深灰色的夜空逐渐不知不觉换上浅灰色。至少现在我看得到自己正走在一条水深及踝的小溪里，下坡路上也能避开不明显的石头与荆棘，以免扭伤脚踝。

底部是个小山凹，有六间房子。说“房子”或许太抬举了，其实那只是窝在落叶松下，用石头粗陋搭就的小屋。茅草屋顶垂下来，离地只有几英寸，所以屋子只露出一点石墙。

我们在一间窝棚外停下来，尤恩犹豫地看着詹米，仿佛迷失了方向。看詹米点头，尤恩才一溜烟跑向低矮的小屋。我靠近詹米，握着他手臂。

他沉着嗓子对我说："这是修 · 门罗的家，我把他带回给他妻子，那小伙子正进去通报。"

我看着小屋幽暗、低矮的门，又看向裹着苏格兰披肩、毫无生气的尸体，有两个人正把尸体从马上解下。我感觉詹米的手臂一阵轻轻战栗。他闭上眼睛一会儿，嘴唇微动，然后走向前，伸出双臂接过尸体。我深吸一口气，把脸上的头发往后拨，跟着詹米弯身通过门楣。

屋内虽然气氛哀戚，不过不像我担心的那么悲痛。詹米用轻柔的盖尔语对门罗的遗孀致上吊唁，她低头静静聆听，泪水如雨水般滑落脸颊。她迟疑地将手伸向盖着门罗的苏格兰披肩，似乎想掀开披肩，却又迟疑着。她站在那儿，一只手别扭地放在隆起的披肩上，另一只手把一个年幼的孩子拉近自己腿边。

火炉边挤了几个孩子，都是门罗的继子，炉边粗糙的摇篮里还有个襁褓中的婴儿。我看着婴儿，心里一丝安慰，至少门罗留下了这个孩子。但看着小婴儿脏污的脸融入阴影，这点安慰马上被不寒而栗的感觉淹没。虽然尤恩勇敢又听话，但才十四岁，下面年纪最大的是个女孩，也才十二岁左右。他们要怎么维生？

女人满脸风霜，牙齿几乎都掉光了，但令我吃惊的是，她不过大我几岁。女人朝着一张单人床点个头，于是詹米把尸体轻轻放在那床上。詹米又轻声用盖尔语对女人说话，但她只是无奈地摇头，眼睛仍然望着床上的尸体。

詹米低下头跪在床边，一只手放在尸体上。他的语气轻柔但字字清晰，仅凭我零落的盖尔语也能听懂。

"朋友，我向你起誓，愿万能的上帝做见证。为了报答你为我的付出，只要我在，你的家人必不虞匮乏。"

詹米动也不动，除了炉火中泥炭噼啪作响，以及雨水淅淅沥沥落在茅草屋顶上，屋里悄然无声。詹米低垂着头，发色因淋湿而转深，湿气凝成水滴，在詹米披肩上如宝石般闪烁。詹米手掌紧握一下，作最后的道别，接着站起身。

詹米向门罗太太一鞠躬，然后转身拉起我的手。我们还没离开，就有人掀开悬挂在低矮门口的牛皮。我往后让一步，玛丽走进来，后面跟着默塔。

玛丽浑身又湿又脏，看起来手足无措，肩上紧裹着潮湿的苏格兰披肩，睡袍衣摆已经湿透，底下露出一双泥泞的卧房便鞋。她看到我便靠过来，很高兴见到我。

“我本来没有要、要进来，但默塔先生一定要我来。”她低声说完，腼腆地看了门罗的遗孀一眼。

詹米疑惑地扬起眉毛，默塔则恭敬地朝门罗太太点头，用盖尔语说了几句。身材矮小的默塔一如往常，看起来脾气倔强但办事得力，可我觉得他的神态又多了一丝自豪的感觉。他拿出一个鞍带，看来圆鼓鼓的，又很沉重。也许是给门罗太太的临别礼物吧！

默塔把袋子放在我脚边，直起腰来，从我开始，轮流看过玛丽、门罗太太，最后是詹米。詹米脸上的表情和我一样困惑。默塔找齐了观众，庄重地向我行礼，一绺淋湿变深的头发落到额前。

“夫人，我为你报仇了。”我第一次听他这么平静慎重地说话。他直起身向玛丽和门罗太太低头致意，“也为两位伸张了正义。”

玛丽打了个喷嚏，急忙用披肩擦擦鼻子。她双眼圆睁盯着默塔，眼里满是疑惑。我低头看着鼓鼓的鞍袋，心底升起一股寒意。

只见门罗的遗孀跪下来，双手沉稳地打开袋子，拎出桑德林汉姆公爵的头颅。

CHAPTER 16

姓兰德尔的都该死

我们往北回到苏格兰，一路上备尝艰辛。我们担心被认出是高地人，一路上躲躲藏藏，不能买食物也不能讨食物，只能在畜棚没人看守时进去偷点吃的，或是在田里挖挖看有没有可食用的块根。

我们终于一步一步回到了北方。我们不晓得苏格兰军目前在哪里，只知道他们在北方。因为没办法确定军队所在，我们决定回爱丁堡，至少那儿可以打听到战争的消息。我们和苏格兰军失联了数周，我知道英军夺回斯特林城堡的计划失败，而詹米知道我们打赢了福尔柯克之役，苏格兰人得胜。

但之后呢？

好不容易，我们骑上了爱丁堡皇家麦尔大道的灰色鹅卵石街道。詹米立刻前往军营总部，我和玛丽前去亚历山大的住处。由于忙着赶路，我们几乎没说话，内心十分担心届时会看到什么。

亚历山大还在。玛丽走进房间便双膝一软，跪倒在他床边。亚历山大原本正昏昏沉沉打着瞌睡，猛然惊醒。他睁开眼，眨了又眨，然后仿佛看到天使降临，脸上散发出喜悦的光芒。

他的唇贴在玛丽发上，不停地说着："神啊！我还以为……主啊，我不停地祷告……就希望再见你一面，就只要一面。主啊！"

仅仅避开视线似乎不够，于是我走出房间到楼梯平台上，在阶梯上坐了半个多小时，把疲惫的头搁在膝上休息片刻。

待时间差不多，我又回到小房间。玛丽离开的这几周，房间又变得阴郁脏乱。我替亚历山大检查病况，轻轻把手放在他孱弱的身体上。我很意外他能撑这么久，不过现在他也时日无多了。

他见了我的表情，了然于心地点点头，并不意外。

亚历山大疲惫地躺回枕头，轻声说："我一直在等，希望她……会再回来。我很傻……但我持续祷告。现在祷告应验，我可以平静地走了。"

"亚历山大！"玛丽痛哭失声，仿佛受到重击，但亚历山大仍笑着紧握着玛丽的手。

"我们早知道这天迟早要来。不要灰心，我会一直与你同在，看护你，深爱你。我最亲爱的玛丽，别哭了。"他低声对她说着。玛丽粉嫩的脸颊涨得通红，想听他的话，却又止不住哽咽，两行泪不听话地滚下双颊。虽然玛丽灰心消沉，面容却比过去娇艳动人。

亚历山大看来是使尽了全身力气，要再求我一件事："弗雷泽夫人，请问……明天……您可以带着堡主一同前来吗？这件事非常重要。"

我犹豫了一会儿。不管詹米听到什么消息，肯定想马上离开爱丁堡，加入大军，找到其他手下。但多待一天不可能影响战事结果，而且看到两双眼睛这样殷殷期盼地望着我，我也不忍拒绝。

我答应道："我们会过来。"

詹米一边爬上陡峭的鹅卵石街道，往亚历山大住的巷子走去，一边抱怨："我真是太笨了，昨天我们从当铺把珍珠赎回来后，就应该立刻出发。你不知道这里离因弗内斯多远吗？而且我们又只有烂马可以骑！"

我不耐烦地说："我知道，可是我答应他了。而且如果你见到他……哎，到时你就明白了。"

他虽然不满，但也不再抱怨，帮我拉住大门，跟着我进入破旧的建筑物，爬上蜿蜒的楼梯。

玛丽半坐半躺在床上，身上还穿着赶路时的破烂衣裳，紧紧把亚历山大搂在怀中。她肯定一整夜都维持着这个姿势。

亚历山大看到我，轻轻从玛丽怀中起身，拍拍玛丽的手，放到一边。他一只手肘撑起身子，脸色比他的床单还要苍白。

“您好,弗雷泽夫人。”他微微一笑对我说,但脸上因汗水而显得湿亮,灰白的脸色更是不祥的预兆。

“非常感激您过来。堡主……也过来了吗？”他说着，微微喘气，眼光投向我的后方。詹米听到他的话,从我背后走进房间。玛丽听到声响,回过神来，目光投向我，再投向詹米，然后站起来，一只手怯生生地放在詹米臂上。

“图瓦拉赫堡主，我……我们……想……想拜托您一件事。”詹米态度软化，并非玛丽用头衔称呼他，而是因为她的结巴。虽然他脸色依然严峻，但不再那么紧绷，并亲切地低头望着她。

“大人，是我要求夫人带您过来的。您也看得出来，我不久于人世。”亚历山大已经直起身子坐在床沿，磨损的睡袍下摆下露出他纤细如骨的小腿。小腿透着苍白的光泽，细瘦修长的脚趾毫无血色，因循环不良而变成黯淡的青色。

过去我常见到各种形式的死亡，眼前这是最糟的情况，也可以说是最好的情况。患者面临死亡，但充满勇气；而医者治疗无效，只能撒手。不管最后治疗是不是徒劳无功，我还是翻遍药箱，找出我帮他制作的毛地黄素。我有几瓶效力不同的棕色输液,色泽由浅到深,装在玻璃小瓶里。我毫不犹豫选了最深的一瓶，因为他每次呼吸，我都能听到肺里的积水发出啵啵声。

他脸上蜡纸似的皮肤像蜡烛般散发出光芒，这光辉不是毛地黄素的功效，而是出于意志力，也就是这意志力，让他支撑到现在。这种情况我以前也见过几次，可能是男人，也可能是女人，他们意志坚强，可以超越身体的极限，撑过一段时间。

我想有些阴魂大概就是这么来的，尽管虚弱的肉体已经倒在路边，生命无法支持延续，但精神意志却残存下来。我今天带詹米来，原因之一就是不想让亚历山大心愿未了就离开人世。

詹米自己似乎也有类似的结论，轻声问道："我看到了。你希望我做什么？"

亚历山大闭上眼点点头，举起我递给他的小瓶喝下，苦味让他打了个冷战。他睁开眼睛，对詹米微笑。

"我只拜托您继续留在这里，我保证不会耽误太久。我们还要再等一个人。"

等待的时候，我继续想办法帮着亚历山大，虽然这状况下我能做的不多。我又给了他毛地黄输液，并用点樟脑帮他缓解呼吸困难。用了药后，他的情况似乎好了一点，但我用自制听诊器对着他凹陷的胸部听诊时，能听到他心脏正猛烈跳动，并经常夹杂着颤动与心悸，感觉他的心跳随时可能停止。

玛丽一直握着他的手，他的目光也从未离开玛丽，仿佛要记下她脸庞的每道轮廓。光是待在同一个房间，感觉都像是打扰了他们。

门开了，兰德尔站在门边。

兰德尔不解地看了看我和玛丽，然后他看到詹米，眼神发出光芒，全身绷紧。詹米正视他的眼睛，然后转头朝床上扬头示意。

兰德尔看到亚历山大憔悴的面容，快步穿过房间，跪在床边说："亚历山大！天啊，亚历……"

亚历山大枯槁的双手捧着兰德尔的脸，对他笑了笑，安慰他道："没事。我没事的，翰。"

我一手托在玛丽肘下轻轻催她下床。不管兰德尔为人如何，都该让他有时间私下和弟弟说最后几句话。

玛丽失去希望，大受打击，她没有反抗，跟着我到房间另一头，由着我让她坐在凳子上。我从水罐里倒点水沾湿手帕，想给她擦擦眼睛，但她只是呆坐着，槁木死灰地抓着手帕。我叹口气拿起手帕，替她擦脸，并帮她尽量梳顺头发。

后方传来轻轻的哽咽声，我朝床那儿看去，兰德尔还是跪在地上，脸埋在弟弟的大腿上，而亚历山大握着他的手，轻抚他的头发。

亚历山大说："翰，你知道我拜托你这件事是很难开口的，但如果你爱我这个弟弟……"话没说完，他突然大咳，脸上因为过度用力泛起一阵潮红。

詹米的身躯原本就绷得很紧，现在更显僵硬。兰德尔似乎感觉到詹米的目光停在他身上而僵住身子，但他没有抬头。

兰德尔一只手放上弟弟肩膀，仿佛要平息他的咳嗽，冷静地说："别担心，你知道你用不着开口，我会照你的意思去做，她就是……那个女孩？"他往玛丽的方向瞟了一眼，但不太想直视她。

亚历山大点点头，仍在咳嗽。

兰德尔双手放在亚历山大肩上，想让他躺好。"没事的，我会想办法让她生活无虞的。你放心吧！"

詹米低头看我，睁大眼睛，我看着他缓缓摇头，感觉寒毛从背脊一路窜起。现在一切都合情合理了，为什么玛丽尽管痛苦，双颊却红润娇艳，还有为什么她愿意嫁给伦敦的犹太富商……

"不是钱的问题，她有身孕了。他……"我停下来，清清喉咙说道，"我想亚历山大希望你娶她。"

亚历山大点点头，眼睛仍然没有张开。他喘了一会儿，然后张开眼睛，明亮的浅棕色双眸盯着哥哥，他哥哥的表情既震惊又无法理解。

"没错……翰，我要你为我照顾她。我想……让我的孩子姓兰德尔。你可以……让他们在社会立足，比我能做的更多。"他伸出一只手，摸索着。玛丽抓住他的手紧揣在怀里，仿佛抓住浮木一般。他温柔地对玛丽微笑，伸出一只手去抚摸她闪耀的深色鬈发，那鬈发落在她脸颊旁，遮住了她的脸。

“玛丽，我希望……哎，你知道我希望什么，我希望的很多。我也对很多事感到抱歉，但我不后悔我们彼此相爱。经历了这些快乐的日子，我可以心满意足地离开了，只是我怕有人欺负你、羞辱你。”

“我不在乎！谁知道都无所谓！”玛丽忍不住大喊。

“但我在乎。”亚历山大轻声说。他对兰德尔伸出另一只手，兰德尔犹豫一下后便握住。亚历山大把两只手拉在一起，玛丽的手动也不动，兰德尔的手则十分僵硬，就像木头砧板上的死鱼。但亚历山大紧包住他们两人的手，紧紧覆在一起。

“你们是我最亲爱的人，我把你们交给对方。”亚历山大轻声说，轮流看着两张脸。听到这临终的最后请求，两张脸都面露惊恐，但也因为即将失去最重要的亲人，同样充满强烈的哀伤。

“可是……”从我认识兰德尔以来，第一次见他哑口无言。

“很好。”声音几乎细不可闻。亚历山大睁开眼睛，吐出憋了许久的一口气，对哥哥微笑，“没有多少时间了，现在就让我为你们主持婚礼。就因为这件事，我才请弗雷泽夫人带堡主前来。大人，请问您愿意和妻子一起当我们的见证人吗？”亚历山大抬头望着詹米，詹米从惊愕中醒来，机械般地点点头。

我从来没看过这三个人那么灰头土脸。

亚历山大太虚弱，只好由面容僵硬的兰德尔帮忙，把牧师的白领圈系到亚历山大苍白的脖子上。兰德尔本人看起来也糟透了，疾病让他面容枯槁，在脸上深深凿出皱纹，使他看上去比实际年龄大了几岁，眼窝深陷如同人骨刻出的深穴，穴里一双眼睛向外凝视。他身上一如往常，穿着无可挑剔的行头，于是整个人看来就仿佛裁缝把衣裳套在做工拙劣的人体模型上，模型脸部仅是在木头上随便刻出眼鼻。

至于玛丽，她悲伤地坐在床上不停哭泣，眼泪无助地落在斗篷上，头发乱糟糟的，我只好尽量帮她打理，替她拉直连身长裙、梳理头发。

她沮丧地坐着吸鼻子，眼睛盯着亚历山大。

亚历山大一手撑着梳妆台，一手在抽屉里找东西，最后拿出一本大大的《公祷书》。书太重了，他没办法像平常一样举在面前，他也站不起来，于是重重坐在床上，书摊开放在膝盖上。他闭上眼，喘着粗气，一滴汗水从脸上流下来，在书页上留下了汗渍。

“诸位好……”亚历山大开始主持。为了他自己，也为了其他人，希望他选的仪式简短一点。

玛丽止住啜泣，又红又亮的鼻子在苍白的脸上特别显眼，上唇还有一道鼻涕的痕迹。兰德尔面无表情地从袖子里抽出亚麻手帕，默默地递给她。

她淡淡点头接过，默默地用手帕抹抹脸。

“我愿意。”她脱口而出，好像完全不在意自己说了什么。

兰德尔也允诺了，口气坚定却充满抽离感。眼前缔结婚约的两人都不在意彼此，他们的眼睛都盯着祈祷书，全副心神只放在眼前坐着的这个男人身上。

结束的一刻，也不适合恭喜新人，我们陷入一阵尴尬的沉默。詹米带着询问的目光看我一眼，我耸耸肩。我那时嫁给詹米之后马上就昏过去了，所以也不晓得接下来该怎么做。玛丽好像即将步上我的后尘，她看起来也快昏过去了。

仪式完成后，亚历山大动也不动地坐了一会儿。他淡淡笑着，若有所思地环视房间，目光轮流在每张脸上停留，从兰德尔、詹米、玛丽，一直到我。他柔和的浅棕色眸子对上我的眼，我看到他眼底深处的光辉。残烛越烧越短，但烛芯却闪耀起来，瞬间明亮而炽烈。

他的目光在玛丽脸上徘徊，然后闭上眼，极度不舍而痛苦。我听到亚历山大痛苦的呼吸声，他皮肤苍白的光泽渐渐消退，烛光黯淡下来。

亚历山大仍闭着眼，一只手则盲目地摸索。兰德尔抓住他的手，扶住他的肩膀，让他慢慢躺到枕头上。亚历山大修长的手像男孩一般光滑，不安地抽动，比白衬衫还苍白。

“玛丽。”青蓝色的唇吐出低语，玛丽用双手包住亚历山大躁动的双手，紧抱在胸前。

“我在这里，亲爱的，我在这里！”她弯下身靠近他，在他耳边低语。玛丽的动作逼得兰德尔往后一步，于是他离开床边，面无表情地站着低头凝望。

亚历山大吃力地张开弧形的嘴唇，这次只张开一半，他目光搜寻，凝视着兰德尔。

“翰，你对我真好。一直……那么好。”

玛丽俯在他身上，秀发垂落，阴影遮住亚历山大的脸。兰德尔站着，像古代巨石阵的巨石一样一动不动，看着自己的弟弟与自己的妻子。房里悄然无声，只有炉火的絮语，以及玛丽轻轻的抽泣声。

詹米轻碰我的肩膀，他朝玛丽的方向扬头。

他平静地说：“陪她一下。不会很久吧？”

“不会。”

詹米点点头，然后深吸一口气，再缓缓吐出，走到兰德尔身边。他抓住兰德尔僵硬的手臂，轻轻让他转向门口。

詹米平静地说：“来吧，老兄。我会看着你平安回到营区。”

兰德尔离开，歪扭的门打开时嘎吱作响，他走出门，回到住处，孤身一人，度过他的新婚之夜。

我关上客栈房间的门，筋疲力尽地倚在门上。外头漆黑一片，守夜人的呼喊声回荡在大街上。

詹米在窗边守望。我一进门他就走过来，连斗篷都来不及脱，他就一把将我紧紧搂在怀里。我一下没入他的怀抱，感受他温暖强壮的身体。他一只手托在我膝盖后，将我抱起，走到窗边的座位。

“喝点东西吧，外乡人，你看起来累坏了。”詹米拿起桌上的长颈瓶，为我调了杯饮料，看来是要调白兰地加水，只是他没加水。

我疲惫地扒梳头发。我们一早吃完早餐，就到拉迪沃克巷找亚历山大，现在已经过了傍晚六点，感觉我好像去了好几天。

“可怜的亚历山大，他没撑多久，好像只是在等，确定有人能给玛丽安稳的生活。我传话给玛丽的姑姑了，她姑姑和两个堂亲来接她。他们会……处理他。”我啜饮着白兰地，醇酒烧灼我的喉咙，酒气在喉中冉冉上升，就像烟雾在旷野中上升，但我不在乎。

我努力挤出微笑说：“好了，至少我们能确定弗兰克安全了。”

詹米此时怒目望着我，两道微红的眉毛几乎连成一气。

他恶狠狠地说道：“该死的弗兰克！姓兰德尔的都该死！该死的乔纳森·兰德尔，该死的玛丽·霍金斯·兰德尔，该死的亚历山大·兰德尔……愿他灵魂安息。”詹米最后在胸前画个十字。

“你说过不会嫉妒……”我才开口，他就生气地瞪着我。

“我骗你的。”他抓住我的肩膀摇晃我，“既然都说了，克莱尔·兰德尔·弗雷泽，你也该死！我他妈当然嫉妒！我嫉妒你回忆中没有我的每一秒，嫉妒你为别人流的每一滴泪，嫉妒你在其他男人床上的每一刻！该死的你！”他打翻我手上的白兰地——我想他是不小心的，然后把我拉过去，粗暴狂野地吻我。

他又拉开我，再次摇晃着我说道：“你是我的，该死的你，克莱尔·弗雷泽！我的，谁也别想和我一起拥有你，不管是别的男人、记忆，还是什么都一样，只要我们都还活着就不准！不准你再对我提起那男人的名字，你听到了吗？”为了用力强调这句话，他又狠狠吻我。“你听到了吗？”他拉开身子再次确认。

我吃力地开口：“如果你……放手，我就能……好好回答。”

他这才意识到自己过于激动，赶紧把我放开。“对不起，外乡人，我只是……天啊，你为什么……好吧，我知道为什么……但你难道非得……”我把手放在他脑后，往下一拉，用长长的深吻打断他的语无伦次。

我放开他，坚定地说：“对，我非得完成这件事，但现在都结束了。”我松开斗篷，让它滑下肩膀落在地板上。詹米弯下腰想拾起，我出手阻止。

“詹米，我累了。带我上床好吗？”我说。

他深深地吸了一口气，缓缓吐气，低头盯着我，眼里满是疲倦、压力与深情。

“好。”他终于低哑地说道，“过来。”

詹米默不作声，在粗暴的动作中，将他锋利的怒气化成猛烈的欢爱。

“啊！”我在欢愉的边界发出疼痛的呻吟。

“对不起，褐发美人，我控制不了……”

“不、不……”我用热唇封住他多余的歉意，紧紧拥着。当律动的柔情在我们之间翻涌滋长，我感到他深藏的怒气逐渐消退。他的唇紧贴着我，开始温柔探索我的唇，一啄一啄用舌尖爱抚我，轻轻驱离我即将散失的痛楚。

我捧住詹米的脸庞，需索的舌尖与他紧密交缠。他今早没刮胡子，微微的胡楂在我的掌中轻轻磨蹭着。

詹米微微侧身小心不压痛我，然后低身覆上我，重拾急促的节奏，抚遍彼此每一寸敏锐颤抖的肌肤，牢牢结合我们狂野的感官，以无声的唇齿诉说着柔蜜私语。

我们在充满生气的爱涌中合为一体，死亡的手永远无法触及我们无垠的深情。

坟冢是幽静隐秘之地／但我想没人愿在此相拥。[①]

此刻，亚历山大冰冷的躯体躺在床上，玛丽独守空闺，而我们则在

---

① 出自十七世纪英国政治家安德鲁·马维尔（Andrew Marvell）的诗作《致羞怯的情人》，诗中劝人把握当下，及时行乐。

此温存相守，没有什么比这更重要。

他攫住我的臀，硕大的手心温暖我的肌肤，把我深深压向他。一股战栗传遍我全身每一个敏感的细胞，也传遍他的每一寸灼热，仿佛我们共享一副血肉之身。

我从睡梦中醒来，仍在他怀里，感觉到他仍醒着。

“再睡吧，褐发美人。”詹米的声音特别轻柔低沉，充满令人心碎的余韵，我的眼角闪过一瞬隐约的光影。我伸手一摸，发现他的脸颊已经湿润。

“怎么了，亲爱的？”我低声呢喃，“詹米，你明白我多么爱你吗？”

“我明白，我完全明白。睡吧，我会在你沉睡时告诉你，我是多么爱你。你醒着的时候，我怎么说听起来都像是一遍又一遍的傻话。在我怀中好好睡吧！同样的傻话终究会穿透你的梦境，让你明白我这颗只属于你的真心。再睡吧，褐发美人。”他平静地说着。

我转过头，双唇刷过他锁骨中央的凹陷，在那小小的三角疤痕下，脉搏缓缓跳动。我把手覆在他胸口上，将自己的梦交给他保管。

CHAPTER 17

死亡的忧惧

我们和高地军一起往北撤退，沿路都是士兵留下的踪迹。我们经过几队步行的士兵，他们低着头，迎着风雨坚强迈进。另外有些人则躺在沟渠里，倒在树篱下，精疲力竭，再也走不动。沿路都是遭遗弃的装备与武器，还有一辆马车翻覆，车上几袋面粉撒出，被雨淋得湿透。一挺小型长管炮撑在树下，两根炮管在阴影中闪着深色幽光。

一路上天气也不赏脸，耽搁了我们的行程。这天是四月十三日，我或走或骑，有种可怕的感觉不断啃噬我的心。默里勋爵和氏族族长，查理王子和他的首席顾问，他们都在卡洛登大宅，这是我们路上遇到的一个麦克唐纳族人传来的消息。他知道的就这么多，我们也没拦他，就目送他如活尸般跌跌撞撞消失在迷雾中。一个月前英军带走我的时候，高地军的粮食配给就已经短缺，现在情势显然每况愈下。路上的士兵因为疲惫饥饿而步履蹒跚，但他们一个个都遵照王子的命令，固执地朝北方推进，走向苏格兰人称为德鲁摩西荒地的地方，走向卡洛登。

沿途中，有一段路况实在太糟，脚步踉跄的小马没办法行走，我们只好领着马绕过一片小树林，踏过一片潮湿的欧石楠，吃力翻爬了近半英里，道路才能通行。

詹米从我麻木的手中接过缰绳，对我说 ：“穿越树林步行比较快。”

他下巴朝一小片松树与橡树指了指，那儿地面潮湿，湿树叶升起清凉甜美的气味。“外乡人，你走那条路，我在另一边和你碰头。”

我很疲倦，不想和詹米争辩。每踏出一步都花了我不少力气。走进树林，踩在光滑的层层树叶与松针上，肯定比踏在潮湿危险的石楠丛中轻松一点。

林中很安静，头顶的松枝降低了风的呼啸声，雨滴穿过枝叶，啪嗒啪嗒轻轻落在层层坚韧的橡叶上，即使叶片都已打湿，沙沙声依旧不绝于耳。

离前方树林边缘不到几英尺，一个人躺在那儿，身旁是一块灰色巨岩。他身上的格子呢有淡绿色，就像岩石上的苔藓；也有棕色，就像飘来覆盖他半身的落叶。他已经融进整座树林，要不是看到那一小块鲜蓝色，我可能就踢到他了。

那块鲜蓝色是一种奇特的菌类，如天鹅绒般柔软，遮盖住赤裸、冰凉的苍白肢体，沿着骨骼与肌腱的曲线，往上长出小小的蕈伞，在风中颤动，就像森林里的野草与林木，侵入贫瘠的土壤。

那抹艳蓝就像闪电般鲜活，生动而奇异，我不曾见过，但曾耳闻。我照顾过一个老兵，他历经第一次世界大战，参与了惨烈的壕沟战。就是他告诉我的。

“我们叫它死人蜡烛。它那种鲜明的蓝色别的地方都看不到，它只长在战场上，长在死人身上。”老兵抬头看我，白色绷带下垂老的眼睛闪着疑惑，“我一直想知道，没有战争的时候它长在哪里。”

我想，在空气中，或许有看不见的孢子，等着抓住生机。它颜色灿烂、奇特而鲜亮，一如这男子的祖先在作战前用来彩绘身体的菘蓝。

一阵微风吹过，吹起男子的头发，在空中卷动、飘扬，滑顺又充满生命力。我出神地盯着尸体，后方落叶发出啪嚓声，我突然一惊，回过神来。

詹米站在我身边低头看。他什么也没说，只是拉着我的手肘，带我离开森林，留下那具死尸，身上覆满腐生植物，带着战争与殉难的颜色。

我们无情地逼迫自己驱策小马，终于在四月十五日早上抵达卡洛登大宅。我们从南边走来，先经过几栋外屋，士兵看到屋子时出现一阵骚动——几乎可以说是轰动了。奇怪的是，马厩竟然是空的。

詹米下马，把缰绳递给默塔，说道："你们在这里等着，有点不对劲。"

默塔瞟了马厩的门，微微让开，点点头。骑在默塔后方的菲格斯原本想跟上前，却被默塔喝止。

我骑马太久，浑身僵硬，便下马跟上詹米，还在马厩里一摊泥上滑了一跤。马厩有点奇怪。等我跟着詹米穿过马厩门，我才意识到哪里奇怪——太安静了。

马厩里静悄悄的，又冷又暗，完全不像平常那样温暖热闹。不过，里头也不是完全没有生物，黑暗中有个黑影在动，看起来比老鼠或狐狸都大。

詹米往前站一步，想也不想就挡在我身前，说道："是谁？亚历克，是你吗？"

干草堆里的身影慢慢抬起头，苏格兰披肩滑落，理士城堡众马之王露出的他一只眼睛，另一只眼因为多年前的意外而失明，盖着一块黑眼罩。通常一只眼睛就够了，只要一只灵活闪动的蓝眼睛，就能管住马厩里的小伙子、马匹、马夫和骑士，让他们都服服帖帖。

现在，亚历克·麦克马洪·麦肯锡的眼睛呆滞又灰暗，就像一块石板。那高大的身体原本充满活力，如今却蜷缩在一起，饥饿更让他的脸颊一片木然。

詹米知道亚历克因为天气潮湿，关节炎又犯了，于是在他身旁蹲下，让老人不必勉强起身。

詹米问："我们刚到，之前发生什么事了？"

亚历克好像花了很长时间才听懂且消化问题，并想办法挤出回答。

等他终于吐出答案，那些话听起来有股空虚感，或许只是因为马厩里太空洞、阴暗，一切都静止了的关系。

他说："全部都下锅了，前天晚上他们行军到奈恩，昨天逃回来。殿下说要坚守卡洛登，默里勋爵带着集结到的部队，现在已经在卡洛登了。"

听到卡洛登，我忍不住轻轻悲叹一声。那么，就是这里了。发生这么多事，这件事还是逃不过，而我们人就在这里。

詹米也打了一阵哆嗦，我看到他前臂竖起红色的寒毛。他十分焦虑，但从他的声音完全听不出来。

"部队根本没准备好，他们需要休息，难道默里勋爵看不出来？"

老亚历克发出嘎吱声，大概是一种笑声。"勋爵大人知道又怎样？军队现在归殿下管了，殿下说我们要在德鲁摩西和英国兵打。至于食物……"老头儿的眉毛又粗又浓，一根根粗糙地扎出来，去年就全白了。现在他一道眉吃力地扬起，仿佛这小小的表情也耗尽他全力，然后一只关节扭曲的手在腿上一动，指向那片空荡荡的地方。"他们上个月把马吃了，那之后就没什么食物了。"

詹米突然起身靠在墙上，低着头，全身颤抖。我看不到他的脸，但他的身体就像马厩的木板一样僵硬。

詹米终于开口："那我的手下有没有分到应得的一份？多纳斯……它体形蛮大的。"詹米语气平静，但我看到亚历克的独眼突然射出锐利的光芒，知道他也听出詹米在极力忍住哽咽。

老亚历克慢慢从干草堆里站起，痛苦地移动残缺的身体。他伸出一只粗糙的手，尽管因为患了关节炎不能弯曲手指，还是缓缓搁在詹米肩头传达一点安慰。

亚历克平静地说："多纳斯留着给查理王子，让他凯旋回到爱丁堡的时候骑。奥沙利文说走路不……不适合王子殿下。"

詹米双手掩面，面对空荡荡的马厩站着，全身无力即将不支。

好不容易，他喘着气平复呼吸，开口说道：“我真蠢，天啊，我真蠢。”他垂下双手，露出哀伤的面容，风尘仆仆的脸上泪水纵横。他提起手背抹过脸颊，但泪水仿佛不受控制，从眼中不停淌下。

“起事失败了，我的子弟兵任人宰割，在树林里腐烂……我竟然为了一匹马在哭！老天，我真蠢。”他摇摇头，低声说道。

老亚历克长叹一声，手吃力地滑下詹米的手臂。“小伙子，你还能哭算好了，我已经没感觉了。”

老亚历克笨拙地屈起一条腿的膝盖，又坐下来。詹米站了一会儿，低头望着老亚历克，泪水依然无法遏止地滑下脸颊，仿佛雨水刷洗过光滑的花岗岩石板。然后他握住我的手肘，不发一语，转身离开。

走到马厩门边，我回头望亚历克。他一动不动地坐着，身影幽暗、弯腰驼背，裹着苏格兰披肩，还睁着的那只蓝眼睛，就像另一只一样空洞无光。

士兵四散在屋内，面容憔悴、精疲力竭，努力想忘掉噬人心骨的饥饿感，也想多探听迫在眉睫的那场浩劫。这里没有女人，陪氏族族长来的女眷都安全送走了，迫近的灾厄投下了一道长长的阴影。

詹米喃喃和我说了几句话，就走向王子目前暂住的区域，留我在门外。我跟着詹米前去对事情没有好处，于是我在房子中静静走动。屋里有低沉的呼吸声，来自沉睡的人，并且气氛凝重，绝望消沉。

来到顶楼，我发现了一间小杂物间，里头摆满零碎废物和不要的家具，此外一个人也没有。我蹑手蹑脚走进这个放满奇怪杂物的小房间，觉得自己像一只老鼠，在巨大神秘的力量下脱柙而出、毁灭世界以前，想找个避难之所栖身。

房内有一扇小窗，窗外是灰蒙蒙的早晨。我用斗篷一角擦掉一扇窗格的污垢，但屋外除了浓雾，什么也没有。我把额头靠在冰凉的玻璃上，远方某处就是卡洛登战场，但除了自己朦胧的倒影，我什么也看不见。

桑德林汉姆公爵离奇死亡，死状凄惨，这件事我知道查理王子已经听说了。我们北上途中遇到的每个人都提到这件事，所以我们可以安全地再次现身了。我们到底做了什么？我也不晓得。那一晚之后，詹姆斯党人的志业是不是从此毁在我们手上？还是我们无意间救了查理王子，让他逃过英国人的陷阱？我伸出手指划过雾气弥漫的玻璃，擦出吱吱的声音，记录又一件我永远不会知道答案的事。

似乎过了很久，我才听到房外的脚步声，落在未铺地毯的楼梯上。我走到门口，看到詹米走上楼梯平台。只消看一眼他的脸，我就明白了。

他脸上的颧骨凸出，因为饥饿而更鲜明，因为愤怒而更锐利。他直截了当地说："亚历克说得没错。部队正向卡洛登前进，其实他们根本走不动了。他们两天没吃没睡，大炮里也没有弹药，但他们还是去了。"他的怒气突然爆发，抡起拳头往摇摇晃晃的桌子上一捶。几个黄铜小碟接二连三地从一堆家用杂物中跌出，铿锵声响彻阁楼。

詹米的手不耐烦地一挥，抽出腰带里的短剑，猛地往桌子一插，短剑直挺挺嵌在桌上，震得直打颤。

詹米呼吸声粗豪，双拳放在桌上握得死紧："乡下人说：'短剑见血，死神不远。'我看到征兆了，他们也都看到了！基尔马诺克、洛奇尔还有其他人都知道。就算预兆全摆在眼前，却一点用也没有！"

詹米双手撑在桌子上，低头盯着短剑。他在这局促的房间里显得异常高大。他心中燃着怒火，随时可能爆发。没想到，他突然抽回双手，往一张破旧的高背长椅上一坐，把头埋在双手中。

"詹米。"我开口，又咽了咽口水。接下来的话我几乎说不出口，但我还是得说。我早知道詹米会带来什么消息，也想过还能做什么。"詹米，只剩下一个方法了，唯一的方法。"

他低垂着头，额头抵着指关节，摇摇头，没有看我。

"不，回不去了。他下定决心了，穆雷、洛奇尔、巴莱里诺，还有我，都劝过他。但军队现在已经站在平原上，坎伯兰已经往德鲁摩西出发，没办法了。”

医术的力量很大，如果一个医生知道怎么用药物救人，也知道怎么用药物杀人。我之前给了科拉姆氰化物，他还来不及用，死时放在床边的桌上，于是我拿了回来，现在就在我的药箱里。经过粗馏结晶的氰化物外观灰白带棕色，看起来并不起眼。我的嘴干涩到说不出话，我喝了随身酒壶里剩的一点酒，酒的酸味尝起来更像苦涩的胆汁。

“还有一个方法，唯一的方法。”我说。

詹米的头还是埋在手里。一路骑来，他已经极为疲惫，而亚历克令人震惊的消息，更是个沉打击。我们在卡洛登大宅绕过一遍，已经找到詹米手下，或说他的大部分手下。他们看起来备受折磨、衣衫褴褛，和身边瘦骨嶙峋的洛瓦特的弗雷泽族人混在一起。在与查理王子谈完，詹米遭受的打击已远超过最后一根稻草。

“什么，外乡人？”他问。

我犹豫不决，但我不得不说。不管我们有没有办法做到，我必须说出这最后一个可能：“问题出在查理王子，他是关键。这场战事，这整场战争，一切都因他而起，对吧？”

“所以？”詹米现在抬头看我，布满血丝的眼里尽是疑惑。

“如果他死了……”我终于说出口。

詹米闭上眼睛，最后一丝血色从脸上退去。“如果他死了……现在，今天，或者今天晚上死了，没有查理王子，就没有开战的理由，没有人下令挥军卡洛登，没有战争。”詹米咽了咽，喉咙细长的肌肉随之起伏。他睁开眼睛盯着我，表情惊骇，低声说道：“天啊，克莱尔，你不是认真的吧！”

我紧抓脖子上那块色泽朦胧、镶着金座的水晶。

去福尔柯克之前，他们叫我去照顾王子，奥沙利文、塔利巴丁，还有其他几位。殿下生病了，他们说是“身体微恙”。我去见了查理王子，叫他露出胸口和手臂，检查他的嘴巴和眼白。

是坏血病，还有几个营养不良的问题。我是这么说的。

谢里丹愤怒地说："胡说！殿下怎么可能像普通农夫一样得瘙痒症！"

我反驳："他一直吃得跟农夫一样，甚至比农夫吃得更差。"农夫没有别的可以吃，只好吃洋葱和包心菜。殿下和他的顾问对这些寒酸的食物不屑一顾，多半吃肉，很少吃别的。我环视四周吃惊又生气的面孔，大多数人都出现缺乏新鲜食物的症状。他们的牙齿松动掉落，牙龈柔软出血，脓泡在殿下白皙的皮肤上大肆蔓延。

我很不想交出含丰富维生素 C 的宝贵玫瑰果干和干燥莓果，虽然颇为犹豫，但基于救人的本能，终归还是建议用果干为殿下泡茶。但是他们毫不客气地拒绝，我明白他们会找阿契 · 卡梅隆带着一碗水蛭和柳叶刀，以放血的方式来减轻王子殿下的瘙痒症。

我试图说服詹米："我做得到，我可以帮他调一剂。我甚至可以想办法让他喝下去。"我的心脏就要跳出胸口，一时间我感到呼吸困难。

"如果他喝完就死了呢？天啊，克莱尔！他们会当场杀了你！"

我把双手夹在腋下，试着让冰冷的手暖和起来。"那重……重要吗？"我拼命想稳住自己颤抖的声音。事实上，还挺重要的。这一瞬间，我真正意识到自己的生命在天平上比我能救的那数百人重要多了。我握紧拳头，因为恐惧而止不住地颤抖，像只老鼠站在锯齿大张的陷阱前。

詹米立即来到我身边，在我双腿失去重心前接住我，扶我到破旧的高背长椅边坐下，双臂紧紧环抱我。

"我的褐发美人，你是如此勇敢！可是你知道，我不可能让你去的。"詹米在我耳边喃喃说道。

我不再颤抖得那么厉害，可是仍觉得很冷。我意识到自己刚才的杀人提议，觉得有点难受。

"也许还有别的方法。现在食物所剩无几，而且都端给了查理王子。我想也许可以趁乱在他的食物里神不知鬼不觉地加一些东西。"我说。

确实如此，屋里到处都是官兵，在桌上和地板上躺着就睡，脚上还穿着靴子，累得武器都来不及放好。房子一片凌乱，一直有人来来往往。要引开仆人的注意，抓紧机会把毒药加进晚餐里并不难。

一开始的恐惧稍微退去，但决定亲自动手还是让我深感恐惧。恐怖的感觉像毒液在我体内穿梭，让我浑身发冷。詹米紧搂我的肩，然后放开手，仔细考虑整个局势。

查理王子丧命，这场纷扰也不会结束。局势已推展至深，默里勋爵、巴莱里诺勋爵、基尔马诺克勋爵、洛奇尔氏族、克林兰诺氏族，所有人都是叛徒，将被英王夺去生命和财产。高地军也已支离破碎，少了查理王子这个有名无实的领袖，军队将如云雾般崩散。英军在普雷斯顿潘斯和福尔柯克之役吓破了胆，饱尝战败之辱，届时会毫不留情地追击逃亡的苏格兰军，挽回因战败失去的名誉，用鲜血洗刷耻辱。

查理王子虔诚的胞弟约克公爵已经立誓献身教会，也不太可能继承兄长的位置，继续复辟之战。眼前只剩无法闪避的浩劫与毁灭。此刻唯一能做的，就是解救明天即将战死荒地的士兵性命。

是查理王子自己选择在卡洛登作战，是查理王子顽固、短视、专制，藐视手下指挥官的谏言，坚持南侵英格兰。而不管桑德林汉姆公爵原本立意是好是坏，随他一死，他承诺的援助也成空了。原本盼望潜伏于英格兰的詹姆斯党人也能投入斯图亚特麾下，但南方一直无人前来驰援。查理王子被迫撤回北方，于是执拗地孤注一掷，把装备简陋、精疲力竭、饥肠辘辘的士兵抛进被大雨浸润的沼地上，面对坎伯兰军队愤怒的炮火。如果查理王子死了，卡洛登之役或许不会发生，一条人命，换来两千条活命。但是……这条皇室血脉将不是死于战场，而是遭人冷血谋害。

小房间里有座壁炉，因为缺乏燃料而空荡冷清。詹米坐着凝视壁炉，仿佛要从看不见的火焰中寻找答案。谋杀，不仅是谋杀，也是弑君，更是杀害一位交情匪浅的朋友。

但是，密密排成一列列的高地氏族已经在开阔的荒地上瑟瑟发抖，随着计划不断调整、变动、更改，越来越多的人被抛入战场。其中有理士城堡的麦肯锡族、布尤利堡的弗雷泽族，这四百人都是詹米的亲族。还有詹米自己的手下，拉里堡的三十个人。

詹米一动不动、面无表情地思考着，但他搁在膝盖上的双手紧紧绞拧在一块儿，反映他内心的挣扎。我坐在他身旁，屏着呼吸等待他的决定。

最后他吐出一口气，伴着轻不可闻的叹息，然后转向我，眼里的悲伤难以言喻。

“我做不到。”他伸手轻捧着我的脸，“我希望老天让我下得了手，外乡人，但我做不到。”

如释重负的感觉袭来，我一时哑口无言，但詹米读出我的感受，握紧我的手。

我低声说：“天啊，詹米，我很高兴听你这么说！”

詹米垂头倚着我的双手，我转头把脸颊枕在他的头上，接着，我僵住了。

门口站着一个人，他充满憎恶地看着我，是杜格尔，过去几个月他苍老不少：鲁珀特阵亡、没有结果的争执与失眠的夜、战况不利造成的压力、即将战败的痛苦，在他赤褐色的胡子上撒了白丝，他的皮肤透着苍白，脸上也划出十一月时还看不到的深深刻痕。我惊讶地发现，杜格尔现在看起来就像他的兄长——科拉姆。杜格尔一直想领导麦肯锡族，现在他继承了族长的职责，也付出了代价。

“卑鄙的……叛徒！你这婊子！女巫！”

詹米仿佛被枪击般猛地一震，脸色像屋外的雪一样惨白。我弹了起来，撞翻凳子发出的哐当声响是房里唯一的声音。

杜格尔慢慢朝我逼近，斗篷往旁边一甩，露出手边长剑的握把。我始终没注意到后门被打开的声音，门一定原本就虚掩着……他站在门外偷听多久了？

“你，从我第一次见到你，就该看清你的真面目。”杜格尔轻声说，混浊的绿色双眼深处糅杂了恐惧与愤怒，几乎要把我刺穿。

詹米一个箭步站到我身旁，一手抓住我的手臂，要我退到他的背后。

“杜格尔，事情不像你想的那样。其实……”

“不是？”杜格尔出口打断，他目光从我身上移开，我躲到詹米背后，暂时离开他灼人的目光，“不像我想的？我听到这女人卑鄙地怂恿你谋杀王子殿下！这不但是谋杀，还是谋反！你还想狡辩？”杜格尔的声音依然轻柔，他摇摇头，扁塌油腻的赤褐色头发纠结在一起，披散在肩上。他跟所有人一样挨饿受冻，脸颊瘦到颧骨凸出，但镶嵌在凹陷眼眶里的双眼，燃着怒火。

“小子，我不怪你。”他的声音透出倦意，这让我意识到他已经五十多岁了，“这不是你的错，詹米，她施法迷住你，谁都看得出来。”他咬牙切齿地看着我。

“我很清楚她怎么引诱你，就像以前她也对我施过相同的巫术。”他把灼人的目光投向我，“这杀人、说谎的贱货，她会抓住男人的老二，指甲掐住男人的睾丸，把他拖上绝路。小子，这女人，还有其他女巫，都一样，她们就是这样对你施咒的。她们引诱你上床，你把头枕在她们柔软的乳房上，她们就偷走你的灵魂。詹米，她们会吸干你的精气，啃光你的血肉。”

杜格尔伸舌润唇，眼睛紧盯着我不放，一手牢牢握住剑柄。“闪开！我来破解这英国婊子的魔咒。”

詹米挡在我面前，遮住我眼前的杜格尔。

詹米冷静地安抚杜格尔：“你累了，杜格尔。你太累了，又听到不中听的话。下楼吧，让我……”

詹米来不及说完。杜格尔深沉的绿色眼睛盯住我的脸，抢先从腰边的刀鞘里抽出短剑，嘶哑着冲我说道：“我要割开你的喉咙。第一次见到你我就该杀了你，解决你这祸水，对所有人都好。”

也许他说得没错，不过不代表我会乖乖站着，让他弥补过去的懊悔。

我快步退往桌子，紧紧抵着桌缘。

“退后,杜格尔！”詹米冲到我前面,举起前臂,阻止杜格尔向我逼近。

杜格尔甩着头，公牛般血红的眼紧盯着我。杜格尔嘶哑地说：“我要杀了这女巫、这叛徒！给我闪开，小子。我发誓，如果你胆敢护着她，不管你是谁，我照杀不误。”

他一个箭步闪过詹米，抓住我的手臂。尽管他又累又饿又上了年纪，力气仍旧胜过我许多。他手指紧紧钳住我的手臂。

他用力硬扯，我痛得大叫，举脚猛踢。他一把抓住我的头发，把我的头向后扯，熏臭黏热的呼吸吐在我脸上。我尖叫着打他，指甲掐进他的脸，挣扎着想脱身。

詹米一拳打在他肋骨上，使他一阵猛咳，詹米另一拳又挥下，打中了他的肩膀，让他的手臂一麻，放开了我的头发。他突然这么一放，我用力反弹冲撞到桌子，痛得我不住呻吟。

杜格尔转身面朝詹米,摆出战斗的架势,短剑刀锋向上。“既然这样,放马过来。”他喘着粗气，重心微微左右摇晃，伺机而动，“弗雷泽的小畜生，果然有其父必有其子，天生就是个叛徒。过来啊，小狐狸，看在你母亲的分上，我会给你个痛快！”

阁楼窄小，几乎没有施展的空间，无法抽出长剑。詹米的短剑紧紧插在桌上，可说是手无寸铁，于是随着杜格尔移动，詹米眼神机警地盯着来势汹汹的短剑。

“把刀放下，杜格尔，如果你心里还有我母亲，那就看在她的分上听我说！”

杜格尔没有回答，突然对准上方，伸臂一刺。

詹米巧妙躲过，短剑又从另一边挥过来，他再次躲过，年轻灵活是詹米的优势，但杜格尔手上有刀。

杜格尔往前一步，短剑从詹米身侧往上一划，划开詹米的上衣，在他身上留下一道深红的痕迹。詹米痛得发出嘶声，往后一跳，抢在短剑迅速挥下前，伸手抓住杜格尔的手腕。

刀锋光芒隐约一闪，消失在两具打斗的身躯之间。他们扭打在一起，像恋人一样紧缠对方，空气里充满了男人的汗水与狂暴的辛辣气味。刀锋再次出现，两只手争夺着浑圆的刀柄。刀身猛地一刺，一人大声狂吼，另一人痛喊出声。杜格尔退了几步，身体摇晃，五官纠结，双颊满是汗水，而那支短剑的刀锋则没入他锁骨之间。

詹米身体一斜，气喘吁吁地靠在桌缘，瞳孔因惊愕扩张，头发因汗水濡湿，上衣裂缝染上伤口的血迹。

杜格尔发出可怕的声音，界于惊恐的喊叫与窒息的呼吸声，蹒跚倒下之前詹米接住他，但詹米也被杜格尔的重量拖着跪倒在地。杜格尔的头靠着詹米的肩膀，詹米双臂抱住杜格尔。

我迅速来到他们身边，想帮忙扶住杜格尔。但是为时已晚，他身体瘫倒并开始抽搐，从詹米怀抱中滑脱，在地上缩成一团，肌肉不由自主地抽动，像离开水的鱼一样挣扎着。

詹米让杜格尔的头枕在大腿上，扶起他的头。我看见他脸孔扭曲，面色暗红，眼睛合得只剩一条缝。他的嘴巴不停在动，说着什么。他使尽全力想说话，但除了受伤的喉咙一直发出粗哑刺耳的声音，他说不出任何字。

詹米脸色铁青，显然他明白杜格尔说的话，使劲想压住杜格尔抽动的身体。杜格尔最后一阵痉挛，发出最后的断气声，便静静平躺不动。詹米的手紧紧抓住他肩膀，仿佛怕他再次起身。

“天神保佑啊！”一声沙哑的嗓音传来，杜格尔的手下威利·库尔特站在门口，吓得瞠目结舌，瞪着杜格尔的尸体。尿液从杜格尔散乱的斗篷底缓缓流出，聚成一小摊。威利在胸前画了十字，视线没有移开。

“威利。”詹米站起来，颤抖的手抹过脸庞，“威利！”威利嘴巴张开，一脸困惑地看着詹米。

詹米一只手搭在威利的肩膀上，推他进了房间。“我需要一小时。

给我一小时，然后我就回来解释这件事。我以我的名誉保证，我说话算话，但我需要一小时的自由，就一小时。请你等我一小时，再把这件事说出去。”

威利舔了舔干燥的嘴唇，来回看着杜格尔的尸体和詹米，他终于点头，显然是因为不晓得该怎么做，只能答应詹米的要求。

詹米用力吞咽，拍拍威利的肩膀。“很好。留在这里，帮杜格尔的灵魂祷告……”他朝地上的尸体点点头，眼神却回避开来，“也帮我祷告吧！”他俯身横过威利，拔出桌上的短剑，然后推着我出门、下楼。

楼梯走到一半，他停下来靠在墙上，双眼紧闭。他深深吸气，仿佛就要晕厥过去。我把手贴在他胸口，发现他浑身发抖，心跳得像擂鼓一样。他很快又站直身子，对我点点头，拉住我的手臂。

“我要去找默塔。”他说。

默塔就坐在屋檐下一块干燥的地方，用苏格兰披肩罩着头，抵挡雨雪。菲格斯蜷缩在他身旁，因为骑了很长一段路，累得打瞌睡。

脸色阴沉的默塔一见詹米的表情，便立即起身，一副随时待命的姿态。

詹米劈头就说：“我杀了杜格尔。”

默塔的脸瞬间惨白，然后又恢复了平常谨慎严厉的神色说道：“哎，接下来怎么办？”

詹米摸索着毛皮袋，拿出一张折叠的纸，颤抖的双手却打不开。我接了过去，在屋檐底下把纸摊开来。

纸的顶端写着“财产让渡书”。纸上内容简短，只写着几行黑字，将图瓦拉赫堡的所有权移转予詹姆斯·雅克布·弗雷泽·默里，上述财产委托给归属人双亲詹妮·弗雷泽·默里以及伊恩·默里代管，直至归属人成年。底部是詹米的签名，还有两行空白，旁边写着“见证人”。日期是一七四五年七月一日，是查理王子在苏格兰岸边开始发动叛乱，让詹米成为英国叛徒的前一个月。

“我要你们在这里签名，你和克莱尔。”詹米说着，从我手上拿过纸，递给默塔，“不过这表示你们要做伪证，我知道我没有权力要求你们。”

默塔黑色的小眼睛快速扫过让渡书，冷冷说道:“你是没有权力要求，不过,你也用不着要求。”他用脚推了菲格斯,菲格斯突然坐起,眨着眼睛。

“小子，溜到屋里帮你大人拿墨水和鹅毛笔，动作快！”默塔说道。

菲格斯甩头清醒一下，看詹米对他点头，拔腿就跑。

水从屋檐滴到我的背颈，我颤抖着，把肩膀上的苏格兰羊毛连身裙披肩拉紧一点。无从得知詹米写这份文件的时间，只知道日期是假的，看起来詹米在谋反前就准备好了。成为叛国贼，所有的财产和土地将会被查封，但如果没人怀疑这份文件，那这一切就可以安全移转给小詹米。至少詹妮一家可以安全留住土地农舍。

詹米可能早就预知需要让渡财产，不过我们离开拉里堡前，他还没有签署文件，他希望能想办法回来，再度宣告他拥有这座家园。既然无法实现，至少还能保护家园不被查封。除了我和默塔两个见证人，将不会有人知道詹米于何时签署。

菲格斯气喘吁吁地回来了，拿着一小瓶墨水和光秃秃的鹅毛笔。我们把文件贴着墙，小心地先甩甩鹅毛笔，免得墨水滴到纸上，然后轮流签名。默塔先签，我看到他的中间名写的是菲茨吉本斯。

我小心抖着纸张，让墨水风干。这时默塔问："你要我送去给你姐姐吗？"

詹米摇头。雨滴落在他的披肩上，形成硬币大小闪闪发光的水渍，也落在他的睫毛上，像泪珠一样。

“不用，让菲格斯送去。”

“我？”菲格斯的眼睛惊讶地转了一圈。

“对，就是你，伙计。”詹米从我手中接过纸，折好，然后单膝跪下将它塞到菲格斯的上衣里。

“这一定要送到我姐姐手上，就是默里夫人手中，不许失败。这比我的命还重要，也比你的命重要。”

菲格斯受托这项重责大任，有点喘不过气，他起身站得笔直，双手在腰间紧握。“我不会辜负你的，大人。”

一个淡淡的微笑掠过詹米嘴角，詹米一手拍拍菲格斯滑顺的头发。“我知道，伙计，谢谢你。”詹米说。他转动左手的戒指然后拔下，那枚圆顶平底红宝石戒指原本是詹米父亲的。詹米把戒指拿给菲格斯，说：“拿去，拿给马厩那个老头看，告诉他我要你骑多纳斯。领到马就骑回拉里堡，除非一定要睡觉，别停下来，睡觉时记得躲好。”

菲格斯紧张得说不出话，但默塔怀疑地皱眉看着他。“你觉得这孩子能驾驭那匹暴躁的马？”

“他没问题的。”詹米语气坚定。菲格斯终于冷静，跪下来吻了詹米的手。接着他跳起来，往马厩飞奔而去，瘦小的身影消失在雾里。

詹米舔了舔干燥的嘴唇，闭上双眼，然后张开眼转身对着默塔，仿佛下定了决心说道：“而你，伙伴，我需要你召集大家。”

默塔粗犷的眉毛一扬，但他只是点点头：“接着呢？”

詹米瞥了我一眼，然后又看向默塔。“我想他们现在应该在荒地和小西蒙在一起。只要把他们聚在一处就好。我带着妻子前往安全的地方，然后……”他犹豫了一下，然后耸耸肩，“我会去找你。等我。”

默塔再次点了点头，转身要走。然后他停下来，又转回来看着詹米。他的薄唇动了一下，然后说：“我只拜托你一件事，小子。让英格兰人杀你，不要让你的族人来杀你。”

詹米像是被刺了一下，但他点了点头，不发一语，向默塔伸出双臂。他们很快拥抱了一下，但很用力。然后默塔也迅速离开，破烂的格子花呢在他背后飞舞。

我是待办事项上的最后一项。

詹米抓住我的手：“来吧，外乡人，该走了。”

没有人拦我们，路上人来人往，我们靠近荒地时，几乎没有人注意我们。再往前走，离开主要道路，就更没有人看见了。

詹米不发一语，专心赶路，我心里早已填满惊恐，脑中一片空白。

“我带着妻子前往安全的地方……”那时我不明白他话中的意思，但是两个小时后，他把马头再往南调，纳敦巨岩陡峭的绿色山丘映入眼帘，我恍然大悟。

我明白那就是我们的目的地，我哭喊：“不！詹米，不要！我不要去！”

他没有回应我，只是策马加速奔驰，我别无选择，只能跟上去。

就算是即将来临的战争、杜格尔的死亡，都敌不过看到眼前巨岩的恐惧。那儿有一圈受诅咒的巨石阵，我就是通过巨石阵才来到这里。詹米显然想送我回去我的年代，虽然连是否真的能够成功都不知道。

我收紧下巴，跟着他骑过狭窄的小径，通过石楠丛。我心里打定主意，无论他做何打算，都别想让我离开他，即使是纳敦巨岩的魔法也一样。

靠近山顶的山腰上有间荒废的小屋，我们下马站在小屋的门口。这里已经好多年荒无人烟，当地居民传说这里闹鬼，这儿就是妖精岭。

詹米无视我的抗议，仍旧拖我上山，直到小屋前才停下来，我们的胸口剧烈起伏喘着气。

詹米总算开口：“好了，现在我们有一点时间，这里没有人会找到我们。”

他坐在地上，裹着苏格兰披肩取暖。雨停了，但冷风从周围群山吹来，山上白雪罩顶，阻断了通行。詹米低下头靠着膝盖，刚才的打斗让他耗尽了精力。

我挨着他缩在斗篷里，感觉到他逐渐消退的紧绷和逐渐平静的呼吸。我们沉默地坐着，在那片兵荒马乱的山脚上方，不敢离开这摇摇欲坠的山头。不知为何，我突然觉得那片混乱我多少也有责任。

“詹米。”我伸手想触碰他，但又缩手，“詹米，对不起。”

他依旧望着底下那片黑暗空旷的荒地。我以为他没听见我的话，接着他闭上眼轻轻摇头，温柔地说道：“不，你用不着道歉。”

“我应该道歉。”悲痛淹没我之前，我一定得告诉他，是我害他深陷绝境。

“早知道会如此……詹米，如果我那时就走，也许……”

“也许。”他打断我，突然靠向我，望着我的湛蓝色的双眼有和我一样的哀伤，没有愤怒，也没有责备。

他又摇了摇头说：“不必道歉，我明白你的意思，褐发美人，但实则不然。如果你那时离开，情况可能还是照样发展。也许是，也许不是。也许发生得早一点，也许情况会不同，也许不会发生——但都只是也许。不仅你我，这件事许多人都有份，同样牵涉其中，不许你把一切全怪罪给自己。”

他伸手抚摸我的头发，把拦在我眼前的发丝拨开。泪珠成串滚下我的双颊，他的手指轻轻抚去我的泪。

“我不是说这个。”我伸手挥向那片黑暗，黑暗吞噬了军队和查理王子，还有树林里饥饿的人，与即将降临的屠杀，“不是这个，我是说我害了你。”

詹米俊秀的笑容温柔得让我心痛，他抚摸着我因泪水滑过而冰冷的脸，掌心传来暖意。“是吗？那我又对你做了什么，外乡人？我带你离开你原本所属的地方，让你陪我度过贫穷的逃亡生活，连累你上战场，让你冒生命危险。这些你也怪我吗？”

“你知道我不在意。”

詹米笑了。“是了。那么我也不在意，我的外乡人。”他抬头看了看山顶，笑容从他脸上消失了。我看不到石阵，但能感觉到那股近在咫尺的威胁。

我固执地重复：“詹米，我不去，我要和你在一起。”

“不行。”詹米摇摇头，他的声音温柔却无比坚定，不容我拒绝，“我必须回去，克莱尔。”

我心急如焚抓住他的手臂：“不要，詹米！詹米，他们现在一定已经发现杜格尔了！威利·库尔特一定已经说出去了！”

“对，他一定说了。”詹米一只手轻拍着我。他骑马上山时已经下定决心，在他被阴影遮住的脸上，交织着宿命、决心、痛苦与悲伤，此刻他已全部抛开，没有任何哀悼的余地。

“我们可以想办法去法国，詹米，我们一定要试试！”我开口时已心知肚明，他一旦下了决定，连我也无法动摇。

“不。”他再说了一次，然后转身举起手，指着下方黑暗的山谷，以及远方覆盖着阴影的山丘，“英国已经警戒，港口都关闭了，过去三个月奥布莱恩一直在想办法找艘船把王子救出去，把他安全送到法国……是杜格尔告诉我的。”他脸上一阵战栗，突来的悲伤揪住他的眉心。他很快抛开涌上的情绪，继续沉稳地解释，“追捕查理王子的只有英国人，要是我逃走，追捕我的除了英国人，还会有高地族人。我既是贼臣又是逆子，也是叛乱分子，还是杀人犯……”他停住，举手揉了揉后颈，轻声说，“克莱尔，我死期不远了。”

止不住的泪珠成串滑落，冰冷的泪痕一路烧灼我的脸颊。“不要。”我的反对毫无说服力。

“嘿！现在我可不是无名小卒了。”他抬手梳过打结的铜红色头发，试图打趣道，“红发詹米逃不掉了，不过你……”他轻触我的唇，手指专注地沿着我的唇细细描绘，“我会保护你安然无恙，克莱尔，我一定会做到。这是我此生最重要的事。完成这件事，我会回去救我的手下。”

“你说拉里堡的人？可是你要怎么做？”

詹米蹙眉苦思，手指心不在焉地拨弄剑柄。“到时战场上兵荒马乱，我想我可以趁机带他们离开。而且，就算那时候他们知道我……我做了什么……”詹米顿了一下，又继续说，“英军都打到眼前了，他们也不会在这时候阻拦我。没问题的，我做得到。”他的双拳充满信心握紧于腰际。

“我的人马会跟着我走。老天保佑，他们就是这样才被我带到这里的！默塔已经帮我集结了，我将带他们离开战场，谁也不能阻拦我。”

他深吸一口气，仿佛能看到黎明时战场的景象。“战场宽阔，大家会以为我们是战略调动。我会带他们离开荒地，看他们启程回拉里堡。”他沉默下来，好像他只计划到这里。

“然后呢？”虽然我不忍知道后续，但还是忍不住开口问。

“然后我会回卡洛登。”他吐出一口气说，迟疑地向我一笑，“我不怕死，外乡人。不那么怕啦，不过有些死法实在有点……”他唇边露出苦笑，肩膀不由自主地抽动，但他还是极力挤出笑容。

“我或许不配拥有专业的行刑官，如果真的发生了，我想我和弗雷先生都会很……尴尬吧！我和他一起喝过酒，之后要他把我心脏挖出来……”我再也忍不住悲伤，伸出双臂紧紧搂住詹米。

詹米哄着我：“没事，没事的，外乡人。也许是一颗子弹，或是刀子一划，很快就结束了。”

他连自己都骗不过。

我看过太多战场上受伤与阵亡的士兵，只有一句话是真的，就是这比让刽子手绞死好一点。在桑德林汉姆公爵宅邸中折磨我的恐惧如海啸般淹没了我，耳边响起逐渐加速的脉搏声，我就快要无法呼吸。

恐惧在同一瞬间离开了我。

我不能离开他，我不会离开。

“詹米，我和你一起回去。”我对着他的苏格兰披肩说。他身体一缩，垂头盯着我。

“你做梦！”

我冷静得不见一丝犹疑：“我要回去。我可以用我的苏格兰连身裙披肩做一条苏格兰裙，军队里有很多年轻男孩，我可以装扮得和他们一样，你自己也说开战后兵荒马乱，根本没人会注意。”

他收紧下巴瞪着我，既怒又惊。“不行！克莱尔，不行！”

“你不怕，我也不怕。”我试图稳住下巴说道，“会很快结束，你说的。”尽管我心意已决，双颊却禁不住颤抖，“詹米，我可以面对所有困难，就是……不能没有你！”

詹米张着嘴，欲言又止。远山的天色逐渐降临，将云彩漆上淡淡的红光。最后他伸手抱住我。

“我怎么可能不明白，让你离开，最痛苦的不是我？如果你对我的爱，像我对你一样深，我怎么会不明白这就像是挖出你的心，还要你行尸走肉般活下去？”他抚着我的头发，棕色发丝缠绕着他粗糙的指节，“但请你听话，褐发美人，我最勇敢的母狮。你一定要回去。”

我后退，抬头问道：“为什么？在克兰斯穆尔，你把我从女巫审判中救出来时，明明说过如果我会死，你也会陪我一起上火刑柱！”

他紧握我的手，沉着的蓝眼睛望进我心底。“我可以，因为那时你没有怀着我的孩子。”

寒风吹过冻僵了的我，都是因为风太刺骨我才发抖，都是风太凛冽……

我终于开口：“现在可说不准。现在还太早了，我无法确定。”

詹米哼了一声，眼神带着一丝玩味。“别忘了，我也是个会看日子的农夫！外乡人，从你第一次和我恩爱那天起，你的周期从没迟过一天，可是到今天你已经四十六天没有动静了。”

我气得大骂：“你这浑蛋！你竟然算我的周期！在打这场烂仗的时候，你竟然算我的周期！”

“难道不是吗？”

“不是！”其实他没有说错。我渴望、祈祷许久的愿望竟然成真，我始终害怕承认，最可怕的是现在才实现，已经太迟。我极力否认：“这也不表示什么，饿肚子也会这样，这种事稀松平常。”

詹米挑起一边眉毛，宽大的手轻轻捧着我的乳房。“别说了。你是很瘦，但它们已经鼓胀，乳尖也变成香槟葡萄的颜色。我看过你怀有身孕的样子，我毫不怀疑，你一定也心里有数。”

我努力压抑涌起的反胃感，这很容易被认为起因于恐惧与饥饿，但我发觉有一股轻微的重量在我子宫里燃烧。我用力咬住下唇，但反胃的感觉彻底席卷了我。

詹米放开我的手，站在我面前，双手垂在身侧，黯淡的天色衬出他英挺的身影。

“克莱尔，明天我就不在这个世界上了，这个孩子……是我唯一能留下来的。拜托你，克莱尔，我求你好好照顾他。”詹米平静地请求。

我视线模糊，在这一刻，我听到自己心碎的声音。那声音就像徒手折断花茎，细微而清晰。

我终究屈服的那一刻，寒风在我耳边悲啸。

“好，我去。”

天近乎全黑。詹米从我背后环抱住我，我向后靠着他，一起眺望远方的山谷。营火燃起光芒，从这么远的距离看起来像小小的光点。我们沉默不语，夜色越来越深。山上静悄悄的，我听不见别的声音，耳边只有詹米平稳的呼吸声，每一次吐纳都那样珍贵。

他在我耳边低诉：“我答应你，我会找到你。如果我必须忍受两百年没有你，这两百年的炼狱就是对我的惩罚，因为我有罪，我曾经撒谎、杀人、偷窃、谋反、背叛。只有一件事抵得过这一切，就算我站在神的面前，我所有的罪与之相比，都远不足虑。”

他的声音更低沉，几乎像是耳语，他的双臂紧紧搂着我。

“主啊，你赐予我一个珍贵的女人，而我爱她如此之深！”

我们细细体会着彼此每次触摸，刻画每个片刻记忆，当作护身符，以对抗未来没有他的空虚。

我抚摸他结实的身躯每个柔软的凹陷、每处私密的禁地，感受他身形曲线的优雅与力量，赞叹每条强健的肌肉。我的手指细细描绘他肩膀精实而充满弹性的弧线，沿着他光滑健美的背部向下，游移在他如陈年栎木般坚硬的双臀。我尝到他锁骨凹陷处的汗水，品着他双腿间温热的麝香味，他柔软的唇如此甜蜜，有淡淡的苹果干香气与杜松子的苦味。

“我的克莱尔，你是如此完美。”他低语，轻触我双腿内侧滑溜细嫩的肌肤，头发像一团模糊的影子衬着我雪白的乳房。天空乌云密布，最稀微的天光从屋顶的洞孔泻入，隔着一道薄墙，轻柔的春雷闷声在山谷间不停地呢喃。他已然硬挺，因满溢的渴欲而膨胀，我的抚弄让他无助地呻吟，因为更多欲望激起而痛苦。

他再也无法等待，像刀锋入鞘狠狠占满我，我们快速而激烈地律动、交缠、需索，迫不及待攀向欲望的最高潮，又恐惧迟疑着攀至巅峰，因为我们深深明白，自此之后，就是无垠的分别。

他蛮横进出逼我随着感官的浪潮上上下下，在登顶边缘喘息颤抖，直到最后我抚着他的脸，手指缠绕他的发丝，在他身下拱起背臀，紧紧抵着他，催逼他、力促他深入核心。

“快，詹米。”我轻声对他说，“和我一起，给我，求求你！”

我们更深陷沉沦，一波波快感漫过每一寸肌肤，任凭身体的节奏失控呻吟，欢爱的气味借着激情喘息，在冰冷黑暗的石屋里回荡，萦绕不散。

我们身体紧紧密合，詹米沉甸甸的身躯让我感到幸福、充实与安慰。如此结实优美，充满热力与生命力的男人，怎么可能在几小时内，将不复存在？

最后，他轻声说：“你听。听见了吗？”

除了穿过屋顶孔洞的风的呼啸声与雨水的滴答声，我什么也没听到。然后我听见了他的心跳沉稳、缓慢紧贴着我跳动，我的心也一声和着一声，两颗心跳着生命的节奏。炙热的血液在他体内循环，流经我们核心的联系，传入我的体内，一起循环。

我们就这么交缠不离，身上披着温暖的苏格兰披肩和斗篷，身下是我们散乱的衣服。他终究依依不舍滑出我的紧紧包覆，从后头抱着我，厚实的大掌捧握住我的下腹，气息吹拂我渴求相依的背颈。

他耳语：“睡一会儿吧，褐发美人。我要再这样睡一次，抱着你，抱着我们的宝宝。”

疲惫的力量袭来，我坠入睡眠的湖面之下，甚至没有一点涟漪。时近黎明，詹米的手依然环抱着我，浓夜渐渐淡为白昼，无力挽回暗夜的庇护。

我侧身支起手肘看着他，看光线抚弄他狂野俊逸的脸庞，在沉睡中显得纯真无邪。看曙光洒上他的发,闪耀灿烂的光芒,最后一次熠熠生辉。

锐利的痛苦淹没心口，我一定是惊呼出声了，因为詹米随即睁开眼睛。他脸上挂着只属于我的笑容，湛蓝的眼睛比以往更精细地探索我的五官。他将把我烙印在脑海里，就像我也在记忆里深深刻下他每一道令我窒息的线条。

“詹米，给我一个印记。”我哽咽低哑的声音划破互相凝视的寂静。

“嗯？”詹米诧异而不解。他塞在袜子里的苏格兰双刃短剑就在伸手可及之处，刀柄刻着雄鹿角，就在衣服堆里闪耀着。我伸手取来。

我急切的眼泪凝在眼眶里：“深一点，才能留下疤痕。我要带着和你的联系，一个属于你的东西，能让我一直留在身边。詹米，求求你。我不在乎痛楚，没有什么比离开你更痛苦。至少当我摸到它，不管我身在何处，都能感觉到你和我。”

我的手握着刀柄，他的掌心贴着我另一只手的掌心。他沉默不语，不知过了多久，终究还是轻轻捏了我的手，点点头，便执起锋利的短剑，我则向他伸出右手。披肩和斗篷温暖着我们，但詹米吐出的气息凝成一缕缕的白烟，往寒冷小屋上空飘散。

他把我的手掌摊开，细细检视，并举到唇边，在掌心深深一吻。他用力吸吮我的大拇指掌丘后放开，接着往麻木肿胀的掌肉迅速一割。顶多像是轻微灼伤，但鲜血立即涌出。詹米很快执起我的手吸吮，直到血流减缓。伤口现在有点刺痛，他用手帕仔细帮我包扎，我看到伤口是小小的“J”。

这时他把小刀递给我。我接过刀，有点犹豫地捧着他伸出的手。

他闭上眼紧抿双唇，但当我把刀尖刺入他那厚实的拇指掌丘时，他还是轻轻哼了一声。一个手相师曾告诉我，这个小丘叫作金星丘，掌管激情与爱欲。

等我割出一个小小的半圆形，才意识到他给了我左手。

我说：“我应该拿你的右手。剑柄会压到伤口。”

他微微一笑：“不论最后一战什么时候来临，我每一刻都可以感受到你。”

我解开沾了血的手帕，将伤口紧紧压在他的伤口上，手指与他紧扣。在我们双掌间，血液还不粘手，依旧温暖而湿滑。

我轻轻吐诉：“你是我血中之血……”

“……骨中之骨。”他轻声应和。誓言的最后我们都无法承诺：“我将灵魂交付予你，直至生命终了。”但它无声地悬在我们之间，隐隐作痛。最后，詹米弯着一边嘴角笑了。

“比生命更长久。”他语气坚定，把我拥入怀中。

最后他叹气说道：“至于弗兰克，好吧，我让你自己决定怎么向他形容我。他可能不想听。如果他愿意，就像你对我谈起他一样，那么请告诉他，我非常感激他，就算我别无选择，我还是相信他。还有告诉他……”詹米手臂突然收紧，脸上半是苦笑，半是认真，“告诉他我恨他入骨，恨不得挖出他的心肝！”

我们着好装时，晨曦已经转为白昼。这里没有食物，没有早餐可吃。该做的已经做完，能说的也已经说尽。

詹米必须马上动身，才能及时赶到德鲁摩西荒地。这是最后的离别，我们却无法说再会。

最后，他嘴角浮起一朵微笑，弯身轻轻吻了我的唇。

“据说……”他开口，又停下来清清喉咙，“据说，古时候有男人要出远门做大事，他会找女巫祈求祝福。他会站着，望着出发的方向，女巫在背后为他祈祷。女巫一祝福完他就动身，不能回头，否则会给他的冒险招来噩运。”

他再次轻抚我的脸颊，然后转身面对敞开的门。早晨的阳光流泻进来，在他的发上映出万道金光。他立直背脊，披着苏格兰披肩的身躯雄伟英挺，并深深吸一口气。

“祝福我，女巫，然后就走吧！”

詹妮教过我几句用来保平安的古盖尔语祷词，我回想构思着完美的祷词，一手放在他的肩膀上。

“耶稣，马利亚之子，我求告你的名，以及主所爱的门徒约翰，及所有红色领域中的圣徒之名，在即将来临的战斗中保护你……”我的声音嘶哑却充满力量。

我停了下来，下面山坡上有个声音打断我。有人说话，还有脚步声。

詹米愣了一秒钟，我的手感觉到他的肩膀变得僵硬，然后他转过身，推着我到小屋后方，那里有一堵塌陷的墙。

“走那里！英国人来了！克莱尔，走！”

詹米跑向门口，手压在剑柄上，我往墙的缺口跑去，心脏就快从我的喉咙跳出。我停下来，抓住那片刻，只为看他最后一眼。詹米也转过头，与我四目交接，那一刻他突然迸发出绝望向我冲来，粗蛮地把我推到墙边，用力抵住我，我感觉他刚烈的铁根硬实地顶着我。

他低哑着对我说：“再一次，我要你！”我随即撩裙子，他掀苏格兰裙。这不是做爱，他急速猛烈地戳刺，狂热而专注。声音更近了，不到一百码。他重重地吻我，我口中留下血的味道。“孩子取名布莱恩，纪念我的父亲。”他手一推，催我往墙上的缺口跑去。我回头时，已见他横在门口，左手上的长剑半出鞘，右手握着短剑。

英军不晓得屋里有人，没想派兵绕屋子侦察。我冲过小屋后方荒芜的山坡，跑进山顶浓密的赤杨树丛。

我泪眼模糊拨开树丛与枝叶，跌跌撞撞。后方传来叫喊声和金属交碰的声音，我的大腿上还残留着詹米湿滑的爱液。山顶和我的距离仿佛未曾缩减，似乎我下半辈子都得努力狂奔，才能穿越这些纠结的树枝。

后方的树丛传来哗的一声，有人发现我了。我抹干眼泪往上爬，山坡陡峭，我必须手脚并用。来到山顶开阔的空地，我看到记忆中的花岗岩层。伸出悬崖的一小丛山茱萸就在那儿，还有小石头围成的那圈乱石堆。

我在石阵边缘停下脚步，往山下望，拼命想看清楚詹米。有多少士兵到了小屋？詹米能摆脱他们骑上山脚那匹马吗？要是不能，他就没办法及时抵达卡洛登了。

突然，下方的树丛分开，闪过一抹红色，是逼近的英国士兵。

我于是转身，用最后一口气冲过石阵边的草地，朝岩石的裂缝纵身一跃。

Part 03
后见之明

CHAPTER 18

故事谜团

“当然，他说得对。那个可恶的家伙，他说的几乎都对。”克莱尔似乎有些不悦，脸上掠过哀伤的微笑，看着布丽安娜。布丽安娜坐在壁炉边，紧抓着膝盖，一脸茫然，全身上下只有头发让炉火上升的热气撩起，微微拂动。

“那次的怀孕很危险，和上次一样。分娩也很危险。如果我冒险留在那儿，我们两人都无法活下来。”她对着布丽安娜说，仿佛房里只有她们两人。罗杰慢慢走出过去的魔咒，觉得自己像是局外人。

克莱尔轻声说：“这就是全部的真相。我无法忍受离开詹米，即使是为了你……所以，你出生前，我满心愤恨。若不是你，詹米不会逼我离开。我不怕死，更不怕和他一起面对死神，但一想到离开他还要坚强活下来的日子……他说得没错，我的身体不适合生孩子，但我爱他，我愿意为他保住孩子。而因为他爱你，所以你和我才能够活下来。”

布丽安娜动也不动，目光仍然盯着克莱尔，嘴唇生硬地张开，震惊得说不出话来。

“妈，你恨我……多久了？”

克莱尔的眼神清澈无情一如猎鹰，金色的双眸对上蓝色的眼睛。“直到你出生。那时我抱着你喂奶，你抬头看我，我发现你的眼睛和詹米的一模一样。”

布丽安娜强忍着哽咽，克莱尔看着脚边的女儿，稍稍软化了。“然后，我开始重新认识你，独立完整的你。我爱你是因为你，不因谁而改变。”

布丽安娜这时跳了起来，头发像狮子的鬃毛一样竖起，蓝色眼眸闪耀如后方炉火的焰心。

“我父亲是弗兰克·兰德尔！他才是我父亲！”布丽安娜双拳紧握，怒视着克莱尔，气得声音颤抖，“我不明白你为什么要这样说，也许是因为你恨我，说不定你现在还是恨我！”布丽安娜的眼泪不受控制地落下，她愤怒地用手背抹去。

“爸爸……爸爸爱我，如果我不是他的孩子，他不可能爱我！你别骗我了！你嫉妒，对不对？你这么介意他爱我吗？他不爱你，我知道！”布丽安娜的蓝色眼睛像猫一样眯了起来，脸色惨白。

罗杰真希望自己能躲到门后，以免布丽安娜注意到他，把怒火喷向他。但在这股不自在的背后，他也发现自己内心深处的敬畏。布丽安娜站在壁炉前的地毯上，咬牙切齿、大声咆哮，浑身燃烧着狂野的力量，像号叫的女妖把高地战士带到敌人面前厮杀。她的鼻子又长又直，在阴影下仿佛拉得更长，眼睛像嘶叫的猫眯成一条缝——这副模样应该是亲生父亲的翻版，而很显然她父亲并不是那位出现在书本封面上的黑发、沉静学者。

克莱尔张了张嘴巴，随后合了起来，出神地看着女儿散发强大魄力。罗杰心想，这一幕她应该已经看了许多次，但绝对不是在布丽安娜身上。

布丽安娜突然转身，一把抓起桌上泛黄的新闻剪报扔进火中，接着抢走火钳，恶狠狠地翻搅燃烧的纸堆，不管火星一阵阵从炉里飘出，发出嘶嘶声落在她的靴子上。

纸张烧得通红，迅速化为灰烬。她一个转身，一脚踩在壁炉上。

“讨厌鬼！你恨我？我才恨你！”布丽安娜失控地对着克莱尔大吼，手中握着火钳举起手臂。罗杰的肌肉已然绷紧，准备在适当时机冲向她。

但下一刻，她像标枪选手那样收回手臂，把火钳掷向落地窗玻璃。漆黑的玻璃映出她散发熊熊怒火的身影，然后哐当一声，在夜色中碎落满地。

书房里的沉默令人尴尬。罗杰本来决定起身追布丽安娜，此时却狼狈地僵在房间中央，低头看着手，仿佛不知该拿自己的手怎么办，然后看看克莱尔。克莱尔动也不动，缩在扶手椅上，像小动物看到猛禽的样子，吓得僵住了。

过了一会儿，罗杰走到桌边，倚着书桌试着打破尴尬道："我不知道该说什么。"

克莱尔动了动嘴角："我也是。"

两人静静地坐了几分钟。老房子吱吱作响，然后渐渐安静了下来。走廊另一端的厨房传来锅瓢微弱的碰撞声，是菲奥娜在准备晚餐。罗杰的另一种直觉渐渐冒上来，但他不确定是什么。他的掌心冰冷，于是在腿上搓了搓，借着摩擦灯芯绒给双掌一点暖意。

"我……"罗杰开口，却又停下来，摇了摇头。

克莱尔深深吸了一口气，这是布丽安娜离开后她的第一个动作。她的目光清澈又直率，向罗杰问道："你相信我吗？"

罗杰若有所思地看着她，最后说："但愿我知道。"

这句话换来克莱尔恍惚的笑容，她说："我曾问过詹米，他认为我来自何方，他也是这么回答的。"

"我可以理解。"罗杰像是想到了什么，离开书桌走到克莱尔旁边，"可以让我看一下吗？"他单膝跪下，执起克莱尔柔顺的手，把掌心摊开转向灯光。他突然想起，真正的象牙摸起来很温暖，和合成的不一样。克莱尔的手掌是柔和的粉红色，但大拇指掌丘隐隐的"J"字却和骨头一样白。

克莱尔看着罗杰说："这不能证明什么，可能是意外，也可能是我自己弄的。"

“但不是你自己弄的，对吧？”他轻轻把手放回她腿上，像放回一件脆弱的物品。

“不是，但我无法证明。”她的手移到脖子上散发微光的项链，“还有珍珠，是真正的珍珠，这可以检验出来，但我能证明珍珠的来源吗？不能。”

“还有艾伦的肖像……”罗杰开口。

“还是一样，只是巧合。我就是靠着这些东西编造我的妄想，我的谎言。”她的语调虽然从容，但声音依稀有点苦涩。现在她的双颊终于有点血色，身体也不再僵硬，就像一尊雕像在他眼前活了过来。

他站了起来，慢慢来回踱步，一只手梳过头发。“但这对你来说非常重要，不是吗？”

“是。”她站起身走到桌边，望着桌上罗杰的文件夹，虔敬地将一只手放在米黄色的文件夹上，仿佛摸着墓碑。罗杰想，对她来说，那的确像墓碑。

“我必须知道。”她试图压抑声音里的颤抖，“我必须知道他是不是做到了，他是成功救到人，还是白白牺牲了，然后我得告诉布丽安娜，就算她不信。但詹米是她的父亲，我必须告诉她。”

“对，我懂。而且兰德尔博士，你的丈夫，我是说，弗兰克还在世的时候，你不能问。”他尴尬改口时，脸唰地红了。

她微微一笑：“没关系，你可以称弗兰克为我的丈夫，毕竟他的确是我丈夫。布丽安娜说的也没错，弗兰克和詹米一样，都是她父亲。”克莱尔低头看双手，手指张开，手上两个戒指，一金一银，都散发着光芒。罗杰突然有个想法。

他再一次站起来靠近她，说：“你的戒指，银色的那只，有没有制造工匠的标志？有些十八世纪的苏格兰银匠会刻上标志。或许不算确实的证据，但也是个依据。”

克莱尔似乎吓了一跳，左手保护般覆上右手，手指摩挲着宽带银戒上高地特有的织纹与蓟花图案。

她脸颊浮起淡淡红晕，开口道：“我不知道，我没看过内侧，我从来没有脱下来过。”接着慢慢将戒指旋下。她的手指修长，因为长期佩戴戒指而凹了一圈。

她眯起眼睛看着戒指内侧，站起来把戒指拿到桌边的罗杰身旁，倾斜银戒，让台灯的光照在戒指上。

她不解地说：“里面刻了字，我不知道他还……天啊！”她的声音变得沙哑，戒指从她指间滑落，啪嚓掉在桌上。罗杰连忙捡起戒指，却看到克莱尔转过身去，紧握拳头抵住腹部。罗杰知道她不想让他看到她的脸。这漫长的一天，还有面对布丽安娜的怒火时，她一直控制自己，但此刻她的自制力已经瓦解。

罗杰感到尴尬不自在。他知道这是克莱尔的隐私，而且比他刚知道的故事都要私密。这感觉糟透了，但他也不知道自己能做什么，只能举起小小的戒指，就着光读出内侧的字。

“Da mi basia mille……”这声音是克莱尔的。她的声音颤抖着，努力止住哽咽的情绪。她不能任情绪宣泄，否则她将就此崩溃。

“这是卡图卢斯的诗，一首情诗的片段。修……修·门罗送我这首诗当结婚礼物，里面包了一小块琥珀，琥珀里凝结了一只蜻蜓。”她虽然还是握着拳头，但已经放下垂在身侧，“我还是背不出整首诗，不过那一段我还知道。”她说着，声音逐渐稳定下来，但身体还是背对着罗杰。银戒在罗杰掌心里散发光芒，依然带着克莱尔手指的余温。

克莱尔依然背着身，继续将拉丁文译成英文。

给我一千个吻

那就让爱情之吻停留

在我们唇上开始诉说

一千零一百条旋律

一百又一千道有余

说完她慢慢转过身面对罗杰，睫毛沾了泪水，凝成一簇簇，但外表看起来很平静。

她挤出虚弱的微笑：“但没有工匠的标志，称不上证据。”

“不，这算证据。绝对是，至少对我来说是。”罗杰发现自己也有点哽咽，急忙清清喉咙。

克莱尔眼底亮起一丝火花，她的微笑更深，然后失去原有的自制，泪水夺眶而出，不停地流下脸庞。

过了许久，她才能开口：“对不起。”她坐回沙发，手肘支在膝盖上，脸孔半埋在韦克菲尔德牧师的白色大手帕里。罗杰离她很近，几乎要碰到她。她显得娇小而脆弱，罗杰想拍拍她灰棕色的鬈发，但担心太过唐突而作罢。

“我从不曾想过……原来，有个人相信我，对我而言有这么重要。”她又擤了一次鼻子。

“即使不是布丽安娜？”

听到这句话，她皱了皱眉，坐直身子，伸手把头发往后拨。“她太惊讶了，这很自然，她很爱她父亲，我是指弗兰克。”克莱尔急忙改口，“我知道她一时没办法接受，不过……如果她有时间好好思考，问几个问题，那她一定可以……”她的音调越来越微弱，穿着白色亚麻套装的肩膀好像被这句话给压垮了。

克莱尔仿佛想转移自己的注意力，望向书桌，桌上那一叠封面光洁的书仍整齐地堆着。

“我和一个研究詹姆斯党的学者生活了二十年，却害怕自己无法承受事实，一直不敢翻开他的书。很奇怪吧？”她摇摇头，眼睛盯着书，“许多人的下落我都不清楚，我太害怕，不敢找出答案。我忘不掉那些人，但我可以掩埋记忆，把记忆藏在角落一段时间。”

而现在，这段时间已经结束，另一段即将开始。罗杰拿起最上面的一本书，掂掂重量，仿佛在估量责任的重量。或许，这至少可以让她不再担心布丽安娜。

他轻声问："要我告诉你吗？"

她犹豫许久，之后迅速点了点头，似乎害怕再考虑久一点就会后悔。

罗杰润润干燥的嘴唇，开始述说。他不需要翻开书本，研究这一时期的学者都熟知这些史实。尽管如此，他还是把弗兰克的书抱在胸口，像抱着坚固的盾牌。

"弗朗西斯·汤森，他是查理王子的手下，守在卡来尔，后来被捕，以谋反罪处以绞刑和剖腹。"

他打住，但克莱尔面无表情，血色尽失。她隔着桌子坐在罗杰对面，动也不动像根盐柱。

"凯堡的麦克唐纳和他兄弟唐纳在卡洛登徒步上战场，被英军炮火击毙。基尔马诺克勋爵倒在战场上，安克拉姆勋爵在巡查战场伤兵时认出他，从坎伯兰公爵手下救了他的命，但好景不常，隔年八月，基尔马诺克勋爵在伦敦的塔丘和巴莱里诺一起被斩首。"罗杰停顿一下又说，"基尔马诺克的儿子在战场上失踪，一直没有找到他的尸体。"

克莱尔低声说："我一直很喜欢巴莱里诺。那老狐狸呢？那个洛瓦特勋爵？"她气若游丝。

罗杰的手指不知不觉抚过光滑的书衣，好像摸着点字阅读。"是的，他被判谋反，处以斩首。所有记载都说他死得很有尊严。"

罗杰脑海中浮现一幕场景，是当时画家贺加斯所画的一则逸事。他凭着记忆，尽量详细描述。"他被送往伦敦塔，路上经过一群又喊又叫的英格兰暴民，他对四周的叫嚣毫不在意，甚至心情还不错。有个老女人对他大叫：'老苏格兰无赖，你会被砍头！'他从马车窗口俯身快活地回骂：'老英格兰丑婊子，你说得没错！'"

克莱尔面带微笑，但声音听起来既像哭又像笑。"我就知道，那个臭老头。”

罗杰小心继续说下去：“到了刑场，他要求检查刀锋，还叫刽子手好好干。他说：‘动作利落点，不要惹我发火！’”

眼泪从克莱尔紧闭的双眼流下，像火焰中的珠宝闪闪发光。罗杰抬头示意，她感觉到了，摇摇头，眼睛仍然紧闭。

“我没事，继续说。”

“没有了。有些人活了下来，洛奇尔的卡梅隆逃到法国。”他小心不提到卡梅隆的兄弟阿契，他在泰伯恩刑场被绞死、开膛剖肚、斩首，心脏挖出来焚毁。克莱尔似乎没注意到他漏了某些人。

他很快一一说完，看着克莱尔。她的眼泪已止住，低垂着头坐着，鬈发盖住脸上所有表情。

于是他决定抓住克莱尔的手臂站起身来。

“来吧，你需要一点新鲜空气。雨停了，我们到外面去。”

比起空气室闷的牧师书房，屋外清新凉爽，熏人欲醉。大雨约在日落时停住，现在刚入夜，只有滴滴答答落下雨水的树丛让人想起不久前的倾盆大雨。

走出房子，我如释重负。我已担忧太久，此时总算说出一切。虽然布丽安娜不相信……不，她终究会相信，即使要花很长时间，她终究会明白我并未欺骗她。她一定会相信，因为每天早上她都会在镜子里看到那张脸，她的血液里也流着他的血。至于现在，我已全盘托出，灵魂在由衷的忏悔后顿时变轻。离开告解室般的牧师宅邸，我的心灵终于卸下重负，恢复平静。

我想，这有点像分娩，先是短暂的辛苦及剧痛，并明白未来就是难以成眠的夜晚及不断操心的白日，但在这一刻，我觉得非常安宁，心中充满平静与喜悦，容不下任何忧虑。虽然刚得知一些友人的噩耗，但哀伤的感觉也淡了。星光从稀疏的云朵后方透出，我的悲伤也变得朦胧而柔和。

时值初春，夜里空气潮湿，车辆从附近的马路上驶过，轮胎轧过潮湿的车道，发出淅淅声响。罗杰默不作声，领着我走下屋后的坡道，再往上走，经过一小块长满青苔的空地，接着走下一条小径，通往河边。黑色的铸铁桥在这里横跨河流，小径旁有道铁梯架在桥梁上。有人拿了白色喷漆在桥上潦草地喷了“苏格兰独立”几个大字。

虽然回忆令人黯然，但此刻我已逐渐平静。最困难的部分已经结束，现在布丽安娜知道自己的身世了，我衷心盼望她能相信我，不仅为了她，也为了我自己。尽管我不愿意承认，但内心深处非常渴望能和人分享詹米的点点滴滴。

我已身心俱疲，但还是打起精神再次挺直脊背，强迫自己的身体撑下去。我向酸痛的关节、脆弱的意志、四分五裂的心灵许诺，不久就可以独自坐在旅舍舒服的火炉边，伴着故人的英灵平静地悼念他们，让所有疲惫随着眼泪滑落，在入睡后忘却一切人事，而或许在梦中，我还能再次与他们相聚。

但时候未到。在入眠之前，我还有一件事要做。

两人在沉默中不知走了多久，只有远方汽车驶过及身旁河水拍岸的声音。罗杰迟迟不愿开口，唯恐又让克莱尔想起宁可遗忘的往事。然而，封住情感的闸门一旦打开，就再也无法关上了。

克莱尔迟疑地问了罗杰几个小问题，罗杰详细以告，但也犹豫地回问了几个问题。秘密压抑了这么多年，突然可以毫无顾忌地聊，克莱尔就像吸了毒一样亢奋，而罗杰听得那么入迷，更让她畅所欲言。等两人走到铁路桥边，克莱尔已经恢复果断的个性，就像两人第一次见面那样。

克莱尔激动地说道：“他是个蠢材、酒鬼，软弱又愚蠢的人。洛奇尔、格兰格瑞那帮人全是呆子，总是聚在一起花天酒地，和查理王子一起做白日梦。杜格尔说得对，坐在温暖的房间，手握一杯麦酒，要勇敢很容易。

他们喝傻了，又太骄傲，不愿意撤退，结果断送了所有人的命……只为了可笑的名誉和荣耀。”

她鼻子哼一声，沉默片刻，然后出乎意料地笑了。“不过，你知道最可笑的是什么吗？那个可怜愚蠢的酒鬼查理，还有他贪心愚蠢的酒友，以及那些一心追求荣誉、无法回头的呆瓜……他们唯一的小小优点，就是他们的信念。奇怪的是，他们留下的就只有这件事。那些愚蠢、无能、懦弱、醉昏头的虚荣，一切都消失了。现代人一想起查理王子和他的手下，就只会想到他们是如何追求荣耀，但未能如愿以偿。”

克莱尔的音调放得柔和了些：“也许雷蒙师傅说得对，事物的精髓是唯一重要的。光阴会冲淡一切，只留下坚固的核心。”

罗杰大胆开口：“我想你一定对历史学家很有意见，他们都错把王子描写成英雄。在苏格兰高地，不管走到哪里，都会在太妃糖罐或马克杯上看到王子的头像。”

克莱尔摇了摇头，凝视远方。暮霭渐深，水珠再次从树丛叶尖滴落。“不，错不在历史学家。历史学家最大的问题，是以为自己凭着前人选择留下的线索，就能知道事情的来龙去脉。很少有人真的能穿越古代文物和文件的烟幕，了解实情。”

远方传来微弱的隆隆声，罗杰知道，那是傍晚开往伦敦的列车。在晴朗的夜晚，从牧师宅邸可以听到火车汽笛声。

克莱尔继续说：“问题出在作家、歌手、说书人，这些艺术家拿过去当材料，照自己的喜好重新改造，把蠢材塑造成英雄，把酒鬼改造成君王。”

罗杰问：“你觉得他们都是骗子？”克莱尔耸耸肩。虽然寒风袭人，她还是脱下外套，棉质上衣因湿气而贴在她身上，露出她纤细的锁骨和肩胛骨。

“骗子？或是魔法师？他们不就是看到尘土中的骨头，以为看到了事物过去的本质，就为它们披上新的血肉，让乏味的野兽摇身一变，成为传说中的怪物？”

罗杰问：“即使如此，有什么不对？”苏格兰高速火车隆隆驶过，铁桥喀喀发颤，“苏格兰独立”几个白色的字母随着振动而摇摆。

克莱尔抬头盯着那几个字，飘忽不定的星光点亮她的面孔。“你还是不明白。”她恼火地说，声音沙哑，但音量没有提高。

“你不知道真相。你不知道，我不知道，我们永远也不可能确知。这样你懂吗？你不知道，因为你也无法说出事情的结局——根本没有任何结局。你不能说‘这件事’‘注定’会发生，然后导致其他事。查理王子对苏格兰人所做的‘那些事’，是必须发生的吗，还是‘有心’推动的结果？而查理王子真正的目的就是像现在这样，成为头像，成为象征的符号？要是没有他，苏格兰会不会忍受英格兰两百年的统治，然后仍然……”克莱尔朝头顶潦草的字眼一挥手，“‘仍然’能维持自我认同？”

“我不知道！”巨大的探照灯照亮树丛与轨道，火车呼啸驶过两人头上的桥梁，罗杰只好大喊，才能让克莱尔听见。

火车发出惊天动地的轰隆声，足足有好几分钟，震得两人只能立在原地不动。然后列车完全驶离，喀哒声也渐弱，变成孤凉的哀泣，最后一节车厢的红色尾灯荡出两人的视线。

“所以说，这就是讨厌的地方，你永远不知道，但还是必须行动，不是吗？”克莱尔转身说。

她突然张开双手，弯曲有力的手指，戒指迎光熠熠闪烁。

“当了医生你就会了解。不是在学校。不管什么情况，学校都不是学到东西的地方。是在你把手放在病人身上想努力治疗的时候。有这么多问题，超过你能力所及。太多了，你照顾不到，你找不出问题核心，太多事情从你指间溜走。但你不能去想，你唯一能做的事，就是为你眼前的那个人尽心尽力，把病人当成世界上仅存的人，否则你连眼前这个人也救不了。你只能救一个算一个，同时学会不要为了救不了其他人而难过，只要尽力就好。”

她转过身来面对罗杰，一脸疲惫憔悴，但眼中盈满雨滴折射的光芒，纠结的发丝上缀了水珠。她伸手搭在罗杰臂上，像灌满船帆、吹动船只的风，催促罗杰。

“罗杰，我们回屋里去吧！我有件事要告诉你。”

克莱尔在回牧师宅邸的一路上都很安静。罗杰伸出手臂，克莱尔却不接受搀扶，独自走着，低头思索。罗杰想，她并非举棋不定，而是下定了决心，只是在想该如何启齿。

罗杰自己也在思考。白天克莱尔的坦白打乱了一池春水，现在的宁静给了他喘息的空间，他开始好奇克莱尔为什么要让他一起听。她大可只告诉布丽安娜。难道她是因为不晓得布丽安娜会有什么反应，所以不想独自面对？或者，她在赌他会相信她——而他的确也信了，然后把他列为盟友，一起捍卫真相——她的真相，或布丽安娜的真相？

回到牧师宅邸，罗杰的好奇心已经升到顶点，不过还有些工作得先做。他和克莱尔一起清空一座最高的书架，推到破裂的窗户前面，挡住夜晚的寒气。

克莱尔累得脸颊透红，此刻正坐在沙发上休息，罗杰则走到小饮料桌边倒了两杯威士忌。格雷厄姆太太在世的时候会把饮料放在托盘里，附上纸巾、压花小餐垫，配上一些饼干。如果让菲奥娜做，她也很乐意奉上这一整套，不过罗杰比较喜欢自己倒酒，简单就好。

克莱尔谢过罗杰，开始啜饮威士忌，然后放下酒杯抬头看他。她有点疲倦，但从容自若。

“你或许会想，为什么我要告诉你整个故事。”克莱尔看穿了罗杰的想法，让罗杰有点紧张。

“有两个原因，等一下我会告诉你第二个。而基于第一个原因，我觉得你有权利听这个故事。”

“我？为什么我有权利？”

克莱尔金色的双眼坦率如猎豹，令人不安。“和布丽安娜一样，你有权利知道自己是谁。”她走到房间另一端的墙壁前。这面墙从地板到天花板都贴上软木，层层叠叠钉满了照片、图表、便条、零星的名片、教区旧行事历、备用钥匙，以及零碎的小东西。

克莱尔微微一笑，抚摸墙上一张当地公立学校颁奖日的照片。“我记得这面墙。你父亲应该从不把东西拿下来吧？”

罗杰摇摇头，一脸茫然。“对，他从不拿下来。他老是说东西放在抽屉他找不到，如果是重要的东西，他希望一眼就能看到。”

“那应该还在墙上，他认为那东西很重要。”

克莱尔伸手翻动一层层纸张，轻轻分开泛黄的纸页，还伸长手臂在布道笔记和洗车券等碎纸头下找了找，最后拿下一张纸，摊在桌上说:“我想就是这张了。”

罗杰惊讶地说道：“哇！这是我们家的族谱，我好多年没看到了。不过，就算看到，我也从来没留心。如果你是想告诉我，我是领养来的，这我已经知道了。”

克莱尔点点头，目不转睛看着那张表。“对，所以你父亲，我是说韦克菲尔德先生，他画下了这张表。虽然他让你跟着他姓，但还是想让你知道自己的身世。”

罗杰叹了口气，想到牧师，又想到牧师桌上银色相框里的小照片，上面是他不认识的黑发年轻人，笑起来有点像牧师，穿着“二战”皇家空军制服。

“是，我知道。我真正的姓是麦肯锡。你是要告诉我，我和你……呃，你认识的麦肯锡族人有关系吗？你提到的人名好像没出现在这张表上。”

克莱尔仿佛没在听他说话，手指沿着族谱上一条细长的手绘线蜿蜒。

“韦克菲尔德先生是偏执狂，他不会希望族谱出错。”她低声道，“这里，就是从这里开始。在这一项以下……”她的手指往纸面下方一扫，“以下都是正确的。这是你的父母、祖父母、曾祖父母等，但以上都不是。”

她的手指向上一挪。

罗杰弯腰看族谱，然后抬起头，苔绿色的眼睛若有所思。“这一项？威廉·巴克利·麦肯锡，生于一七四四年，威廉·约翰·麦肯锡与莎拉·因纳斯之子，逝于一七八二年。”

克莱尔摇摇头：“他其实死于一七四四年，生下来才两个月就死于天花。”她抬起头，金色的双眼迎上罗杰的眼睛，眼中的力量让罗杰沿着背脊打了一阵哆嗦。“说起来，你不是家族第一个被收养的孩子。”克莱尔手指轻点那一条记录，继续说道，“这孩子的母亲去世，需要有人哺乳，所以被一个刚失去孩子的家庭收养。他们用死去孩子的名字称呼新的孩子，这在当时很常见。而且，我想没有人会把新的孩子登记在教区户政记录里。反正孩子出生时已经受洗了，不用再受洗一次。科拉姆曾经告诉我，孩子是在哪里受洗的。”

“吉莉丝的儿子。女巫之子。”罗杰慢慢说出口。

克莱尔头偏向一侧，打量着罗杰：“没错。我看到你的时候就知道了。你那双眼睛，太像她了。”

罗杰坐了下来，尽管书架挡住了窗户破洞，壁炉也重新升起火，他的心底却不断冒出寒意。

罗杰问：“你确定？”这是多此一问。如果这整件事不是精神病患者捏造出来的，也不是精心编排的疯言疯语，那她当然确定。罗杰抬头看克莱尔，她手拿威士忌，沉着自在地坐着，好像正要点一盘乳酪条来吃。

精神病患者？她可是克莱尔·比彻姆·兰德尔博士，权威医院的医务长。疯言疯语、夸张的妄想？要罗杰相信自己疯了还比较容易。说到这里，他确实觉得自己快疯了。

他深吸一口气，两手平摊在族谱上，遮住威廉·巴克利·麦肯锡那一条记录。

“这真的很有意思，谢谢你告诉我，不过，我除了可以把族谱上半部撕下来丢掉以外，这其实没有改变什么，对吗？毕竟，我们不知道吉莉丝的来历，也不知道谁是孩子的父亲。你好像很确定可怜的亚瑟不是孩子的父亲。”

克莱尔摇摇头，若有所思。“不是，不是亚瑟。孩子的父亲是杜格尔。这是吉莉丝被烧死的真正原因，不是因为她是女巫。科拉姆不能让任何人知道他弟弟和财政官的妻子私通，还生下孩子。还有，吉莉丝想嫁给杜格尔，我想她也许威胁了麦肯锡家，要将哈米什的身世公之于世。”

“哈米什？科拉姆的儿子。对，我记得。”罗杰揉揉额头，他开始觉得有点头晕。

克莱尔纠正他：“不是科拉姆的儿子，是杜格尔的。科拉姆不能生育，但杜格尔可以，所以就代劳了。哈米什是麦肯锡族的继承人，要是有人敢威胁他，科拉姆会杀了对方——他也确实动手了。”克莱尔深吸一口气，接着说，“而这件事，又和我告诉你故事原委的第二个原因有关。”

罗杰双掌插入发间，盯着桌面。族谱上的线条仿佛一条条虚幻的蛇，蠕动蜿蜒，分叉的蛇信在一个个人名间吞吐。

罗杰声音嘶哑：“吉莉丝，她身上有疫苗接种的疤痕。”

“没错，就是这件事才让我决定回到苏格兰。我和弗兰克离开苏格兰的时候，我发誓永远不再回来。我知道自己永远忘不了发生过的事，但我可以深埋在记忆里，逃得远远的。不管我离开后发生了什么，我永远不会去找答案。最起码我能为他们两人做到这件事，为弗兰克和詹米，还有肚子里的宝宝。”克莱尔紧紧抿了一下双唇。

“但在克兰斯穆尔的那场审判中，吉莉丝救了我的命。我想，她认为自己无论如何难逃一死，但她毕竟是为了我才放弃获救的机会。她留了信息给我，后来杜格尔通知我詹米入狱时，也把消息转给我。消息有两则，第一个消息是一句话，‘我觉得有可能，但我不知道’，另外是四个数字，依序是一、九、六和八。”

“一九六八，也就是今年。‘有可能’又是什么意思？”罗杰觉得自己像在做梦，而且很快就会醒来。

“有可能通过巨石阵回去，她没试过，但觉得我可以做到。当然，她说得没错。”克莱尔转身从桌上拿起威士忌，和酒液同色的双眼透过玻璃杯上缘盯着罗杰，“今年是一九六八年，她回到过去的那一年。不过，我觉得她还没动身。”

玻璃杯就要从手中滑落，罗杰勉强及时抓住。“什么……从这里回去？但她……为什么没有……你不能确定……”罗杰语无伦次，脑中一片混乱。

克莱尔说：“我是不确定，但我这么认为。我很确定她是苏格兰人，而且很可能来自苏格兰高地。即使高地有很多巨石，但我们知道，对能穿越的人来说，纳敦巨岩是通往不同时光的通道。”她继续说，一副就要提出决断性论证的模样，“而且，菲奥娜见过她。”

“菲奥娜？”罗杰觉得这句话太过分了，实在太荒唐。别的他还可以设法相信——时间旅行、氏族背叛、意外的历史事件，但把菲奥娜扯进来，已经超过他理智能容忍的极限了。罗杰恳切地看着克莱尔，带着恳求的语气说：“你不是这个意思吧？跟菲奥娜无关吧？”

克莱尔语带同情：“很抱歉，但我确实是这个意思。我问她，关于她祖母加入的德鲁伊教派，她知道些什么。虽然她发誓要守密，不过我原本就知道不少事，而且……要她开口其实很容易。”克莱尔有点抱歉地耸耸肩，“她告诉我，另一个女人也问了些问题，那女人身材高大，一头金发，绿色眼睛非常醒目。菲奥娜说，那个女人让她想到某个人，不过她想不出是谁。”她说完最后一句，眼神小心地避开罗杰。

罗杰只能呻吟，缓缓向前趴在桌面上。他闭上眼睛，额头下的桌面既硬又冰。

他闭着眼睛问：“菲奥娜知道她是谁吗？”

克莱尔回答：“她叫吉莉安·埃德加斯。”罗杰听到克莱尔起身走开，倒了一杯威士忌，接着回来站在桌边。罗杰感觉到她盯着他的后颈，平静地说：“这件事就看你了，由你决定。我该去找她吗？”

罗杰抬起头，眨眨眼，难以置信地看着她。“你在说什么？如果你说的都是真的，那我们一定要找到她！否则她回到过去会被活活烧死啊！当然要去找她！这还需要考虑吗？”罗杰终于忍不住大吼。

克莱尔修长的手放在枯黄的族谱上，注视着罗杰。

“如果我真的找到她，你会发生什么事？”

罗杰无助地张望着，书房里明亮而杂乱，一面墙上钉着杂七杂八的东西，缺了几角的老茶壶摆在古旧的栎木桌上。他攫住大腿，紧抓着裤子的灯芯绒布，仿佛想确认自己就像屁股下的椅子那样实在。

罗杰大声说：“可是……我确确实实存在！不可能轻易……消失！”

克莱尔严肃地扬眉。“我不知道你会不会消失，我不知道会发生什么事。也许你根本不会存在。如果是这样，你现在也不需要太激动。你独一无二的那部分，看你要说是灵魂或随你怎么叫，或许无论如何都会出现在这世上。你还是你，只是出生的血统稍微不同。说到底，六代以前的祖先会影响你的身体多少？一半？百分之十？”克莱尔耸耸肩，抿起嘴，仔细打量罗杰。

“像我和你说的，你的眼睛遗传自吉莉丝。可是我在你身上也看到了杜格尔的影子。不能说是哪个五官，虽然你的颧骨很像麦肯锡家的人，但也像布丽安娜。应该是更微妙的特质，你的举止里有种优雅、令人意外的特质……”克莱尔摇摇头，“不行，我不会形容。但那特质就在那里，这是你的精髓吗？没有杜格尔的血缘，你还会是你吗？”

克莱尔缓缓站起来。从两人相遇以来，克莱尔第一次看起来像她实际年龄那样成熟。

“罗杰，我花了二十几年找答案，只有一件事可以告诉你：没有答案，只有选择。我自己就做了好多选择，没人能告诉我，这些选择是对是错。也许雷蒙师傅知道，不过我认为他不会告诉我，他认为应该维持神秘。我只知道，告诉你这件事是对的，而且我得把选择权交还给你。”

罗杰举杯，喝干了杯中的威士忌。

在一九六八年，吉莉丝走进巨石阵。这一年她来到理士城堡附近山丘的花楸树下，迎接了她的宿命：生下私生子，遭受火刑处死。罗杰站起身，在书房四壁书架间前后徘徊。这些书上写的都是历史，虚幻无常的历史。

没有答案，只有选择。

罗杰心神不宁，手指滑过最上一层书架。这些书上写的都是詹姆斯党的活动，关于一七一五年和一七四五年起事的历史。克莱尔认识书中描述的男女，曾和他们一起战斗，一起受苦，为了拯救一支原本陌生的民族，在这过程中失去所有珍爱的人，最后还是失败了。无论如何，她有选择，就像他现在一样。

或许这只是一场梦，某种错觉？罗杰偷瞥克莱尔一眼，她靠着椅背，闭上眼，一动也不动，只有锁骨间隐约可见的脉搏还在跳动。不行，只有把视线从克莱尔身上移开，他才能告诉自己这一切都是虚构的。不论他有多不情愿，只要看着克莱尔，他就没办法怀疑她说的一字一句。

罗杰两手平摊放在桌上，又翻过手掌，看着掌上迷宫般的掌纹。他握在掌中的只有自己的命运吗？或者还掌握了一个陌生女子的人生？

没有答案。罗杰轻合上双掌，像用拳头困住一个小东西。他做出选择。

“我们去找她吧！”

扶手椅上的身影沉默无声，除了浑圆的胸脯一起一伏，没有其他动作。

克莱尔睡着了。

CHAPTER 19

狩猎女巫

公寓里某处响起老式电铃的声音。这个地区不是城里最高级的地段，但也不是最差的，大部分是工人的房舍，其中有一些分成数层公寓，就像两人面前这栋。电铃下写着“二楼麦克亨利——按两次铃”。罗杰小心地再按一次电铃，在裤子上擦了擦手。他的手心都是汗水，他为此非常烦躁。

门口摆了一盆黄色丁香水仙，因缺水而十分干枯，细长的叶片尖端焦黄蜷缩，带褶边的黄色头状花序也在他脚边垂头丧气。

克莱尔也看见了，她停下脚步摸摸盆里的干土：“可能没人在家，这些花超过一星期没浇水了。”

罗杰听了如释重负，不管他相不相信吉莉丝就是吉莉安，都不想面对她。他才刚转身要走，后方的门突然打开，卡住的木头门板发出刺耳的嘎吱声，他的心脏狠狠跳了一下。

“找谁？”开门的男人眼睛斜睨，双眼浮肿，表情阴沉，满脸通红，脸上都是胡楂。

罗杰的胃一阵空虚，但还是极力镇静地问道：“呃……抱歉打扰了，先生，我们找吉莉安·埃德加斯小姐，请问她住在这里吗？”

男人举起粗短又生满黑色汗毛的手挠挠头，抓得头发像铁钉般竖了起来。“小子，你应该叫她埃德加斯太太，你找我太太做什么？”男人满身酒气，逼得罗杰很想后退。

罗杰尽量安抚道：“我们只是想找她谈谈。不好意思，请问她在家吗？”

“不好意思，请问她在家吗？”这人一定就是埃德加斯先生，他耷拉着嘴角，用高亢的音调粗鲁地模仿罗杰的牛津口音。“她不在，滚。”说完男人甩上门，门上的蕾丝窗帘跟着摇晃。

“看得出她为什么不在家。如果回到家，等着你的是这种人，谁都想离家。”克莱尔说，同时踮起脚尖偷窥窗户里面。

“说得好。”罗杰赞同道，“看起来就像你说的那样，还有什么方法可以找到那个女人？”

克莱尔放开抓着窗台的手。

“他坐在电视前面。走吧！至少等到酒吧开门再说。我们可以先到这家研究院看看，菲奥娜说吉莉安在那儿上课。”

那是高地民俗古文物研究院，坐落在一栋小房子的顶楼，就在市中心附近。接待员是个矮胖的女人，穿着棕色开襟衫和印花洋装，看到两人好像很高兴。罗杰想，平常这里一定没什么访客。

这位安德鲁斯太太一听到两人的来意就立刻说：“埃德加斯太太呀！”罗杰觉得她的声音里突然多了一丝怀疑，但听起来还是很活泼开朗。“没错,她常来这里,学费都缴清了。这个埃德加斯太太常待在这里。”从声音听起来，她似乎不喜欢常看到埃德加斯太太。

克莱尔问道：“她现在会不会刚好在这里？”

安德鲁斯太太摇摇头，头上夹杂着灰发的几十缕鬈发跟着一起晃动。“她不在，今天是星期一，星期一这里只有我和麦克尤恩博士，麦克尤恩博士是院长。”她责怪地看着罗杰，一副他早就该知道的模样。不过，她显然相信两人是正派人士，决定发发好心说明清楚。

“如果你想打听埃德加斯太太，可以找院长，我这就去告诉他。”

正当安德鲁斯太太慢慢走出办公桌后面之际，克莱尔拦住她劈头问道：“请问您有埃德加斯夫人的照片吗？”安德鲁斯太太有点错愕。克莱尔露出迷人的笑容，解释道：“我们不想找错人，浪费院长的时间。”

安德鲁斯太太疑惑地眨眨眼，但不久就点点头，拉开抽屉翻找，一边自言自语：“我记得放在这儿，昨天还看见了，不可能跑多远……在这儿！”她突然抽出一个资料夹，快速翻找里面那叠八乘十的黑白照片。

“找到了，这就是她，和一群挖掘队在城外附近。不过这张照片看不到她的脸，对吧？我来找找看有没有别的照片……”

安德鲁斯太太继续挑照片，一边喃喃自语，罗杰从克莱尔后方兴致勃勃地觑着安德鲁斯太太放在桌上的照片。照片上有一小群人站在吉普车旁，一旁地上放了几个粗麻布袋和小型工具。照片是一时兴起拍的，好几个人的脸都没有看着镜头。克莱尔毫不犹豫地伸出手，指了指一个高个子女孩，一头金黄色的长直发垂到背上。克莱尔拍拍照片，默默对罗杰点点头。

“你确定是她？”罗杰低声对她嘀咕。

安德鲁斯太太心不在焉地抬眼望了望：“你说什么？喔，你不是跟我说话。没关系，我找到一张比较清楚的。还是没有照到她整张脸，她头有点偏，不过还是比前一张好一点。”说完，她得意地把一张照片啪地放在一叠照片上。

照片里有一位戴着半框眼镜的老先生，还有一位金发女孩，两人身体倾向桌子拿着东西，想必是宝贵文物，但在罗杰看来就是一堆生锈的引擎零件。女孩面朝老先生，头发垂在脸颊边，但小巧挺直的鼻子、甜美圆润的下巴、优美的嘴角弧线还是清楚地展现了出来。她目光低垂，浓密纤长的睫毛遮住双眼。罗杰有股冲动想吹口哨赞赏，但勉强压抑下来，心中不敬地想，不管她是不是他的祖先，都是极为漂亮的洋娃娃。

他看了克莱尔一眼。她点点头，没有说话，脸色比平常苍白，脉搏在颈部迅速跳动，不过她向安德鲁斯太太致谢时，态度仍是一贯的沉着自若。

“对，就是她。如果院长有空，我们希望可以和他谈谈。”

安德鲁斯太太很快瞥了一眼桌子后的白色镶板门。“好吧，我去问问看。请问怎么称呼？”罗杰刚要开口,克莱尔就很自然地代罗杰回答了。

她说：“其实我们是从牛津来的，埃德加斯太太向文物研究局申请了研究补助，并提报贵学院作为她其余资格的查证单位，所以，就麻烦你了。”

安德鲁斯太太一脸佩服的神色：“我明白了，牛津，真了不起！我问问院长能不能现在就见两位。”

安德鲁斯太太在门上敲了一下，就走了进去。罗杰俯身在克莱尔耳边轻声说：“牛津没有所谓的文物研究局，你知道吧！”

克莱尔一本正经答道：“没错，你知道这件事，而且就像你说的，我也知道，但世界上有很多人不知道，我们刚好就碰上一个不知道的。”

白色镶板门开了一条缝。

罗杰抹了一把额头：“希望这里大部分人都不知道，不然你的反应最好够快。”

安德鲁斯太太向他们招手，克莱尔一边起身朝安德鲁斯太太微笑，一边理了理裙子，用嘴角说道：“我，法国皇帝的心灵裁判？小事一桩。”

罗杰戏谑地一鞠躬，朝门口比个手势：“Aprés vous（您先请），夫人。”

克莱尔越过罗杰前面，罗杰补充道：“Aprés vous，le déluge.[①]（您走之后，洪水就来了）”克莱尔肩膀一僵，但没有转身。

---

① 原文是 Après nous，le déluge，即“就算洪水来了，我们也早走了”。意指不在乎所作所为的后果。据传，法王路易十五的情妇蓬帕杜夫人就是用这句话说服路易十五掏空国库兴战，即使导致法国破产，也是以后的事。在此罗杰影射克莱尔将掀起巨浪。

没想到事情还真的很简单。不知是克莱尔的手腕太高明，还是院长已经对两人深信不疑。他似乎没想到，牛津的探查员怎么可能只为了调查一个研究生的背景，就深入因弗内斯这个荒僻小镇。不过，罗杰又想，院长似乎有什么心事，也许思路不像平常那样清晰。

“呃，埃德加斯太太确实很聪明，非常聪明。”院长仿佛也想说服自己。他身材瘦高，长长的人中就像骆驼的，在他犹豫不决地思考接下来该用哪个字时，嘴唇也抖了起来。“你……她……这个……”他拖长的声音越来越轻，嘴唇还在打颤，最后终于脱口而出，“你和埃德加斯太太实际碰过面没有？”

罗杰看着院长，目光有点严峻，说道：“没有，所以我们才想打听她的事。”

“院长，是不是有什么事……”克莱尔谨慎地停顿，接着问道，“您觉得该让委员会知道？”她俯身向前，睁大眼睛，“这些回答完全保密，不过我们必须知道最详细的情况，这和一位身居要职的人有关。”她刻意放低音量说，“您知道，对方是政府首长。”

罗杰听了真想掐住她，可是院长却一本正经地点头，嘴唇剧烈颤抖。

“对，是的，当然。政府官员，我完全了解。是，是的，呃，我……也许我不应该在任何方面误导您，您知道。当然，这是个好机会……”

这下罗杰想把这两人一起掐死了。克莱尔肯定注意到罗杰膝上的两只手绞扭着，于是不再让院长没完没了嘟囔下去。

“基本上，我们想知道两件事。”克莱尔轻快地说着，一边打开笔记本，佯装参考里面的记录。罗杰眼角瞄到笔记本的内容：帮泰勒太太买瓶雪利酒、野餐的火腿片……

“首先，我们想知道您对埃德加斯太太学术表现的看法。再来，我们想知道您对她的整体个性有什么见解。当然第一项我们已经自行评估过了……”克莱尔在笔记本上打个钩，那一项写的是兑换旅行支票。“但您的了解肯定更明确、详细。”院长不住点头，一脸痴愣愣的。

“呃，没错……”院长轻呼一口气，朝门口瞄了一眼，确定门已关上之后，一脸神秘地靠过来，“关于她的工作表现，这点我可以保证，我等一下给你们看看她的工作成果。至于另一件事……”罗杰觉得院长的嘴唇又要抽搐了，于是气势汹汹地往前靠过去。

院长突然往后一靠，看起来吓了一跳，开口道:“没什么特别的，真的，只是……这位小姐真的非常认真，兴趣相当强烈，有时候简直像是……着了魔？”他声调上扬，语气带着疑问，目光飞快扫过罗杰与克莱尔，像被陷阱捕住的老鼠。

“她这种浓厚的兴趣是不是针对那些巨石，也就是巨石阵？”克莱尔轻轻问道。

“所以她的申请书提到这点了？”院长从口袋抽出肮脏的大手帕，抹抹脸，“没错，的确是这样。当然，很多人都对巨石阵非常着迷，石阵有许多浪漫传说，还有神秘故事。有些傻瓜会穿着长袍、戴着兜帽，仲夏的时候跑到巨石阵那里，嘴里念一些……乱七八糟的东西。我不是说埃德加斯太太跟他们一样……”

罗杰已经听不下去了，这个小办公室空气沉闷，他的衣领又太紧。他都能听到自己的心跳声了，一下下非常沉缓，这让他极为心烦。

他心想，根本不可能！绝对不可能。没错，克莱尔的故事很有说服力，连他也深信不疑。但是，看看她怎么糊弄这个可怜的老头，说什么学术讨论……现在不管她说什么，他都会乖乖照做。当然，罗杰认为自己才不像院长那么容易受蛊惑，不过……

他满腹疑惑，汗流浃背，便不太注意院长的举动。院长从抽屉拿了一串钥匙，起身带着两人穿过第二扇门，进入一条长长的走廊，走廊两边都是一扇扇的门。

院长解释 :“这些是研究室。”他打开一扇门，房间约四英尺见方，刚好容下一张狭窄的书桌、一把椅子和一座小书架。桌上整齐叠着几个不同颜色的文件夹，罗杰看到文件夹旁有一本灰色封面的大笔记本，封面上整齐地手写着“其他”。看到笔迹，罗杰莫名打了一个哆嗦。

现在两人要探查更深的隐私了，先是照片，现在又是笔迹。罗杰想到可能真的要和这位吉莉丝见面了，突然一阵恐慌。呃，应该是吉莉安，谁管她叫什么名字！

院长打开几个文件夹，东指西点地向克莱尔说明。克莱尔装出认真的样子，好像真的知道院长在说什么。罗杰从她的背后探头看，不时点头说些“嗯，有意思”之类的，但其实他只看到一堆斜线和圈圈，根本不知道上面写了什么。

罗杰不禁想:她写了这些字，她是真的。有血肉、嘴唇、长长的睫毛。如果她透过巨石阵回到过去，就会被烧死，然后碎裂、焦黑。而如果她没被烧死，那么……我就不会存在。

罗杰猛烈摇头。

院长一脸困惑地望着他 :“你不同意吗，韦克菲尔德先生？”

罗杰又摇头，这次是因为尴尬。“不，我的意思是……就是……请问我可以喝杯水吗？”

“当然，当然！跟我来，角落那儿就有一台饮水机，我指给你看。”院长匆匆领他出了研究室，走过走廊，一路上还喋喋不休地关心他的身体状况。

走出那逼人患上幽闭恐惧症的狭窄研究室，远离吉莉安的书和文件夹后，罗杰才觉得好多了。尽管如此，一想到还要回小房间，他耳边仿佛又听到克莱尔说着她的故事……不，他不回去，罗杰打定主意，让克莱尔自行完成这件事。他快步走出研究室。

安德鲁斯太太盯着罗杰走来，闪闪发光的眼镜反射出关切和好奇。“天啊，韦克菲尔德先生，您是不是觉得不舒服啊？”

罗杰伸手抹抹脸，他的气色一定很不好，只能对胖嘟嘟的安德鲁斯太太挤出勉强的笑容。

安德鲁斯太太理解地点点头："我知道了，一定是暖系机的关系，暖系机开关坏了，一直关不掉。我该去检查看看。"她一直把暖气机念成"暖系机"。接着她从桌后起身，桌上依然摆着吉莉安的照片。她低头看看照片，然后抬头看着罗杰。

安德鲁斯太太随口说道："奇怪，我刚刚正在看照片，想着为什么我突然觉得埃德加斯太太的脸特别眼熟，但想不出原因。不过，我发现她长得很像你，韦克菲尔德先生，尤其是眼睛。很巧吧，韦克菲尔德先生？"安德鲁斯太太朝楼梯一看，只听到罗杰下楼的脚步声。

安德鲁斯太太好心地说着："一定是尿急吧，可怜的小伙子。"

太阳西沉前，克莱尔已经回街上找到罗杰。时间晚了，大家正准备回家吃晚餐，空气中弥漫着悠闲的气氛，每个人忙完一整天的工作，都希望能好好放松一下。

罗杰却没有这种兴致。他走过去帮克莱尔开车门，心中千头万绪，一时不知该说些什么。克莱尔上了车，同情地望着罗杰。

她只说了句："很震惊，是吧？"

新的单行道设计让交通大打结，罗杰必须专心开车穿过市镇中心，等路况顺畅了，才有余裕将目光从路面移开，问克莱尔："接下来呢？"

克莱尔背靠着座椅，闭着眼睛，鬈发从发卡中松开来。听到罗杰的问题，她没有睁开眼睛，只是微微动一动，在椅子上伸展一下身体。"不如你找布丽安娜一起吃晚餐吧？"吃晚餐？这场攸关人命的侦探活动才进行到一半，就这么停下来吃晚餐似乎不太对劲，但话说回来，罗杰也突然明白他胃部那种空虚感可不完全是因为一小时前两人发现的事。

他慢慢说道："好啊，不过明天……"

"为什么要等到明天？"克莱尔打断他，坐起身梳开头发。她的头发浓密蓬乱，松松地垂落在肩头，罗杰觉得这让她看起来格外年轻。"你吃完晚餐，可以再去跟格雷格·埃德加斯谈谈吗？"

罗杰好奇地问 :“你怎么知道他叫格雷格? 再者，今天下午他都不想和我说话了，为什么晚上就愿意? ”

克莱尔看着罗杰，一副开始怀疑他智商的模样。“我在他的邮筒里看到信，所以知道他的名字。至于今天晚上他为什么会跟你说话，是因为你这次去的时候，会带一瓶威士忌。”

“你觉得这样他就会邀我进门? ”

克莱尔扬起一边眉毛 :“你看到门外垃圾桶里那一堆空瓶了吧? 他当然会请你进去，甚至迫不及待。”她又往后靠，双手握拳放在外套口袋里，往外看着经过的街道。

克莱尔漫不经心地说 :“你可以问布丽安娜要不要一起去。”

罗杰不同意地说 :“她说不要把她扯进去。”

克莱尔不耐烦地看了他一眼。太阳在她背后落下，映得她双眼如发光的琥珀，像狼的眼睛。

“这一次，我建议你不要告诉她你打算做什么。”她的口气提醒罗杰她是一家权威医院的医务长。

他羞红了耳，还是固执地说 :“瞒不了的，如果我们要……”

克莱尔打断他 :“不是我们，只有你。我还有其他事要做。”

罗杰想，太过分了。他没打灯，踩了刹车就把车往路边一停，怒视着克莱尔。

“你还有其他事? 了不起! 所以你派我去跟酒鬼套话，他说不定一看到我就挥拳。而且，你还要我骗你女儿一起去! 怎么，埃德加斯拿瓶子砸了我的头以后，她可以开车送我去医院? ”

克莱尔无视罗杰的语气，说道 :“不是。我觉得你和格雷格在一起，可以说服布丽安娜，让她相信吉莉安就是我认识的那位吉莉丝。她不会听我的。如果你告诉她今天在研究院我们发现了什么，她可能也不会听你的。不过，格雷格的话她会听进去。”她的语气平淡冷峻，罗杰觉得自己的怒气稍微退了一点，再次发动车子，开回车阵。

“好吧，我会尽力。我做这件事的时候，你要去哪里？”他说得不太情愿，也不肯看她。

克莱尔摸索口袋，口袋里又起了一阵小小的骚动。接着她伸出手，摊开手掌。罗杰瞄到她手掌中有一个小东西，在黑暗中闪着银光。那是一把钥匙。

她平静地说：“我要去研究室偷东西，我想要那本笔记。”

等克莱尔说要去“办点事”而离开后，罗杰和布丽安娜就开车到酒吧，但后来看到傍晚天气这么好，就决定在晚餐前走一走。他们沿着尼斯河边的小径漫步，有布丽安娜做伴，罗杰心情很好，全然忘了那晚的忧心疑虑。

刚开始两人小心翼翼地交谈，避开有争议的话题，后来话题转向罗杰的工作，两人逐渐聊开。

谈到一半，罗杰插了一句：“这件事你怎么懂这么多？”

“我父亲教的。”布丽安娜答道。说到“父亲”这个字，她语气有点强硬，然后打住，似乎期待罗杰说些什么，之后又尖锐地加了一句：“我真正的父亲。”

“他当然知道。”罗杰婉转答道，坚决闪避这个问题。他愤愤想着，姑娘，这件事还没结束！但我不打算自投罗网。

罗杰朝街道前方望去，看到埃德加斯家里窗户发亮。看来猎物回巢了。想到等一下要和对方面对面，他突然觉得肾上腺素激增。

不过，等他闻到牧羊人派[①]香喷喷的味道从酒吧飘出来，肾上腺素便输给了消化胃液。两人友好地闲聊，但也心照不宣地避开前一天牧师宅邸里的事。前去酒吧的路上，罗杰先载克莱尔到出租车站前，当时他

① 英国传统料理，烤盘以羊绞肉铺底，加上豌豆、玉米、胡萝卜等蔬菜，再以厚厚的马铃薯泥封住，最后撒满乳酪丝，烤制而成。

已经注意到这对母女的冷战气氛。她们肩并肩坐在后座，却让他联想到两只狭路相逢的猫，耳朵伏低、尾巴甩动，避免对上彼此的视线，免得伸出利爪抓得猫毛纷飞。

吃完晚餐后，布丽安娜去取两人的外套，罗杰买单。

“怎么有酒？等一下要去狂欢[①]吗？”布丽安娜注意到罗杰手上有瓶威士忌，于是问道。

罗杰笑嘻嘻地看着她：“狂欢？你学得真快！英式英语你还学到了什么？”

她刻意低垂目光，非常正经端庄地回答：“这个嘛，美国有一种舞蹈叫作 Shag[②]，不过我想，在英国我就不能邀你一起跳了。”

“如果你真想，有何不可？”罗杰笑道。两人相视而笑，罗杰发现布丽安娜脸上的红晕加深，才意识到自己的提议有多挑逗，一时心慌意乱，忘了把拿在手上的外套穿上。

“只要那东西喝得够多，什么事都有可能。”她指着罗杰手中的威士忌，不怀好意地笑着，“不过威士忌真的很难喝。”

罗杰故意加深自己的苏格兰口音：“姑娘，口味是后天学来的，只有苏格兰人才天生爱喝威士忌。我等等准备一瓶让你练习，这瓶是给别人的礼物。要和我一起去吗？还是我自己晚一点再去？”罗杰不确定自己希不希望她跟来，但看到她点头，穿上外套，又觉得一股幸福涌上心头。

“好啊，走吧！”

罗杰伸手帮布丽安娜拉好衣领，接着说道：“好。就在前面街上，我们走过去吧！”

这一带入夜后看起来好一点，夜色掩没了破败，灯光从窗户射出，

---

① “狂欢”原文 rave up 主要是英式英语的用法。

② Shag 是美国二十世纪三四十年代流行的摇摆舞，在英式英语里则有性交的意思。

点亮门口的小花园，有股白天感受不到的舒适气氛。

“很快就好了。”罗杰按下电铃，一边告诉布丽安娜。他不确定事情会不会像他说的那样很快结束。门开了，罗杰第一次感受到恐惧传遍身体。有人在家，而且还很清醒。

埃德加斯后方的碗橱边缘有一列酒瓶，显然他一下午都在和其中一瓶为伍。还好，他似乎没有把罗杰和下午的不速之客联想在一起。罗杰刚刚在路上想好了说辞，埃德加斯听了他的一番自我介绍后眯起眼睛。

“小吉的表弟？我不知道她有表弟。”

罗杰一听他说不知道，便把握机会接了下去：“她有表弟，就是我。”等他见到吉莉安再来想个说辞，如果真能见到她的话。

埃德加斯眨眨眼，攥起拳头揉揉发炎的眼睛，似乎想把两人看得更清楚一点。他努力把目光聚焦在罗杰的背后，布丽安娜怯怯地站在那儿。

“她是谁？”

“呃……我女朋友。”罗杰灵机一动。布丽安娜眯起眼睛看着他，不发一语。她显然察觉事有蹊跷，但格雷格把门打开一点，让两人进来，她也没有多说，径自走在罗杰前面进了门。

屋里又小又闷，塞满许多二手家具，空气中充满烟蒂的臭味、囤积太久的垃圾味，还有外卖食物的酸臭味，每个能放东西的地方都堆着食物空盒。布丽安娜斜瞟罗杰一眼，好像在说：你的好亲戚。罗杰轻轻耸肩：这不能怪我。房子的女主人显然不在家，而且是好一段时间了。

或者，至少她的“心”早就不在了。罗杰转身去拿埃德加斯递上的椅子，一张大幅艺术照迎面而来，装在铜制相框里，摆在小壁炉架正中间。罗杰吓得差点大叫，赶紧咬住舌头。

照片上的女人像是从照片中直勾勾地望着他，唇角微带笑意，浅金色的头发浓密又光滑，从脸旁两侧倾泻而下，越过肩膀，衬托出完美的心形脸蛋。瞳孔深绿如冬天的青苔，在深色的浓密睫毛下闪闪发光。

“这照片很像她吧？”埃德加斯看着照片，表情既愤恨又思念。

“对，很像她。”罗杰觉得有点紧张，转身从椅子上抽出皱巴巴的炸鱼薯条纸袋。布丽安娜一脸玩味地看着眼前的相片，目光从相片移到罗杰身上，再移回来，显然在比对两人的长相。表姐弟，是吗？

“吉莉安不在家？”埃德加斯朝罗杰的方向扬起酒瓶，罗杰起先挥手表示不要，后来又改变主意点点头。也许一起喝一杯可以让埃德加斯更相信他。如果吉莉安不在这儿，他得想办法打探到她的下落。

埃德加斯正忙着用牙齿撕开封住酒瓶的包装，然后轻巧地从下唇拿掉封蜡和纸张。

“她几乎不在，老兄。她在的时候，这里还不会这么像垃圾堆。”埃德加斯朝满出来的烟灰缸和随处乱扔的纸杯一扬手，“也许还是有点乱，但不像现在这么乱。”他从瓷器柜拿出三个酒杯，犹豫地往每个酒杯里看了看，像在检查有没有灰尘。

他像个醉醺醺的酒鬼，小心翼翼地倒了威士忌，一次一杯端给两人。布丽安娜接过她那杯，动作和他一样小心翼翼，不过婉拒了椅子，优雅地靠在瓷器柜的边角。

埃德加斯则是扑通一声，不管身旁的垃圾便往坐垫凹一块的沙发坐下，举起杯子。

“干杯，老兄。”他一说完就咕噜咕噜喝尽，坐着发了一会儿呆，突然回神问道，“你刚刚说你叫什么？哦，对了，你叫罗杰。小吉从来没提过你……不过，话说回来，她也不会提。”他悻悻地补上一句，“我从来不认识她的家人，也没听她提过。她好像觉得家人让她很丢脸……不过你看起来倒不像蠢货，起码你女朋友挺养眼！哎，这句话听来不赖吧！‘起码你女朋友挺养眼’怎么样，没错吧？”埃德加斯放声大笑，嘴里的威士忌都喷了出来。

“是啊，谢啦！”罗杰说，啜了一小口威士忌。布丽安娜觉得被冒犯，转过身背对埃德加斯，假装在看瓷器柜里的东西。

罗杰明白，拐弯抹角大概没意义了，再怎么明显的客气话他都听不懂，而且照他这种喝法，很可能不久就会醉倒。

罗杰直截了当问道："你知道吉莉安在哪里吗？"罗杰每次念出她的名字都有股怪异感，这一次他忍不住抬头望向壁炉，照片安详地微笑，底下却坐着一个酒鬼。

埃德加斯摇摇头，他的头缓缓在酒杯上方摆动，像一头牛在玉米谷仓旁徘徊。埃德加斯身材不高，体格魁梧，年纪大概和罗杰差不多，但茂密的胡须没刮，又留着一头蓬乱黑发，看起来年纪更大。

"不知道，我还以为你晓得呢！可能在纳兹或蔷薇党那里，但我好久没去探听了，不晓得她究竟在哪里。"他说道。

罗杰心跳加速。"纳兹？你是说苏格兰民族党（Nats，Scottish Nationalists）？"

埃德加斯眼皮逐渐下垂，但眨了一下又张开。"对，该死的苏格兰民族党。我就是在那里认识小吉的。"

"你什么时候认识她的，埃德加斯先生？"

罗杰听到上方传来轻柔的声音，惊讶地抬起头。不过说话的不是照片，而是布丽安娜，她定睛望着埃德加斯。罗杰看不出她只是随便聊聊，还是起了疑心，但她看起来只是出于礼貌问问。

"我忘了……两三年前吧！刚开始还很好玩，赶走可恶的英格兰人，自己加入欧洲共同市场……那时我们在酒吧喝啤酒，从同党友人那里回家时，在厢型货车后面搂搂抱抱，真怀念啊！"埃德加斯又摇了摇头，恍惚出神。接着，笑容从他脸上退去，他对着手上的威士忌皱眉。"后来她就疯了。"

"疯了？"罗杰又瞥一眼照片。她是热衷，但应该还不至于疯了。还是说，从照片上看不出来？

"对。说什么白蔷薇协会啦、我心爱的查理王子会不会回来啦那些屁话。一堆臭小子穿着全套苏格兰裙，连佩剑什么的都有。"他装出一副很客观的样子，"喜欢是无所谓啦，但小吉每次都搞过头了，一直说什么美王子查理，说他一七四五年要是打赢就好了。几个家伙一天到晚在我们家厨房喝啤酒争论他为什么会输，而且还是说盖尔语，都是些废话。”他翻个白眼，干了杯里的酒来强调他的看法。

罗杰觉得布丽安娜的视线就像扁钻一样钻着他的颈子，让他想拉松衣领，却发现自己没有打领带，衣领的纽扣也没扣。

“你太太是不是对巨石也有兴趣，埃德加斯先生？”布丽安娜根本懒得装出只是礼貌上问问的样子，声音尖锐到都可以切乳酪了。但听在埃德加斯耳里，效果却大打折扣。

“石什么？”他好像已经醉了，还把食指塞进耳洞使劲挖了挖，仿佛这样能听清楚点。

“史前巨石阵，像是克拉发石冢。”罗杰说了当地比较出名的一个地标。他想，一不做，二不休，同时心里默默叹了口气，看来布丽安娜再也不会和他说话了，那干脆尽量打听消息吧！

埃德加斯笑了一声：“那个啊！对呀，还有其他你想得到的古老废物，她都很着迷。这是最糟糕的事，她整天往那个研究院跑，把我的钱都浪费在那些课上……什么课！真是笑掉我的大牙，教的都是些神话故事！我跟她说，小妞，你在那里根本学不到有用的东西，有时间还不如去学打字，找个工作。我这样跟她说，后来她就跑了，两个星期没看到她了。”他闷闷不乐地盯着酒杯，好像很惊讶酒杯已经空了。

“再来一杯？”他伸手拿酒瓶，不过布丽安娜坚定地摇头：“不，谢了，我们该走了。对吧，罗杰？”

布丽安娜眼里闪烁着凶狠的光芒，罗杰觉得留下来和埃德加斯喝完剩下的酒或许比较安全……不过，如果布丽安娜把车开走了，他就得走上好长一段路回家，所以他只好站起身和埃德加斯握手道别。埃德加斯的手心温暖，有点湿润，但握手的力道出奇地坚定。

他一手抓着酒瓶颈，跟着两人到门口，看着两人走出矮墙，突然向走廊前方大叫：“如果你看到小吉，叫她回家好吗？”

罗杰转身，看到透着亮光的四方形门框中有一道模糊的身影，挥了挥手。

“我尽量！”他大叫，这句话哽在他喉咙里。

两人走到街上，往酒吧走去，半路上布丽安娜就抢先发难。

“你到底打什么主意？你说过你在高地没有亲戚，这个表姐又是怎么回事？照片里的女人是谁？”她说话时满面怒容，但很冷静。

罗杰环顾黑暗的街道，努力想好说辞，最后深吸了一口气，拉着她的手臂。“她是吉莉丝·邓肯。”

她僵住，摆动身体甩脱罗杰的手，动作夸张地把手肘从罗杰手中挣脱开来。两人小心翼翼维持的表象从中裂开。

她咬着牙嘶声说：“别、碰、我！这件事是不是我母亲的意思？”

罗杰原本决定要体谅布丽安娜的感受，但此刻也升起怒火。“听着，这件事你能不能不要只想到自己？我知道这件事对你来说是个打击——老天，怎么可能不是？但如果你不能静下心好好想想……呃，我不会逼你。但你也要考虑你母亲，考虑我。”

“你？这件事和你有什么关系？”天色太黑，她的脸看不清楚，但她听起来显然是惊讶多于愤怒。

他原本不打算告诉布丽安娜这事和他的关系，以免事情更复杂，不过现在要保密显然太迟了。毫无疑问，克莱尔建议他今晚带布丽安娜出来时，就已预见事态会这样发展。

一瞬间，他忽然明白了，他终于了解克莱尔的打算。她的确有办法向布丽安娜证明一切，她还有吉莉安这张牌。吉莉安或许还没消失，还没面临她作为吉莉丝的宿命；在理士城堡的花楸树下，被绑在燃烧的火柱上。他想，再怎么顽固、愤世嫉俗的人，只要看到一个人在眼前消失，回到过去，也不得不信了。难怪克莱尔想找到吉莉安。

罗杰三言两语告诉布丽安娜他和吉莉安的关系，这位吉莉安后来会在克兰斯穆尔被判为女巫。

“所以这件事牵涉我和她的性命。”罗杰说完耸耸肩，感觉这句话听起来太耸人听闻，实在很可笑，让他浑身不对劲，“克莱尔，你母亲，她让我自己决定，而我最后决定要找到她。”

布丽安娜停下脚步听他说话。她盯着他，街头小店昏暗的灯光映出她眼中的光芒。

“那么，你相信我母亲说的话？”她没有一丝怀疑或嘲讽，认真问道。

他叹了口气，再次握住她的手臂。她没有反抗，而是向他走近。

“没错，我不得不信。你母亲看到戒指内侧刻字的瞬间，那反应千真万确，连我都心酸了。”

布丽安娜沉默不语，许久才开口说道：“告诉我，上面写了什么？”

等他说完这件事，两人也走到酒吧后面的停车场。

“如果……”布丽安娜有点迟疑，望着他的眼睛。她站得很近，透着她温热体温的胸脯贴近他的胸膛，但他动也不动。圣吉尔达的苏格兰教堂离这儿很远，两人都不愿回想起那儿的紫杉树，树下有座坟墓，上头刻着布丽安娜父母的名字。

“我不知道，罗杰。我就是没办法……我现在还没办法想这件事。不过……”布丽安娜摇摇头。酒吧后门的霓虹灯招牌闪烁，紫色的光芒映上她的发。她在沉默中举起一只手轻触罗杰的脸颊，轻柔一如晚风吹拂。她低声吐露：“我会考虑你。”

身上有钥匙要行窃终究不难。安德鲁斯太太或麦克尤恩院长不太可能回来当场逮到我。就算两人真的回来了，我只要说我来找丢失的小笔记本，发现门开着，就没事了。我很久没练习了，但某种程度上骗人可以说是我的第二天性。说谎就像骑脚踏车，学会了就不会忘。

所以我的心跳加速，耳中尽是自己的呼吸声，并非因为我要去拿吉莉安的笔记本，而是因为笔记本本身。

在巴黎时雷蒙师傅告诉过我，魔法的力量和危险源自相信魔法的人。

我之前瞄了一下那笔记本的内容，里头汇集了各种消息、臆测与天马行空的幻想，这些东西只有写下来的人会当一回事。但摸到笔记本时，那股作恶的感觉千真万确。我知道是谁写下那些笔记，知道笔记该是什么样子——应该是一本魔法书，记载了魔法师的秘密。

不过，如果想了解吉莉丝的下落与企图，线索一定就在这里面了。我摸到光滑的封面，一阵颤抖，好不容易克制下来，把笔记本塞到外套下，用手肘夹着，走下楼梯。

安全回到街上时，我还挟着笔记本，封面沾上我走路时流下的汗水，变得湿滑。我觉得自己好像在运送炸弹，必须特别谨慎，否则炸弹会爆炸。

我走了一段时间，终于来到一家设有临河露台的意大利小餐馆，走了进去。今晚有点凉，但露台有部小电暖炉供人取暖。我挑了一张桌子坐下，点了一杯意大利奇扬第红酒，边啜饮，边把笔记本放在面前的餐垫纸上。

现在是四月下旬，再过几天就是五朔节了。我当年就是在这个时候突然回到过去的。要穿过这可怕的时间通道，可能必须在特定日期，但也许一般时刻也可以，我回来的时候就是四月中旬。我又点了一杯酒。

也许这道屏障对大多数人来说都很坚固，只有某些人能够穿越，回到过去。这和遗传有关吗？又有谁知道？詹米没办法进去，但我可以，吉莉丝显然也可以。但她或许最后不会回去，要看情况。我想到年轻的罗杰，觉得胃有点不舒服，也许我该吃点东西再喝酒。

去了研究所后，我相信不管吉莉安还是吉莉丝在哪儿，她都还没穿越宿命的通道。只要研究过高地传说的人都知道，五朔节快要到了，要是有人计划做这种穿越时光的冒险，想必会选在五朔节吧？但我实在想不出来，如果她不在家，会去哪里？躲起来吗？还是从菲奥娜的现代德鲁伊教派那儿学到一些特殊的准备仪式，现在正在进行？笔记本里可能有线索，但实际情况只有老天知道。

也只有老天知道我做这件事的动机。我原本以为自己知道，但现在已经无法断定。我把罗杰扯进来，一起去找吉莉丝，是不是因为这似乎是说服布丽安娜的唯一方法？然而，即使我们及时找到了吉莉丝，要让布丽安娜相信这一切，也得吉莉丝顺利回到过去才行。如此一来，吉莉丝就会被火烧死。

吉莉丝被定罪为女巫的时候，詹米对我说："不必为她难过，外乡人，她是邪恶的女人。"不管她是邪恶还是发狂，那时都已经不重要。我是不是该袖手旁观，让她去发现自己的宿命？不过，她救过我的命。不管她是什么人，或以后会变成什么人，我是不是都亏欠她，应该救她一命？但这样又会害死罗杰。我有权利干涉吗？

"这无关对错，外乡人。"我仿佛听到詹米回应我，声音听起来有点不耐烦，"这关乎责任，关乎荣誉。"

"荣誉吗？荣誉又是什么？"我大声反问。一名服务生端着我的波多菲诺意大利面饺走过来，听到我说话，看起来有点惊讶。

"什么？"他说。

"没事。"我太心烦意乱，不在意他怎么看我。

幽魂萦绕在我的脑海，我就这样边想边吃完晚餐。最后，酒足饭饱，我把空盘推开，打开吉莉安的灰色笔记本。

CHAPTER 20

眼见为凭

在没有月亮的夜晚，苏格兰高地的马路大概是全世界最黑暗的地方。我不时看到车头大灯一掠而过，转瞬即逝的强光映出罗杰头部和肩膀的轮廓。他的背脊向前倾，仿佛要抵御迎面而来的危险。布丽安娜也弓背坐在我旁边，蜷缩在座椅的角落中。我们三人都不发一语，孤独待在自己寂静的小世界中，疾驰的车内则是一片更巨大的寂静。

我双手插在大衣口袋里，无所事事地掏着袋子里的硬币和碎屑：一条破布、一个铅笔头，小病人留在我办公室地板上的小橡胶球。我转动拇指，辨认二十五美分硬币的压铸花边，英国便士宽大扁平的人面浮雕，一只钥匙锯齿形的边缘——那是吉莉安的研究室钥匙，我忘了还回去。

离开陈旧的牧师宅邸前，我打了电话给埃德加斯。电话响了又响，没人接。我盯着身边黑暗的玻璃窗，看到的既不是自己模糊的身影，也不是夜色中匆匆掠过的庞然的石墙与零星的树木。我看到了那一列书，摆在研究室仅有的书架上，像药剂师的药瓶般排得整整齐齐。还有书架下的笔记本，以优美的手写字体写得满满的，严谨地铺陈出推断与妄想，糅合了神话与科学，汲取自研究与传说，再以幻想的力量织就一切。乍看之下，那只是未经深思的胡言乱语，充其量也只能说是故意装傻的小说大纲。只有我看到里面酝酿着一个谨慎周到、小心盘算的计划。

笔记本的第一部分很可笑地模仿科学研究方法，题为“观察”，包含支离破碎的参考资料、整齐的绘图、精心编号的表格。有个表格是“五朔节的太阳及月亮位置”，下面列出两百多组数字。苏格兰除夕、仲夏节也都有类似的表格。还有一个表格是盖尔人的亡灵节[①]，都是火与太阳的古老祭典。天一亮，就是五朔节了。

笔记本的主要部分标为“推测”。我挖苦地想，这标题倒下得很正确。其中一面以整齐的斜体字写着：“德鲁伊教徒把献祭的牺牲者放在人形的柳枝笼中焚烧，但人先被勒死，切开脖子放血。在这里，火和血哪一个是必要元素？”看到这冷血的问题，我眼前清晰地浮现吉莉丝的面孔，不是研究院照片上那个大眼直发的学生，而是财政官似笑非笑的神秘妻子，年龄比现在大上十岁，精于运用药物及身体，为了自己的目的引诱男人，再冷酷地杀了他们。

笔记本的最后几页整齐地标上“结论”，我们就是因为其中的信息，而在五朔节祭典的前夕踏上这趟黑暗的旅程。我屈指抓住钥匙，真希望埃德加斯那时候接起电话。

罗杰放慢车速，转入颠簸的泥土小路，这条路会经过纳敦巨岩的山丘下。

“我什么都没看到。”他好长一段时间默不作声，一开口就有点粗声粗气，火药味十足。

“你当然看不到，从这里又看不到巨石阵。”布丽安娜没好气地说。

罗杰嘟哝一声，放慢车速。布丽安娜显然神经紧绷，但罗杰也一样。只有克莱尔看起来还算平静，不受车里越来越紧绷的气氛影响。

---

① 亡灵节（Samhain）在每年的十月三十一日，盖尔人在这天庆祝丰收季节结束、进入冬天。他们相信死神 Samhain 会在这一天回到人界，阴阳两界的边界会消失，死者重回人间。

“她在这儿。”克莱尔突然说道，罗杰立刻踩下刹车，由于太过突然，克莱尔和布丽安娜直往前甩，撞到前方的座椅椅背。

“小心点，你这个大笨蛋！”布丽安娜气得大叫，伸手拨开脸上的头发，动作透露出紧张不安。她弯腰往黑暗的窗户看去，用力咽了口口水问道：“在哪里？”

克莱尔往右边一扬头，手还是深深插在口袋里。“那儿停了一辆车，就在灌木丛后面。”

罗杰润润嘴唇，伸手开门。

“是埃德加斯的车。我去看看，你们留在这儿。”

布丽安娜猛地推开车门，没上油的铰链发出金属刺耳的声音。她不发一语，轻视的目光瞥过罗杰，让罗杰的脸在车顶小灯微弱的光芒下涨得通红。

他才刚下车，布丽安娜就回来了。

“那儿没人。”她又往丘顶瞟了一眼，“会不会……”

克莱尔没有回答，伸手扣好外套，走进黑暗。

“路在这边。”克莱尔说道。

克莱尔自然率先上了小丘。罗杰看着那苍白的身影像幽灵一样飘上面前的山丘，不由得想起圣吉尔达苏格兰教会墓地的那趟陡峭山径之旅。布丽安娜也想起来了，她踌躇不决，小声嘟哝，接着伸手抓住罗杰的手肘，用力一捏。罗杰不明白她究竟是鼓励他，还是要他帮忙，无论如何，这一捏确实让他振作了起来。他拍拍她的手，塞到自己臂弯里。虽然他还是满腹疑窦，这趟探索也实在太过古怪，但快到丘顶时，他还是兴奋莫名。

这晚天气晴朗，但没有月亮，十分昏暗，只有星星闪烁着云母般的微光，让他们在一片黑暗中分辨出古代巨石阵里若隐若现的巨石。三人在浑圆的丘顶停住，像迷失的羊群挤成一团。罗杰听到自己异常粗重的呼吸声。

“我们真傻！”布丽安娜从齿间迸出这句话。

“不，一点也不。”他突然觉得喘不过气来，似乎所有空气都被束带挤出胸口，“那儿有光线！”

有道身影一闪即逝，但布丽安娜看见了，罗杰听到她大吸了一口气。

罗杰心想，现在该怎么办？大叫吗？这样会不会吓到对方，把他们逼急了？若真如此，他们又会有什么行动？

这时罗杰看见克莱尔突然摇头，像是要赶走耳边的小虫。她朝后踉跄，离开最近的岩石，撞上罗杰。

罗杰抓住克莱尔的手臂，喃喃说着：“镇定，镇定。”好像在和马说话。在星光下她的脸暗淡模糊，但感觉得到一股战栗传遍她全身，就像电流通过。罗杰愣住了，抓着克莱尔的手，僵在那儿，不知如何是好。

一股刺鼻的汽油味突然传来，罗杰回过神来，赶紧行动。恍惚间他看到布丽安娜也闻到了汽油味，扬起头，朝石阵北边走去。于是罗杰放开克莱尔的手臂，穿过周围的草丛和石块，大步走向石阵中央。那儿有道黑色的身影，弓着背，在深色的草地上形成一个更深的墨点。

克莱尔强硬而急切的声音从他背后传来，打破了沉默。

“吉莉安！”克莱尔大喊。

突然轻轻嗖的一声，一道光照亮了黑夜。罗杰眼睛一花，后退一步，跌跌撞撞跪到地上。

一时间，他只感觉光线打在视网膜上一阵剧痛，明亮的火焰遮盖了一切。他听到身边有人大叫，觉得布丽安娜的手抓住他的肩膀。他费力地眨眨眼，流了眼泪，视力逐渐恢复。

在他们和火焰之间站着一道纤细的身影，轮廓有如沙漏。等罗杰恢复视力，他发现那人穿着及地长裙与紧身胸衣，那是另一个年代的衣着。那人听到喊声，转过头来，罗杰仓促间看到她一双大眼，金发因火焰的热气在空中翻飞。

罗杰挣扎起身，边疑惑她是如何拖来这么多木头，接着，一股头发烧焦与皮肤爆裂的气味像一记重拳扑面而来。他想起来了，埃德加斯今晚不在家，还有，她不确定血和火哪个是必要元素，于是两个都选了。

他挤开布丽安娜冲上前去，凝视着面前那高而苗条的女孩，还有那张酷似自己的脸孔。她看见罗杰跑来，转身飞奔，冲向巨石阵边缘一块裂开的巨石。她斜背了一只粗糙的帆布包，包包剧烈晃动，打在她身侧，罗杰听见她叫了一声。

她迟疑了一下，手朝巨石伸去，回头一望。罗杰发誓她的目光穿透了火焰，停在自己身上，和他四目相接。罗杰张嘴想喊，却发不出声。接着她转身，如飞舞的火花般轻盈一跃，消失在岩石的裂缝中。

那火焰、罗杰的身体，以及黑夜本身，猛然间全都消失在激昂的尖叫声中。罗杰发现自己面朝下躺在草地上，手抓着土，狂乱地想找回平常的知觉。但他什么都找不到，所有的感觉都失灵了，连碰触地面时也毫无实感，仿佛他身下不是花岗岩，而是流沙。

罗杰眼前一片白茫茫，裂石的尖叫声震耳欲聋，他伸手摸索，疯狂挥舞，却无法感受到自己的四肢，只感受到一股强大的拉力，并觉得自己一定要抵抗那股力量。

他感觉不到时间流逝，似乎自己已经在空虚中挣扎了好久。终于，他察觉到自己以外的东西。有双手死命抓住他的手臂，温热的胸部压在他脸上，让他难以呼吸。

罗杰的听力逐渐恢复，听到有个声音在呼喊——应该说是在臭骂，而且上气不接下气。

“你这个笨蛋！你这个……浑蛋！醒醒，罗杰！你这个……大蠢猪！”声音很模糊，但他听得很清楚。他竭尽全力，伸手抓住她的手腕，转动眼珠时，沉重的感觉还是不断袭来。他愣了愣，眨眨眼，眼前是布丽安娜布满泪痕的脸颊，在即将熄灭的火光下，双眼如洞窟般幽暗。

汽油和皮肉烧焦的味道非常强烈，罗杰转过身去，对着潮湿的草地大声干呕，甚至顾不得庆幸自己恢复了嗅觉。

他拿袖子擦了擦嘴，颤抖着伸出手摸索布丽安娜。布丽安娜也缩成一团，不停颤抖。

“天啊！噢，天啊！你直直朝那边爬过去，我以为没办法把你拉回来了。噢，天啊！”布丽安娜说着。

罗杰把她拉过来的时候，她没有抵抗，但也没有其他反应，仍瑟瑟抖着，空洞的大眼噙着泪，嘴里断断续续重复着“噢，天啊”，像跳针的唱机。

罗杰轻拍着安抚她：“嘘，没事了，没事了。”天旋地转的感觉逐渐减退，但他还是觉得自己分裂成好几块，朝四面八方炸开。

地上一团焦黑的物体发出微微的噼啪声，布丽安娜一下下抽泣着，但除此之外，夜晚一片宁静。罗杰捂住耳朵，像要制止凄厉的噪声继续在耳中回荡。

“你也听到了？”罗杰问道。

布丽安娜止不住哭泣，但还是像木偶一样，动作生硬地点点头。

“你……”罗杰开口，一点一滴费力拼凑思绪，等他终于完整记起一件事，倏地跳了起来。

“你母亲！克莱尔！克莱尔在哪里？”他紧钳着布丽安娜的双臂，大声喊道。

布丽安娜吓得张大嘴，匆忙站起身，慌张地查看空荡荡的巨石阵。巨石阵中森然耸立着和人一样高的巨石，给火苗残焰蒙上幢幢黑影。

布丽安娜尖叫：“妈妈！妈妈！你在哪里？”

“没关系，她没事的。”罗杰试图用安抚的语调说道。

坦白说，他也不晓得克莱尔是不是真的没事。起码她还活着，这件事他可以保证。他们在巨石阵边缘的草地上发现她，她失去意识，脸色苍白如升起的月亮，手上的刮伤慢慢渗出深红的鲜血，证明她的心脏还在跳动。他们沿着小径回到车上，一路上走得非常痛苦。克莱尔毫无生气的身体沉沉压在他肩上，每当罗杰脚下绊到石块、树枝钩到衣服，她的身体就狼狈地磕磕碰碰。

他想忘掉这一切。

走下受诅咒的山丘已耗尽罗杰所有的力气，后来是布丽安娜把车开回牧师宅邸。她表情严肃而专注，双手像老虎钳紧抓着方向盘。罗杰瘫在她旁边的座位上，从后视镜看见山顶后方的丘顶只剩最后一丝荧荧火光，丘顶还飘来一朵小小、发亮的云朵，像大炮的烟雾，静静见证了刚才的战斗。

此刻，克莱尔躺在沙发上，布丽安娜僵立在一旁，仿佛石棺上的石雕。罗杰打了个冷战，拉出牧师用来暖脚的电暖器。电暖器的电热管亮起，散发橙色的暖光，还发出嘈杂但舒适的嗡嗡声，驱走了书房的寂静。

罗杰坐在沙发旁的矮凳上，觉得自己全身乏力，浑身僵硬。他使出仅存的意志，伸手去拿电话，但又停在电话上方。“我们要不要……”他不得不停下来清清喉咙，“叫医生？还是警察？”

“不用，她就要醒了。”布丽安娜俯身看着沙发上的克莱尔，一脸恍惚。

克莱尔眼皮颤动，因为记起疼痛又紧蹙了一下，接着放松，睁开眼来。她的眼睛色泽如蜂蜜般柔和，清澈的目光来回游移，掠过笔直站在身旁的布丽安娜，停在罗杰脸上。

她的唇色惨白，面容也毫无血色，试了几次，才用嘶哑的声音挤出话来：“她……回去了？”

罗杰见克莱尔手指绞着裙子，在裙上留下淡淡的深色血迹，自己也本能地抓住膝盖，手心发麻。是了，她刚刚也挣扎着要抓住一草一石，以免再卷入过去的旋涡。罗杰想起那股撕裂人的拉力，闭上眼睛，点了点头：“对，她回去了。”

克莱尔清澈的双眼扫向布丽安娜，眉毛扬起，像要发问，但开口的是布丽安娜。“所以这是真的？一切都是真的？”

罗杰感觉一阵微微的战栗传遍布丽安娜的身体，便不假思索伸手握住她。她捏了他的手回应，他不由得缩了一下，想起牧师说过的话：“那没有看见就信的有福了。”那么，坚持眼见为凭的人呢？因目击这一切而不得不信的布丽安娜在他身边恐惧发抖，害怕接下来还要面对更多她不得不相信的事。

她身体紧绷，鼓起勇气面对亲眼见证的事实，沙发上的克莱尔却放松了原本僵直的身体。淡淡的微笑浮上她苍白的唇角，深沉的宁静抚平她紧张的面容，并停驻在她金色的双眼中，灼灼闪耀。

她的脸颊逐渐恢复血色。

“是真的。妈妈怎么可能骗你？”说完，她再次闭上眼睛。

罗杰伸手关掉电暖器。夜里很冷，但他不能再待在书房这个临时的避难港湾了。即使头脑昏沉沉，他也不能借故拖延，他得做出决定。

天亮了，警方和医生还在继续前一晚的工作，填表格、录口供、量心跳血压等，尽力编造出另一种解释。罗杰再一次虔诚地想：“那没有看见就信的有福了。”在这个状况中尤其如此。

最后他们终于带着表格、徽章离开，开着不停闪灯的警车，将埃德加斯的遗体从巨石阵带走，并发出拘捕令逮捕他的妻子，因为她把丈夫引到现场杀害后逃逸。罗杰昏昏沉沉地想，这说法还真是避重就轻啊！

他身心疲惫不堪，把克莱尔母女留给医生和菲奥娜照顾后便上床睡觉。他懒得脱衣服，甚至来不及盖被就一头栽进梦乡，暂时忘了一切。夕阳快下山时，饥饿的感觉将他吵醒，他迷迷糊糊下楼时，见到克莱尔母女正默默帮着菲奥娜准备晚餐。

这顿饭吃得十分安静，气氛并不紧张，好像彼此以一种隐形的方式在沟通。布丽安娜坐在克莱尔身边，递食物的时候不时碰一下母亲，仿佛要确认母亲的存在。她也偶尔低垂着视线，羞涩地瞄着罗杰，但没有跟他说话。

克莱尔话不多，也几乎没怎么吃，只是静静地坐着，和阳光下的湖泊一样安详。晚饭后克莱尔说自己累了，之后就起身告退，独自坐在客厅尽头窗户边的椅子上。布丽安娜看了一眼面朝窗户、身影映在夕阳最后一抹余晖中的母亲，便到厨房帮菲奥娜洗碗，罗杰则装了满肚子菲奥娜的好菜，回到书房。

两小时后，罗杰还在苦思。书本凌乱地散落在书桌、椅子和沙发椅背上。原本塞得满满的书架此时缺了好几本，看得出他正极力做着毫无条理的研究。他花了一点时间，终于找到了。之前他帮克莱尔找到一篇短文，上面的内容安抚了她的心，但这则的结果就不同了——如果他告诉她的话。他应该是对的吧？一定是，从这段文字就可以了解那座坟墓的位置为何那么奇怪，离卡洛登那么远。

罗杰伸手抹脸，摸到粗粝的胡楂。不意外，他把刮胡子和其他事全忘了。闭上眼，他仍然可以闻到烟味和血腥味，看到巨石上的火焰，还有那缕金发飘荡在他恰好触不到的地方。想起这些，他打了个寒战，突然涌出不满的情绪。克莱尔毁了他内心的平静，他还欠她什么吗？还有布丽安娜——现在她知道真相了，她应该知道一切吗？

克莱尔依然在走廊尽头，缩着脚坐在靠窗的椅子上，对着覆满夜色的漆黑玻璃向外凝望。

“克莱尔？”罗杰太久没说话，声音有点沙哑。他清清喉咙，再次开口：“我……有事要告诉你。”

她转身抬头看着他，脸上没有多少好奇，看起来一脸平静，那是勇敢承受了恐惧、绝望、悲痛，以及独自幸存的强烈打击才有的表情。罗杰看着她，突然觉得难以启齿。

但她勇敢说出了实情，他必须向她看齐。

“我发现了一件事……和詹米有关。”他多此一举地扬了扬手上的书。大声说出这个名字似乎激励了罗杰，仿佛那高大的苏格兰人听到他的召唤现身，坚定地站在走廊上，站在妻子和罗杰之间。他深吸一口气，做好准备。

“什么事？”

“他本来想做的最后一件事。我想……他没成功。”

“你说他的手下？但你不是发现……”

罗杰打断克莱尔：“没错，我很确定这件事他成功了，他找到拉里堡的手下，救他们离开卡洛登，让他们走上回家的路。但后来……他本来要回头，回到战场，我想他确实也回去了。”

罗杰越来越开不了口，但他不得不说。他想不出怎么说，于是翻开书，大声念出来：“卡洛登的最后一役，十八名詹姆斯党人，全为军官，负伤在一间老房子里躲了两天。他们的伤口无人治疗，痛苦地躺在那儿，后来被抓出来枪毙。其中，洛瓦特领主麾下一名姓弗雷泽的军官逃过一劫，其他人则葬在国内公园的边界。”

“其中，洛瓦特领主麾下一名姓弗雷泽的军官逃过一劫……”罗杰轻声重复这句话，然后抬起头，目光离开硬邦邦的书页，注视着克莱尔。克莱尔睁着茫然的大眼，像小鹿盯着迎面而来的车头大灯。

罗杰低声说：“他本来应该要死在卡洛登，但他没有。”

铁葫芦

铁肩担道义　葫芦藏好书